孩子们必读的诺贝尔文学经典

有产业的人

【英】J.高尔斯华绥◎著　中森◎译

·高尔斯华绥卷·

北京联合出版公司
Beijing United Publishing Co.,Ltd.

图书在版编目（CIP）数据

有产业的人 ／ （英）高尔斯华绥著；中森译. —— 北
京：北京联合出版公司，2015.2（2023.2重印）
（孩子们必读的诺贝尔文学经典）
ISBN 978-7-5502-4502-0

Ⅰ．①有… Ⅱ．①高… ②中… Ⅲ．①长篇小说－英
国－现代 Ⅳ．①I561.45

中国版本图书馆CIP数据核字（2015）第010890号

有产业的人

作　者：（英）高尔斯华绥/著；中森/译
选题策划：王成国　郎爱民
责任编辑：王　巍
封面设计：尚世视觉
版式设计：许　可

北京联合出版公司出版
（北京市西城区德外大街83号楼9层　100088）
福州俊丰彩印有限公司　新华书店经销
字数300千字　650毫米×950毫米　1/16　20.75印张
2015年2月第1版　2023年2月第2次印刷
ISBN 978-7-5502-4502-0
定价：40.00元

目录
Contents

目录
Contents

第一部分

老乔里恩家的"庆典"

当福尔赛家族有喜事的时候，那些有资格参加的人都能亲眼看到身穿奢华服饰的中上层阶级，这对他们来说真是既有诱惑力又长见识的一幕。但是在这些有幸参加的人当中，无论谁只要有心理分析的能力①，都会看出这种华丽的场面不仅令人赏心悦目，而且还说明了一个没有被人注意到的社会问题。说得再简单一点，他已经从这次庆典中找到了使这个家族成为社会有力组成部分的证据：一种神秘而又坚固的韧性使这个大家族令世人敬畏，同时也使之成为社会的有力组成部分。很显然，这就是社会的一个缩影。福尔赛家族的各家人之间不存在好感，而且三个家庭成员之间不存在任何名副其实的同情。他似乎看到了社会是如何进化，也明白了宗法社会、野蛮部落的群集和国家机器的兴衰。他就像是亲眼目睹了一棵树从栽培到生长的全部过

① 这种能力没有货币价值，因此理应被福尔赛家族所忽视。

程，在已经垂死的纤维低、养分少和抵抗性差的其他无数株植物中，这棵树就是一个坚韧、孤立和成功的典范。终有一天，他将会看到茂盛的大树，枝叶清香肥大，花朵簇簇盛开，繁茂得几乎令人厌烦。

一八八六年六月十五日，下午四点钟左右，在老乔里恩·福尔赛位于斯坦霍普门的家里，倘若一个旁观者碰巧在场的话，他也许会看到福尔赛家族最为鼎盛的场面。

福尔赛家族的这次庆典是为了庆祝老乔里恩的孙女——琼·福尔赛小姐和菲利普·波辛尼先生订婚而举办的。福尔赛家族的人们全部盛装出席庆典，他们戴上了亮丽的手套，穿上了浅黄色的背心，别上了胸针，套上了长裙，即便是很少出门的安姑母也来了。安姑母以往常常待在兄弟蒂莫西家里，整日在他那个绿色客厅的角落里看书或是做针线活。客厅里摆着一只浅蓝色的花瓶，里面插着一缕染色的蒲苇，好似在庇护安姑母一样，而其四周则挂满了福尔赛世家三代的肖像。今天安姑母来了，她那挺直的腰板和一张尊贵、平静而又衰老的脸淋漓尽致地展现了福尔赛家族根深蒂固的财产观念。

每当一位福尔赛家族成员订婚、结婚、生子时，福尔赛家族的所有成员都要出席参加。当一位福尔赛家族成员将要去世时，他们会提前采取预防措施应对它。可是不曾有一位成员去世，他们觉得自己是不会与世长辞的，死亡是与他们的准则相抵触的。对于这些精力充沛的福尔赛家族的人来说，未雨绸缪是他们的本能，他们憎恨自己的财产遭到别人的侵占。

那一天，福尔赛家族与一群其他宾客混杂在聚会中。相比之下，福尔赛家族的人展现出比平日更加整洁得体的穿戴，脸上的神态表明他们警惕而又充满好奇，兴奋之中却又竭力维持他们高贵的身份，仿佛是随时待命的将士。索米斯·福尔赛平日里脸上挂着习惯性的嗤之以鼻的傲慢，今天这种傲慢在整个家族中逐渐蔓延开来，他们时刻保持着警惕。

他们这种下意识的敌对态度使得老乔里恩家的这次庆典成为福尔赛家族史上的一个转折点，同时也是这出戏开始的序幕。

福尔赛家族憎恨某种东西，这种憎恨不是个人意义上的憎恨，而是家庭意义上的憎恨。他们今天身着格外华丽的服饰，以那种大户人家的派头十分热情地招待来宾，鲜明地表现自己的显赫家世，而这些所作所为都源于他们的愤恨。若要任何一个社会、团体或者个人显现出自己的原形，非得要大敌当前，而今天福尔赛家族就察觉到了这种威胁。威胁的征兆使他们全都擦亮了自己的盔甲。作为一个家族，他们似乎第一次本能地感觉到自己遇到了一些陌生而又危险的事物。

一位身材魁梧、体格健壮的男士斜倚在钢琴上面。他那宽阔的胸脯上穿了两件背心，背心上还别着一个红宝石的别针。要是在平常的场合，他一定会选择一件绸缎的背心和钻石别针。绸缎衣领上方是一张剃过胡子的衰老的方脸，脸色像淡黄色的皮革一样，双眼暗淡无神，神情极其高贵庄严。这个人正是斯威森·福尔赛。他紧靠着窗户，在这里他可以呼吸到更多的新鲜空气。斯威森有一个双胞胎兄弟名叫詹姆斯·福尔赛。老乔里恩总是这样描述两位双胞胎兄弟：斯威森·福尔赛是个胖子，而詹姆斯·福尔赛则是个瘦子。詹姆斯就像身材魁梧的斯威森一样，两人的身高都有六英尺多，但是詹姆斯非常瘦削，这好似詹姆斯从一出生起就命中注定与其双胞胎兄弟达成平衡并保持一个平均数。他的身体总是很僵硬，好像心事重重地沉思着。他那双灰色的眼睛像是在全神贯注着一些潜藏的担忧，时不时会停下关注的脚步，接着便快速敏捷地仔细审查着周围所发生的一切。他那消瘦呈两条平行皱纹的脸颊和那一片长长的、胡子刮得很干净的上嘴唇被连鬓髯所包围。他手里拿着一件瓷器来回玩转着。不远处，他的独生子——索米斯·福尔赛正在聆听一位身着棕色服饰的女士谈话。索米斯的脸色苍白，胡子刮得很干净，深褐色的头发，不过稍稍有些秃顶。他把下巴向一侧抬起，鼻子上流露出如上文所述的嗤之以鼻的傲慢，就好像厌恶一个他自知不能消化的鸡蛋似的。站在索米斯身后的是他的表兄弟，高个子乔治，福尔赛家族排行第五的罗杰·福尔赛的儿子。乔治有一张胖嘟嘟的圆脸，他一边用一种奎尔佩式的神情看着索米斯，一边在心里盘算着自己常说的那句讽刺他人的刻薄话。这种场合的固有气氛影响着到场的每一个人。

三位太太——安姑母、海斯特姑母①和茱莉姑母②紧挨着坐成一排。茱莉姑母在自己已不年轻的时候，嫁给了一个体弱多病的塞普蒂默斯·斯茂。然而塞普蒂默斯好多年前就已经去世了。现在茱莉姑母和她的姊妹一起住在蒂莫西·福尔赛位于贝斯沃特路的房子里。蒂莫西在福尔赛家族中排行老六，同时也是最小的一个。三位太太每人手里拿着一把扇子，脸上涂抹了少许的胭脂，衣服上别着一些显眼的羽毛装饰或者胸针，所有的这些装扮都表明了今天庆典的庄严和隆重。

房子中间枝形吊灯下站着这次庆典的主人——老乔里恩，同时他也是福尔赛家族的一家之长。老乔里恩今年已经八十岁了，他有一头亮丽的白发，圆顶似的前额，深灰色的小眼睛，一撮浓密的白色胡须一直伸展到坚硬的下巴底下。他看上去就像一位族长，即使脸颊消瘦，太阳穴深陷，他也像保持着青春似的。老乔里恩笔直地挺立着，他那一双狡猾而又坚定的眼睛依旧散发着光芒，明亮清澈。因此他不会给人留下多疑傲慢的印象，反而让人觉得很慷慨。多少年来，他一直顺顺利利，他按照自己的方式行事，这已经成为他的既定的权利。老乔里恩从来不会想到对别人摆出一副怀疑或者蔑视的样子。

出席庆典的还有老乔里恩的四个兄弟：詹姆斯·福尔赛、斯威森·福尔赛、尼古拉斯·福尔赛和罗杰·福尔赛。老乔里恩和这四个兄弟之间差异很大，但也有相似之处。这四个兄弟之间也彼此互不相同，但也彼此相像。

那五张脸的容貌各有特色，表情也各式各样，但是它们也有一些明显的相似之处：一个坚定不移的下巴。除去不明显的表面差别外，它们都烙上了显著的种族印记，但是这太过陈旧难以追溯它的来历，又因太遥远和太持久而难以商榷，不过这正是福尔赛家族财富的证明和保证。

在年轻一代的福尔赛家族中，乔治身材高大、壮得像头牛，阿奇博尔德脸色苍白但又精力充沛，年轻的尼古拉斯那试探性的固执己见令人愉悦，尤斯塔斯表情严肃，有着上层阶级那种妄自尊大的坚决，他们身上的

印记彼此相同，也许这么说没什么意义，但是这不会出错，这是这个家族灵魂根深蒂固的标记。在今天下午的某个时刻或另一时刻，所有这些如此相同而又各异的脸上都流露出一种怀疑的表情，毫无疑问，它们的目标就是这次庆典上的那个人。众所周知，菲利普·波辛尼是一个没有财产的年轻人，但是福尔赛家族的女孩却曾经跟这样的小伙子订了婚，最后还确实嫁给了那个年轻人。因此，福尔赛家族的人对他的怀疑也不完全出于他的贫穷。他们也不能解释出自己对菲利普·波辛尼怀疑的根源在哪儿，因为这种怀疑的根源已经被散布在家庭中的流言飞语所掩盖。毋庸置疑，这里还发生过一件事：据说他头戴一顶灰色的帽子应酬式地拜访了安姑母、茱莉姑母和海斯特姑母。这一顶灰色的帽子，既破旧又落满了灰尘，连个样子也没有。"亲爱的，多么与众不同，多么稀奇古怪啊。"海斯特姑母穿过窄小而又黑暗的走廊①，然而她却把椅子上的帽子看成了一只稀奇古怪而又肮脏的猫，接着她试图发出嘘声把它赶走。海斯特姑母心里暗想汤米怎么交了这么个可耻的朋友。当她看到帽子没有动时，心里感到焦虑不安。

一位艺术家总是要寻求发现一些重要的细节，它能体现一幕场景，或者一个地点，或者一个人物的全部特点。而在这些福尔赛人的心里，也隐藏着艺术家的这种心理，注意力都盯在那顶帽子上。那顶帽子就是他们发现的重要细节，帽子本身暗含了整个事件的意义。他们每个人都在心里暗暗地问过自己："我会不会戴着那样一顶帽子去拜访别人呢？""不会！"每个人都如实回答。一些有更多想象力的人们会补充道："我根本就不曾想到会戴那顶帽子！"

乔治一听到这个故事就咧着嘴大笑。很显然，那顶帽子是为了恶作剧才戴的。乔治本身就是个耍弄别人的行家。"他真的很没礼貌！这个莽撞的'海盗'。"乔治说。

从此，"海盗"的这个绰号就在福尔赛家族中传开了。最终，它成为福尔赛家族提及波辛尼时最喜欢用的绰号。

事后，三位姑母都拿这顶帽子的事来斥责琼。

· ① 她有点儿近视。

"亲爱的，我们认为你不应该允许他戴那顶灰色的帽子！"三位姑母说。

　　琼傲慢而又刻薄地回答，就像她以往气量狭窄时的样子："噢！这有什么关系？菲利普从来都不知道他自己戴的是什么！"

　　没人相信琼的这个回答如此荒唐无理。一个人竟然不知道他自己戴的是什么吗？不，这绝不可能！实际上，这个年轻的小伙子马上就要与琼订婚。琼是老乔里恩的财产继承人，看来这个小伙子的本领真的很大。他是一位建筑师，但这并不是他戴那顶帽子的一个充分的理由。福尔赛家族中碰巧没有人是建筑师，但是有一个福尔赛家庭的人认识两位建筑师，可是他们从没有戴过这样一顶帽子出现在伦敦社交圈。

　　真冒失，哎，真是莽撞！当然，琼没有看到这些。尽管她现在不满十九岁，可在穿衣装扮方面她可是一直很挑剔。索米斯太太平日里总是打扮得很漂亮，可是琼也曾对她说过她的羽毛饰品太过俗气。从此以后索米斯太太真的不再戴羽毛饰品，看来她认为亲爱的琼说的这句话是很有道理的。

　　福尔赛家族的人尽管对这桩婚事持怀疑的态度，甚至并不看好，他们打心底里担心这件事，可是老乔里恩举办这次庆典，他们还是全部到场了。位于斯坦霍普门的这次"庆典"真是绝世仅有，因为自从乔里恩太太去世后，已经有十二年没有举办这样的庆典了。

　　这次庆典上，福尔赛家族的成员到得前所未有地齐整，尽管他们之间各有分歧，但他们仍然神秘地团结在一起，他们全副武装以应对共同的危险。他们就好比一群牛，当它们看到一只狗闯入了自己的领地时，就会头对头、肩靠肩，时刻准备冲上去把入侵者践踏致死。毫无疑问，他们出席庆典是为了搞明白他们最终要送什么样的礼物。结婚礼物甄选的问题通常是这样解决的：这大大取决于新郎的身份地位。"你送什么样的结婚礼物？""尼古拉斯送的是一套银钥匙！"如果他是个打扮整洁、容貌干净、看起来又事业有成的人，那么就更有必要送他精致的结婚礼物。他也希望自己能收到那些精致的礼物。就像在证券交易所成交的股票价格一样，经过福尔赛家族成员的调整达成了一种共识。福尔赛家族在蒂莫西宽敞的红砖住宅里对一些细微的差别做出了最后的调整。因此，最后每个人送的礼物都正好恰当合适。蒂莫西的房子位于俯瞰公园的贝斯沃特，这里还住着安姑母、茱莉姑母和海斯特姑母。

福尔赛家族一提到那顶帽子就会感到局促不安。像福尔赛家族这样的大户人家，只要是稍微有点家族意识的人，都会注意维持中产阶级应有的形象，所以每个人都为波辛尼的那顶帽子感到不安。如果有谁感到心安理得，那真是荒唐至极了！

此时，那位造成大家不安的菲利普·波辛尼正站在远处的门前跟琼谈话；他那卷发看起来有点凌乱，似乎他发现了周围所发生的一切有点不同寻常。他有一种自己跟自己开玩笑的神态。乔治跟身旁的兄弟尤斯塔斯说：

"看起来他好像要赶快逃跑似的，这个亡命的海盗！"

"这个相貌非常奇特的小伙子。"事后斯茂太太总是这样称呼他。菲利普·波辛尼中等身高，身材健硕，脸色呈淡黄色，灰褐色的上须，颧骨突出，脸颊深陷。他的前额一直高到头顶，在双眼上方隆起，就像在动物园狮子馆看见的狮子的前额一样。他有一双雪利酒色的眼睛，淡淡的眼睛显得十分茫然，令人看了替他感到十分不安。老乔里恩的马车夫在把琼和波辛尼送到剧场，回来后是这样跟男管家评论的：

"我不知道怎样对他才好。在我看来，他的样貌就像是一只半驯服的美洲豹似的。"福尔赛家族的成员时不时地就会走过来靠近他，再看他一眼。

琼站在波辛尼的前面，抵挡着福尔赛家族这种无所事事的好奇心。琼看上去就那么一点点大，就像某人曾经所说的那样，"只有头发和精神"。她有一双无所畏惧的蓝眼睛，一个强有力的下巴和一身白皙的肌肤。在她那金红色头发的映衬下，她的脸和身躯都看似那么苗条纤长。

一位身材高大、体形优美的女士正暗自微笑，她站在那里仔细端详着琼和波辛尼。福尔赛家族的某些成员曾经把这位女士比喻成希腊神话里的女神。

她双手交叉，戴了一副浅灰色的手套，她那严肃而又迷人的脸庞转向一边，周围所有的男士的眼睛都被她吸引过去了。她的身体稍为摆动了一下，那么和谐自然，就连空气也好像跟随着她飘动似的。她的脸颊温润却少有血色，深褐色的大眼睛看上去非常温柔。

不管是问问题还是回答的时候，男士们都目不转睛地看着她的嘴唇，她的嘴角边还挂着一层朦胧的微笑。这嘴唇那么温柔，看上去那么美好诱人又甜美，似乎散发着热情和芳香，宛如花朵一样。

这对被人们仔细端详的订婚夫妇没有意识到有这样一位温柔的女神正盯着他们。波辛尼首先注意到她，向琼询问她的名字。

琼把波辛尼领到了这位身材姣好的女士面前。

"艾琳是我最好的朋友，"她说，"我要你们两个也成为好朋友！"

琼这句命令式的话让他们三个人都笑了；他们正笑着的时候，索米斯·福尔赛就悄悄地出现在这位身材姣好的女士后面。这位女士正是索米斯·福尔赛的太太。索米斯说：

"啊！也给我介绍一下！"

实际上，索米斯·福尔赛很少在公共场合离开艾琳的左右，即便是社交礼仪的迫切情况将他们分开，索米斯·福尔赛也会双眼紧盯着艾琳，眼神里流露出一种时刻保持警惕而又极其渴望的怪表情。

索米斯·福尔赛的父亲詹姆斯·福尔赛依旧在窗边仔细观察着那件瓷器身上的印记。

"老乔里恩竟然会同意他们的订婚，我感到真奇怪，"詹姆斯对安姑母说，"别人和我说他们不可能这几年结婚。这个年轻的波辛尼[①]一无所有。当威妮弗雷德嫁给达尔第的时候，我让他把每一分钱都结算了，我幸好这样做了，不然他们现在早就身无分文了！"

安姑母坐在她的天鹅绒椅子上抬头仰望。她的前额盘着一圈圈的灰色卷发，几十年来从没改变过，因此福尔赛家族也就全然忘掉时光的飞逝了。为了保护她那上了年纪的嗓子，安姑母很少讲话，也不答话。但这对于良心不安的詹姆斯来说，她的表情绝对是最好的答案。

"哎，"詹姆斯说，"艾琳没有钱，我也爱莫能助。索米斯这次也急了；他趋奉艾琳把人趋奉得更加消瘦了。"

詹姆斯悻悻地把瓷器放到钢琴上面，双眼又朝门口的那群人瞥去。

---

① 他把重音放在名字的第一个音节上，而以往只有短元音"o"被重读。

"在我看来，"他出其不意地说，"这样已经很好了。"

安姑母并没有让他解释他那句摸不着头脑的怪话。她知道他在想些什么。倘若艾琳没有钱的话，也不会傻到做错事，因为他们听说——这是他们说的——艾琳曾经要求和索米斯分开睡；可是索米斯没有同意……

詹姆斯打断了她的沉思：

"可是，蒂莫西在哪儿呢？他没有跟她们一起来吗？"詹姆斯问道。

安姑母紧闭的双唇勉强挤出一丝温柔的微笑：

"他没有来，现在白喉这么厉害，他认为出门是很不明智的选择，他很害怕感染上这种疾病。"

詹姆斯回答道：

"哎呀，他真会照顾自己。我可承受不住像他那样保养自己。"

他那句话的主要意思是羡慕，还是嫉妒，还是蔑视，这很难说。

的确，很少有人看到蒂莫西的身影。蒂莫西是福尔赛家族中排行最小的一位。他一直从事书籍出版的行业，多少年前，商业发展一派繁荣，而他却从中察觉到了经济下滑的兆头。实际上，那次经济衰退并没有到来。但是所有人都一致认为经济萧条最终还是会到来的。蒂莫西在一家主要从事宗教书籍出版的公司拥有大量股份，当时他就拿靠这些股票挣的不菲收益投资了三厘利息①的统一公债。

他的这一举动立即招来了福尔赛家族成员对他的孤立行为。没有一个福尔赛家族成员会满足于投资少于四厘利息的统一公债。这种孤立慢慢地却也是实实在在地使他的精神颓废起来，但他要比一个总是小心谨慎的人好很多。他几乎就已经成为一个神话——一位经常出没在福尔赛家族世界的安全化身。他从不结婚，也不要孩子；结婚在他看来简直荒唐可笑，而孩子对他来说完全是累赘。

詹姆斯一边轻敲着这件瓷器一边接着说：

"这不是真的伍斯特古器。我想乔里恩应该跟你说过这个年轻小伙子的事情吧。据我所知，他没有工作，没有收入，也没有什么值得一提的亲

_____

① 当时政府发行的一种公债，年利息率为百分之三。

戚朋友；可是话又说回来，对他的事我几乎什么也不知道，根本没有人告诉我。"

安姑母摇了摇头。她有一个方下巴、一个鹰钩鼻，那苍老的脸庞稍微颤抖了一下；她那纤细的手指相互交叉挤压着，似乎在巧妙地强化她的意志似的。

安姑母是福尔赛家族中最年长的一位，因此她在这个家族中享受着特殊的地位。他们人人都是投机主义者和利己主义者，不过实际上，他们并不比自己的邻居差到哪里去。在安姑母严肃不可侵犯的形象面前，他们都会畏缩不前，而且只要有机会，他们一定会避开她！

詹姆斯盘着两条瘦长的腿，接着说：

"乔里恩总是一意孤行，自己的孩子也出走了。"詹姆斯停顿了一下，回想起了老乔里恩的儿子，小乔里恩，也就是琼的父亲。小乔里恩把自己弄得一团糟，抛弃了自己的妻子和孩子跟一个外国家庭女教师私奔了，就这样毁掉了自己的一生。"哎，"詹姆斯又紧接着说，"如果他愿意这样做，我猜他肯定能承受得起。如今他得给她多少嫁妆啊？——而且我估计每年还得给她一千英镑；他的钱也只能留给她了，除了她还有谁。"

詹姆斯伸出手和迎面而来的那位男士握手。那个人衣冠楚楚，胡子刮得很干净，头顶几乎没有一根毛发，长长的塌鼻子，厚嘴唇，矩形的眉毛下面有一双冷灰色的眼睛。

"啊，尼克，"詹姆斯说道，"你最近怎么样？"

尼古拉斯·福尔赛把他那更加冰冷的手指放在詹姆斯那冷冰冰的手心里握了一下，就缩了回来。他的动作像小鸟一样迅捷，神色看上去就像一个异常早熟的小学生似的①。

"我最近过得很不好，"尼古拉斯撇着嘴回答道——"我这一周都糟透了，整夜不能入睡。医生也不知道这是什么原因。他真是个聪明的家伙，或许我本不应该找他看病，除了账单，我从他那儿什么也没得到。"

"医生！"詹姆斯狠狠地说了一句，"我把伦敦所有的医生都请过来

---

① 他曾经在公司干过董事，那时他发了一笔大财，当然这是完全合法的。

为我的家人看病，他们不是这个生病就是那个生病。可是这些医生有什么用？他们跟你侃侃而谈，可是就是治不了病。就拿斯威森来说吧，现在医生给他治得怎么样了？他还不是比以前更胖了；他一身的肥肉，医生根本没法儿减轻他的体重。你看看他那个样子！"

斯威森·福尔赛个子高高的，脸方方的，体形胖胖的，肥硕的胸部穿着两件亮丽的背心，他摇摇摆摆地向他们走来，就像一只斑鸠。

"呃，你们好——"他用一种装腔作势的语气说道。他说这句话时总是把"好"这个字的音发的很重"①——"你们好——"

这三个兄弟的脸上都带着一种愤怒的表情，因为根据经验来看，当其中一个人看着其他两个兄弟时，这两兄弟会尽量地遮掩自己的病痛。

"我们刚才还在说你呢，"詹姆斯说，"斯威森，你一点也没瘦啊。"

斯威森费劲地听着，他那两只无神的圆眼睛都要凸出来了。

"要我变瘦吗？我现在状况很好，"他把身子向前稍微倾斜了一下，接着说，"我可不想像你那样瘦得和根竿子似的！"

可是斯威森害怕把胸扩张得太猛，于是把身子又缩了回去，站在那儿一动不动。在他看来，没有什么比漂亮的外表更加重要了。

安姑母用她那双苍老的眼睛一个一个地打量着他们兄弟三个，她的眼神充满着宽容和慈爱。同时这三个兄弟也看着安姑母。安姑母已经是个十足的老太太了，可她是个了不起的女人！如今她已经八十六岁了，也许她还能再活十年，不过她的身体可能就大不如前了。斯威森和詹姆斯是一对双胞胎，他们不过七十五岁，而排行最小的尼古拉斯也不过七十岁出头。他们全都身体健硕，这一点很令人欣慰。在各式各样的财产中，他们各自的健康自然是各人最关心的。

"我身体也很好，"詹姆斯接着说，"但是感觉自己有点用脑过度。一点芝麻粒大小的事情就烦得我要死。我必须去巴思②一趟。"

---

① 他曾经在公司干过董事，那时他发了一笔大财，当然这是完全合法的。

② 英国一城市名。

"巴思！"尼古拉斯说，"我曾去过哈罗盖特[①]。那里没什么好的。我想要的是海滨空气。没有一个地方能比得上雅茅斯[②]。当我去了那个地方，我睡得……"

　　"我的肝脏非常不好。"斯威森慢慢地插了进来。"这里非常疼。"他一边说着一边把手放到他的右肋上。

　　"这是缺乏锻炼的缘故。"詹姆斯喃喃低语道，双眼又紧盯着那件瓷器。随后他又赶忙补充道："我这里也疼。"

　　斯威森气得脸都红了，他那张苍老的脸就像一只雄火鸡。

　　"锻炼！"他说，"我经常锻炼：在俱乐部我从不坐电梯。"

　　"这我可不知道，"詹姆斯赶忙脱口而说，"我对别人一无所知；他们什么事也不跟我说……"

　　斯威森瞪了他一眼然后问道：

　　"你这里疼那怎么办呢？"

　　詹姆斯高兴起来。

　　"我服用了一种混合药物……"

　　"你好，爷爷。"

　　琼站在詹姆斯的前面，小小个子的她仰起坚决的小脸看着这位高个子的爷爷，她把手伸了出来。

　　詹姆斯脸上的高兴劲儿突然消失了。

　　"你好！"他一边说着，一边郁郁沉思地看着她，"那么你明天要去威尔士拜访波辛尼的几位姑母了吗？她们那边经常下雨。还有，这可不是真的伍斯特古瓷。"他轻敲着这个瓷碗。"你母亲结婚时我送她的那套古瓷才是真的。"

　　琼和她的三位叔祖握了握手，接着便向安姑母这边走来。这位年迈的女士脸上流露出了十分和蔼的表情，她带着颤抖的热情，在琼的脸颊上亲吻了一下。

---

　　① 英国英格兰北部约克郡城镇。
　　② 加拿大西南部海港城市。

"哦，亲爱的，"她说，"他们说你要去整整一个月了！"

琼从她的身边走过，安姑母目送着琼那瘦小的身材。这位年迈的女士有一双青灰色的圆眼睛，就好像电影里鸟儿的眼珠子都快要出来了似的，她依依不舍地望着琼在熙熙攘攘的人群中穿梭着，这时人们已经开始告辞了；她的手指尖相互挤压着，想到自己最终注定要离开这个世界，于是她心里又忙着强化自己的意志了。

"是的，"她心想，"每个人都对她很亲切；很多人都前来向她道贺。按理说，她应该是很开心的。"门口站了一群穿着讲究的人们，他们有的是律师，有的是医生，有的是证券交易所的员工，各种职业不计其数，全是中上层阶级的职业——在这一大群人当中，福尔赛家族的人只占了不到五分之一，但是在安姑母看来，他们看上去好像都是福尔赛家族的人似的——当然，他们的差别并不是很大——她只看到了自己的亲骨肉。福尔赛家族就是她的世界，她对别的家庭一无所知，也许她从来就不知道还有其他家庭的存在。福尔赛家族所有的小秘密、种种疾病、订婚、结婚，他们是如何相处的以及他们是否在赚大钱——所有的这些她都知道，这是她的财富，她的乐事，她的生命；除此之外，就仅剩下模糊不清的事实和微不足道的人物。当死亡来临时，她要放下的就是这个家；正是这个家使她这样了不起，她内心深处也是妄自尊大的，倘若没有了这个家，他们没有人能活下去；她渴望地紧紧抓住这个家，而且贪婪也与日俱增了。虽然她的生命在悄然逝去，但是她会把这个家维持到底。

她想起了琼的父亲，小乔里恩，就是那个跟一个外国女教师私奔的人。这件事对老乔里恩和整个福尔赛家族来说都是一个沉痛的打击。这个前程似锦的年轻小伙子竟然做出这种事来！这真是一个沉重的打击，不过他们的丑闻并没有闹得满城风雨，最庆幸的是，小乔里恩的妻子并没有要求和他离婚。这已是多少年前的事了！琼的母亲六年前就去世了。听别人说，那时小乔里恩才娶了那个外国女子，现在他们一共有两个孩子。尽管如此，他也已丧失了参加这次庆典的权利，安姑母一直视家族为荣耀，可经过他这么一捣乱，也未免有点美中不足。这个前程似锦的年轻小伙子，她是一向引以为豪的，如今连自己注视他、亲吻他的原本应有的乐趣也被剥夺了。她那颗顽固而又衰老的心脏因长期受伤而悲痛不已,一想到这儿,她就十分恼火。她的眼角有一点点湿润。接着她偷偷地拿起一块细麻手绢将眼角的泪水拭去。

"啊,安姑母?"她身后传来一个声音。

原来是索米斯·福尔赛。他看上去并不算好看,塌肩膀,胡子刮得精光,脸颊陷进去,身材瘦削,然而他的整个外貌看上去却有种圆滑深沉的样子。他低着头斜视着安姑母,似乎想从自己鼻子的一边看到她似的。

"你对这对小情侣的订婚有什么看法?"他问道。

安姑母的双眸骄傲地看着索米斯;自小乔里恩离开福尔赛这个大家族之后,索米斯成了她所有侄子中最受宠爱的一个。她认为索米斯能保持福尔赛家族的传统精神,而这个传统很快就要脱离她的掌控了。

"对于这个年轻的小伙子来说,这非常不错,"她说,"他外表英俊,朝气蓬勃,但是我不敢肯定,要是作为琼的恋人来说,他是否会是一个合格的人选。"

索米斯碰了一下烤着金漆的蜡烛支架的边缘。

"她会驯服他的,"索米斯说,他偷偷地把自己的手指舔湿,然后在小球形的灯泡上擦拭了一下。"那是真古漆,现在你可买不到了。它在乔布森的拍卖行上可以拍出很高的价格。"他津津有味地说道,似乎他也感觉到自己正在取悦年长的姑母。他很少跟别人说自己的心里话。"我不介意出钱把它买下来,"他补充道,"这件古漆物有所值,买它总还是合算的。"

"你在这些事情上可真精明,"安姑母说,"亲爱的艾琳最近好吗?"

索米斯的笑容消失了。

"她相当好,"他说,"她总是抱怨自己睡不着觉;其实她比我睡得还多。"他一边说着一边朝她的妻子望去,艾琳正在门口跟波辛尼说话。

安姑母叹了一口气。

"也许,"她说,"艾琳还是最好少跟琼来往。琼就是那个倔脾气,我那亲爱的孩子啊!"

索米斯脸红了;他脸上的红晕迅速漫过他凹陷的脸颊,然后便停留在两眼之间了,这正是思绪混乱的一个印记。

"我不知道她从那个轻浮的小伙子身上看出了什么。"他突然脱口而出，发现有人来了，便转过头去，继续研究着这个蜡烛支架。

"他们和我说老乔里恩又买了一套房子，"索米斯的父亲在一旁说，"他肯定拥有大笔财富——他财富多得都不知道怎么办好了！他们说他在蒙彼利埃广场买的房子；那儿离索米斯家很近！他们从来没跟我说过这件事，艾琳什么都不跟我说！"

"房子位置极佳，离我家不到两分钟的路程，"斯威森说，"从我家可以直接坐马车去俱乐部，也就八分钟。"

"对福尔赛家族人来说，房子的位置极其重要，当然这很正常，因为福尔赛家族成功的全部秘诀就体现在房子上面。"

他们的父亲是种田出身，十九世纪初期左右，从多塞特郡①来到了这里。

杜赛特·福尔赛大老板，身边的朋友都这样称呼他，以前他曾是一名石匠工，后来便逐渐成了建筑工头。

晚年时他搬到了伦敦，从此便一直在这里搞房屋建筑，一直到去世为止。死后他被葬在了海格特公墓。他给他的十个儿女留下了三万多英镑的遗产。老乔里恩曾提到过他，说起来，他还是一个严厉而又粗俗的人，本身并没有太多的优雅举止。的确，福尔赛家族的第二代人都觉得他并没有为自己的家族增光。他们在他性格里所发现的唯一一点贵族气质就是他经常喝马德拉白葡萄酒。

海斯特姑母是福尔赛家族史的权威，她曾这样描述过他："我不曾想起他以前做过什么大事；起码，自打我出生之后，他就没做过。他是——呃，房子的主人，哦，亲爱的。他头发的颜色跟你叔祖父斯威森的差不多；他体格相当健壮。他很高吗？不——不是非常高②。我记得他过去常喝马德拉白葡萄酒。可以去问一下你的安姑母。他父亲是干什么的？他——呃——在靠海的多塞特郡跟土地打交道。"

---

① 位于英国南部。

② 他五英尺五英寸高，脸上长满斑。

詹姆斯曾亲自去了多塞特郡一趟，想看看他们家族发源的老家究竟是个什么样的地方。他发现那里有两个旧农场，二轮的货运马车在淡红色的土壤上留下了车辙，马车走过的小道通向海边的磨坊；灰色的小教堂有一堵拱柱样式的外墙，还有一座更小更灰的小教堂。推动磨坊的水流汩汩地流进几条小溪里，许多猪也在河口边觅食。一股烟雾笼罩在此处的景色上，福尔赛家族的祖先当初就是两脚深陷泥潭，脸面向大海，每逢周日他们会怡然自得地去散步，几百年来犹如一日。

　　不管怎样，詹姆斯十分希望能得到一笔遗产，或者能在那里发现某些珍贵的东西，可是他一无所获地回到了城里，并到处竭力掩饰他这次考察的失败。

　　"没有什么特别的，"他说，"只不过就是一个普通的乡下小地方，像山脉一样古老……"

　　古老这个词让大家感到一丝安慰。老乔里恩有时看上去非常诚实，他提到自己的祖先时会说："自耕农，我认为不足挂齿。"然而他会把自耕农这三个字再重复一遍，好像这能给他安慰似的。

　　他们都混得非常好，福尔赛家族在人们看来是"很有地位的"。他们持有各式各样的股票，不过除了蒂莫西之外，都没有买公债，他们并不担心购买三厘利息的公债，只不过是因为这样做也挣不了几个钱。他们收藏名画，既然慈善机构对于他们生病的家仆也有点好处，那么他们也会给它捐点钱。父亲是造房子的，子孙们从他的身上继承了某种天赋，似乎对房产特别在行。起初，也许福尔赛家族信奉某些原始教派，如今，他们自然而然地成了英国国教的信徒，同时他们也强迫自己的妻子和孩子定期去伦敦上流社会的礼堂做礼拜。要是别人怀疑他们的基督教教徒身份，他们一定会为此感到惊讶和烦恼。他们当中有些人在教堂买下了位子，用最实际的行动来表达自己对基督教教义的敬意。

　　他们的住处环绕着这个公园，彼此之间还隔着一定的距离，就好像哨兵在那里站岗一样，恐怕这个公园就是伦敦的正中心，他们的欲望就在这里，不会动摇，要是这份欲望一不小心从他们的手掌心溜走，那么他们就会自认为比别人低一等。

老乔里恩住在斯坦霍普门；詹姆斯住在公园巷；斯威森一个人住在海德公园华丽的橙色和蓝色套间里——他从来没有结过婚，他也不会结婚——索米斯的房子离骑士桥不远；罗杰一家住在王子花园。[①] 再说说海曼一家——海曼太太是一位已婚的福尔赛姊妹——她的房子高高地屹立在坎普登山上，就像一只长颈鹿，它如此之高，仰望者看得脖子都痉挛了；尼古拉斯住在兰仆林，那是一个宽敞的住处，他真是捡了一个大便宜；最后但也并非数不上的，是蒂莫西在贝斯沃特路的房子，在他的保护下，这里还同时住着安姑母、茱莉姑母和海斯特姑母。

可是詹姆斯一直在沉思，这时他向老乔里恩谈起那套蒙彼利埃广场房子的事，问他花费了多少。他自己最近这两年来一直关注着这套房子，可是房价实在是太贵了。

老乔里恩把他买房子的过程向詹姆斯一一叙述。

"还有二十二年吗？"詹姆斯重复道，"那正是我想要的房子——不过，你出价也太高了吧！"

老乔里恩皱了一下眉头。

"我并不想买那套房子，"詹姆斯赶忙说，"以如此高的价格买下那套房子并不合我的口味。索米斯对这套房子很了解——我想他也会跟你说你出的价太高了——他的建议还是值得听取的。"

"我不想听取他的建议，"老乔里恩说，"我对他的建议丝毫不感兴趣。"

"呃，"詹姆斯低声嘟囔着说道，"你总是一意孤行，他的建议其实还是不错的。告辞了！我们要坐马车去惠灵汉姆。他们跟我说琼准备起身去威尔士。那么明天你就独自一人在家了。明天你自己打算干些什么呢？最好还是来我们家一起吃晚饭吧！"

老乔里恩谢绝了他的邀请。他把他们送到前门，看着他们进了一辆

① 罗杰是福尔赛家族中一位出众的人物，他想让他的四个儿子从事新的行业，并要将之付诸实践。"要购置房产，没有什么比这更重要，"他常说，"除此之外，其他事我什么都不做。"

四轮四座大马车，他眯着眼睛笑着看着他们，似乎已经忘掉了自己刚才的怒气——詹姆斯太太面向着马，她个子高高的，深褐色的头发看上去很庄严，艾琳坐在她的左边——詹姆斯父子倒坐着，各自面对着他们的妻子，好像在期望着什么似的。他们坐在弹簧垫子上来回晃动，一声不吭，身体也随着马车摇晃起来，老乔里恩就这样看着他们在阳光下离去了。

在这段行程中，他们一言不发，是詹姆斯太太首先开了口。

"从来没见过这么一群奇怪的人？"

索米斯垂着眼皮看了她一下，点头表示同意，同时他发现艾琳偷偷瞄了他一眼，她的双眸里流露出一种深不可测的神情，正是她平日里惯有的神情。很可能福尔赛家族的每位成员在离开老乔里恩举办的庆典之后，都会发表那样的评论。

尼古拉斯和罗杰在福尔赛家族中分别排行第四和第五，他们是最后离开庆典的宾客，两人一起沿着海德公园向普里德街的地铁站走去。他们就像福尔赛家族中所有上了年纪的人一样，都各自备有四轮马车，无论如何，只要他们有办法避免，就绝不乘坐街上的出租马车。

那天天气非常晴朗，正值六月中旬，海德公园的树木都长得枝繁叶茂，然而这兄弟俩似乎并没有注意到此番美景，不过，这片景色却使得他们的散步和谈话格外轻松有趣。

"是的，"罗杰说，"她是个美貌的女子，索米斯的那个妻子。但我听说他们相处得不是很融洽。"

罗杰有一个高高的额头，在所有的福尔赛家族成员中，他是气色最好的一个；一路走来，他那一双浅灰色的眼睛不时地打量着沿街的房屋，时不时地他也会举起手中的伞测量一下，正如他所说的那样，去测量一下房屋的高度。

"她没有钱。"尼古拉斯回答道。

尼古拉斯娶了一位非常有钱的老婆，那时正值黄金时代，关于已婚妇女的财产法案还没有颁布，因此他便独揽了那笔钱财。上天真是仁慈啊，正因如此，他才能好好地利用那笔钱。

"她父亲是干什么的？"

"他们和我说，他父亲名叫海伦，是一位教授。"

罗杰摇了摇头。

"做教授的能有什么钱。"他说。

"他们说她的外祖父是开水泥厂的。"

罗杰的脸上高兴起来。

"但是他破产了。"尼古拉斯继续说道。

"啊！"罗杰大叫道，"索米斯跟她要有麻烦了；你要记着我的话，索米斯会有麻烦的——她很有外国女人的那种做派。"

尼古拉斯舔了一下自己的嘴唇。

"她是个漂亮的女子。"他挥开马路边的一个清洁工。

"他是怎么追上她的？"罗杰过了一会儿问道，"她的衣服肯定让他花了不少钱！"

"安姐跟我说，"尼古拉斯回复道，"他像疯了似的追求她。她拒绝了他五次。我看得出，詹姆斯一直对他俩的婚姻不放心。"

"啊！"罗杰又说，"我为詹姆斯感到难过；他曾经跟达尔第发生过摩擦，那个女婿也让他烦心。"罗杰舒展了一下，脸上明显露出愉悦的神色。他把手中的伞摇摆到齐眼的高度，而且次数愈来愈多。尼古拉斯的脸上也显得很高兴。

"她脸色苍白，不合我的胃口，"他说，"不过身材却是很好的！"

罗杰没有回答。

"我认为她很神气！"他终于开口说了这么一句——这在福尔赛家族的用语里算得上是最高的赞美了。"我看那个小波辛尼也不会有什么出息。伯基特饭店那边的人说他是个艺术家——一心想改革英国的建筑物；可是他根本弄不到钱！我很想听听蒂莫西对这件事的看法。"

兄弟俩进了地铁车站。

"你去几等车厢？我去二等。"

"我绝不去二等车厢，"尼古拉斯说，"保不准会染上什么疾病呢。"

尼古拉斯买了一张去诺丁山门的一等坐票；罗杰买了一张去南肯辛顿的二等坐票。一分钟后火车就来了，两兄弟走进了各自的车厢。兄弟二人心里都不痛快，觉得对方应该改变一下自己的习惯，多陪自己一会儿。他俩心中都愤愤不平；可是罗杰在心里只是想到：

"尼克永远是个顽固的家伙！"

尼古拉斯也这样自言自语：

"罗杰永远都是个难相处的家伙！"

福尔赛家族很少有人感情用事。在这个被他们征服而又融合进去的伦敦大城市中，他们哪儿还有时间去感情用事呢？

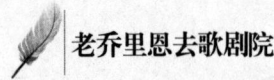 **老乔里恩去歌剧院**

　　第二天下午五点钟的时候，老乔里恩一个人在那里坐着，嘴里叼着一支雪茄，身旁的茶几上放了一杯茶。他累了，雪茄还没有抽完，他就睡着了。一只苍蝇飞到他的头发上，在昏昏欲睡的寂静中，他的呼吸声听起来格外震耳，白胡子遮挡下的上嘴唇呼出呼进。那只夹着雪茄的手满是青筋和皱纹，雪茄从他的指间掉在了空壁炉上，接着便自己燃尽了。

　　这间阴暗的小书房，镶得全是彩色的玻璃，挡住了窗外的景色。房间里到处都是深绿色的天鹅绒和大量雕刻的桃花心木的家具——关于这套家具老乔里恩想说："总有一天，这套家具不卖出个好价格才怪！"

　　想到自己死后还能从买来的东西上赚上一点钱，老乔里恩觉得这也是一件高兴的事。

　　福尔赛宅邸的后屋有一种特有的奢华和阴暗气氛，他那满头的白发和靠着高背椅子靠垫的大头有一种伦布朗①风格的效果，可是他那撮胡须却把此番效果破坏了，这使他脸上看上去有种军人的神情。这个古老的钟表自四十年前老乔里恩还没有结婚时就一直跟着他，它一直嘀嗒个不停，怀着妒意记录着它年迈的主人那一去不复返的分分秒秒。

他从来就不喜欢这个房间，只是有时他会走进房间角落的日式橱柜里拿雪茄，除此之外，他一年到头很少进去，现在这个房间也向他报复了。

他的太阳穴像茅草屋的屋顶一样斜盖着下面两个凹陷处，颧骨和下巴在他睡觉的时候全都突出来了，他那张脸就如一张供状，承认自己已经老了。

老乔里恩醒了。不过此时琼已经走了！詹姆斯说过他今天会孤零零的一个人在家。詹姆斯一直是个可鄙的家伙。老乔里恩心里扬扬得意地想着，自己可是从詹姆斯手里抢先买到那套房子的。

他活该！谁让他死抠价钱呢；这个家伙满脑子里想的都是钱。可是，自己出的价格是不是太高了？这他可得好好想想——敢说这次操办琼的婚礼要是花光了他所有的现钱，他是绝不会答应他们俩订婚的。琼就是在拜恩斯家里与波辛尼相识的，拜恩斯——比尔德保尔建筑公司。老乔里恩认识拜恩斯，在他看来，这个人就像老太太一样唠叨，而且拜恩斯好像就是小波辛尼的姑父。自从那次相识之后，琼一直对波辛尼穷追不舍；只要她认定的事，没有人能改变她的看法。一直以来，她总是看中那些没出息的家伙，不是这个就是那个。这个小伙子身无分文，但是她非要和他订婚——他是一个粗心大意又不切实际的年轻家伙，困境缠身，自己的事还处理不完呢。

一天，她像往常一样莽莽撞撞地来找他，接着便告诉他自己要和那家伙订婚；后来她像是自我解嘲一般，她又补充了一句：

"他太有趣了，常常一个星期靠吃可可过日子！"

"那么他也想让你靠吃可可过日子吗？"

"哦，不是这样的；他现在越来越识时务了。"

老乔里恩把雪茄从他那白色的胡须下面拿开，胡须上还沾了一点咖啡，他不忍地望着琼，她这么一个小东西却这样紧紧揪着他的心。他比她

---

① 十七世纪的荷兰画家。

的孙女更懂得什么叫"识时务"。可是，她的双手紧紧抱住爷爷的膝盖，下巴靠在他的身上，像小猫一样满心欢喜地跟自己的爷爷说着波辛尼。老乔里恩把雪茄的烟灰弹掉，烦得不得了。

"你们全都一样：在拿到你们想要的东西之前是不会放手的。如果你非要自讨苦吃，那你倒霉的时候我可不管你的闲事。"

因此，他会放手不管琼的事，但条件是：只要波辛尼每年挣够至少四百英镑时，他们才可以结婚。

"我没有办法给你很多钱。"他说，这种说话方式琼早已经习以为常了。"也许这位名叫某某某的家伙会给你提供可可吧！"

自从这件事后，老乔里恩几乎就见不到琼的面了。这真是一个糟糕的交易！他从来没想过要给她一大笔钱，让她和一个他不知底细的家伙过着无所事事的懒散生活。他以前也见过这样的事；可是那些人最后并没有什么好下场。最糟糕的是，想要动摇琼的决心，他根本没希望；她偏得像头驴，从小就一直这样。他也不知道该如何了事。不管怎样，他们俩用钱非得有计划才行。老乔里恩是不会让步的，除非波辛尼这个家伙的收入能满足他提出的要求。琼会跟这个小伙子发生争执，他能预料到这一点；他对钱根本没有什么想法，就像畜生一样。他们俩要急忙赶着去威尔士拜访这个家伙的那些姑母，他敢打赌她们都是些脾气很坏的老太婆。

老乔里恩一动不动地盯着那堵墙；除了他那双睁着的眼睛，他简直可以说是在睡觉……詹姆斯这个家伙，亏他想得出来，那个不懂规矩的年轻人索米斯能给自己提供什么建议！索米斯一直是个不懂规矩家伙，鼻子总是翘得很高，目中无人。不久他将会自封是一位有产业的人，在乡村买下一套住宅。一位有产业的人！哼！索米斯就像他的父亲一样，总是在物色便宜货，真是个冷血无情的穷鬼！

老乔里恩起身去了橱柜那边，开始有条不紊地把新买的一包雪茄装进雪茄盒里。照这个价钱的话，这包雪茄还算不错，但是如今已经买不到一支好的雪茄了，什么也比不上汉森——布里杰烟行生产的老牌超级菲诺斯雪茄。那才是雪茄！

这种想法，就像香水的幽香一样，把他带回到了里士满那美妙的夜晚。那次晚餐后，他和尼古拉斯·特莱弗雷、特拉奎尔、杰克·赫林还有安东尼·桑恩渥西一起坐在皇家大酒店的露台上抽烟。那时他的雪茄还是上乘的！可怜的老尼克！——去世了，杰克·赫林——也去世了，特拉奎尔——被他的老婆整死了，桑恩渥西——已经老的不成样子了①。

在那些日子结交的所有同伴当中，他似乎是硕果仅存的一个，当然，还有斯威森。不过他胖得太离奇了，而且如今跟他谈不上几句。

很难相信这是多少年前的事情了；他依旧感觉自己非常年轻！他站在那里数着自己的雪茄，在他所有的思绪中，这是最辛酸、最痛苦的事情了。虽然他满头白发、孤单一人，但他依旧有一颗年轻的心。在汉普斯特西斯②公园的那几个周日下午，老乔里恩都会和小乔里恩一起散步，他们沿着西班牙的人道路一直走到海格特公墓，然后再去儿童山，最后再回到公园，接着再去杰克·斯特劳的城堡吃晚餐——那时他的雪茄多么美味啊！天气又那样好！现在可没有那样的天气了。

琼五岁时还是个牙牙学语的小孩，平日里都是由两位家庭主妇——她的母亲和祖母照看，因此，每隔一个周日，老乔里恩就会亲自带她去动物园。他们祖孙俩站在熊笼子上面，用他的伞尖插上小面包去喂她最喜爱的那些熊，那时他的雪茄多么美味啊！

雪茄！这些年，他的品鉴能力始终没有退化——五十年代的时候，他在香味方面的品鉴能力是赫赫有名的，人们一提到他就会说："老乔里恩·福尔赛是伦敦最好的品茶师！"拿手的品鉴能力在某种程度上为他带来了财富——老乔里恩·福尔赛和特莱弗雷这两个著名的茶商就是靠这个发家致富的，他们家的茶和别人家的不一样，有一股浪漫的芳香，不是货真价实是不会有这样的香气的。福尔赛和特莱弗雷家在市区的茶馆有一股神秘而又充满创造力的气息，他们在专用的港口使用专船做专门的交易，而且还专门和东方人做交易。

曾经那样的生意他也真肯干！那些日子生意都是干出来的！而现在的

---

① 他胃口不好也就不足为奇了。

② 伦敦附近郊区的一个风景优美的游览区和住宅区。

这些毛头小伙子根本就不懂这个字的涵义。生意上的每件事他都仔仔细细地研究过，了解每个过程的进展，有时候会为了一个问题熬上一个通宵。他总是亲自挑选代理商，在这方面他一直引以为豪。他挑选人的眼光一向很准，这也是他事业成功的秘诀，从事这一行，他唯一真正喜欢的工作就是发挥自己甄选人才的领导能力。对他这种有能力的人来说，卖茶可不是他的职业。现在，他的茶行已经改组成一家有限责任公司，不过业绩却在一直在下滑①，想起那时的情况他感觉懊恼不已。他那时本可以做得更好的！若进入律师界他一定会飞黄腾达！他甚至想过去参加议会议员的竞选。尼古拉斯·特莱弗雷多次跟他说起过："老乔，如果不是你太过小心谨慎，任何事你都能做得很好！"亲爱的老尼克！这么好的一个小伙子，却是一个花天酒地的家伙！这个臭名昭著的特莱弗雷！他从来就不会照顾自己。所以他现在死了。老乔里恩用他那只稳稳的手数着雪茄，这时头脑中闪过一个念头：是否自己真的太过小心谨慎了呢？

他把雪茄盒放到外套贴胸的口袋里，接着把衣服扣上，然后扶着楼梯栏杆一步一步地爬上台阶，沿着长长的楼梯走到自己的卧室里去了。这座房子太大了。老乔里恩想着："等她结了婚——如果他们能顺利结婚的话，他就会把这座房子租出去，然后自己出去租几间公寓。他们家的六个用人整日好吃懒做，养着他们又有什么用？

老乔里恩按了铃，男管家接着就上楼去了。这个男管家是个大个子，留着一撮胡子，走路静悄悄的，还有一种保持沉默的特殊本领。老乔里恩让他把自己的正装拿出来，他要去俱乐部吃晚饭。

"马车送琼小姐去火车站后回来有多长时间了？两点钟就回来了吗？那么让马车夫六点半来一趟！"

老乔里恩正好七点整到了俱乐部。这个俱乐部是中上层阶级的一个政治结社，它曾经见证了那些人的辉煌的时代，如今看来是早已过时了。尽管人们常常会谈论这个俱乐部，也许就因为有人会谈论它，它才显得那么令人扫兴。人们常说这个"分裂俱乐部"快要倒闭了。对于这种说法，

---

① 很早以前他就卖掉了手中的股份。

人们早就已经慢慢地听倦了。老乔里恩也会这样说，不过他会忽视这个事实，他的那种态度确实能让一个身体素质较好的俱乐部会员愤怒不已。

"为什么你还在这个俱乐部待着？"斯威森总是非常恼怒地问他，"为什么你不加入'多嘴俱乐部'呢？除了我们这个俱乐部，你在伦敦的任何地方都不会享受到不足二十先令一瓶的白雪香槟；"接着他小声补充道，"现在这种酒也只剩下五千打了。我每晚都喝，一天都不错过。"

"我考虑考虑。"老乔里恩回答；但是当他真正考虑时，他总会为五十基尼①的入会费而犯难，而且批准入会还得等上个四五年，所以入会这件事一直处于"考虑中"的状态。

作为一名自由党人士，他的年龄已经很大了。他早就不再相信俱乐部的政治主张，大家都知道他曾拐弯抹角地骂那些政治主张都是"垃圾"。尽管自己的信念与俱乐部截然相反，不过自己却还能是俱乐部的会员，这点让他很高兴。他一直蔑视这个俱乐部，几年前，由于他是生意人，他们拒绝他加入"什锦俱乐部"，他一气之下就加入了这个俱乐部。真气人！自己哪里比不上什锦俱乐部的那些人！自然而然他就会轻视这个最终接受他入会的俱乐部。这个俱乐部的成员全都是些平平常常的家伙，其中大部分人都住在市区——他们有的是股票经纪人，有的是律师，有的是拍卖商——什么样的职业都有！像那些心气很高但见解却并不怎么高明的大多数人一样，老乔里恩也瞧不大上自己所属的阶层。在社交和非社交方面，他忠实地遵循着他们的生活习惯，不过私下里却认为他们是"一群庸庸碌碌的人"。

他上了年纪，也渐渐地懂得了一些人生哲理。至于自己未能加入"什锦俱乐部"的回忆也渐渐模糊了；现在他把"什锦俱乐部"奉为心目中的"俱乐部女王"。这么些年过去了，按理说他早就应该入会了，可是由于他的推荐人杰克·赫林办事马虎，就连俱乐部的那些人也不知道究竟因为什么原因没有批准他入会。这是为什么？不过，他们立马批准老乔里恩的

---

① 英国第一代由机器生产的货币，1816年退出流通货币的行列，不再进行面值交易，只充当收藏品。

儿子入会了，他相信他的儿子现在还是那里的会员：因为八年前，他收到儿子的一封来信，而这封信就是从那里寄出的。

他已经好几个月没有去"分裂俱乐部"那里了，那个会所装饰得花花绿绿的，不过在人们看来它就像急于脱手的老房子和破船所装饰的那样。

"吸烟室的颜色真令人厌恶！"他心里想着，"不过餐厅的颜色倒不错！"

餐厅用暗淡的巧克力色和一点淡绿色点缀着，这正合他意。

他点了晚餐，也许就在那个角落的那张桌子旁边坐下！①二十五年前，他和小乔里恩会习惯性地坐在那里吃晚饭，那时正值假期，他正带着儿子去特鲁里街剧院看演出。

小乔里恩过去很喜欢那个剧院。老乔里恩想起儿子过去总是坐在自己的对面，小心翼翼地掩藏着兴奋，然而表面上却装作若无其事。

这次老乔里恩点的晚餐正是自己儿子以前常点的饭——汤、小鲱鱼、炸肉排和一份水果馅饼。哎！他现在多么希望儿子能坐在自己的对面啊！

他们父子俩已经十四年没有见面了。这十四年里，老乔里恩不止一次地觉得自己在处理儿子的事情上有做得不对的地方。他先是爱上了那个迷人精达娜厄·桑恩渥西②。达娜厄·桑恩渥西就是安东尼·桑恩渥西的女儿。后来情场失意，这件事让心灰意懒的小乔里恩投入了琼的母亲的怀抱。也许老乔里恩当初就应该阻止他们俩匆匆忙忙地结婚，也许是他们俩太年轻了；自从小乔里恩遭受上次打击后，老乔里恩就迫不及待地想让儿子结婚。可是还不到四年工夫，他们的丑闻就已经闹得沸沸扬扬了！当然，要他认可自己儿子在那次丑闻中的行为是根本不可能的；因为理性和教养——这是代表他原则的强有力的组合因素——告诫他绝不能这么做，无论是从理智还是教养出发，他都得坚决反对儿子的行为。然而他自己感到非常痛苦，小乔那件事做得太绝情，根本没有顾忌到别人的内心感受。琼那时头发火红，已经会在老乔里恩的身上爬了，她经

---

① "分裂俱乐部"的主张近乎激进，不过各方面都没取得什么进步。

② 现在叫达娜厄·佩留。

常缠着他，琼可是他的小心肝儿，他的那颗心就好似专为他挚爱的又小又照顾不了自己的小家伙玩耍用的。他一向看事情都非常清楚，凭借着他特有的洞察力，他看出自己必须在儿子和琼之间舍弃一个；在这样的情况下，折中的办法根本不起作用。这就是他的悲剧所在。最终他选择了这个又小又不能照顾自己的小家伙。儿子和孙女两者不可兼得，因此他要和儿子告别了。

自上次告别后他们至今一直没有见面。

他曾提出要少给小乔里恩一点津贴，可是这被小乔里恩拒绝了；也许儿子的拒绝比其他任何事都更伤他的心，因为这样一来，他对儿子蕴藏的父爱就完全没有发泄的渠道了；赠予或拒绝这样的财产交易足以证明他们父子之间的感情已经决裂了。

这次晚餐，他吃得平淡无味。他那一品脱①香槟又干又苦，根本不像往日的尤乌·克里果香槟。

喝完这杯咖啡，他想起自己要去歌剧院看演出。他在《泰晤士报》上——他对其他报纸不大信任——看到了今晚的演出通告，是德国音乐家贝多芬的《费德里奥》。

幸好不是那个瓦格纳小伙子演的新奇怪异的德国哑剧。

他戴上那顶老式的折叠式大礼帽，帽子边缘已经旧得塌了下来，再加上帽子本身很大，他看上去俨然就是过去伟大岁月的标志。接着他从外衣口袋里拿出一副老式的淡紫色的羊羔皮薄手套，由于他常把它和雪茄盒放在一起，因此它有一股强烈的俄国皮革味道。他踏上了一辆二轮马车。

这辆出租马车兴高采烈地嘎啦嘎啦地沿着街道行驶，街道上少有的热闹让老乔里恩很吃惊。

"这些旅馆的生意肯定很好。"他思索着。好几年前，这里根本没有这些大旅馆。想起自己在这附近还有一些产业，他感到心满意足。这里的房产如今一定升值不少！这里来往的行人可真多啊！

但是从这上面，他又开始沉浸在某种奇怪的超然物外的冥想中了，这

---

① 品脱（Pint）是一个容量单位，1英制品脱约为568毫升。

对一个福尔赛家族的人来说，是极其罕见的。在某种程度上，他比其他福尔赛家族的人要高出一等，就在于他这种超然物外的冥想。人是多么渺小啊，而且无穷无尽！那么他们将来会变成什么样呢？

老乔里恩从出租马车下来的时候磕了一下，他给了马车夫正好的钱，不多也不少，之后便去售票厅买正厅前座的票，他手里拿着皮夹子在那里站着——他总是把钱放到皮夹子里。现在的年轻人已经不用他这种老式的皮夹子了，大部分年轻人只是把钱塞进口袋里。售票员把头探了出来，就像一只从狗窝里探出头的老狗。

"咦！"售票员吃惊地说道，"你是乔里恩·福尔赛先生！真的是你！先生，我已经好长时间没有见过你了。哈哈！时间过得真快啊！哎呀！你和你的兄弟还有那个拍卖商——特拉奎尔先生，还有尼古拉斯·特莱弗雷先生——以前每一季都常常定六七个正厅前座。福尔赛先生，您还好吗？哎，我们都老了！"

老乔里恩的眼神更加深沉了；他付了一基尼的票钱。这些人都没有忘记他。他伴着前奏曲进了歌剧院，就像一匹要战斗的老马。

他把大礼帽折了起来，坐到座位上，照老样子掏出了浅紫色的手套，然后戴上眼镜仔细看了看歌剧院的四周。最后他把眼镜放到折好的大礼帽上，双眼便盯着剧幕了。巡视一周之后，他感觉自己越来越不中用了。以往歌剧院里到处都是女士，都是些漂亮的女士。以往他等待某一个著名歌星出场时的那种激动的感觉哪里去了？以往那种对生活陶醉和完全享受的感觉哪里去了？

那时他经常去歌剧院！现在也没有什么歌剧了！那个叫瓦格纳的小伙子把一切都毁了；这里既没有动听的音乐了也没有人唱歌了。哎！那些风华绝代的歌星都死了！他坐在这里看着一幕幕上演的老剧情，心里一点感觉也没有。

从遮住耳朵的卷曲银发到他两脚身穿侧面带有松紧的上等皮靴的姿态，一点也看不出老乔里恩的老态龙钟。他和以往每晚来看演出时一样强健，或是几乎一样强健；他的视力也几乎跟以往一样好。但是自己怎么会感觉到疲倦和幻想破灭呢！

他这一生早已习惯了欣赏事物，甚至是不完美的事物——过去不完美的事物多着呢——他也完全地欣赏得了，但他无论欣赏什么都有个节制，为的是保持自己的朝气。但是现在他的欣赏力和人生哲理已经全然不起作用了，只剩下万事俱灰的可怕感觉。甚至连剧中囚犯的合唱声和弗罗莱恩的歌声也无法驱散他的孤独寂寞。

要是小乔里恩能和自己在一起该多好啊！现在儿子总该有四十岁了。小乔里恩是自己唯一的儿子，可是儿子的一生中却有十四年被他荒废掉了。如今儿子已经不再是那个被社会的所不齿的人了。小乔里恩已经结婚了。老乔里恩赞成这一举动，于是忍不住给儿子寄了一张五百英镑的支票。可是支票被附在信封里又从"什锦俱乐部"寄了回来，信中儿子这样写道：

我最亲爱的父亲：

感谢您的厚礼，这表明您也许还没把我看得太坏。我把支票退了回去，如果您认为合适的话，您可以把这笔钱存在我儿子①的名下，这样做比较合适。他和我们一样都是基督教教徒，按理说，他还和我们同姓。

我衷心地希望您能够永远健康。

您挚爱的儿子：

小乔里恩

这封信就像这个孩子的言行举止。小乔里恩一直是个亲切的小伙子。老乔里恩这样回复道：

我亲爱的小乔里恩：

五百英镑的支票已经入账，受益人是你的儿子，在乔里恩·福尔赛的名下，百分之五的利息会按时入账。我希望你能过得很

———————

① 我们叫他乔利。

好。目前我的身体依旧很好。

爱你的父亲：

乔里恩·福尔赛

每年一月一号，老乔里恩都会按时在这笔账上添上一百英镑和一年的利息。这笔存款越来越多——下一个元旦就会积攒到一千五百多英镑了！他每年都要转账，从中他能得到多大满足这很难说，但是从此之后他们之间再也没有通过信了。

尽管他爱着自己的儿子，但是始终对发生过的事心有芥蒂。他的本能促使他从成败上而不是从原则上来判断儿子的所作所为。这种本能一部分是天生的，一部分是后天经过多年对人和事的观察得出的经验所致。按当时的情况推断，他的儿子理应会过得无比糟糕。因为在他读过的所有小说里，听到的各种布道里和他亲眼看过的戏剧里，都规定着这么一条铁打的定律。

自老乔里恩收到儿子退回来的支票后，他就感觉到事情好像什么地方不大对头了。为什么他的儿子没有一蹶不振呢？但是那时，谁又会知道呢？

当然，他听说——事实上，这是他自己打听到的消息——小乔里恩住在圣约翰伍德。在紫藤大道，儿子有一套带花园的小房子。小乔里恩常常带着妻子参加各种社交活动——当然来往的在他看来都是些奇奇怪怪的人。毫无疑问——他们自结婚后生了两个小孩——一个他们叫做乔利的小伙子①和一个叫做霍莉的小女孩。谁知道他儿子现在真正的处境会怎样？儿子把从外祖父那里继承来的钱财转化成了资本进行投资，并在劳埃德公司当了一名保险员；他也画画——是水彩画，这一点老乔里恩是知道的。有一次，老乔里恩碰巧在一家商铺的橱窗里看到一幅泰晤士河风景画，而且画下方的署名正是他的儿子。这事以后，老乔里恩时常会把儿子的画偷偷买回家。他认为儿子画的画很不好，而且因为上面有署名的缘故，他绝

---

① 在当时的情况下，他的名字听上去有点冷嘲热讽的感觉，老乔里恩是既害怕又讨厌冷嘲热讽的。

不会拿来挂的，所以他一直把这些画锁在抽屉里。

在这家巨大的歌剧院里，老乔里恩突然非常想见见自己的儿子。他想起自己身穿棕色亚麻布西装的日子，那时儿子总是在自己的两腿间钻来钻去；他想起了自己一边跟着小马跑，一边教儿子骑马的时光；他想起了自己第一天带儿子去学校上学的情景。小乔里恩一直是一个充满爱心而又惹人喜欢的小家伙！儿子去了伊顿公学后，在言行举止上也许变得太文雅了一点，不过这在老乔里恩看来是件好事。因为这种东西只有在这种地方花大笔钱财才能学到，不过儿子一直就跟自己合得来。即使后来小乔里恩进入了剑桥大学——还是跟自己很合得来——剑桥大学也许真的有点远了，但是儿子确实在那里学到了很多东西。老乔里恩对公立学校和大学的感情从未动摇过。动人的是，他对本岛最高等学府合适的教育制度依旧持有一种既钦佩又怀疑的态度，可是他自己却没有福气去最高等学府上过学……现在琼也走了，或者说几乎等于离开了他，要是能再见儿子一面该有多欣慰啊。老乔里恩一边对背叛家庭、违背自己的原则、背离阶级而感到内疚，同时双眼紧紧盯着那位歌手。这演出真差劲——极其差劲！那个弗罗莱恩简直就是个呆头呆脑的蠢蛋！

剧演完了。如今这些看剧的人还真是容易满足！

在熙熙攘攘的街道上，老乔里恩当着一位又矮又胖的年轻绅士面，霸道地从他的手中抢下了这辆人家叫好的出租马车。老乔里恩回家时要经过蓓尔美尔街，可是在街角口，马车夫并没有拉着他从绿色公园中穿过，而是把车转向了圣詹姆斯街。老乔里恩想招手改正他①；可是车子一转弯，发现自己来到了"什锦俱乐部"的对面。这么一来，他这整晚偷偷的想念就这样扑面而来。他叫马车夫停了下来。他想走进去问一下，自己的儿子小乔里恩是否还是这里的会员。

他走了进去。这大厅看上去就跟他以前和杰克·赫林来这儿用餐时的一模一样，这里有伦敦最好的厨师；他机灵又不动声色地环顾了一下俱乐部的四周。在他的一生中，这种神气又大方的派头常使他额外地受到众人

---

① 他不能容忍别人把他带错路。

的恭维。

"乔里恩·福尔赛先生还是这里的会员吗？"

"是的，先生，他现在还在俱乐部里，先生，您贵姓？"

老乔里恩听了这话有点手足无措。

"我是他的父亲。"老乔里恩说。

说完这些话，他便回到壁炉那边，在那里站着。

小乔里恩这时正要离开俱乐部。当他戴上帽子穿过大厅时，俱乐部的门房正好跟他打了个照面。他不再年轻了，头发也灰白了，那张脸就好像跟父亲从一个模子里刻出来似的，只是他比父亲稍微瘦削，大胡子也都向下垂着——脸上的倦意非常明显。当时他的脸上变了色。这么多年过去了，此次父子俩再见面还真是有点尴尬，世上再也没有比此情此景更戏剧化了。父子两人相见了，他们握了握手，一句话也没说。最终，老乔里恩用颤抖的声音说道：

"你好吗，我的孩子？"

小乔里恩回答道：

"你好吗，父亲？"

老乔里恩的手上戴着淡紫色羊羔皮薄手套，但双手还是明显地颤抖起来。

"如果咱俩顺路的话，"他说，"我可以捎你一程。"

就像他们每晚都携手一起回家一样，父子二人走出俱乐部后便上了出租马车。

在老乔里恩看来，他的儿子已经是大人了。"总而言之，他更有男子汉气概了。"老乔里恩这样评论着自己的儿子。儿子那张天生和蔼的脸上戴了一副玩世不恭的神情。在儿子的生活环境中，进行自我保护是非常有必要的，这一点儿子似乎早已预料到了。从他的模样看得出他属于福尔赛家族，但是他脸上的表情更像一个沉思的学者或哲学家。在这十五年当中，毫无疑问，他不得不时常反省自己。

毋庸置疑，这么多年之后，小乔里恩第一眼见到父亲时肯定是大吃一惊——父亲看上去既憔悴又苍老。然而在出租马车里，父亲似乎又没怎么变。他仍然清晰地记得父亲那泰然的样子和他那腰板挺直、眼光锐利的样子。

"你看上去气色不错，父亲。"

"马马虎虎吧。"老乔里恩回答道。

他心里有很多问题，觉得有必要说出来，憋在心里实在难受。这次他把儿子找了回来，他觉得自己首先必须要弄清楚儿子现在的经济状况。

"小乔，"他说，"我想知道你现在的经济状况怎么样。我猜你应该负债了，对吗？"

他把话这样一说，觉得儿子也许就更容易承认了。

小乔里恩讽刺地回答道：

"不！我没有负债！"

老乔里恩发现儿子生气了，就轻轻触碰了一下他的手。他真是冒了一个险。不过，这值了，况且小乔里恩从来没有跟他赌过气。他们的马车继续向前行驶着，父子之间又沉默了，这时马车来到了斯坦霍普门。老乔里恩邀请儿子来家里坐一下，可是小乔里恩却摇了摇头。

"琼不在家，"老乔里恩赶忙说道，"她今天出门拜访去了，我猜你应该知道她已经订婚了吧？"

"已经订婚了吗？"小乔里恩喃喃自语道。

老乔里恩从马车上走了下来，给马车夫付了车费，这是他生平第一次把一英镑当成一先令付给了马车夫。

马车夫把钱叼在嘴里，驾着马车匆匆地走了。

老乔里恩轻轻地在锁孔里转动钥匙，把门推开后便接着向儿子招招手。小乔里恩看到父亲严肃地把外套挂在衣架上，脸上的表情就像企图偷樱桃的小男孩一样。

餐厅的门是开着的，煤气开得很小；茶盘上方一架酒精茶壶正发出嘶嘶的声音，在它的不远处有一只长得有点凶的猫，趴在餐桌上睡着了。老乔里恩立马把这只猫嘘声赶走了。这件小事让他紧张的神经轻松了不少。他在它的身后使劲拍打着折叠式大礼帽把它赶走了。

"它身上都长跳蚤了。"他一边说着，一边跟着猫走出了餐厅。他在通向底层的走廊门口嘘了好几声，就好像帮助那只猫逃走似的，说巧也巧，这时男管家在楼梯下面出现了。

"你可以去睡觉了，帕菲特，"老乔里恩说，"过会儿我会锁门熄灯。"

当他又回到餐厅时，不幸的是，那只猫先于他来到了餐厅，它把尾巴高高地翘在空中，好像在声明老乔里恩让管家退下去的意图它都看在眼里了……

老乔里恩一生中的家庭策略总是出现错误。

小乔里恩忍不住笑了。他非常善于讽刺，那天晚上的每一件事在他看来都好像在讽刺他本人似的，比如那只猫的插曲和女儿订婚的消息。他跟女儿的关系还不如那只猫。这种天理循环他觉得很有意思。

"琼现在长成什么样子了？"他问。

"她的个子很小，"老乔里恩回答道，"别人说她长得像我，但是他们都错了。她长得更像你的母亲——她们俩的眼睛和头发长得简直一模一样。"

"哦！那么她现在漂亮吗？"

老乔里恩是个十足的福尔赛性格，从来不会胡乱地恭维别人，尤其是对那些他们真正爱的人。

"长得不丑——福尔赛家族典型的下巴。小乔，自她离开后，这里就显得非常冷清了。"

老乔里恩脸上的表情再一次让小乔里恩感到震惊不已，这跟他第一次见到父亲时的感觉一样。

"您打算怎么办？我猜琼把她的心思都放在她的未婚夫身上了吧。"

"我打算怎么办？"老乔里恩重复着小乔的话，声音中带着怒意。"真可怜，我要自己住在这里了。我也不知道这何时能结束。我真希望……"他突然停住然后又接着说："问题是，我该怎样处理这套房子才好呢？"

小乔里恩向四周看了一下这套房子。房子太大显得空旷又凄凉，墙上挂了他从小就记得的巨幅静物画——许多酣睡的狗，鼻子搁在一捆捆的胡萝卜上面，跟这些挂在一起的洋葱和葡萄，显得很不调和。这套房子毫无用处，但是他无法想象自己的父亲能住在比这更小的房子里。这更加让他感觉到了讽刺的味道。

老乔里恩坐在一把带有放书板的大椅子上，他是福尔赛家族、阶级和信念的领袖人物。他头发花白，额头很大，是一个生活节俭、做事有条理而又热爱财产的典型代表人物。不过在伦敦，他却是最孤独的老头。

老乔里恩忧郁而又舒适地坐在这间房子里，然而他就像无形的伟大动力的傀儡一样，伟大动力对家庭、阶级或者信念毫不感兴趣，只是像机器一样向前推动着社会的发展，通过可怕的过程通往那不能预测的结局。小乔里恩所察觉到的就是这些，他的见解也有些超然物外。

可怜的老父亲！然而这却是他的最终结局，他这一生省吃俭用，这也是他的目的所在！他一个人孤零零的，又在慢慢变老，他是多么渴望能有个人来跟他说说话啊！

老乔里恩转过来看着自己的儿子。他跟儿子有好多事情要谈，这么多年来，他一直没有找到机会来跟儿子谈论这些事情。过去他不可能向琼透露过他的想法：他曾确信投资苏豪区的财产会升值；他对新煤矿公司的负责人皮平长时间的沉默感到不安，不过他却一直是那家公司的董事长；美国高格瑟公司的股票一直下跌，真是可恨；他甚至商量过该如何通过赠予的方式来避免他死后的遗产税。

然而，手里端着一杯茶——他一直不停地搅拌着那杯茶——说话的劲头终于来了。生活的新展望就这样展开，在一片天赐的谈话国土上，他能找到抵御期望和遗憾浪潮的海港，他能用鸦片安抚自身的灵魂。借着鸦片的效力，他能想出救出自己财产的办法，也能想出使他生命中唯一不死的部分永久长存下去的办法。

小乔里恩是个很好的倾听者，这就是他最大的特点。他两眼一直盯着父亲的脸，时不时地询问着。

老乔里恩话还没有讲完，一点的钟声就敲响了，就在钟声敲响的那一刻，他惯常的那些原则似乎又回来了。他拿出手表，一脸吃惊：

"小乔，我必须得上床睡觉了。"他说。

小乔里恩站了起来，伸手把父亲扶了起来。父亲那张苍老的脸看上去还是那么憔悴和无神，父亲的双眼一直在避开他的眼神。

"再见，我亲爱的孩子；好好照顾你自己。"

过了一会儿，小乔里恩转身向门口走去。他几乎看不清楚眼前的路；他略微颤抖的嘴唏唏地笑着。这十五年来，他还是第一次发现，生活其实并不是一件简单的事情，没想到它会复杂到这种程度。

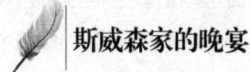 **斯威森家的晚宴**

在斯威森面向公园的那间橙色和淡蓝色的餐厅里，圆圆的餐桌上摆了十二套餐具。

餐厅中间悬挂着一架装满点燃蜡烛的玻璃枝形吊灯，它就好像一个巨大的钟乳石似的，照射着镀金框架的大镜子、桌子上的大理石面和带着沉重织花垫子的金色椅子。所有这一切都在表明，爱美之心在每个家庭都是根深蒂固的，他们自有方法能从乡下冷僻的角落里混入上流社会。实际上，斯威森难以忍受简单朴素的东西，他热爱金碧辉煌的东西，这使他在自己的社交圈里成了有名的大鉴赏家，只不过是品位有点奢华了些。每个去过他房间的人都能看出他是一个非常富有的人，为此他总是感到幸福美满，恐怕在他的一生中只有这番景象才能让他感到满足。

以前斯威森替人经营房产，这个职业他自己从来都是瞧不上的，尤其是房产拍卖部门。自从从那里退休后，他就全心全意搞起这些贵族玩意儿了，这也是情理之中的事。

他晚年的生活过得奢华而又安逸，就像一只苍蝇掉进蜜糖罐儿里似的。从早到晚，他脑子里很少有什么念头，因此这两种奇怪而又对立的情绪混合在了一起，一方面他踌躇满志、跃跃欲试，这是因为他自己通过不懈努力赚了一大笔钱；另一方面他又感觉自己这种与众不同的人根本不应该让工作玷污了自己的心灵。

他坐在餐具柜旁，身穿一件白色的背心，看着男仆拧开放在冰桶里的三瓶香槟酒。这件背心带着金色镶边的黑玛瑙大扣子。在直立的领子之间——他不能随便乱动，否则一不小心就会伤到自己——可是他是绝不会换掉这件衣服的；领子下方，下巴的白肉凸了出来，一动不动。他的双眼在瓶子之间转来转去。他一直在心里辩论着，下面这些话就是他跟自己说的：乔里恩会喝一杯酒，也许是两杯酒，他太关心自己的健康了。詹姆斯如今不能喝葡萄酒了。尼古拉斯——范妮和他只能抱着水喝，这也不足为奇！索米斯不包括在内。这些年轻的侄子们——索米斯都三十一岁了——竟然不会喝酒！但是波辛尼呢？

偶然说到这个陌生人的名字有点不符合他的逻辑。斯威森停顿了一下，他内心疑虑了起来。不过这很难辨别！琼仅仅是个小女孩，况且还在热恋中。艾米丽①喜欢喝一杯甘醇甜美的香槟酒。这酒对可怜的老茱莉来说太淡了，她不会品酒。至于海蒂·切斯曼！一想到这位老朋友，就能引起他的一串思绪，为此他那双透彻明亮的眼睛也变得模糊不清了：要是她能喝半瓶酒的话，他也不会感到吃惊！

但是一想到剩下的宾客，他那张苍老的脸上就露出了恰似猫要去捉老鼠时的表情：索米斯太太！虽然她喝不了太多酒，但是她会欣赏自己所喝的酒；请她喝美酒真是一件乐事！一位美若天仙的女子——而且她对他有好感！

他一想到索米斯太太就好像喝了香槟一样内心无比甜美！请这位年轻女子喝美酒真是一件令人高兴的事。她长得漂亮，会打扮，行为举止又那

---

① 詹姆斯太太。

样迷人，相当高贵——招待她真是一件美事。今晚他还是第一次把位于衣领之间的头轻轻地晃动了一下，虽然这很痛苦。

"阿道夫！"他说，"再放一瓶酒进去。"

他自己或许会喝很多酒，这可多亏了布莱特医生的那张处方；他发现自己身体好多了，平日里他也十分注意自己的身体，从来不吃午饭。好几周以来，他从来都没有感觉到这么好过。他撅起下嘴唇，给男仆最后的指示：

"阿道夫，上火腿的时候稍加点西印度果汁。"

斯威森去了前厅，在一张椅子边缘坐下，两膝分开着；他那个高大而又魁梧的身材立刻待在那里一动不动，他看上去好像在期望着什么，有点怪怪的，又有点天真。只要一有人来通知，他就会立刻起身。他已经好几个月没有举办晚餐聚会了。这次的晚餐是为了庆祝琼的订婚，虽然开始有点厌烦①，但是发请帖和订餐的活儿一忙完，他便感到特别亢奋。

他就那样坐着，什么都不想，手里拿着一块厚厚的磨光金表，它就好像一块扁平的黄油球似的。

一位有络腮胡子的高个子走了进来。他曾经是斯威森的家仆，现在是一位蔬菜水果商。他大声叫着：

"切斯曼太太，塞普蒂默斯·斯茂太太！"

两位女士走了进来。前面的那一位习惯性地穿着一身红，脸颊上有一大块庄重的红色，眼睛看上去严厉而又朝气蓬勃。她向斯威森走去，伸出一只戴着淡黄色长手套的手。

"啊！斯威森，"她说，"我好长时间没见到你了。你最近好吗？哎呀，亲爱的，你怎么变得这么胖了！"

斯威森狠狠地瞪了她一眼，这个眼神完全诠释了他此时的感受。他心里涌起一股无名怒火。长得胖很俗气，但是谈论胖这个话题也很俗气；他只不过是胸口宽阔了一些罢了。他转过身来看着自己的妹妹，紧握着她的双手，然后以一种命令式的口气说：

"最近怎么样啊，茱莉？"

---

① 在福尔赛家族中，他们会虔诚地遵循用宴会来隆重庆祝订婚的习俗。

塞普蒂默斯·斯茂太太是四个姐妹中个子最高的一个；她那张姣好的老圆脸变得有点让人讨厌；她脸上无数的赘肉就好像被包裹在铁丝面具里一样，那天晚上忽然摘下来，弄得脸上的赘肉一块块的像肉球一样。甚至她的眼睛也向外鼓着。她就是以这样的方式记录下了她对失去塞普蒂默斯·斯茂的长久怨恨。

她因总是说错话而颇有名气，她骨子里就带着一种固执，跟她的家人一样，既然自己把话说错了，她就坚持到底，而且还一错再错。随着丈夫的去世，塞普蒂默斯·斯茂太太身上的家庭式的固执和实事求是也随他一并而去了。情况允许的话，她总会侃侃而谈，有时她会劲头十足地说上好几个小时，而内容都是千篇一律的史诗，她常说命运总是对她不公；可是她不曾察觉听她说话的人总是会同情命运的，她的心原本可是善良的啊！

这个可怜的塞普蒂默斯·斯茂太太常常会在斯茂①的病床边陪伴着他，因此她也养成了一种习惯。后来好几次，她都会花大量的时间陪伴病人、儿童和其他一些无依无靠的人，还会时常逗他们开心，她永远都摆脱不了那种感觉：好像这个世界的确是一个最忘恩负义的地方，她实在是摆脱不了这种感觉。每个周日，她都会去找一位非常诙谐的传教士——托马斯·斯科尔斯传教士——听他布道，他对塞普蒂默斯·斯茂太太产生了很大的影响；可是她跟别人谈起时，也会把这件事当做一种不幸，而且人们还都相信她。她已经成为家里人的笑柄，只要任何人看起来特别令人烦恼时，这个人就会被人们戏谑地称为"一个十足的茱莉"。她精神有点大不正常，像她这样的状态，要不是一个福尔赛人，估计还不到四十岁就一命呜呼了。可是她那时才七十二岁，脸色看上去从来没有这么好过。人们感觉她有一种自得其乐的本领，而且这种本领还没有完全施展出来。她有三只金丝雀，一只叫汤米的猫和一只与姐姐海斯特共同饲养的鹦鹉；不过这些可怜的动物②跟人不同，认为她倒霉不能怪她，所以它们都热情地贴在她的身边。

---

① 斯茂先生的体质很弱。

② 由于蒂莫西对这些动物有恐惧感，因此她都小心翼翼地养着，不让它们靠近他。

她今晚穿了一件黑棉纱，淡紫色的胸前开了一个浅浅的三角领，细喉上系了一根黑色丝绒丝带。这身打扮，虽然颜色暗淡了一些，但看上去却很华丽。几乎每个福尔赛家族的成员都认为，身着黑色和淡紫色的晚礼服才会显得非常高雅。

她一边朝斯威森撅着嘴，一边说：

"安姐问起你了。你好长时间没有去我们那里做客了！"

斯威森把两只大拇指放到背心的袖口里，回复道：

"安姐走路越来越晃了；她应该去看看医生！"

"尼古拉斯·福尔赛先生，尼古拉斯·福尔赛太太！"

尼古拉斯·福尔赛竖起他矩形的眉毛，面带微笑。那几天，他计划着从印度高山地区雇用一个部落去开发锡兰的金矿，现在他成功做到了。这是一个他特别得意的计划——虽然面临重重困难，但计划最后还是落实了——他当然得意。这样一来金矿的产量会翻一番，赚不赚钱倒是无所谓。他经常和别人辩论，既然所有经验都表明人一定会死，那么是在自己国家可怜地老死，还是在一个外国矿下因潮湿而过早地死去，这些就都无关紧要了，倘若他能通过改变自己的生活方式给大英帝国带来益处，那他也愿意做。

尼古拉斯的能力毋庸置疑。他抑起塌鼻子向他的听众们补充道：

"由于缺少几百个这样的家伙，我们好几年都没有分红了，看看现在股票的价格，我们连十个先令都得不到。"

他过去也在雅茅斯待过，回来的时候感觉自己至少年轻了十岁。他紧紧抓着斯威森的手，开玩笑地大声说：

"啊，我们又见面了！"

满脸憔悴的尼古拉斯太太在他身后笑了一笑，好像既高兴又害怕的样子。

"詹姆斯·福尔赛先生，詹姆斯·福尔赛太太！索米斯·福尔赛先生，索米斯·福尔赛太太！"

斯威森把脚跟并在一起，他的这一举动使他看上去更加神气了。

他握着艾琳的手，眼睛瞪得很大。她是一位漂亮的女子——不过脸色稍微有些苍白，但是她的身材、眼睛和牙齿都那么完美！索米斯这个家伙绝对配不上她！

上帝赐给艾琳一双深棕色的眼睛和一头金黄色的秀发，这种奇特的搭配更能吸引男人的眼球，据说这也是意志薄弱的一种标志。她身穿一件金色的连衣裙，露出了白皙的颈部和肩部，这使她看上去格外诱人。

索米斯站在艾琳的身后，两眼一直看着她的颈部。斯威森依旧把表放在手里，表上的指针已经过了八点；这次晚餐开饭时间晚了半个小时——他还没有吃过午饭——因此一种奇怪而又莫名的急躁在他心中涌起。

"乔里恩怎么迟到了，这可不像他的风格！"他对艾琳说，自己不由自主地烦恼起来。"我猜肯定是琼把他留住了！"

"恋爱中的人总是会迟到的。"艾琳回答。

斯威森注视着她；面颊带着暗橙色。

"他们没有什么要事，不可能迟到啊。这只不过是一些时髦的谎话罢了！"

这阵发作之后，原始祖先那种难以言喻的暴怒也似乎在喃喃低语和抱怨不休。

"斯威森叔叔，你觉得我新买的星星怎么样？"艾琳温柔地说。

她衣服胸襟的花边上闪耀着一颗五角星，上面镶着十一颗钻石。斯威森一直看着这颗五角星。他非常喜欢宝石；要想分散他的注意力，再也没有比问他关于宝石的问题更恰当的办法了。

"谁送给你的？"他问。

"索米斯。"

她脸上的表情没有任何变化，但是斯威森苍白无力的双眼却瞪了出来，仿佛他突然察觉到什么事情而感到痛苦似的。

"我敢说你待在家里肯定会感到百无聊赖，"他说，"随便哪一天，只要你愿意来我家和我一起共进晚餐，我一定会请你喝全伦敦最好的美酒。"

"琼·福尔赛小姐——乔里恩·福尔赛先生！波辛尼先生！"

斯威森晃了一下胳膊，嘴里嘟囔了一句：

"现在晚餐时间到了——开饭吧！"

斯威森手挽着艾琳前去吃晚饭。自从她和索米斯结婚后，他还从来没有款待过她。琼和波辛尼坐在一块，艾琳坐在波辛尼的另一边。琼的另一边是詹姆斯和尼古拉斯太太，然后是老乔里恩和詹姆斯太太，尼古拉斯和海蒂·切斯曼，索米斯和斯茂太太。这样他们就围着斯威森坐成了一个圆形。

福尔赛家族的家庭晚餐会遵循某些传统。比如说，没有开胃小菜。没有人知道这是为什么。福尔赛家族年轻一辈的成员把这归因于牡蛎那贵到可耻的价格；更有可能是因为一种直截了当的欲望，为了吃到更好的美食，这种开胃小菜只不过是些微不足道的东西罢了。可是只有詹姆斯一家不遵循这种习俗，因此他们偶尔也会吃开胃小菜。开胃小菜在公园巷几乎是非常普遍的，所以他们家也抵挡不住这种风尚。

大家各自入座后，都沉默不语，空气中弥漫着一种敌意，他们之间彼此漫不经心，这种状况就这样一直持续着直到上了第一道主菜，不过这期间也穿插着人们几句评论的话。比如说："汤姆又生病了；我也不知道他到底是怎么了！""我猜安姐早晨是不下楼的，对吧？"——"范妮，你的医生叫什么名字？""斯塔布斯吗？""他是一个庸医！"——"威妮弗雷德？她有好多孩子啊。四个，不是吗？她瘦的跟个木条似的！"——"斯威森，你多少钱买的这瓶雪利酒？我感觉这酒的味道太淡了！"①

刚倒上第二杯香槟酒，大家就听到一阵嗡嗡的声音，经过一番辨别之后，他们才发现这是詹姆斯讲故事的声音。他的故事讲了很长时间，甚至还占用了上完羊脊肉之后的时间，这道菜可是福尔赛家族宴会上大家所公认的王牌菜。

福尔赛家族聚会每次晚餐都会上这道羊脊肉菜。羊脊肉味美多汁，有嚼劲，对于有"一定地位"的人们来说非常合适。它有营养，口感好，吃了能让人不能忘怀。它就像在银行的存款一样，既有过去也有未来，同样也是一道饱受争议的菜。

哪里产的羊肉最好吃呢？在这一问题上，福尔赛家族的每一位成员都各执一词——老乔里恩信誓旦旦地说是达特姆尔高原的，詹姆斯说是威尔

---

① 这是斯茂太太把香槟当成了雪利酒，所以认为不够香甜。

士的，斯威森说英国南部的无角短毛羊的羊肉最好吃，尼古拉斯说别人也许会不屑一顾，但是哪里也比不上新西兰产的羊肉味道好！至于罗杰，他可是众兄弟当中具有"创造性"的一位，因此他不得不杜撰出他内心所想的地方，现在竟然异想天开地说一家卖德国羊肉的商铺的羊肉最好吃；当然，这样一位有"创造性"的人曾为自己的儿子设计了一个新的职业，所以说出新奇的事物也不足为怪。虽然人们对他表示异议，但他通过肉贩出具的账单证明了自己的说法。账单上显示他在这家商铺付了比其他家更多的钱。有一次，老乔里恩就在那种大家争辩的场合突然对琼说了一句他的人生哲理：

"你可以自己看看，福尔赛家族的人都是神经病，你再长大一点就会明白的！"

只有蒂莫西没有参与这场关于羊脊肉的争论。虽然他吃羊脊肉吃得很痛快，可是他说，吃了之后自己还是不放心。

对于任何一个对福尔赛家族的心理感兴趣的人来说，这种好享用美味羊脊肉的嗜好对他来说可是至关重要的信息；这不仅仅表明了福尔赛家族的固执，无论是从集体而言，还是从个人而言，都能证明他们在性格和本能上都属于这个伟大的现实阶级。这个阶级相信营养和美味，绝不感情用事地羡慕美丽的外表。

的确，福尔赛家族年轻一辈的成员跟他们没有共同嗜好，他们更喜欢吃珍珠鸡或者大龙虾色拉———些看上去很漂亮但是营养较少的东西———这些人大部分都是女士；或者，如果不是女士，那就是他们被各自的妻子和母亲惯坏了。以前她们自结婚后就一直被强迫着吃羊脊肉，因此她们私底下对羊脊肉都产生了仇视，自然而然自己儿子的性格也就受她们的影响了。

关于美味羊脊肉的争论结束了，接着一盘图克斯伯里火腿上桌了，它上面还撒了少许的西印度果汁———斯威森拿出全部精力来品尝这道菜；为了自己能更好地享受此番美味的菜肴，他连跟别人的谈话都中止了。

坐在塞普蒂默斯·斯茂太太身旁的索米斯正在留心观察着。此时他正在看着波辛尼，当然他自有原因，这与他最近一直策划的一个施工计划有关。这位建筑师也许会满足他的目的；他看上去聪明伶俐，身体靠在椅背上坐着，闷闷地用面包屑摆成壁垒。索米斯注意到波辛尼的服装裁剪得非常好，但是就是有点小，就好像好多年前做的衣服似的。

索米斯看见波辛尼转向艾琳跟她说了几句话，接着艾琳的脸上就喜笑颜开了。索米斯经常看到艾琳会对别人有这种脸色——可是从来没有对他这样过。他企图想听听他俩在说什么，可是茱莉姑母那时正在跟他讲话。

"索米斯，对你而言，那件事是不是看起来非常特别？就是在上个星期天，亲爱的斯科尔斯传教士的布道就讲得非常富有机智而又非常具有讽刺意味。他曾经说过：'如果一个人拯救了自己的灵魂，但是丧失了自己的所有财产，这对他有什么益处呢？'他说，这就是中层阶级的座右铭；现在看来，他到底说的是什么意思呢？当然，这很可能是中层阶级人们所笃信的——我自己也不知道；索米斯，你是怎么想的？"

索米斯心不在焉地回答："我怎么能知道？斯科尔斯就是一个骗子，难道他不是吗？"波辛尼把在座的人看了一个遍，好像在指出宾客各自的特点似的，索米斯很想知道他在跟艾琳说些什么。从艾琳的笑容可以看出，她显然同意他所说的话。她似乎总是同意别人的观点。

艾琳把眼光转移到索米斯身上；索米斯立马把眼睛垂了下来。她嘴边的笑容消失了。

一个骗子？但是索米斯这话到底是什么意思？如果斯科尔斯先生，一个牧师，会是一个骗子——那么任何人都可能是个骗子——这太可怕了！

"他们本来就是骗子！"索米斯说。

他这一句话让茱莉姑母一下子惊得说不出话来，这时索米斯才听到了艾琳的几句谈话，听上去她好像在说："既然来到了这里，就放弃希望吧。"

不过此时斯威森已经吃完了他的火腿。

"你都是从哪里买蘑菇？"他跟艾琳说话时就像一个略带谄媚的侍从。"你应该去斯迈利·鲍勃家买蘑菇——他们会把新鲜的蘑菇卖给你。家里的用人总是嫌麻烦而不去那家！"

艾琳转过身子向斯威森答话。索米斯看见波辛尼一边注视着自己的太太，一边一个人痴痴地笑着。这个小伙子的笑容有点诡异。俨然一副呆头呆脑的样子，就像小孩子高兴时笑的那样。至于乔治给他起的绰号——

"海盗"——他自己觉得并不适合他。看见波辛尼转过身来跟琼说话时，索米斯又笑了，不过他的笑容有种讽刺的意味——他不喜欢琼，不过这时她看上去不怎么高兴。

这不足为奇，因为她刚刚跟詹姆斯聊完。

"我在回家的路上在河边待了一会儿，詹姆斯爷爷，我看见了一块不错的地皮，很适合建房子。"

詹姆斯一向吃得又慢又仔细，听到这句话，他停了下来，嘴里的东西也不再细嚼。

"嗯？"他说，"那地方在哪里？"

"离本格伯恩市很近。"

詹姆斯把一片火腿放入嘴中，琼只好等着。

"我猜你不可能知道那块地是不是自由保护地产吧？"他最后问道，"你不知道那块地的价格吧？"

"我知道，"琼说，"我问过别人了。"她红褐色头发下的那张坚决的小脸表现出急切又激动，这点非常可疑。

詹姆斯摆出一副检察官的样子凝视着她。

"怎么？你不是想买地吧！"他突然来了兴趣，放下了手中的叉子。

琼看出他对此有兴趣，便鼓足了勇气。好久以来，她自己一直有个钟爱的计划。她打算怂恿叔叔们在乡下建几套房子，这不仅可以使他们受益，而且对波辛尼也有好处。

"当然不是，"她说，"我想那地方非常不错，对——你或者——某个人来说，在那里建所房子再好不过了！"

詹姆斯看着她的脸，又往嘴中放了一块火腿……

"那边的地价应该很贵。"他说。

琼原以为詹姆斯真的有兴趣，其实他没有。每个福尔赛家族的成员都一样，当他们听到某些称心如意的东西有可能落入他人之手时，只是会在表面表现得很起劲儿罢了。但是琼好像执意不想错过这次机会，她继续说着自己的观点。

"你应该去乡下买房子住，詹姆斯爷爷。要是我有一大笔钱的话，我一天也不愿意在伦敦待着。"

又高又瘦的詹姆斯被说动了，他没想到自己的侄女会有如此明确的观点。

"你为什么不去乡下买房子住呢？"琼重复道，"这会给你带来很多好处。"

"为什么？"詹姆斯有点激动地问道，"买土地——你认为我买土地有什么好处呢，是建房子吗？——我投的资连百分之四的利息都拿不到。"

"那有什么关系？在那里你可以得到新鲜的空气。"

"新鲜空气！"詹姆斯大叫道，"我能拿新鲜空气做什么？"

"我本来认为每个人都喜欢呼吸新鲜空气的。"琼轻蔑地说。

詹姆斯用纸巾擦拭了一下嘴。

"你根本不知道钱的价值。"他一边说着，一边避开她的眼睛。

"我不知道！我希望我永远都不要知道！"可怜的琼咬着自己的嘴唇，心里有种难以形容的耻辱，坐在那里一言不发。

为什么她自己的亲戚都这么富有，可是菲利普却连明天买雪茄的钱都没有呢。为什么他们不能为波辛尼做点事呢？他们也太自私了。为什么他们不能在乡下建房子呢？她满脑子都是天真的武断想法，真是可怜，而且有时候会碰上很大的钉子。琼被詹姆斯弄得一番狼狈后就转向了波辛尼，可是她却看见他跟艾琳聊得正开心，琼的心一下子凉了半截。她两眼怒视着他，和老乔里恩遭受挫折时的表情完全一样。

詹姆斯的心里非常不安。他的感觉就好像有人威胁到他投资百分之五利息的权利似的。老乔里恩把这丫头宠坏了。要是他自己的女儿，绝对没有一个人敢说出这样的话。詹姆斯总是不怎么约束自己的孩子，他意识到了这一点，这让他更加深有体会。他生气地摆弄着自己盘中的草莓，然后往上面加了很多奶油，便迅速地把它吃光了；这些可口的草莓至少不能放过。

难怪他很心烦。他一直从事房屋抵押的工作；永远把资金的利息保持在一个很高但却安全的水准上；在尽可能赚取对方最大利益和保证自己及顾客利益安全的原则上进行谈判，他一生中所有的人际关系都是靠金钱来衡量的，最后他不得不满脑子想的都是钱。这就是他五十四年①来所从事的职业。

钱就是他的光芒，就是他的眼睛，没有了钱，他就看不到一切，也不可能辨别出现象。"我希望我永远都不要知道钱的价值！"有人竟然当着他的面这样对他说；这使他既难堪又恼怒。他知道这句话毫无意义可言，不然这恐怕就要吓到他了。那未来的世界会是什么样的！他突然想起了小乔里恩的事来，不过，他感到一丝安慰，因为你能想象得到小乔里恩有一个跟自己一样的父亲！然而这又让他想起了更加不愉快的事情。这些关于索米斯和艾琳的所有闲言碎语是怎么回事？就像所有有自尊心的家庭一样，福尔赛家族也有自己的商场，在这里他们交换家庭秘密并给家庭股票定价。从福尔赛交易所得知，艾琳对这次婚姻感到非常后悔。不过她的后悔是得不到人们赞成的。她当初就应该知道自己的想法是什么；没有一个稳重的女人会犯这种错误。

詹姆斯痛苦地思考着：他们在极好的位置有一幢不错的房子②，既没有孩子也没有经济上的困扰。索米斯不大肯谈自己的工作状况，但是他以后一定能成为一个很有出息的人。他有从生意上获得的资本收入——索米斯，跟父亲一样，在一家非常有名的福尔赛·博思达·福尔赛律师事务所工作——他办事总是非常仔细。他受理的一些房屋贷款的案件办得都非常好——也都及时地取消了抵押品的收回权——这真是等于中了头奖！

艾琳不高兴也没有理由，但是他听说她一直要求跟索米斯分开睡。詹姆斯知道这件事会是怎样的后果。要是索米斯饮酒过度，这还情有可原，可是他从来都没有做过这样的事。

詹姆斯注视着自己的儿媳妇。他那未被察觉的眼神流露出了冷淡而又怀疑的神情。那种神情里带着一丝请求和恐惧，还有一种个人抱怨感。为什么他这般担心呢？很可能这毫无意义，女人们都是些滑稽可笑的东西！她们总是言过其实，你都不知道什么该信，什么不该信；然后她们什么都

---

① 最早的时候，自从颁布了法律的相关条例后，他就一直当律师。
② 房子稍微小了点。

不跟他说，他只好自己去打听个明白了。詹姆斯又一次偷偷地看着艾琳，接着又看着她对面的索米斯。索米斯此时正在听安姑母讲话，他抬起头来，双眼向波辛尼那个方向望去。

"他很喜欢艾琳，我知道，"詹姆斯想，"就看看他常常给她买的那些东西吧。"

艾琳不喜欢索米斯未免也有点太不合情理了，这样一想，自己觉得特别难受。

更可恨的是，艾琳是个迷人的女子，只要她愿意跟他亲近，詹姆斯就会真心真意地喜欢她。最近她和琼成了好朋友，这对她没有什么好处，这的确对她没有什么好处。她现在变得越来越有主见了。詹姆斯不明白，既然她什么都有了，她还想要什么呢？她有一个好家庭，想要什么就有什么。他觉得自己应该好好甄选一下她的朋友。要是她一直这样下去，肯定会有危险的。

的确，琼总是愿意为那些不幸的人撑腰。她一定是从艾琳的口中得知了她的不情愿，反过来，琼也向她反复灌输这样的思想：如果有必要的话，可以跟索米斯分开，自己必须要面对不幸。听了琼的这些劝告后，艾琳缄默不语，陷入了沉思，似乎她一想到这种冷血性的抵抗就感到很害怕。艾琳曾跟琼说过，索米斯是绝不会对她放手的。

"谁在乎？"琼大叫道，"让他做他喜欢的事情——你只需要坚持就行了！"琼在蒂莫西的家里面毫不顾虑地说了这么一番话，后来詹姆斯从别人那里听到了琼说的那些话，因此，他的愤怒和吃惊也就是人之常情了。

要是艾琳听了琼的这些话——詹姆斯几乎连想都不敢想——离开索米斯怎么办呢？但是他感觉到这种想法会让他承受不住的，于是他立马放弃了这种想法；那种阴森森的幻觉在他头脑中显现，福尔赛家族成员说话的声音在耳旁嗡嗡作响，这件丑事大家都盯着呢，这种事竟然发生在他身边，竟然发生在自己的儿子身上！还好艾琳没有钱——她一年只有五十英镑，穷得就像乞丐一样！他带着一种蔑视的情感想起了死去的海伦教授，他什么也没有给她留下。他爽快地喝着酒，把两条长腿盘在桌子底下。当女士们离开房间时，他竟然没有站起来。他必须要跟索米斯谈谈——必须提醒他让他保持警惕。既然索米斯身上发生了这样的变故，他们俩就不能再这样下去。他看到琼酒杯里的酒还是满满的，感到十分厌烦。

"终归到底，就是这个琼在捣鬼，"他若有所思地自言自语，"艾琳自己绝不会想到这上面。"詹姆斯是个充满幻想的人。

斯威森的声音打断了他的沉思。

"我花了四百英镑买的，"他说，"当然，这绝对是一件上等的艺术品。"

"四百英镑！哼！那是一大笔钱了！"尼古拉斯随声附和着。

他们提到的这件艺术品是用意大利大理石精心制作的一组雕像，它的下面有一个高高的底座①。由于这件艺术品，整个房间都弥漫着一种文化的气息。这组雕像由六个裸着的女雕像组成，工艺高超，她们全都指向中间的女雕像。当然中间的女雕像也是裸着的，她也指向自己。这一组雕像让观看的人们非常愉快，他们感觉到了它的极端价值。茉莉姑母几乎就坐在这件艺术品的对面，她整晚都忍不住地去看它几眼。

老乔里恩开口了；就是他引起了这个话题的讨论。

"四百英镑，简直胡说！你真的花了四百英镑买的这个东西？"

今晚，斯威森衣领间的下巴又一次晃动了一下，他自己也感觉到了疼痛。

"四百英镑，英国货币；一分也不少！为此我一点都不后悔。这不是一件普通的英国雕塑——这是真正的意大利现代雕塑！"

索米斯嘴角微微一翘，笑了一下，然后他看了看自己对面的波辛尼。此时这位建筑师正在抽雪茄，他在烟雾缭绕中露齿而笑。的确，波辛尼现在看上去有点像一个"海盗"了。

"这件雕塑可花了不少工夫。"詹姆斯赶紧说，他的确被这组这么大的雕像所深深触动了。"在乔布森拍卖行，它肯定能拍出不错的价格。"

"一个可怜的外国佬雕刻的这组雕像。"斯威森说，"他向我要了五百英镑——我只给了他四百英镑。实际上，它值八百英镑呢。他看上去

---

① 底座也是用大理石制作而成的。

饿得半死，真是一个可怜的穷鬼！"

"哎！"尼古拉斯突然随声附和道，"这些艺术家看上去就是些衣衫褴褛的可怜家伙罢了；我都不知道他们是如何生活的。范妮和女孩子们经常邀请小弗莱乔莱蒂来家里拉小提琴；如果他一年能挣一百英镑，这已经是不错不错的了！"

詹姆斯摇了摇头。"哎！"他说，"我真是不知道他们是如何生活的！"

老乔里恩站了起来，嘴里叼着一根雪茄，走上前去近距离地仔细审视着这组雕像。

"至于这组雕像，我连两百英镑都不会出！"他最后声称。

索米斯看见父亲詹姆斯跟尼古拉斯互相不安地看了对方一眼；而在斯威森的另一边，波辛尼依旧在抽着雪茄，笼罩在烟雾中。

"我想知道他怎么看待这件雕像？"索米斯思索着，他自己清楚地知道这组雕像"过时"到了无可救药的地步；它完全是以前的旧东西。乔布森拍卖行里早就不拍卖这种东西了。

斯威森最后回答。"你对雕像从来就一无所知。你就只有你的画，仅此而已！"

老乔里恩回到自己的座位上，一口接一口地抽着雪茄。他不可能会跟像斯威森这样的一个固执的家伙争论。斯威森蠢钝得就像头驴，一座雕像和——一顶草帽他都分辨不出来。

"这就是个石膏人！"老乔里恩就说了这么一句。

斯威森本来就一肚子火气没地方发泄；只见他拿拳头在桌子上重重地锤了一下。

"石膏人！我倒想看看你家里有什么东西能抵得上这个石膏人的一半好！"

斯威森说完这句话，人们的耳边似乎又响起了原始祖先那隆隆地说话声。

眼看着争吵越来激烈，詹姆斯最终站出来调解。

"波辛尼先生，你怎么说？你可是一位建筑师，应该很清楚这些雕像类的艺术品吧！"

所有人的目光都投向了波辛尼；所有人都带着一种奇怪而又怀疑的表情等待着他的答案。

　　索米斯也第一次开口说了一句：

　　"是啊，波辛尼，你怎么说？"

　　波辛尼冷静地回答说：

　　"这件艺术品很特别。"

　　这句话是波辛尼对着斯威森说的，他的眼睛却狡黠地看着老乔里恩；只有索米斯依旧对这个答案不满意。

　　"为什么说它特别？"

　　"因为它的质朴。"

　　他说完之后在场的人都沉默不语，显然大家都知道他说的话是什么意思；只有斯威森自己不能确定，波辛尼说的话到底是不是恭维。

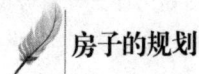 **房子的规划**

　　斯威森家晚餐宴会后的第四天，索米斯·福尔赛从喷了绿色油漆的前门走了出来，在广场对面回头看着自己的房子，他确信这所房子需要重新油漆一下了。

　　他出门时，艾琳正坐在客厅的沙发上，双手交叉着放在自己的膝盖上，很显然，她一直在等待着索米斯出门。这种情况不足为怪。实际上，这样的场景每天都会上演。

　　索米斯不明白艾琳到底对他哪方面不满意。他酗酒吗？当然不是。他负债了，还是赌博了？还是说脏话了？他粗暴吗？他朋友太闹了吗？还是他晚上不回家？可事实都恰恰相反。

　　他感觉妻子对自己有种暗藏的深深的厌恶，在他看来，这难以理解，同时这也是最让他感到恼火的地方。她结婚就是个错误，她根本不爱他，她也曾努力去爱他，可是到最后还是不能爱上他。很显然，这都不是理由。

一个人因妻子跟自己相处不好而想象出一些稀奇古怪的原因，这可不是福尔赛家人的作风。

因此，索米斯逼得把所有的问题全都归咎于他的妻子。他从来没有遇到过一位女子能让自己如此动心。不管他们俩去哪里，都能发现所有男人的目光都被艾琳吸引过来；这些人的样子、风度和声音把他们暴露得一览无余；在众目睽睽之下，她的行为举止还是那么无可挑剔。她就是那么一种女子——这在盎格鲁——撒克逊民族里并不怎么常见——生来就被别人爱和爱人的，她这样的女人要是不爱就生存不下去了。当然这一点索米斯从来没有想到过。她对别人的吸引力，在索米斯看来是她的价值的一部分，同样也是他的财产。实际上，这也让他察觉到，她既可以去爱别人也可以得到别人的爱，可是她就是一点也不爱他。"那么她为什么要嫁给我呢？"索米斯时常这么想。他忘记了他那时是怎么追到她的了。一年半前，他总是围在她身旁，伺候着她，想出各种办法让她高兴，给她买礼物，每隔一段时间就会向她求婚，成天黏着她，因此其他的追求者根本接近不了她。那一天，他发现她非常不喜欢自己的家庭环境，为此他巧妙地利用了这一点，没想到就这样成功了。如果他还能记得的话，这个满头金发、深褐色眼睛的女孩也不过是对着他撒撒娇、使使小性子罢了。那时突然有一天，她屈服了，说她会嫁给他。他被幸福冲昏了头，当然不会记得她脸上的表情——古怪、屈从而又落寞。

这就是书上和人们嘴里所赞美的那种真诚和深情的求爱方式，由于"精诚所至，金石为开"，男人费劲心思追求自己爱上的女子，最终如愿以偿。当婚礼的钟声敲响后，一起都应该是幸福和美满的了。

索米斯沿着有树荫的一边向东走去，他总是在固执地仔细搜寻着什么。

他的房子需要油漆了，除非他决定搬到乡下去，并在那里建一座房子。

那个月里，他把这个问题仔细考虑了上百次。没有必要仓促行动！他相当富有，收入每年都在增加，已经涨到每年三千英镑了；可是他的投资也许没有他父亲想的那么多——詹姆斯老是希望他孩子们的经济状况能比目前的更好。"我可以轻而易举地拿出八千英镑来，"他想，"根本不需要追着罗伯森或尼科尔还债。"

索米斯在路过一家画行时停了下来，站在门口看了看，原来他还有收藏画作的爱好。在蒙彼利埃广场六十二号的一间小房子里，堆满了索米斯收藏的画，它们靠墙放着，因为家里根本没有地方挂。他从市区回来时会顺便把买的画带回家，通常是天黑以后。周日下午他偶尔会来到这间小房子，一待就是好几个小时。他时常把图画朝灯光看着，检查图画背面的标记，然后偶尔做些记录。

这些画几乎全是风景画，人物在画上都是点缀。这些画显示着他对伦敦的一种莫名的反抗，既反抗伦敦又反抗高耸的楼房和无止境的街道。他和他的家族、他所属社会阶级就是在这里度过了一生。时不时地他也会随身带着一两张图画，坐上一辆出租马车，然后在去市区的路上在乔布森拍卖行停一下。

他很少把画给别人看；暗地里他非常欣赏艾琳的眼光，也许就是那个原因，他从来不向艾琳征求意见。只有在极少数的情况下，艾琳才会去那间小房子里，履行一下女主人的某种义务。索米斯没有邀请她来欣赏这些画，因此她自己也从来不看。对索米斯来说，这又是一件非常不爽的事情。他憎恨她的这种骄傲，背地里却又非常畏惧这种骄傲。

画店的玻璃橱窗照射出了他的样子，反射出的影子也朝他望着。

他光滑的头发压在大礼帽的帽檐下边，看上去跟帽子一样有光泽。他的脸颊苍白而又瘦削，胡子刮得很干净，嘴唇上的线条分明，坚定的下巴带着刮胡子时留下的少许淡青色，身上穿的黑色燕尾服扣得很紧，所有的这一切都表明他是一个谨慎而又有城府的人，心思细腻而坚定，永远装出一副泰然自若的神态。可是他那一双灰色而又冰冷的眼睛看上去很紧张，两条眉毛之间也被挤出了一条线。那双眸渴望而又仔细地观察着镜中的他，似乎它们好像知道他内心的弱点似的。

他记下了这几幅画的主题和画家的姓名，然后估算出它们的价值，但是这次却没有他以往私下鉴定时那样满意，于是他继续向前走去。

六十二号估计还可以再凑合一年，如果他决定建房子的话！眼下非常适合建房子，这些年建房子的价格还没有那么高；他看好的那块地在罗宾山，当时时值春天，他是去那里检查尼科尔的抵押房产的时候看好的——

什么能比那里的位置更好呢！要是在海德公园方圆十二英里以内的地皮，以后的价格肯定还会往上涨，要是建造一座房子以后卖出去，一定能赚不少钱呢；因此一套房子，倘若样式真的建得非常好，那么它绝对是一笔理想的投资。

在福尔赛家族中，他将成为唯一一位在乡下有房子的人，这对他来说倒是无所谓；因为对于一个真正的福尔赛家族成员来说，热情，甚至是对社会地位的热情，是一种奢侈，只有对更多的物质欲望得到满足后，它们才能容许自己放纵一下。

让艾琳离开伦敦，让她没有四处走动和拜访客人的机会，让她远离那些给她往头脑里灌输思想的朋友！这才是最要紧的事！她与琼的关系太密切了！琼不喜欢索米斯。索米斯也不喜欢琼。但是他们有着相同的血统。

最重要的是让艾琳搬离伦敦，到时候一切就都解决了。她会喜欢乡下的新房子的，她喜欢摆弄那些装饰，她本来眼光就很独到！

房子的样式一定要好，总是要确保它能卖到一个好价钱，要独一无二，就像帕克斯新建的房子一样，有一个塔楼。但是帕克斯却说他的建筑师是一个难缠的家伙。你从来都不知道你与这帮家伙的问题在哪儿；倘若他们有小名气，他们会让你花钱像流水一样，好像觉得花多少钱都不是问题。

但是一位普通的建筑师是不能用的——一想到帕克斯的塔楼，索米斯就放弃了雇用一位普通建筑师的想法。

这就是他为什么想起了波辛尼。自从斯威森家的晚餐宴会后，他就找人询问了一下，虽然最后打听到的很少，但是却让他激动不已："他是新学派的。"

"机灵吗？"

"要多机灵有多机灵——有点——稍微有点不踏实！"

索米斯既没有打听出波辛尼建了什么样的房子，也不知道他到底会收多少钱。通过打听来的消息，索米斯感觉他自己能自定条件。他越考虑这个想法就越喜欢。这就是福尔赛家族内部的事了，几乎每个福尔赛家族成员都会有这种自然的想法；即使不能免费，他也能够享受到"最惠国待遇"——对他来说也可以了，因为这所房子必须要成为一个不同寻常的宏伟建筑物，他想到波辛尼会有这个机会展示自己的才能。

这个工作一定要让波辛尼来干，索米斯沾沾自喜地思考着。因为，他跟每一个福尔赛家族成员一样，任何事只要有利可图，他一定会是一个彻头彻尾的乐观主义者。

波辛尼的办公场所在斯隆大街，就在索米斯家附近，因此他自己能够一直紧盯着这个计划。

其次，琼是艾琳最好的好朋友，既然琼的爱人得到了这份工作，艾琳不可能反对离开伦敦。琼的婚姻也许就依赖这份工作。从合乎的礼仪而言，艾琳不能阻挡琼的婚姻；他十分了解艾琳，妻子永远都不会那么做的。既然琼会非常高兴，那么他也就有优势可言了。

波辛尼看上去很机灵，但是他也有——这是他身上最可爱的地方——一种傻傻的样子，从不斤斤计较，就好像不知道在哪一块面包上涂黄油似的；在钱的问题上波辛尼该是很好对付。索米斯这样沉思着，并没有故意欺骗他的意思；这是他头脑中的一种自然的心思——任何优秀的商人都有这种心思——当他从人们中间穿过去德门山时，他周围那些成群上万的生意好手也都是这样的心思。

因此他满足于他们那个伟大阶级的难以理解的规律——这也是人性的规律。他心情愉快地在脑中盘算着，认为波辛尼在钱的问题上应该很好对付。

索米斯在人群中挤着往前走，通常他双眼都会注视着自己脚前方的路，此时他却被圣保罗大教堂的圆屋顶吸引住了，于是他抬起头来仔细瞅着。索米斯对那古老的圆屋顶特别着迷。因此，一星期内，他不止一次，而是两三次地在进城的半路上停下来，走进大教堂，再在侧道上停上个五到十分钟，仔细观察着教堂内碑上的名字和碑文。这座辉煌的大教堂竟会对他有如此大的吸引力，这真是令人费解，要不然就是这个原因：这样能使他把精力全部集中在当天的生意上。

如果他心事重重，比如说有特殊的重要事情或者遇到一件需要他特别精细的事情时，他一定会去大教堂，在里面慢慢地仔细观看着一个又一个墓志铭。然后再悄无声息地走出来，稳健地向齐普赛街走去，步态上有种轻松神气的感觉，好像看到了什么自己下定决心要买的东西似的。

今天早上他去了大教堂，然而，他这次不是悄悄地看着一个又一个纪念碑，而是双眼向上望着那些柱子和墙上的裂缝，他待在那里一动不动。

他仰起的脸上带着一丝既敬畏又严肃的神情，教堂里面的人们都是这种表情，在这所巨大的建筑物里，他们的脸就像是漂白了的白色似的。他戴手套的双手紧握着前方的伞柄，两手紧紧地握在一起，然后双手举了起来。也许是他感觉到了一些神圣的灵感吧。

"对了，"他想，"我得腾出一间屋子挂我收的那些画。"

那天晚上，他从市区回来后就直接去波辛尼的办公场所拜访了。他看见这位建筑师穿着一件衬衣，抽着烟斗，在一张平面图上用尺子画分割线。波辛尼问他要不要来一杯，索米斯谢绝了，然后他便直接开门见山说他来这里的意图。

"如果你星期天没有什么重要的事，就跟我去趟罗宾山吧，那里有块地皮，我想听听你对那房子位置的看法。"

"你打算在那里建房子吗？"

"也许，"索米斯说，"暂且不论这个，我只想听听你的看法。"

"可以。"这位建筑师说。

索米斯把波辛尼的工作室仔细看了一个遍。

"你这里有点太高了。"他评论道。

索米斯打听到的关于波辛尼生意的性质和范围还是有好处的。

"到目前为止，这对我来说还不错，"这位建筑师回答，"只是你住惯了那些漂亮的房子。"

他磕出了烟斗里的烟灰，可是却把空烟斗放在了牙齿中间；也许这让他能继续谈话。索米斯注意到波辛尼的两颊有点凹，就好像被吸进去似的。

"像这样的办公场所你要付多少钱？"索米斯问道。

"不少，五十镑。"波辛尼回复道。

这个回答给索米斯留下了不错的印象。

"嗯，确实不少。"索米斯说，"我会来接你的——星期天上午十一点。"

到了星期天，索米斯乘坐一辆二轮轻马车来接波辛尼，然后载着他去了车站。到了罗宾山后，他们雇不到出租马车，于是便步行去了那个地方。那地方离车站还有一英里半的路程。

那天是八月一号——一个不错的日子，烈日炎炎、万里无云——就在直着通向山上的那条窄道上，他们用脚一踩就踏起了一片黄色尘土。

"这是砂砾土。"索米斯说道，接着他从侧面瞥了一眼波辛尼今天穿的外套。波辛尼外套的侧边口袋里装着一卷纸，他一条胳膊下面还夹着一个怪模怪样的手杖。索米斯注意到了波辛尼身上这些和其他古怪的特点。

没有一个人会这般不注意自己的装束，除非他是一个极其聪明的人，或者实际上是个海盗；虽然索米斯很讨厌他的这种古怪行为，从某种程度来说，他自己还是有点窃喜的，因为他准会因为波辛尼身上的这品质而受益。如果这位小伙子能帮自己建房子，他穿什么样的衣服又有什么关系呢？

"之前告诉过你，"索米斯继续说，"我想让这套房子成为大家的一个惊喜，因此你现在什么都不要说。在事情没有彻底做好之前，我是不会提到它的。"

波辛尼点了点头。

"要是女人们掺和进来这件事，"索米斯继续说，"你根本就不知道哪年哪月才能完工。"

"对！"波辛尼说，"女人们就是魔鬼啊！"

这种感觉长时间以来都一直藏在——索米斯的心里；不过，他从来都没有把这种感觉说出来。

"哎呀！"他小声说道，"那么你也开始……"他停了下来，接着又带着一种无法控制的怨恨补充道："琼好发脾气——她总是这样。"

"一位天使有脾气也不是件坏事。"

索米斯从来没有把自己的妻子艾琳称为天使。在别人前面称赞她就等于让别人知道了自己的秘密，同时也暴露了自己的弱点，他不能这样违背自己的良心。因此他没有搭腔。

他们穿过一个养兔场来到了一条还没有建好的路上。和这条路成九十度的马车车辙把他们引向了一个砂砾坑；在砂砾那边有一片茂密的森林，一个村舍的烟囱在一簇树丛中凸了出来。几簇羽毛状的青草覆盖着那片高低不平的地面，草丛中的云雀在阳光中翱翔。远远望去，连绵不断的田地和树篱上方耸起了一列开阔的高原。

索米斯一直给波辛尼带着路，直到他们穿过砂砾坑来到了最远的地方才停了下来。这里就是索米斯挑选好的地点，可是现在要他把这个地点泄露给另外一个人，他却有点变得心神不安了。

"代理商住在那个村舍里，"他说，"他会给我们提供一些午餐——我们最好还是吃点午餐再去着手处理这件事吧。"

于是索米斯走在前面带路，把波辛尼领到了那个村舍。住在这里的代理商是个高个子，他叫奥利弗，有一张阴沉的胖脸和一脸灰白的胡子。奥利弗在村舍那里迎接索米斯和波辛尼的到来。吃午餐的时候，索米斯一直看着波辛尼，他自己几乎没怎么吃饭，偶尔还会用自己的丝质手绢偷偷地擦拭前额。最后这顿饭终于吃完了，波辛尼站了起来。

"我敢说你肯定有生意要谈，"他说，"我这就出去看看。"他还没有等索米斯回答就大踏步走了出去。

索米斯是这家房产的顾问律师。所以在那个小屋里，他花了大约一个小时的时间和代理商一起看房子的平面图，并且讨论尼科尔和其他房屋贷款的问题；就好像事后想起来的一样，他提起这块地皮的事情来。

"你们这些人，"他说，"既然我是第一个在这里建房子的人，那么就应该给我降降价。"

奥利弗摇了摇头。

"先生，你相中的位置，"他说，"是我们公司最便宜的一块地了。斜坡顶部的位置还要贵好多。"

"别忘了，"索米斯说，"我还没有决定；很可能我根本就不建房子了。那块地的地租太贵了。"

"哎，福尔赛先生，如果你不在那里建房子的话，我真是替你感到可惜。以后你一定会因为你的这个错误决定后悔的，先生。从整体来看，在伦敦周围没有一小块地方能有这样的视野，租金也没有比这个地方更便宜的了。我们只要一做广告，肯定会引来大批人购买。"

他们朝对方望望。两个人的表情都很明白："我相信你做生意的手段不错，可是你不要期望我会相信你说的每句话。”

"哎"，索米斯重复着，"我还没有下定决心，这件事很可能办不成！"说完这些话，索米斯拿起雨伞，把一只冷冰冰的手伸向代理商，可是还没等他碰到对方的手，他就把手缩了回来，接着便走出门，到阳光下面去了。

他一边深思，一边慢慢地朝那个地点走回去。他的本能告诉他代理商所说的话是对的。那个地方很便宜。妙处就在于，他知道代理商并没有真的认为那块地很便宜；因此他自己直觉仍旧胜过了那个代理商。

"不管便不便宜，我都打算买了。"他想。

好多云雀在他的脚前飞翔，空中到处都是翩翩起舞的蝴蝶，一阵芳香从野草那边扑鼻而来。树林那边飘来了欧洲蕨的多汁气味，鸽子藏在树林深处咕咕地叫着，远处一阵温暖的微风似乎也随着教堂的钟声有节奏地吹了过来。

索米斯一边眼睛看着地，一边走着，嘴唇也时张时闭，就好像期待一个美味食物似的。但是当他到了那个地点，却看不见波辛尼的身影。等了一小会儿后，他就穿过养兔场朝斜坡的方向走去了。他本想大声叫一下，却又害怕听到自己的声音。

养兔场就像大草原一样孤独，只有兔子蹿进洞穴的沙沙声和云雀的歌声，才打破了此番寂静。

索米斯，这个伟大的福尔赛家族军队的开拓者，正向这片荒野的文明前进。他感觉自己的兴头下去了，这片荒凉、无形的歌声和炎热而又芬芳的空气让他感到有些惊悚。他已经开始沿着原路往回走，就在这时他终于看见了波辛尼。

一棵大大的橡树长在斜坡的边缘上，这位建筑师四肢伸开在它下面躺着。这棵橡树的树干枝繁叶茂，随着树龄的增长也变得愈发粗糙了。

索米斯走上前去拍了拍他的肩膀，这时他才把头抬了起来。

"你好！福尔赛，"他说，"我已经发现适合你建房子的最好位置了！看看这里！"

索米斯站了起来四处看了一下，然后冷淡地说：

"你的眼光真是不错，但是这个位置会花掉我一倍半的价钱。"

"先把费用的事放到一边，老兄，你看看这里的风景！"

几乎从他们的脚下就延伸出了一大片熟透的玉米，它们一直蔓延到远处的一个又小又黑的杂树林里。一片田地和树篱的平原一直延伸到远处灰蓝色的开阔丘陵地。从右边望去还可以看见泰晤士河蜿蜒成一条细长的银线。

天空如此之蓝，太阳如此灿烂，一个永恒的夏天似乎统治着此番美景。蓟花的冠毛围绕着它们漂浮，似乎对天空的宁静也痴迷似的。热浪在玉米上跳舞，到处都能听到一阵柔和而又不知不觉的嗡嗡声，就好像愉快的时间低声地在天地之间举行狂欢似的。

索米斯看着这一切。不知不觉间，某些想法在他胸中涌起。住在这里，看着眼前的一切风景，索米斯能够指给他的朋友看，也能谈论它，也能占为己有！在这里他感受到了温暖、阳光和明媚，这就好像四年前，他感受到了艾琳的美丽动人然后想渴望占有她一样。他偷偷地瞥了一下波辛尼，发现他的眼睛就好像马车夫所说的半驯服的美洲豹的眼睛似的，那双眼眸似乎在四处巡视着这片景色。阳光洒在了这位小伙子脸上的隆起部分；隆起的颧骨，尖尖的下巴，隆起的眉峰，索米斯看着这张粗野、充满热情又怡然自得的脸，心里感到一阵不痛快。

一阵柔和的暖风飘过玉米地向他们扑面而来。

"我可以在这里给你建一套房子，不管是谁看了都会为之称赞的。"波辛尼说。两人之间的沉默总算被打破了。

"我要说，"索米斯冷冰冰地回复道，"你倒是不必自掏腰包。"

"大概八千英镑，我就可以给你建造一座宫殿。"

索米斯脸色变得非常苍白——他的内心正在挣扎着。他垂着双眼，执拗地说道：

"我支付不起。"

然后他慢慢地东张西望地走着，带着波辛尼回到了他相中的那个地点。

他们在那里花了好长时间研究建房子的细节，后来索米斯又回到了代理商的村舍里。

半个小时以后，他从里面走了出来和波辛尼一起动身前往车站了。

"哎，"他说，嘴唇几乎没有张开，"我终究还是买下了你相中的那块地。"

他又一次沉默了，内心在困惑地在挣扎着，他一向看不起这个家伙，可他怎样就说服自己打消之前的决定了呢？

一个福尔赛家庭

　　在这个伟大的伦敦城，索米斯跟他同一阶级同一年代的成千上万的人们一样，都认为红色天鹅绒的椅子已经过时了，也都知道成群的现代意大利大理石只是些娱乐的东西罢了；当然，他们也知道如何把自己的房子装修得最时髦。他的这个房子有一个非常别致的铜门环，窗户改成了向外开，盛满倒挂金钟植物的花盆悬挂在窗户边上，房子后面①的小院子里铺了一些浅绿色的瓷砖，院子周围是一些粉红色的八仙花，它们都被栽在了孔雀蓝的大花盆里。羊皮纸颜色的日式遮阳伞覆盖了整个院子，在这里，院子外头好奇的人们看不到里面的人，房子里住的人或者客人就可以一边喝着茶，一边悠闲地赏玩索米斯新买的银色小盒子。

---

　　① 这所房子一个主要的特点。

房子里的内部装潢是以拿破仑时代和威廉·莫里斯①风格的装饰为主。就面积而言，房子特别宽敞；拐角无数，装饰得就像鸟巢一样，摆设在那里的银制小东西就像刚下的鸟蛋一样。

在这间总体看来非常完美的房子里，有两种吹毛求疵在"交战"。女主人的考究是孤芳自赏，顶多算是居住在这个荒凉的小岛上；而男主人的苛求就好像是一种投资似的，为了自身的发展而精心经营它，当然他所遵循的是商业竞争规律。这种商业竞争心理早在索米斯在马尔伯勒中学读书时就表现出来了。他是第一个在夏天穿白色背心，在冬天穿灯芯绒背心的男孩。只要是在公共场所，他是绝对不会让自己的领带跑到了衣领外头。在演讲日那天的集会上，他上台朗诵莫里哀，在上台之前，他会仔细拂去皮鞋上的灰尘。

索米斯逐渐变得对事事都要讲究完美无瑕，这就跟许多伦敦人一样。你根本不可能看到他有一根头发弄乱，有一条领带没有熨平，或是领带打得不直，甚至没人见过他的领带偏离垂直线八分之一英尺！衣领永远都有光泽！他要是没洗澡就根本不会出门——洗澡已经成为了一种时尚；他极度鄙视那些出门不洗澡的人们！

可是艾琳，你可以想象得到，就像在路旁的溪流中沐浴的女神一样，只是为了让自己精神饱满，又能在水中照见自己美丽的身体。

在满屋的矛盾中，这位女子退却了。就像盎格鲁－撒克逊民族和凯尔特民族在本岛上继续进行的争斗一样，如果一方具有更容易受外界影响和更具有包容性的性情，那么他们就会被逼得接受一种传统的上层建筑。

因此这座房子便跟其他成千上百座有相同的雄心壮志的房子很相似。因此人们常说："索米斯·福尔赛家的那座非常迷人的小房子，特别与众不同，亲爱的——真的很有品位。"

索米斯·福尔赛平日里读的是詹姆斯·皮博迪、托马斯·阿特金斯或者是伊曼纽尔·斯巴格诺莱蒂的小说，实际上，这都是些伦敦中上层阶级

---

① 威廉·莫里斯（1834~1896）英国诗人兼社会主义者，1861年曾致力于室内装潢，引起了很大反响。

那些附庸风雅的人士爱读的小说；虽然房子的装饰跟小说的性质不同，但是这句话却形容得刚刚好。

八月八号的晚上，也就是上次去罗宾山后一周之久，在这所房子——"它特别与众不同，亲爱的——真的很有品位"的餐厅里，索米斯和艾琳正坐着吃晚餐。每逢周日的晚上吃热菜是这个家庭和许多其他家庭都流行的时髦的吃法。自从索米斯和艾琳结婚后，他就定了这样的规矩："家仆必须在每逢周日的晚上给我们做热菜吃——这些家仆除了拉六角手风琴外，也没有什么其他事情可做。"

这个规定一直延续着，并没有引起什么革命。因为——对索米斯来说，这种事情真是可恨——家仆们都忠于艾琳。她虽蔑视所有根深蒂固的传统，但人类都爱吃热食这个弱点，她却认为有权利享受一下。

这对幸福的小两口坐在漂亮的红木餐桌旁。他们不是面对面地坐着，而是斜对面坐着。他们吃晚饭时没有铺桌布——这是一种与众不同的品位——到目前为止他们还没有说一句话。

索米斯在吃晚饭的时候喜欢谈生意上的事情，或者说说他都买了些什么，只要他一说话，艾琳的沉默寡言就不会让他觉得不舒服。在今晚，索米斯本想告诉艾琳建房子的事，可他发现自己怎么也开不了口。整整一个星期以来，他一直盘算着建造房子的事，现在他已经下定决心要把这件事告诉艾琳了。

要把这事儿告诉她，心里又觉得很不安，这种感觉真是让他有点儿恼；她没来由地让他有这种感觉——夫妻之间本来应该好得跟一个人似的。自从他们坐下来吃饭，艾琳还没有看他一眼；他想知道她究竟在想些什么。当一个人像他这样工作，为她挣钱——对！为她挣钱！他的内心感到一阵疼痛——而她却坐在这里朝墙壁望着——就好像看见房间的墙壁都要合起来似的，这一切都让他很难堪。她的所作所为足以把人气得起身离开餐桌。

玫瑰红灯罩的灯光照在艾琳的颈部和胳膊上——索米斯喜欢她吃晚饭时穿一件露肩的连衣裙，这让他有一种难以形容的感觉：他认为自己比他的大多数亲人都有优势可言，那些人的妻子在家用餐时顶多会穿上不错的便装，或者是喝茶时穿的长裙，跟艾琳根本没法儿比。在那束玫瑰红灯光的照射下，她琥珀色的头发和白皙的皮肤与她那深褐色的眼睛形成了一种奇特的对比。

索米斯的餐桌是深色调，上面摆满了像星星一样的娇嫩的玫瑰花、红宝石色的玻璃杯和古雅的银餐具，又有哪一位男子能拥有比他更漂亮的餐桌呢？他身旁坐着的这位女子美丽动人，有哪一位男子能拥有比他更漂亮的妻子呢？感激不是福尔赛家族成员的德行，他们争强好胜、满脑子生意经，根本没有机会去想这些问题。所以索米斯现在的感觉让他既痛苦又困惑。尽管索米斯有权利占有艾琳，可是他并没有真正占有她；他不可能像伸手摘下那朵玫瑰一样，把她摘下来捧在手心里，嗅出她心里的秘密。

在他的其他财产中，所有他收藏的东西，他的银器、他的画、他的房子和他的投资，索米斯都会感到有一种隐秘而又亲密的感情，而在艾琳身上他什么都感觉不到。

在他的这所房子里，每一面墙上都有他的笔迹。一种神秘的警告告诫他艾琳天生就不是他的，可是他那种做生意的性格却又促使他对这种警告发出反抗。他已经娶了这位女子，征服了她，让她成为了自己的女人。按照法律，他仅仅能占有她的身体——他要是真正占有的身体也好，可是如今他连这个也开始怀疑了，这简直违反了一切法律中最基本的法律——财产法。如果有人问他是否想占有她的灵魂，他会觉得这个问题既可笑又荒唐。但是他的确想这样做，而墙上的笔迹却在表明他永远都做不到。

她永远都是沉默不语，消极被动，即使讨厌他却也丝毫不露痕迹；仿佛她唯恐自己的一言一语、一举一动或者某个细微的动作会让索米斯误认为她喜欢他；索米斯扪心自问："难道我要一直这样下去吗？"

索米斯同他这一代的大多数小说读者一样[1]，对生活的看法往往都深受文学的影响；关于这一点，他相信这只是时间的问题。

小说中最后丈夫总是能赢得妻子的芳心。即使在那些以悲剧做结局的小说里——他不怎么喜欢读这类小说，妻子临死前也总会说些感悟和忏悔

---

[1] 索米斯非常喜欢读小说。

之类的话，或者要是丈夫去世的话——这种想法真是太丧气了——妻子也会既痛苦又悔恨地扑倒在他的怀里。

他经常带艾琳去剧院看戏剧，总是会本能地选择那些反映现代社会婚姻问题的现代社会剧。幸运的是，戏剧里的问题与现实生活中的任何婚姻问题都不相同。他发现，即便是剧中有个情人，这些戏剧的结局也都差不多，都是有情人终成眷属。索米斯在看戏剧时总是会同情那个情人。戏剧结束后，他会乘二轮轻马车载艾琳一起回家，可是还没有等到家时他就发现这样想是不行的，不过他很高兴这部戏剧的结局还是美好的。有一种类型的丈夫那时很时髦。他们大都身强力壮，相当粗犷，身体非常健康，在戏剧结尾时也总是特别成功；这类人索米斯真的不会为之同情，要不是考虑到当时的处境，他一定会把对这种家伙的厌恶表达出来。但是他也意识到有必要做一个成功的，甚至是"身强力壮"的丈夫，对妻子态度要强硬，他深知这一点的重要性。也许这种厌恶根源于自身暗自隐秘的残忍的天性，也可能是由于造化的反常作用造成的，所以他从来都不会吐露出来。

但是艾琳今晚的沉默有点异常。以前他从没见过艾琳脸上会有这种表情。本来异常的东西就会引起人们恐慌，因此这时索米斯也慌了起来。他吃下了最后一道小菜，然后催促女佣用银制清扫工具把桌上的面包屑打扫干净。当女佣离开餐厅后，索米斯把自己的酒杯子里倒满了酒，然后说：

"今天下午有人来过吗？"

"琼。"

"她来干什么？"福尔赛家族成员的格言是人们都是无事不登三宝殿。"她要来跟你谈谈她的未婚夫的事吗？"

艾琳没有回答。

"在我看来，"索米斯继续说道，"似乎她爱波辛尼的程度要大过波辛尼爱她的程度。他走到哪里她都跟着他。"

艾琳的眼神让他感觉到很不舒服。

"你说这种话就没有道理了！"她大声说道。

"怎么会没道理？每个人都看得出来。"

"他们看不出。即使他们看得出来，也不能说这种话。"

索米斯此时不镇定了。

"你真是一个好妻子！"他说。可是他私下里非常想知道为什么她的回答会如此激烈，这可不像她往常的风格。"你跟琼实在走得太近了！我要跟你说一件事：既然她现在跟'海盗'在一起，那么她对你的事根本不在乎了，你慢慢就会体会到的。将来你也不能经常见到她了；我们要搬到乡下去住。"

他很高兴自己在愤怒的掩护下把这件事说了出来。他预料到艾琳会沮丧地哭出来；可是他的消息一宣布完，艾琳就沉默了，这让他感到恐慌不已。

"看起来你并不感兴趣。"他被迫地补充道。

"我早就知道这件事了。"

他狡诈地看了她一眼。

"谁告诉你的？"

"琼。"

"她怎么知道？"

艾琳没有回答。索米斯既迷惑又不安，他说：

"这对波辛尼是件好事，他可以借此事出头了。我想她应该把所有的事都告诉你了吧？"

"对。"

又是一阵沉默，然后索米斯说：

"我猜你不想去乡下住，是吗？"

艾琳没有回答。

"哎，我真不知道你到底想要什么。在这里，你看上去永远都不满足。"

"我满不满足跟去乡下住有什么关系吗？"

她拿起那瓶玫瑰花走开了。索米斯依旧坐在那里。难道就是为了这个，他才签的合同吗？难道就是为了这个，他才要打算花一万英镑的吗？他又想起了波辛尼的那句话："女人们就是魔鬼！"

但是不一会儿他就变得冷静了。本来他预想的比这更糟糕。艾琳也许会大哭大闹。他所预料到的要远远超出这一点点的不愉快。总算幸运，毕竟是琼为他打破了僵局。琼一定是从波辛尼那里听说了这些；索米斯早该料到这一切。

他点燃了自己的雪茄。毕竟艾琳没有跟他大吵大闹！她会改变主意的——这就是她最好的地方；她虽然冷淡孤僻但是不会随意冲他发脾气。光亮的餐桌上有一只瓢虫，索米斯一边向它吐着烟雾，一边沉思着那套房子的事。担心毫无用处；过会儿还是跟艾琳和解吧。天黑了，艾琳坐在院子里，在日式遮阳伞的下面做针线活。这是一个美丽而又温暖的夜晚……

实际上，琼那天下午笑眯眯地跑来找她，并对她说："索米斯真是个好心肠！这对菲利普是一件极好的事情——他正需要这样的工作呢！"

琼看见艾琳的脸上一副闷闷不乐地茫然困惑的样子，于是继续说道：

"你们在罗宾山的新房子呀！怎么，难道你不知道这件事吗？"

艾琳并不知道。

"哦！那么，我想我本不应该告诉你的！"她不耐烦地看着自己的朋友，兴奋地说着："你看上去好像毫不在乎的样子。你不知道，这正是我一直盼望的事情——长久以来他一直在等待这个机会。现在你就可以看看他能做些什么了。"于是琼把整个事情的经过全都抖落了出来。

自从琼订婚后，她似乎对好朋友的状况不怎么感兴趣了。她跟艾琳在一起的时间大都用来吐露自己的小心事；尽管她对艾琳充满深深的同情之心，可是有时她也会面带微笑，那微笑又好像瞧不起艾琳，好像在说：你的一生虽然痛苦，但是错误是你自己犯下的，而且竟是这么可笑的错误！

"波辛尼包揽了那所房子的全部装修——由他一手包办。这太好了——"琼突然大笑起来，她瘦小的身躯高兴地颤抖着；她举起手击打了一下棉布窗帘。"你知道吗，我甚至还问过詹姆斯爷爷……"但是，她突然又不愿意提起那件事，就没再往下说。过了一会儿，她发现自己的朋友对此毫无反应，于是便起身离去了。她走到人行道上回头看了一下，艾琳依旧站在门口。琼跟她挥手告别，可是艾琳没有回应，只是用手摸着前额，然后便慢慢地转过身去，关上门了……

过了一会儿，索米斯去了客厅，透过窗口窥视着艾琳。

艾琳一动不动地坐在日式遮阳伞的阴影下，洁白的肩膀上的花边随着胸口的微微起伏也在晃动着。

可是这个沉默不语的女子在黑暗里一动不动地坐着，似乎又隐藏着一丝热情，仿佛她的整个身体都跟着晃动起来似的，她的内心深处正发生着某些变化。

他乘人没有注意，偷偷地回到了餐厅。

 **细说詹姆斯**

　　索米斯打算建造房子的消息没过多久就在福尔赛家族中传开了，这件事引起了不小的骚动，因为任何与财产有关的决定都是家族里最重大的事。

　　这不能怪索米斯，因为他原本就下定决心不让任何人知道。只是琼按捺不住，于是就把这件事全都告诉了斯茂太太，临走时又告诉她这件事只能告诉安姑母——因为琼心想这件事会让安姑母高兴高兴，这个又老又可怜的亲人！安姑母因生病已经好几天没有出门了。

　　斯茂太太马上就把这件事告诉了安姑母。安姑母依着枕头微笑着，用她那独特、颤抖而又苍老的嗓音说：

　　"这对小琼是件好事；但是我希望他们应该小心才好——这相当危险！"

　　当房间里又只剩下安姑母一个人时，她皱起眉头，就像一片乌云预示明天会下雨一样。

虽然安姑母在床上躺了好几天，可是卧病在床的这些天，她一直都在加强自己的意志力。这一切都表现在她的脸上和她那老是做紧缩运动的嘴角上。

女仆史密赛尔自打是个小姑娘的时候就待在安姑母身边服侍她。安姑母谈到她的时候常会说："史密赛尔——是个不错的丫头——就是有点太慢了！"女仆史密赛尔每天早上都会小心翼翼地为安姑母举行那种古老而正式的梳妆仪式。她从一个纯白色的硬纸盒的底部拿出那些扁平的灰色卷发来——这些个人尊严的标志——把它们轻轻地放在主人的手里，然后便转过身去了。

每天安姑母都要让茱莉姑母和海斯特姑母来跟她讲一讲：蒂莫西最近有什么动静；尼古拉斯最近有什么消息；既然波辛尼先生正在为索米斯建房子，小琼能说服老乔里恩让他把婚期提早吗；是否小罗杰的妻子真的有喜了；阿奇动完手术了，结果到底好不好；斯威森打算对威格摩尔街的那座空房子怎么处理，以前那里曾住着一位房客，他输掉了所有的钱，而且还对斯威森非常不好；最重要的是索米斯的事，是否艾琳依旧——依旧要求跟他分房睡呢？每天早上安姑母都会对史密赛尔说："今天下午我想下楼了，史密赛尔。两点左右吧，你扶着我下去，这些天我一直在床上，简直待够了！"

跟安姑母说了索米斯要建造房子那件事后，斯茂太太又偷偷地告诉了尼古拉斯太太，并让她严守秘密，可是尼古拉斯太太却去找威妮弗雷德·达尔第求证信息的真实性。尼古拉斯太太心想，既然威妮弗雷德·达尔第是索米斯的妹妹，那么她应该会了解这件事的来龙去脉。这样通过威妮弗雷德·达尔第，这个消息就转来转去地传到了詹姆斯的耳朵里。他听了之后很生气。

"什么事都不找我商量！"詹姆斯说。他没有直接去找索米斯，因为索米斯那讳莫如深的派头让他感到有点害怕，于是他拿起伞往蒂莫西家去了。

他发现塞普蒂默斯太太和海斯特姑母①应该都知道了索米斯的事，眼

---

① 海斯特姑母也知道了这件事——她这个人非常可靠，主要是懒得说太多话。

下似乎是急着要谈谈这事儿。她们认为索米斯雇用波辛尼先生，这对波辛尼来说是好事，可是波辛尼也很危险。乔治是怎么称呼波辛尼来的？对，"海盗"！这绰号真滑稽啊！乔治总是爱开玩笑！不管怎样，这毕竟是在家里面，她们觉得有必要把波辛尼先生看成自己家里的人，不过把他看做福尔赛家族的一员又觉得很奇怪。

詹姆斯此时突然插话：

"咱们没有一个知道他是什么水准。我真搞不懂索米斯雇佣这种年轻人干什么。不会是艾琳干涉了这件事吧，不行，我得去找……"

"索米斯，"茱莉姑母拦着他说道，"跟波辛尼说他不想让大家知道这件事。他也不喜欢别人讨论这件事。我敢确信的是，如果蒂莫西知道了这件事，他一定会非常生气的，我……"

詹姆斯把手放到耳朵后面说：

"什么？我现在聋得越来越厉害了。我认为我听不见人们的讲话了。艾米丽把脚趾弄伤了。我们要等到月底才能动身去威尔士。总是会有事情发生！"他想知道的已经全部打听到了，于是他戴上帽子就离开了。

那天下午天气不错，他穿过公园向索米斯家走去了。艾米丽脚趾伤着了不能下床，雷切尔和西塞莉也去乡下拜访亲戚了，所以他打算去索米斯那里吃晚餐。他从贝斯沃特路的一侧走向一条倾斜的小路，然后又穿过了骑士桥的大门，接着又穿过一片草地。这片草地的草长得又短又枯，草地上有一些晒黑的绵羊，还坐着几对男女和一些陌生的流浪汉；这些流浪汉把脸朝下趴在地上，像很多尸体，仿佛战争浪潮刚刚从这里卷过似的。

他走得很快，连看都不看两边。这个公园是他一生为之奋斗的战场，可是眼前这个公园的样子却唤不起他脑海中的任何思绪来。这些尸体从竞争的压力和混乱中被淘汰出局；一对对的恋人依偎着坐在草坪上，他们从单调的工作中抽出身来，享受这难得的空闲时光。然而这样的场景并没有唤醒他头脑中的想象。这种想象也是以前的事了。他的鼻子就像绵羊的鼻子似的，一心系在觅食的草地上。

他的一位房客最近老是拖欠房费，对他来说这已经成了一个很严重的问题，是该把他撵出去还是不撵？要是撵出去的话，房子在圣诞节前就租不出去了，他是否要冒这个险呢。斯威森刚把房子租了出去，可是状况非常糟糕，但是他活该——谁让他把房子握在手里太长时间呢。

詹姆斯一边仔细考虑着这个问题，一边用平稳的步伐走着，手里还小心翼翼地握着伞的木制手柄，位置刚好在伞柄弯曲处的下面，这样一来伞顶既不会碰到地面也不会磨坏中间的伞绸。他弯着又瘦又高的肩膀，两条腿迅速而又机械地移动着，穿过公园。公园里，太阳明亮的光线清晰地照射着好多闲散的人——照射着财产之争的人证，而他就像一些栖息的鸟儿飞越过海似的。

当詹姆斯从阿尔伯特门走出来的时候，感觉自己的胳膊似乎被别人碰了一下。

原来是索米斯。他从事务所走了出来，从皮卡迪利大街的阴凉边穿了过来，正准备往家走，这不正好看到父亲詹姆斯了。

"你母亲下不了床了，"詹姆斯说，"我正打算去你家跟你说这事儿，我想我不会妨碍你吧。"

表面上，詹姆斯和儿子就没什么感情，这就是福尔赛家族的特点，但即便如此，他们俩也绝不是真的没有感情。也许他们把彼此看做一种投资；当然他们会挂念彼此的幸福，也会为对方的陪伴而感到高兴。在很多私人的生活问题上，他们从来没有交流过，也从不当着对方的面流露出任何深切的感情。

有种难以言喻的东西把他们绑在了一起，这种深藏在国家和家庭性格中的东西——就是人们所说的血浓于水——他们两个都不是冷血动物。实际上，对詹姆斯来说，儿女之爱是他生存的主要目的。孩子们是他自身的一部分，这也是他攒钱的原因，也许他要把自己攒的钱留给他的孩子们。到了七十五岁，除了攒钱外，还剩下什么能给他带来快乐呢？他生活的核心就是为了给孩子们攒钱。

詹姆斯·福尔赛虽然总是以牺牲者自居，但是即便在全伦敦城也没有一个比他更正常的人了①。詹姆斯占有伦敦如此之多，他对这个城市也抱有深厚的感情，伦敦就是他的活动中心。不可思议的是，他有中产阶级本能的那种正常。他比他的兄弟都正常。老乔里恩意志坚强，有时也会软下来，讲讲他的那一套人生哲理；斯威森长期受狂妄的折磨；尼古拉斯因自己的能力强，反而经常吃苦头；罗杰就是个企业迷。只有詹姆斯是真正的折中派。在所有的兄弟中，他在思想上和外表上都是最不出众的一位，正因如此，他才更有可能永久地活下去。

与其他人相比，詹姆斯把"家族"看得更重要，也更珍视家族荣誉。詹姆斯对待生活的态度总是带有原始的氏族观念。他喜欢一家人坐在壁炉边，喜欢听一大家子人谈论是非，也喜欢听大家发牢骚。他所有的主意就像是从牛奶里提炼出的"奶油"似的。这种"奶油"也是他从家人的头脑中所提取的。通过自己这个家庭，他也从成千上万的其他家庭的头脑中提取到了这种东西。每年如此，每星期也是如此，他会去蒂莫西家，坐在他兄弟临街的前客厅里——一条腿搭在另一条腿上，而长长的白胡须又覆盖了他那下巴刮得很干净的嘴——一边坐着，一边看着家里的锅慢慢沸腾，锅里的奶油此时也正在往上升。之后便带着一种无法形容的舒适感离开了，他觉得这样能让自己很快活，而且还能感觉到神清气爽。

在他坚强的自我保护本能下，詹姆斯也有软心肠的时候。他往蒂莫西家里跑一趟就等于在母亲膝前消磨了一个小时的时光。他对保护家庭的深切渴望体现在他对孩子们的感情上；一想到孩子们在金钱、健康或者名声上会受到社会的虐待，他就像做噩梦似的。当他的老朋友约翰·斯特里特的儿子自愿参军时，他抱怨地摇了摇头。他很想知道约翰·斯特里特怎么会允许儿子这样做。当约翰·斯特里特被人用长矛刺死时，他非常痛心，为此他还特别到处跟别人说起这件事，这样做的目的就是表达：他早知道会是这样的结果——他对自己的孩子太没有耐心了！

有一次，他的女婿达尔第在对石油公司的股票做投机买卖时失败了，

---

① 如果正常的主要特征像人们所说的那样是自我保护的话，那么毫无疑问蒂莫西就做得有点过火了。

经济上周转不过来，这件事让詹姆斯非常烦恼。所有的财产就好像敲起了丧钟似的。他花了三个月的时间，又加上去了一趟巴登散了散心，这才逐渐好起来。一想到那件事他就觉得非常可怕，要不是那次自己出钱帮了他一把，达尔第的名字也许早就出现在破产名单上了。

詹姆斯的生理组织很健康，一感觉到耳朵有点疼，他就认为自己快要死了。妻子和孩子们偶尔会生点病，而他却把这件事看成是个人恩怨的因素，是上帝的故意干涉，其目的就是破坏他内心的平静。但是除了他的亲属，倘若其他跟他无关的人生病，他根本不会相信，他总会跟别人说生病是因为他们没有保养好自己的肝脏。

他总是说："他们不生病才怪呢！如果我也像他们那么不小心的话，肯定也会得病。"

那天晚上当他去索米斯家拜访的时候，就感觉到生活对他太苛刻了：艾米丽伤着脚趾了，雷切尔却在乡下四处游荡；没有人会同情他；安姐生病了——他感觉她活不过这个夏天了；他已经去那里拜访了三次，她都没法儿见他，根本下不来床！索米斯建房子的这个事儿必须要调查一下。至于儿子和儿媳的矛盾，他也不知道他们俩之间以后能发生什么——也许什么事都能发生！

他走进蒙彼利埃广场六十二号，整个人都打不起精神来。现在已经是七点半了，艾琳换好了晚服坐在客厅里准备吃晚餐。她穿了一件金色的长裙——这件衣服她曾在晚餐宴会、社交聚会和舞会上穿过，现在她也在家穿了——她用一串花边装饰了衣服的胸口。詹姆斯的双眼立马就瞥了过去。

"你从哪里买到的这些衣服？"他提高嗓音说，"我从来没有看见雷切尔和西塞莉穿的衣服有你的一半漂亮。那个玫瑰针绣花边——应该不是真的吧！"

艾琳靠近他，想让他看出自己的错误。

艾琳这样温顺，凑到詹姆斯身边时，她身上散发出来的淡淡的香水味，詹姆斯的心一下子软了下来。可福尔赛家族的人一向自重，他们不会就这样屈服，因此他只是说：他不知道，但他猜她应该在衣服上花了一大笔钱。

晚饭的锣声响了，艾琳用她那洁白的胳膊挽着索米斯的胳膊，和他一起去了餐厅。她让索米斯坐在了他常坐的位置上。那个位置在拐角处也就是在艾琳的左边。餐厅的灯光很柔和，因此他也不会因为天色逐渐暗下来而感到担忧。詹姆斯开始跟他们说自己的事来。

过了一会儿，詹姆斯感觉到了自己内心的变化，就好像太阳照射下的水果悄悄地熟透了一样。他感觉自己好像被人爱抚、被人称赞和被人宠爱似的，可是他并没有享受到一次爱抚或者听到一句赞美的话。他觉得自己正在吃的东西很可口。在家里他绝不可能会有这种感觉。他也不知道自己何时开始也这么享受一瓶美味的香槟酒了。当问到它的牌子和价格时，他才惊讶地发现这是他种酒他家里储存了很多，可是他自己却嫌上不了口。当时他就下定决心去找酒商，说自己被骗了。

享受过美味的食物后，詹姆斯抬起头说道：

"你这个地方有太多好东西了。那个糖筛你花了多少钱买的？毫无疑问，肯定花了不少钱！"

他对那幅挂在对面墙上的画特别喜欢，这是他送给他们俩的礼物。

"我也不知道它会这么好！"他说。

吃完饭后他们起身去了客厅，詹姆斯紧紧跟在艾琳后头。

"这就是我称之为一顿精致的晚餐，少而精！"詹姆斯喃喃低语道，他高兴地朝艾琳的肩膀呼着气，"没有大鱼大肉——也没有太多法国味儿。但是我在家就是吃不到。我每年付给厨娘六十英镑，可是她却不能给我做出像这样的晚餐来！"

到目前为止，他还没有提起建房子的事，索米斯又拿业务忙当借口，自己上楼去了，他也就不好再提这件事。索米斯去了楼上的那个房间，就是存放他收的画的房间。

现在客厅里只剩下詹姆斯和他的儿媳妇。那葡萄酒和饭后的一杯甜酒让他感到兴致很好。他感觉自己对艾琳也挺疼爱的。"她真的是一个惹人爱的好孩子，她在听你讲话，似乎能明白你在说些什么。"詹姆斯一边讲话，一边打量着艾琳的样子，从她穿的古铜色的鞋子一直看到她满头波浪的金发。她向后倚着一个拿破仑时代的椅子，肩膀靠在椅子背上——她的身体很柔软，腰身挺得很直；走路时摇摇摆摆，就好像贴在爱人的手臂里似的。她嘴角微微笑着，眼睛半睁半闭。

也许是意识到艾琳那迷人的姿势有一种潜在的危险，也许是消化出了点问题，詹姆斯突然沉默下来。在他的印象中，他从不记得自己曾跟艾琳单独在一起过。当他看着她时，自己有一种奇怪的感觉，就好像他碰到了一些既古怪又陌生的东西似的。

现在她到底在想些什么呢——那样靠后坐着？

这样一来，当他再说话时，就把嗓音提高了，就好像刚从美梦中醒过来似的。

"你整天都做些什么呢？"他说，"从来也不顺道去公园巷看看我们！"

看起来她好像编造了一些很勉强的理由，詹姆斯眼睛没有看着她。他不想知道她是真想避开他们——要是这样，那可太难堪了。

"我猜应该是你没有时间，"他说，"你总是跟琼黏在一起。她总是和她的未婚夫在一起，我想现在你对她是很有用处的，你老是陪着她，不仅在这件事上如此，而且在其他的一些事情上也是这样。别人和我说她现在从来都不在家待着。你的乔里恩大伯非常不喜欢她这样做。我想那是因为家里老是剩下老乔里恩自己一个人，其实他也怪孤独的。别人告诉我她和那个波辛尼成天黏在一块。我猜波辛尼应该每天都来这里。你对波辛尼怎么看？你觉得他头脑清楚吗？依我看，他呆头呆脑的。要我说这女方可比男方精明多了！"

艾琳的脸红了起来，詹姆斯怀疑地看着她。

"也许你不怎么了解波辛尼先生。"她说。

"我怎么会不了解他？"詹姆斯脱口而出，"我最清楚他这种人了！——就是那种所谓的艺术家！别人都说他们很聪明——所有人都认为这个波辛尼很聪明。你知道的应该比我清楚！"他又补充了一句；他带着怀疑的目光又朝艾琳看去。

"他正在为索米斯设计房子。"她轻声说道，很显然是她想把这个话题扯过去。

"我正想说这个呢，"詹姆斯继续说；"我不知道索米斯要他这样的年轻人干什么；为什么他不去找一个一流的建筑师帮他建造房子？"

"也许波辛尼先生就是一流的建筑师呢？"

詹姆斯站了起来，低着头转过身去。

"还真是这样，"他说，"你们这些年轻人，总是黏在一起；总是自认为你们知道的东西就是最好的！"

詹姆斯不再跟艾琳对话。他瘦高的身躯站在艾琳的前头，伸出一根手指着她的胸口，就好像对她的美丽提出控诉似的：

"我最后还是想劝你一句，他们这些搞艺术的人，或者不管他们怎么称呼自己，都是靠不住的。我给你的忠告是，不要跟他走得太近！"

艾琳笑了，她嘴唇的曲线却表现出一种奇怪的挑衅。她的屈服似乎消失了。她胸口起伏着，好像心里非常不服气。她把两只手从椅子的扶手上拿了下来，然后指尖对着指尖。她那一双深褐色的眼睛就那样看着詹姆斯，眼神却让人看不透。

詹姆斯沮丧地扫视着地板。

"我只是跟你说说我的看法，"他说，"很遗憾你没有孩子！要是有个孩子，你就能有点寄托，就不会像现在这样无事可做了！"

艾琳的脸色顿时变得阴沉沉的，甚至詹姆斯也意识到了在那身柔软的丝绸花边衣服下面，她的整个身体变得僵硬起来。他害怕自己所说的话会产生什么不好的后果，就像大多数缺乏勇气的人一样，接着他马上用强横的方式来压倒对方。

"你好像不怎么喜欢四处走动。为什么你不跟我们一起坐马车去惠灵汉姆转转呢？或者偶尔去歌剧院消遣一下也行。你年纪轻轻的应该对任何事都感兴趣才对呀。你可是一个年轻的女子啊！"

艾琳的脸色阴得更厉害了，詹姆斯忽然变得紧张起来。

"哎，我什么都不知道，"他说，"别人什么事都不跟我说。索米斯应该能够照顾好自己。如果照顾不了自己，那他也别来找我——就这样。"

詹姆斯一边咬着自己的食指，一边用冷淡而又狡猾的眼神偷偷看了一眼儿媳妇。

詹姆斯的眼神正好跟艾琳的眼神对上了。她的眼神有点微怒又好像在思考着什么。艾琳一直在看着他。詹姆斯不再说话，身上竟微微冒了点冷汗。

"哎，我必须得走了。"短暂停顿了一会儿后他说。过了一分钟，他站了起来，有点吃惊的样子，就好像希望别人要求他留下来似的。他把手伸向艾琳和她握了一下，艾琳把他带到门口后，又把他送到了街上。他不打算坐出租马车，他要走回去。詹姆斯让艾琳替他向索米斯说声晚安，并说如果她想要出去走走，无论什么时候，他都可以乘马车带她去里士满转转。

走回家后，他上了楼，然后把刚睡着的艾米丽叫醒。她已经整整一天一夜没能睡着了。詹姆斯想跟她说，他说自己感觉索米斯家的状况似乎很糟糕。他围绕这个话题说了半个钟头，最后他又说他今晚得好好思考一下，可能睡不着了。不过他躺下后翻了个身，马上打起鼾来。

在蒙彼利埃广场，索米斯从收藏画的房子里走了出来，他站在楼梯顶端不显眼的位置，看着艾琳在对邮局送来的信件进行分类。她转身去了客厅，但是不到一分钟后就出来了，站在那里就好像要聆听什么似的。然后她轻轻地上了楼梯，怀里抱着一只小猫。他看见她低头看着那只小猫，而小猫此时正对着她的脖子发出呜呜的声音。为什么她从来没有这样看过他呢？

突然艾琳看见了索米斯，脸色立马就变了。

"有我的信吗？"他说。

"有三封。"

他站在一边，艾琳没再多说一句话就进了卧室。

老乔里恩的过失

就在同一天下午，老乔里恩从皇家板球场[1]走了出来打算回家。还没有到汉密尔顿街的时候他就改变了主意，于是他叫了一辆出租马车，让马车夫载他去紫藤大道。他已经下定决心。

整个星期以来，琼几乎都不在家；已经有好长一段时间，琼都没有陪在老乔里恩的身边。事实上，自从她跟波辛尼订婚后就一直这样。老乔里恩从来不苛求琼陪着他。他从来不会求着别人为他做事！她现在满脑子里只有一件事——波辛尼和他的事业——因此她就把老乔里恩留在大房子里，让一群家仆伺候着，可怜的老乔里恩从早到晚也没个说话的对象。他的俱乐部歇业整顿，他的董事会在休假，因此，老乔里恩去市区也没有什么事。琼想让他

---

① 这家板球场属于马里尔德板球协会，各大学和两个最著名的贵族公学——伊顿和哈罗的球赛都在这里举行。

出去走走；可是她自己不会陪他去，因为波辛尼还在伦敦呢。

但是老乔里恩自己又能去哪里呢？他不可能一个人出国，坐船的话他的肝脏受不了，况且他不喜欢住宾馆。罗杰去了一家温泉疗养院——老乔里恩这样年纪的人可不会来这一套，那些怪异的地方全都是骗人的！

他总是用这些条条框框限制着自己，使自己愈发寂寞。他脸上的皱纹越来越深了，他那张平日里总是坚定安详的脸，如今却是显得忧郁落寞。

因此，那天下午他去圣约翰伍德逛了逛。一栋栋小房子前面都有一片刺球花，修剪得圆圆的，金色的光芒洒在了绿色灌木丛里。夏日的阳光就好似在这些小花园里举行狂欢似的。他饶有兴趣地四处看了一下。这个地方，福尔赛家族的人都会走进去看看，虽然他们从来都是公开表示自己对这种地方不以为然，但是私下里却非常好奇。

他的马车在一所小房子前面停了下来，房子是特殊的浅黄色，看上去已经好长时间没有粉刷过了。房外有一扇门和一条土路。

他从马车上下来，表情很镇静。一顶非常大的礼帽下面是他那大大的脑袋、下垂的胡须和两鬓白发，他把头直立起来。他眼神坚定带着一丝愤怒。他是被逼到这个地步的！

"乔里恩·福尔赛太太在家吗？"

"哦，在家，先生！——我该怎么称呼你呢，先生？"

老乔里恩一边眨着眼睛看着这位小女仆，一边报上自己的名字。在他看来，这个小女仆似乎是个有趣的小家伙。

他跟着她穿过了一个漆黑的大厅，然后来到了一个小小的两厅室里。这里的家具都是用印花棉布盖着的，小女仆请他在一把椅子上坐了下来。

"他们都在花园里，先生；您先在这里坐一会儿，我这就去跟他们说一声。"

老乔里恩在印花棉布覆盖的椅子上坐了下来，眼睛不停地向四周打量着。这整个地方在他看来，真可以算得上简陋。每件东西都有一种——他自己也说不清楚——破破烂烂的感觉，或者让人想到有点勉强维持生计的感觉。就他所见，没有一件家具值一张五镑的钞票。墙是好久以前粉刷的，而且还用水彩画装饰了一下。天花板上有一条长长的裂痕。

这些小房子都很旧而且还是些二流的建筑。这种房子的房租每年应该不到一百英镑。一想到一个福尔赛家族的人——他的亲儿子——会住在这样的地方，他就感到非常痛心，这种感觉是难以用语言表达出来的。

小女仆回来了。问他可不可以到花园里去？

老乔里恩从落地窗户旁边大步走了出来。走下台阶的时候，他注意到这些窗户也应该油漆一下了。

小乔里恩、他的妻子、两个孩子，还有一只叫巴尔塔萨的狗都在园子里的一棵梨树下坐着。

老乔里恩向他们走过去，这是他一生最勇敢的行为了。但是他脸上的肌肉一动也没动，举止看起来也不局促。他用他那双深陷的眼睛一直看着敌人。

在这两分钟里，他完美地表现出了坚定、冷静、生命力旺盛的特点。这是他和这一阶级的共同特点。正是这些特点使他们成为了国家的核心组成部分。他们会冷漠地处理自己的事，尽量不掺杂自己的情感，他们身上体现的就是个人主义的品质。当年的不列颠人就是过着那种野蛮而又离群索居的生活，个人主义就这样慢慢渗透进这个民族的血液中，老乔里恩所在是阶级就带有浓厚的个人主义。

那只叫巴尔塔萨的狗在他的裤脚边用鼻子嗅着；这种既友好又愤世嫉俗的杂种狗——俄国贵宾犬和苏格兰牧羊犬杂交的后代——这家伙的鼻子对不寻常的场面好像特别敏感。

尴尬的僵局过去之后，老乔里恩就坐在了一把柳条椅子上。他的孙子和孙女分别靠在他的膝盖两边，一言不发地看着他，两个孩子从来都没有见过这样苍老的老人。

他们两个长得不大像，就好像个人出生的环境有所不同。乔利是因罪恶而生下的孩子，他的脸又胖又短，亚麻色的头发向后梳着，脸颊上有一个酒窝，眼睛是典型的福尔赛家族的样子，性格倔强却又非常可爱。霍莉是两人正式结婚之后生下的孩子，她皮肤黑黑的，有些庄重的派头，眼睛像她的母亲，都是一双充满思虑的灰色眼睛。

那只叫巴尔塔萨的狗围着三个小小的花坛转了一圈，好像要表达自己对整个场面的极度蔑视似的。它在老乔里恩的对面坐了下来，一直在摇尾巴，一条长尾巴被上帝紧紧地板在背后，两只眼睛使劲盯着他看，一眨也不眨。

即使在花园里，老乔里恩仍有那种寒酸的感觉；这把柳条椅子被他压得咯吱咯吱作响；花坛里的花都蔫蔫的；远处，肮脏的墙角下有一条被猫踩出来的小路。

老乔里恩跟他的孙子孙女都特别仔细地盯着对方瞧，虽然好奇但是却彼此信任，这种感觉只有在最年老的人和最年轻的人之间才会有的，此时小乔里恩正紧张地看着自己的妻子。

她脸颊的颜色更红了。小乔里恩的妻子有一张椭圆形的脸，直直的眉毛和一双灰色的大眼睛。她的头发梳得很整齐，前额后头高高的卷发也跟老乔里恩的头发似的，已经开始花白。她脸颊上那突然出现的红晕在她灰色头发的映衬下变得更明显了，让人看了有点心疼。

她脸上的表情——是他以前从来没有见过的，这也是她常常在他面前隐藏的——满是暗自的幽怨、焦虑和恐惧，皱紧眉头下的双眼痛苦地看着，她一直沉默不语。

只有乔利还在不停地说话；眼前这位陌生的朋友留着大胡子，满手都青筋暴起，两腿搭在一起坐着，就好像他的父亲一样，乔利自己也打算学学这个动作，他非常想知道关于这个人的事；虽然他才八岁，但终究是一个福尔赛家族的成员，所以他没有提起他当时心里最想要的一件玩具——商店橱窗里的一套士兵玩具，这是他父亲曾答应要买给他的。毫无疑问，这对他来说太贵了；这种梦想的东西，是不能在这种场合说出来的。

阳光穿过树叶照射着祖孙三代，他们安静地聚在那棵梨树下面，这棵树已经很长时间没有结果子了。

老乔里恩沟壑纵横的脸上有一块块的红晕，这正是老年人的脸在太阳底下晒红的样子。他拿起乔利的一只手紧紧地握在自己的手中；这个小男孩爬到了他的膝盖上；小霍莉看到这种场面就像着了迷似的，自己也爬到了老乔里恩身上；那只叫巴尔塔萨的狗在地上蹭着痒痒，声音很有节奏。

突然小乔里恩太太站了起来，匆忙地走进屋里。过了一分钟，小乔里恩也嘟囔着一个借口跟着妻子进去了。花园里只剩下了老乔里恩和他的孙子孙女。

老天带着她那奇怪的讽刺，开始运用它的循环法则，在他的内心深处开始起作用了。他对小孩子们的热爱，他对新生命开始的热情，曾经让他放弃了自己的儿子而选择了孙女琼，如今这种感觉又在他身上重现了，他要放弃琼而选择这些更小的孩子们。小孩子就像一把火焰，曾经在他的胸中燃烧。那些小天使，他们那些圆圆的小胳膊小腿那么没有忌惮，那么需要人的照顾；他们那些圆圆的小脸看上去有种说不出的庄严或者是愉快；他们总在你身旁说个不停；他们笑时会发出尖声尖气的咯咯声；他们总是不停地拽着你的双手，小小的身躯靠在你的腿上；一个又一个小家伙，惹人疼爱的小家伙。他的双眼变得温和了，声音变得柔和起来，手上的青筋变软了，心也变得温柔了。这些小家伙本来就是他快乐的源泉。在这里，他们无忧无虑，可以聊天、可以大笑、可以玩耍。直到最后，他们快乐的三颗心像阳光一样从老乔里恩的柳条椅子上放出了光芒。

但是小乔里恩跟着妻子走进房间的状况就完全不同了。

他发现她坐在梳妆镜前面的一把椅子上，手挡着脸。

她双肩因呜咽而抖动着。对于她这种自寻烦恼的脾气，他始终都无法理解。他曾经经历过上百次的这种喜怒无常；他从来都不知道自己是怎么坚持下来的，因为他从不相信这是精神不正常，况且他们夫妻之间还没有闹到分开的地步。

晚上她一定会用胳膊搂着小乔里恩的脖子说："哎！乔，我怎么能让你忍受这么多！"这句话她以前已经说过上百次了。

小乔里恩偷偷地伸出手，把剃须刀盒子放进了自己的口袋里。"我不能待在这里了，"他想，"我得下去！"他一句话也没说就离开了房间，然后又回到了小花园里。"

小霍莉还在老乔里恩的膝盖上玩耍；她已经把爷爷的手表占为己有；小乔利满脸通红，好像是在用力证明他可以倒立似的。那只叫巴尔塔萨的狗竭力挨着喝茶的那张桌子，那双眼睛一直紧盯着桌上的那块蛋糕。

小乔里恩突然起了恶意，想打断他们短暂的快乐时光。

父亲来自己家到底有什么事，他凭什么弄得自己的妻子这般痛苦？这么多年过去了，这可真是一个不小的震惊啊。他应该早就知道；他来之前应该跟他们打声招呼的；但是哪一个福尔赛家族的人会想到，他的举动会让其他人感到心烦意乱呢！小乔里恩要是有这种想法，就有点冤枉老乔里恩了。

小乔里恩严厉地对孩子说，让他们俩进屋吃点东西去。孩子们有点吓着了，父亲竟这般严厉地跟他们说话，他们俩以前可从来没有见过。于是他们俩拉着手离开了花园，小霍莉还一直回头看看。

小乔里恩给他倒了茶。

"今天我妻子不太舒服。"他说，其实他心里也明白，父亲应该知道为什么他们突然离开花园。老乔里恩泰然自若地坐在那里，这让小乔里恩对这个老头感到非常痛恨。

"你这套小房子不错，"老乔里恩带着一种世故的语气说，"我猜你已经把它租下来了！"

小乔里恩点点头。

"我不喜欢这周围的环境，"老乔里恩说，"都是些破落户。"

小乔里恩回复道："是的，我们就是破落户。"

花园里只听见巴尔塔萨蹭痒痒的声音，如今这份沉寂就这样被打破了。

老乔里恩言简意赅地说："我早知道不应该来这里，可是小乔……最近我一个人太寂寞了！"

听到父亲说出这番话，小乔里恩站了起来，把手放到了父亲的肩膀上。

隔壁的房子里有人在一架走调的钢琴上一次又一次地弹奏着《水性杨花》①；小花园里已经没有了阳光的照射，现在阳光也只能照到墙角了。一只蜷缩的猫在墙角处晒太阳，它黄黄的双眼疲倦地看着那只叫巴尔塔萨的狗。远处的马车声嗡嗡地响着，让人听了有种昏昏欲睡的感觉。花园四周蔓草丛生的花架遮住了所有的东西，因此我们只能看见天空、房子和梨树。阳光依旧照射在梨树高高的树枝上。

---

① 意大利歌剧作家福尔地的作品。

他们坐在那里待了很长时间，偶尔会说上几句，但彼此之间话非常少。后来老乔里恩站起来走了，也没有提到下次再来的话。

老乔里恩心里真难受啊！这里多寒碜啊；他想起了自己在斯坦霍普门的那座大大的空房子，那才是一个福尔赛家族的人适合居住的地方。里面有大大的台球室和客厅，可是一个星期也没有一个人进去过。

他曾经还算喜欢那个女人的脸，不过现在已经瘦得只剩下一张皮；他知道，正是这位女子的缘故，小乔的生活才这样窘迫！还有那些可爱的孩子们！哎！这真是一件十足的蠢事！

他沿着艾奇韦尔路走去。路的两边是一排排的小房子，它们都在向他暗示着①某种阴暗的历史或者类似的往事。

这个万恶的社会！那些喋喋不休的丑老太婆和那些自大而又鲁莽的人，正是这些人对自己的亲骨肉做出了如此残忍的判决！就是那群该死的老太婆！他拿着伞重重地在地上砸了一下，就好像要把伞插入那些人们的心里头似的。这些人竟敢放逐自己的儿子和孙子，而自己却踩在他们的身上继续享受人生！他自己一直遵循着这个社会的准则，这足足有十五年——只有今天他才违背了这个准则！

他想起了琼和她死去的母亲。所有发生的这一切都让这位上了年纪的老乔里恩心酸不已。想想这些事，真是悲凉！

过了好长一段时间，他才走到了斯坦霍普门。他天生就性情乖张，在楼下盥洗室洗完手后，他去了餐厅等待吃晚饭。这餐厅是琼不在家时他使用的唯一一间房——在这里他感觉不怎么孤寂。晚报还没有送来。现在他已经看完了早晨的《泰晤士报》，因此也无事可做。

餐厅对面是一条小道。由于平常很少有车经过这里，因此这条小道非常寂静。老乔里恩不喜欢狗，但是它起码还能陪陪他。他朝墙那边看了一眼，目光落在了一张名叫《日落下的荷兰渔船》的画上，这可是他收藏中的杰作啊。可是这幅画也没有让他高兴起来。他闭上了眼睛。他感到非常

---

① 当然这些房子并不会真的暗示，只是老乔里恩的心理感受。但是一个福尔赛人的偏见也是不容侵犯的。

孤独！他知道自己不应该抱怨，可是却又忍不住地抱怨着。他是一个可怜的家伙——一直就是一个可怜的家伙——他根本没有勇气！他脑子里想到全是这些。

男管家进来摆好晚饭的餐具，这时他才发现主人睡着了，于是他小心翼翼地挪动着自己的脚步。这个满脸络腮胡子的男管家上唇上还留了一撮小胡子，福尔赛家族的许多家庭成员都对此疑惑不解，特别是像索米斯那种去公立学校上过学的人。索米斯这些人在这种问题上已经习惯了精益求精。他真的能被视为一个男管家吗？爱开玩笑的人们提起他时都会戏称他为"乔里恩大伯家那个不信奉国教的异教徒"；大家都知道乔治是一个爱说笑打趣的人，他戏称男管家为"桑基①"。

男管家在大大的抛光餐具柜和抛光餐桌之间来回走动着，那步调十分轻巧，别人可效仿不来。

老乔里恩一边看着他，一边假装睡觉。这个家伙是个鬼鬼祟祟的人——老乔里恩一直这么认为——这个人可什么都不关心，只是快速地做好自己的工作，然后便出门赌博去了，或者是去找女人，鬼知道他去干什么了！一个大懒汉！还那么胖！哪有心思在主人身上！

尽管这违背他的意愿，但是他那一套人生哲理的看法又来了。这就是老乔里恩与其他福尔赛家族成员所不同的地方。

归根结底，这个男管家为什么要关心他呢？老乔里恩又没有付钱让他关心自己，为什么又要期望他这么做呢？在这个世界里，人们不可能会寻找到真情，除非你为此付账。也许在死后的世界就不会这样——他自己不知道——也不能辨别！于是他又一次把眼睛闭上了。

男管家继续忙活着，他从餐具柜的不同隔间里拿出了餐具，动作看上去冷酷无情而又鬼鬼祟祟。他似乎永远都是背对着老乔里恩，这样一来，当着主人的那些动作就不会显得不合适了。有时他会偷偷地在银器上吹口气，然后再用一块麂皮把它擦拭干净。他小心翼翼地举着酒瓶，而且还举得相当高，让自己胡须垂到酒瓶上，一边仔细查看里面的酒量。这件事忙

---

① 桑基（1840~1908）是当时的一位美国歌唱家和赞美诗作家。

完后，他就站在那里注视着主人，大约看了一分多钟。他浅绿色的双眸带着一种蔑视的神情：

毕竟他的主人是一位老朽了，估计他也活不了几天了！

他的姿态就像一只雄猫一样，那么轻柔，他穿过房间去按铃。他早已吩咐过"七点钟开饭"。要是他的主人睡着了怎么办；他一会儿就会把老乔里恩叫醒；主人晚上还要睡呢！他自己也有事要做，因为他八点半要去俱乐部一趟！

按过铃后，一个小侍童拿着一个盛汤的银器过来了。男管家从他的手中把器具接过来，然后放在桌子上，接着便站在门开着的地方，就好像要迎接客人来房间里似的。他用一个庄严的声调说：

"晚饭已经准备好了，先生！"

老乔里恩慢慢地从椅子上站了起来，然后坐到餐桌旁准备吃晚餐。

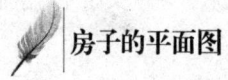 房子的平面图

　　众所周知，每一位福尔赛家族成员都有自己的"外壳"，就像一些被制成土耳其软糖的非常有用的小动物似的，换句话说，倘若他们没有了住处，就没有人认得他们，或者说即使看见了也不一定能认得出。他们的住处包括环境、财产、熟人和妻子。他们经过一个世界时，这些东西似乎也在跟着他们一起移动。这个世界有成千上万的人们，他们跟福尔赛家族的人们一样，也拥有自己的住处。倘若一个福尔赛家族的成员没有住处，这绝对是难以置信的——他就像一本没有情节的小说一样，众所周知，这种情况属于反常。

　　在福尔赛家族眼中，波辛尼似乎就是没有住处的。他似乎就是那一类罕见而又不幸的人。他们这些人在不属于自己的环境、财产、熟人和妻子中度过了一生。

波辛尼的事务所在斯隆大街的最顶层，外面挂着的一个牌子，上面写着"菲利普·拜恩斯·波辛尼建筑师事务所"这几个字，显然这跟福尔赛家族的气派相比差远了。他的办公室没有一个单独的客厅，只是用一块大帘子隔开，里边放着他的生活必需品——一张小床、一把舒适的椅子、烟斗、酒瓶、案件、小说和拖鞋。这间办公用的屋子里有一些常见的家具，像一个开着门的格子橱柜，一张圆橡木桌子、一个折叠的脸盆架、几把硬椅子和一张铺满了图纸和设计的办公桌。在波辛尼姑母的陪伴下，琼在这里喝过两次茶。

算起来这个房间的后面还有一间卧室。

就福尔赛家族调查得知，他的收入只有两笔咨询费，每年二十英镑，还有一点零散的收入，不过他还有一笔稍微多点的收入——父亲死后给他留下的每年一百五十英镑的遗产。

谁也不清楚他父亲生前是什么情况。似乎波辛尼父亲的老家在康沃尔，曾经还在肯尼基当过一名乡村医生。他长得很英俊，有拜伦式的脾性——实际上，他在当地是一位有名的人物。而波辛尼的姑父——拜恩斯——就是那个拜恩斯——比尔德保尔建筑公司的那个人——虽然跟福尔赛家族不同姓，但却是个福尔赛人的性格。至于自己的大舅子，拜恩斯觉得没有什么。值得提起的。

"一个古怪的人！"拜恩斯会说，"说起他那三个儿子，虽然他们人很好，但是太迟钝了。他们三个在印度行政部干得非常出色！菲利普是唯一一个他喜欢的儿子。我曾听他讲过一些非常奇怪的话；他曾经对我说过：'老弟，永远不要让你糟糕的妻子知道你在想些什么！但是我没有听他扯的这些鬼话；我可不是这样的人！他就是一个古怪的家伙！'他会对菲利普说：'我的孩子，不管你在世时活得像不像一位上等人，但是死的时候一定要死得有尊严。'他去世时身上穿了一件双排扣长礼服，礼服上还戴着一个绸缎式的领巾和一枚宝石别针。哦，我敢向你保证，谁也没见过死人还得打扮成那样！"

说到侄子波辛尼，拜恩斯倒有点同情。他有点怜悯地说："波辛尼遗传了他父亲那拜伦式的脾性。为什么会这么说呢？你看看，当时他从我的公司离开，丢掉了多么好的机会啊；他带了一个背包，就那样在外国待了六个月，这一切都是为了什么呢？——为了学习外国的建筑——外国的建筑！他又能指望它什么呢？他是——一个聪明的小伙子——一年却还挣不上一百英镑！这次订婚是他从来没有遇到过的好事——这可以让他稳定下来；他是那种白天睡觉，晚上熬夜的人，这只是因为他做事没有条理；他身上没有恶习——一点也没有。老福尔赛是个非常富裕的人啊！"

拜恩斯对琼非常和蔼可亲。最近一段时间，琼经常去拜恩斯先生家拜访。他家就住在朗兹广场那里。

"索米斯真是个做生意的好手！他让菲利普帮他建房子，这对菲利普来说是个好事，"拜恩斯对琼说，"现在，你可不能指望着常跟他见个面，我亲爱的侄媳妇，这么做都是为了他好——为了他好啊！这个年轻人必须得发展自己的事业。当我还是他那个年纪的时候——我一天到晚都在工作。我亲爱的妻子过去常跟我说'鲍比，不要太努力工作，身体最重要'；但是我从来没有宽待过自己！"

琼曾经抱怨过波辛尼，说他总是不愿意抽出时间去斯坦霍普门看一下。

有一次，波辛尼来找她，这对小恋人在一起待了还不到十五分钟，塞普蒂默斯·斯茂太太就来了，真是什么巧事都让她碰上了。波辛尼听到她来了立即就站起来，躲进了一间小书房里，一直等到她离开才从房间里走出来。

"哦，亲爱的，"茱莉姑母说，"他怎么那么瘦啊！我看见订婚的人就是那个样子的，但是你也不能让他这样瘦下去啊。有一种巴罗牛仔汁，你的斯威森爷爷吃了非常好。"

琼小小的身躯站在壁炉前，她那张小脸面带恶意地颤抖着。在她看来，姑母这次不合时宜的拜访对她来说就像是对她的一种侵害。她轻蔑地回答着：

"这是因为他太忙了，能做一点像样事的人是从来都不会胖的！"

茱莉姑母撇着嘴，她自己也一直很瘦，但是她这么瘦感到唯一的欣慰却是，自己还可以有机会变得再胖些。

"我认为，"她有点丧气地继续说道，"你不应该再让他们那些人叫他'海盗'；既然他现在要为索米斯建房子了，最好不要叫那个外号，免得旁人误会。我真的希望他能注意些，这件事对他非常重要。索米斯的品位又那么好！"

"品位！"琼大叫道，她立刻就生气了；"我从来就不认为他有品位，或者说咱们家族的人有什么品位！"

斯茂太太对她说的一番话非常惊讶。

"你的斯威森爷爷，"她说，"品位就很不错呢！索米斯的小房子看上去很漂亮，难道你的意思是说你连这个也不认同？"

"哼！"琼说，"那是因为艾琳住在那里！"

茱莉姑母努力想说点轻松的事：

"那么艾琳会喜欢去乡下住吗？"

琼专心地注视着她，那眼神就好像她自己的良心突然跳到了眼睛里似的，过了一会儿，这种眼神消失了。可是她自己看得更加专注了，就好像双眼把自己的良心瞪得局促不安似的。她傲慢地回复道：

"她当然会喜欢，为什么她会不喜欢呢？"

斯茂太太变得紧张起来。

"我不知道，"她说，"我想她可能不喜欢离开自己的朋友。你的詹姆斯爷爷说她对生活不怎么感兴趣。我们认为——我的意思是说蒂莫西认为——她应该多出去转转。我猜如果她去了乡下的话，你就寂寞得多了！"

琼双手紧紧抱住了自己的后颈。

"我真希望，"她大声说道，"蒂莫西爷爷不要谈论跟他无关的事情！"

高个子的茱莉姑母站了起来，挺直了腰板。

"他从不谈论跟他自己无关的事情。"她说。

琼立马感到有点内疚，她走到茱莉姑母身边吻了她一下。

"我很抱歉，姑母；但是我真的希望他们不要干涉艾琳的事。"

这一点上，茱莉姑母再也想不到什么合适的话来说了，于是她沉默了；她把黑丝披肩挂在胸前，然后拿起绿色手提袋准备离开。

"你亲爱的爷爷最近好吗？"她在大厅靠近门口的穿堂里问道，"现在你把所有的时间都放在波辛尼先生身上了，我猜他那里应该很冷清吧！"

她弯了一下腰，浅浅地亲了侄女一下，然后快步离开了。

她刚走，琼的眼里就涌出了泪水；她赶忙跑进那个小书房里，此时，波辛尼正坐在桌边，在一个信封的背面画鸟，琼在他的身边坐了下来然后哭着说道："哦，菲利普！这些事真叫人难受！"她的心情跟她头发的颜色一样火热。

接下去到了周日的早上，索米斯正在刮胡子，仆人上来通报说波辛尼先生来了。索米斯打开妻子的房门说道：

"波辛尼现在在楼下。你先去招待一下，等我刮完胡子就下去，很快就好了。我猜他来找我应该是给我看新房子的平面图。"

艾琳看着他没有回答，她把衣服整理了一下就下楼去了。至于在乡下建造新房子，艾琳到底是怎么想的，索米斯自己也搞不清楚。她也没有说过反对的话，至于波辛尼，她好像对他相当友好。

透过更衣室的窗户，索米斯看到他们俩在下面的小院子里一起交谈着。他急急忙忙地刮着胡子，为此下巴还刮破了两处。听到他们在院子里有说有笑的，他自己心里暗想："他们俩倒是很合得来！"

正如他所料，波辛尼此次前来就是来找他看房子的平面图。

索米斯拿起帽子跟着他。

房子的平面图铺在了建筑师办公室的橡木桌子上，索米斯脸色苍白，泰然自若地向他询问着。他一直弯着腰看计划，看了好长时间，一句话也没说。

最后他困惑地说：

"这真是一座与众不同的房子啊！"

这座房子呈矩形，有两层，四边环绕着一个有屋顶的院子，二楼的走廊也环绕着这个院子。院子的屋顶是玻璃样式的，地面上有八根柱子作支撑。

在福尔赛家族的人看来，这的确是一座与众不同的房子。

"很多空间都被浪费了。"索米斯继续说道。

波辛尼开始在办公室踱来踱去，索米斯非常不喜欢此时他脸上的表情。

"这座房子的设计原则，"建筑师说，"是让你有足够的空间去呼吸新鲜空气——就像一个真正的上流人士一样！"

索米斯伸开了他的食指和拇指，就好像在测量他即将拥有的上流人士的身份似的，他说：

"哦！是的；我明白了。"

波辛尼的脸上流露出了一种古怪的表情，在讲解自己的设计时，他显然很激动。

"我本来计划在这里给你建一座非常雅致的房子。如果你不喜欢的话，最好跟我说一声。当然了，雅致在很多人看来是根本不值得考虑的事情——能多挤进一间厕所不是很好吗？房子雅致又有什么用呢？"突然他把手指放在了中间长方形的左半部分："这个地方比较宽敞，你可以在这里放你收藏的那些画，我用帘子把这个地方跟外面的院子隔开。把帘子挂上，你就拥有一个五十一英尺乘以二十三英尺六英寸的空间。中间的这个两面炉子，在这里，一面朝着院子，另一面朝着放画的房间；最后这一块墙上全是窗户；东南方向的光线从窗户那里照进来，北面方向的光线从院子里照进来。剩下的那些画你可以挂在楼上走廊的墙壁上或者是其他的房间。建筑，"他接着说，尽管他看着索米斯，但是似乎眼睛里并没有他，这让索米斯感觉非常不愉快——"和生活是一样的，如果没有一定的规划，房子就谈不上什么雅致。当下的年轻人也许会跟你说那些东西都已经过时了。不管怎么说，它看起来很独特；我们从来没有想到的是，在建筑上，我们也可以体现生活的主要准则；我们的房间里满是装饰品、华而不实的小东西，任何一件东西都能吸引我们的眼球。恰恰相反的是，我们应该让自己的眼球好好休息一下。一些有力的线条能达到这种效果。整个事情都是有规划的，没有规划，何来的雅致可言？"

索米斯在骨子里就是个讽刺家，此时他的双眼正紧紧盯着波辛尼的领带。他的领带歪了，胡子也没有刮，而且着装也很不整齐。似乎搞建筑已经让他没有了生活的规律性。

"这平面图看上去像不像一个营房？"他说道。

波辛尼没有立刻回答他。

"我弄明白那是什么了，"波辛尼说，"你想要那种利道马斯特的房子——那种非常漂亮和宽敞的类型，仆人们会住在楼阁里，前门再凹陷下去，那么你就可以走下来了。那你就找利道马斯特试试吧，你会发现他是一个非常棒的小伙子，我跟他从小就认识！"

索米斯非常吃惊。这些平面图真的让他很感兴趣，只不过出于本能，不愿意表达自己的满意罢了。要他说句赞美的话真的是非常困难。他讨厌那些口蜜腹剑的人。

索米斯发现自己进退两难，要么他要说一句赞美的话，要么他眼看着就要失去一件好东西了。波辛尼正好就是那种小伙子，他也许会撕毁平面图，还会不给他建房子；他还真是一个大孩子啊！

与这种大孩子相比，索米斯感觉自己要高明得多。不过波辛尼却在索米斯身上产生了一种特殊和近乎催眠的影响，而他自己从来没有这样的感觉。

"呃，"索米斯最后结结巴巴地说，"这个——这个确实挺别出心裁的。"

索米斯个人对"别出心裁"一词非常不信任，甚至也不喜欢这个词，因此他觉得讲这样一句话也不算是真心屈服。

波辛尼看上去似乎很满意他的回答。这种词最合他这种人的心意！索米斯为自己的高明感到十分得意。

"这是———个非常大的地方。"他说。

"空间、空气和阳光，"他听见波辛尼低声自语，"在利道马斯特的那种房子里，你不可能住得像个上流人士——因为他是替开厂子的人盖房子的。"

索米斯做了一个不以为然的姿势；他曾经也被人们看成上流人士；现在即使给他一大笔钱，他也不想跟那些厂主归为一类。不过他天生就不信任原则这东西。如今这种不信任又出现了。空谈规划和雅致有什么用？在他看来，这座房子似乎很冷。

"艾琳怕冷！"他说。

"哦？"波辛尼讽刺地说，"你的妻子？她不喜欢冷吗？我想想，她绝不会感到冷的。你看这儿！"他用手指着院子墙上间隔固定的四个标记。"我已经给你买了带铝壳的热水管道，我会把这些东西给你装饰得非常漂亮。"

索米斯疑惑地看着墙上的这些标记。

"这样很好，"他说，"不过这得花多少钱？"

这位建筑师从口袋里拿出一张纸。

"这座房子，当然，应该全用石头建成，但是，正如我想的那样，你可能会承受不起，因此我已经换成了石面和砖墙。按理说应该是搭一个铜制的屋顶，但是我用的是一块绿色的石板。事实上，包括金属活在内，你应该会花费八千五百英镑。"

"八千五百英镑？"索米斯说，"什么，我给你的最大限额是八千英镑啊！"

"少一分钱这房子也建不了，"波辛尼冷静地回复道，"要么你就建，要么你就不建！"

也许这是跟索米斯打交道的唯一方法。索米斯此时困惑了。内心告诉自己要放弃所有的计划。但是这个设计又很好，况且他知道——这个设计很完整而且还会让人很神气；仆人们的房间也非常不错。住在那样的一座房子里他会抬高身份的——房子里全是这种独有的特色，而且布置得相当完美。

他继续研究着这个平面图，而波辛尼去卧室刮胡子换衣服了。

两人一句话也没说就走回了蒙彼利埃广场，索米斯用眼角打量着他。

如果波辛尼打扮得体的话——他是这么想的——这个海盗会是个相当帅的家伙。

当他们俩进屋的时候，艾琳正俯身摆弄着那些花。

她说派个人去公园那边把琼接过来。

"不行，不行，"索米斯说，"我们还有生意要谈呢！"

午餐时他表现得非常热情，一直让波辛尼多吃点。他很高兴能看见这位建筑师兴致这么好，下午的时候他让艾琳陪他，自己还是按照周日的习惯，偷偷跑去楼上看画了。喝下午茶的时候，他从楼上走下来，去了客厅，此时艾琳和波辛尼正在交谈着——照他自己的说法——喋喋不休地谈论着。

他躲在门口，私下庆幸，看来事情还是进展得挺顺利的。艾琳和波辛尼相处和睦是一件幸运的事。看起来她似乎默许了建新房子这个想法。

索米斯一边看着画，一边安静地沉思着，他决定如果有必要自己可以再拿出五百英镑；但是他希望波辛尼今天下午能降低一下自己的估价。这件事很简单，只要波辛尼愿意，估价还是可以改的。在不影响房子整体效果的前提下，他还是有很多办法来降低建房子的费用的。

因此他一直在等机会开口，直到艾琳给这位建筑师递第一杯茶时，一道微弱的阳光从百叶窗的花边上照了进来，照得艾琳的脸颊红彤彤的。她那金色的头发上和柔和的双眼里闪闪发光。也许是同一束光线照射的缘故，波辛尼的脸颊也变红了，他的脸上看起来有一种惊慌失措的神情。

索米斯讨厌阳光的照射，于是他立马起身把百叶窗窗帘拉了下来。然后他从妻子手里接过自己的那杯茶，用一种更为冷淡的语气说道①：

"你看看用八千英镑建房子到底行不行？肯定还有很多小地方可以改动一下。"

波辛尼一口气把茶喝完，放下茶杯，然后回答道：

"哪个地方都不能改！"

索米斯知道他的建议已经触动了波辛尼个人虚荣心的某些旁人无法理解的部分。

"哎，"他有点恼怒地说，"我想，你是一定要按照你设计的方案来建了？"

过了几分钟，波辛尼起身准备要走，于是索米斯站了起来把他送到门口。这家伙看上去高兴得有点莫名其妙。索米斯看着波辛尼以轻快的步伐渐行渐远，便闷闷不乐地回到了客厅里。艾琳正在那里收拾乐谱。此时索米斯心里突然起了好奇心，于是他问艾琳：

"你认为那个'海盗'怎么样？"

他一边看着地毯，一边等待着艾琳的回答。他等了好长一段时间。

"我不知道。"她最后说。

"你认为他长得英俊吗？"

艾琳笑了笑。在索米斯看来，艾琳就好像在嘲笑他似的。

"是的，"她回答，"非常英俊。"

---

① 他开始并不是这么打算的。

安姑母逝世

九月底的一个早上，安姑母再也不能从史密赛尔的手上拿起那代表人格尊严的假发了。他们匆忙地派人去请医生。医生来了后，看了一眼她那张苍老的脸后，就宣布福尔赛小姐在睡眠中去世了。

茱莉姑母和海斯特姑母对此震惊不已。她们从来没有想到会是这样一个结局。的确，值得怀疑的是，她们是否曾经意识到这样一个结局是注定要到来的。安走的时候一句话也没有说，甚至没有一点痛苦的挣扎就悄悄离开了。她们私下里觉得安这样有点不通人情，而且这也不像她的作风。

一个福尔赛家人竟然就这样撒手人寰了，这也许才是真正触动她们的。如果她这么做了，那么其他所有人都会这么做！

过了整整一个小时，她们才下定决心把这件事告诉蒂莫西。要是这件事不让他知道该有多好啊！要是把这件事逐渐地透露给他该有多好啊！

她们站在蒂莫西的门外窃窃私语了好长时间。告诉他后，她们俩又凑在一起窃窃私语。

她们害怕日子久了，蒂莫西会更加伤心。不过，他的状况还是要比大家预想的好。当然，他还是卧病在床！

她们分开后，都各自悄悄地哭去了。

茱莉姑母待在自己的房间里，这个不小的打击让她一下子就卧倒了。她满脸泪水，哭得非常伤心，脸上一块块绷紧的肉也肿了起来。安就这样走了，没有她陪伴的生活，真的是无法想象。她们两人在一起住了七十三年了，中间只隔开了短短一个时期，现在这看起来多么不像真事啊。每隔一段时间她就去抽屉里翻翻，从几个淡紫色包的底下拿出一块崭新的小手帕。一想到安那么冷冰冰地睡在那里，她那颗暖暖的心就无法承受。

海斯特姑母是一个沉默寡言、性情温和、喜欢保养精神的人。此时她正坐在客厅里。客厅的百叶窗也拉了下来。她一开始也在哭，可是悄悄地，也就看不出来了。她的原则是即使悲伤时也要注意保养精神。她娇小的身体坐在那里一动不动，此时她正在研究着眼前的这个壁炉，她把双手懒散地放在自己黑色丝绸礼服的膝盖上。毫无疑问，他们想叫她做点事情。似乎那样做会有什么用处似的！可是即使做些事情，安也回不来了！何必去麻烦她呢？

五点钟的时候，老乔里恩、詹姆斯和斯威森三个兄弟来了；尼古拉斯还在雅茅斯，罗杰严重的风湿病又犯了，因此他们俩来不了了。今天一大早海曼太太自己一个人就来了，她看了一眼安姑母后就走了。她临走时还给蒂莫西留了个话——可是没有人转告他——她说应该提前通知她。事实上，他们所有的人都有这种感觉，都觉着应该提前通知他们，他们就好像错过了什么似的；詹姆斯说：

"我早就知道她好不了了；我跟你们说过她熬不过这个夏天。"

海斯特姑母没有回答。现在也快十月了，争论这个问题又有什么用呢；有些人永远都不会满意。

三个兄弟到了，于是她派人去通知茱莉姑母。斯茂太太立马就从楼上下来了。她已经洗过脸了，可是脸依然很肿。斯威森穿了一条淡蓝色的裤子——他得到消息的时候还没来得及换，就直接从俱乐部赶来了。斯茂太太皱着眉头盯着他的裤子，即便如此，她脸色却比平日高兴得多，那种闯祸的天性此时更加强烈了。

他们五个人一起上楼去看安的遗体。纯白色的床单下放了一条棉被，此时，安姑母比往常更需要温暖；拿掉枕头后，她的脊柱和头平平地躺在那里，这正像她一生的固执性格；一条头巾绑在她的额头上，两边各自奉拉到齐耳的位置，在头巾和床单之间露出一张几乎跟被单一样白的脸；她闭着眼朝向自己的弟弟妹妹。她那张脸特别平静，但比以往更加坚强。现在她几乎就是瘦骨嶙峋，可是脸上一点皱纹也没有——方下巴、方脸颊、颧骨、前额深陷、像雕刻出来的鼻子——这就是一个不可征服的灵魂向死亡屈服之后留下的堡垒，现在正盲目地向上看着，好像要努力收回那个灵魂，重新掌握它刚刚放下的监护权似的。

斯威森只看了安一眼就离开了房间。事后，他说那种场面让他感觉到非常不舒服。斯威森走下楼去，他有点慌张地跑下楼时，整个房子似乎都震颤了。他抓紧帽子，登上一辆四轮马车，也没有告诉马车夫去哪里。被载回家后，他整晚就在椅子上坐着，一动不动。

晚餐时他什么也吃不下，就只吃了一点松鸡和一品脱的香槟酒。

老乔里恩站在床的末端，双手放在前面。房间里的这些人当中，他是唯一一个记得母亲死时样子的人。尽管他现在看着安，但是心里还是想着那时的情形。安是个老女人，但是最后还是去世了——每个人都会去世！他的脸一动不动，目光似乎瞥到了很远的地方。

海斯特姑母站在他的身旁。她现在没有号啕大哭，她的眼泪已经流尽了——她的性格不允许她再消耗一次精力。她扭动着两只手，双眼并没有看着安，而是四处瞥着，设法逃避这种伤感。

在所有的兄弟姐妹中，詹姆斯的感情表现得最明显。泪水沿着平行的皱纹从他那瘦小的脸上流了下来。他也不知道现在该上哪里去诉说自己的痛苦。茱莉状况不好，海斯特更糟糕。他感觉，安的这次去世比他曾经想象中的还要让他难过。这件事过后他得连续几周都心绪不宁了。

海斯特姑母悄悄地走了出去，茱莉姑母在房间里走来走去，做着一些她自认为"有必要的事情"，以至于两次撞到东西。老乔里恩在沉思着很久很久以前的事情，这时他从沉思中唤醒，用严厉的眼光看了一下茉莉姑母后就走了。詹姆斯独自一个人靠在床边；他偷偷地扫视了一下四周，发现没有人注意到他，于是就弯下了长长的身躯在安的额头上亲了一口，然后也匆忙离开了房间。他在大厅里碰到了史密赛尔，于是便向她问起了葬礼的事情，可是他发现她却对此一无所知。他生气地抱怨着，如果他们对此事都不在意的话，那么所有的事情都会被他们搞砸。她最好把索米斯先生请来——他对这种事非常了解；蒂莫西老爷想必非常难过——得有人照顾才行；至于两位女主人，她们的状况也不好——也没有精力周全葬礼的事宜！而且詹姆斯猜测安姐死后她们全都会病倒。史密赛尔最好请医生来看看，最好还是让她们先吃点药。他认为他的姐姐安没有找到好医生，如果她要是请布兰克医生给她看病的话，那么她现在也许还活着呢。他还说如果史密赛尔拿不定主意的话，她在任何时候都可以派人来公园巷送信。当然，他的马车在葬礼上可以派上用场。他问史密赛尔这里有没有一点吃的，给他一杯葡萄酒和一些饼干——他还没有吃午饭呢！

葬礼的前几天过得非常平静。当然，大家早就知道，安姑母已把那笔不多的财产留给了蒂莫西。因此，也没有什么值得大家讨论的。索米斯是唯一的一个遗嘱执行人，他负责葬礼的所有准备工作，而且在适当的时候还会给福尔赛家族的每位男性送出如下的邀请函：

致××××

十月一号中午请出席安·福尔赛小姐的葬礼仪式，地点在海格特公墓。马车十点四十五分在贝斯沃特路"凉亭"集合。以鲜花纪念哀思。收到后请回信。

那天早上非常冷，伦敦的天空灰蒙蒙的，十点半的时候，詹姆斯的马车第一个到达了指定的地点。马车上坐着詹姆斯和他的女婿达尔第。达尔第长得不错，方胸，双排扣长礼服扣得很紧，灰黄色的脸有点微胖，卷胡子，腮须老是不停地冒出来，不管再怎么努力刮也刮不干净。这腮须似乎标志着主人某种根深蒂固的性格，这在那些做投机生意的人当中特别显着。

索米斯以他遗嘱执行人的身份迎接宾客。蒂莫西依旧卧病在床，他要等葬礼仪式结束后才能下床；茱莉姑母和海斯特姑母要等到葬礼仪式全部结束后才会下来，要是有人愿意回来的话，他们可以在这里享用午餐。第二个到达这里的是罗杰，由于风湿还没好，他仍旧一瘸一拐地走着，他的三个儿子——小罗杰、尤斯塔斯和托马斯跟在他身后。他们刚到后不久，他的另外一个儿子乔治也乘二轮轻马车来了。他停在大厅里门口那里询问着索米斯办丧事可有油水可捞。

他们俩彼此都不喜欢对方。

接着到达的是海曼家的两位——贾尔斯和杰西，他们一句话也没有说，不过衣着却很讲究，晚礼服的裤子上还特意烫出了折痕。然后老乔里恩自己一个人来了。接着是尼古拉斯，他脸色不错，头和身体每动一下，都带着小心掩饰着的欢快。他的一个儿子在后面跟着他，非常温顺。斯威森·福尔赛和波辛尼同时到达——他们站在那里——鞠着躬互让对方先行——可是门一开时他们却一块走进去了。在大厅里他们俩又重新互相道歉。在争执中，斯威森的宽大硬领巾被弄乱了，他整理好后就缓慢地爬上楼梯。海曼家的另一位也到了；尼古拉斯两个结了婚的儿子连同崔迪曼、施滨德和华里也到了。他们三个人都是福尔赛家和海曼家的女婿。所有的人都到齐了，总共二十一人。除了蒂莫西和小乔里恩，福尔赛家族所有的男性都到了。

他们一大伙子人走进了那间用红色和绿色装饰的客厅里，这种色调鲜明地映衬出他们和往日异样的服饰。每个人都在焦急地寻找座位，企图隐藏自己身上那显眼的黑色裤子。他们裤子的颜色和手套的颜色似乎有点不协调——有一种夸张的感觉；"海盗"没有戴手套而且还穿了一条灰色的裤子，好多人都非常吃惊地看着他，可是暗地里他们却很嫉妒。大家开始小声地交谈着，没有人谈及死者，每个人都是彼此询问着对方，就好像间接地对安姑母的去世表示祭奠似的。他们来参加葬礼仪式就是为了纪念逝去的安姑母。

过了一会儿，詹姆斯说：

"啊，我想我们应该起程了。"

所有人都下楼了，他们严格按照先后顺序一对一对地上了马车。

殡仪车以步行的速度向前行驶着，马车缓慢地跟在后面。老乔里恩和尼古拉斯在第一辆马车里坐着；斯威森和詹姆斯这对双胞胎兄弟在第二辆马车里坐着；罗杰和小罗杰在第三辆；索米斯、小尼古拉斯、乔治和波辛尼在第四辆。剩下的八辆马车，每个车里都坐了三到四个人；医生乘坐的有篷马车也跟在他们的后面；再后面就是乘载家族管家和仆人们的出租马车，他们的马车始终跟前面的马车保持着适当的距离；最后面的一辆马车没有坐人，只是为了把整个送葬行列凑成十三这个数字。

送葬的队伍一直在贝斯沃特路上保持步行的速度，但是一转入不怎么重要的大道时，马车就加快速度，然后就一直这样行驶着直到到达目的地。途中马车在路过一些时髦的大街时也会保持步行的速度。老乔里恩和尼古拉斯在第一辆马车里谈论着各自的遗嘱。第二辆马车上的双胞胎兄弟经过一次勉强交谈之后，又一言不发了；他们两个都聋得非常厉害，只有大声说话时对方才能听清楚。詹姆斯只有一次打破了这种沉默：

"我必须得去某个地方寻找一块墓地去。斯威森，你都做了什么准备了？"

斯威森那可怕的眼神一直盯着他看，他说：

"不要跟我谈论这种事情！"

在第三部马车里，对话时断时续地进行着，他们有时向窗外瞥瞥，看看走了多少路。乔治说："哎，可怜的老女人去世的可真是时候啊。""我认为人就不应该活过七十岁。"小尼古拉斯轻声地回答着，他说这条规则似乎并不适用于福尔赛家族。乔治说他六十岁的时候还曾经打算自杀过。小尼古拉斯一边微笑着，一边摸着自己的长下巴，他认为父亲不会喜欢这个理论的；父亲六十岁过后还赚了一大笔钱呢。哎，七十岁是最大的极限；那时乔治会说，他们应该去世了，而且还要把钱留给自己的孩子们。刚才索米斯一直沉默不语，如今他也插进来。他还没有忘记乔治刚才问他办丧事是否有油水可捞的那句，心里正耿耿于怀，于是他慢慢地抬起眼皮说，这种话很适合那些从来都赚不着钱的人们说，他可打算活得越久越好。这句话对乔治来说是一个沉重的打击，他手头拮据是众所周知的。波辛尼心不在焉地低声说道："啊，说得好！"乔治打了个哈欠后，对话就终止了。

马车一到达目的地，棺材就被抬进了小教堂，送葬者两两跟在它的后面也进了小教堂。这一队男士们全都跟死者有亲属关系。在伦敦这个大城市，这还真是个令人印象深刻的大场面。伦敦的生活丰富多彩，这里有无数种职业、乐趣和职责，这座城市到处都充斥着可怕的冷酷和可怕的个人主义。

福尔赛家族聚集在一块就是为了征服这一切，为了展示他们顽强的团结力，为了证明在他们这个家族中成长起来的财产准则。正是由于这些财产准则，这个家族才能枝繁叶茂、繁荣发展、充满活力而且还会如期而至地达到全盛时期。这个长眠老太婆的灵魂号召他们去展示所有的一切。这是她最后一次呼吁大家要团结一致，团结就是他们的力量所在——她最后胜利了，即使她去世了，但是这个家族还依旧是完整的。

她没有看到福尔赛家族各个分支发展得失去平衡，这对她来说是幸运的。同样的财产准则也在她的身上起过作用。她从一位身材高大、腰板挺直和身材修长的女孩长成一位既坚强又成熟的女子，接着又从一位成熟的女子长成一位老态龙钟、骨瘦如柴和身体虚弱的老妇女。当世界远离她时，她就几乎像个女巫一样，个性也更加明显了——她像她母亲一样看着这个大家族，而同样的财产准则也在这个大家族身上起着作用。

她曾经见证过这个家族的朝气和成长，也曾经见证过这个家族的强壮和成熟，可是她那双苍老的眼睛还没来得及，或者说没有力气再多看一眼时，她就与世长辞了。她本可以努力再多看一眼。她也许会用她苍老的手指和颤抖的亲吻来维持这个家族的朝气和强壮，但是又有谁知道呢？唉！即使是安姑母也斗不过自然规律。

"盛极必衰！"这就是自然规律最大的嘲讽。福尔赛家族遵循着这个规律，他们聚集在一起，打算在衰败之前举行最后一次的盛会。他们站成一排，有的脸朝左，有的脸朝右，大都面无表情地看着地，也看不出他们的心思。但是，偶然间也会有人抬起头向上看，眉毛之间挤出一条线，就好像在小教堂里看见了自己难以承受的景象似的，也好像是听着什么惊悚的东西似的。那低声的应答，同一的声调，同一的不可捉摸的家庭声调，听起来那么怪异，让人毛骨悚然，就好像一个人在那里匆匆模仿那些启示，喃喃自语似的。

小教堂的祷告结束了，哀悼者们再一次排着队护送安姑母的遗体去墓地那边。墓穴是开着的，穿着黑衣服的男士们在它的四周等待着。

在这片神圣的高高土地上，安葬着成千上万个永远长眠的中上层阶级人士。福尔赛家族的目光越过成群的墓地向下看着。那一边——远远地看见了伦敦城，它的上空没有阳光照着，仿佛在为失去的女儿哀悼，和这个家族一起为失去的母亲和守护者哀悼。成千上万座钟楼和房屋，隐藏在灰色的财产网里，它们就像在墓地前伏在地上的祷告者一样。那里正坐落着安姑母的墓地，她是福尔赛家族中最年长的一位。

说了几句祷告词和撒了一点泥土后，棺材就下葬了。安姑母便永远在此长眠了。

福尔赛家族的五个兄弟低着头在墓穴周围站着，他们都是死者的受托人。他们也都想看着安舒适地离开人世。她不多的财产只能避开不谈，但是除此之外，一切能够做到的都应该做到……

接着他们各自戴上帽子，转过身来看家族的大理石墓穴上新刻的碑文：

安·福尔赛之墓
乔里恩·福尔赛与安·福尔赛之女
逝于一八八六年九月二十七日
享年八十七岁零四日。

也许不久之后某个人的名字也会刻上去。这感觉非常奇怪让人很不安，他们谁也不曾想到福尔赛家族的人会与世长辞。他们人人都希望摆脱这种痛苦，这个葬礼仪式使他们回想起了某些不敢想的东西——于是葬礼结束后，他们匆忙离开去处理自己的事情，同时也把这件事给忘了。

天气非常冷；大风就像一股缓慢而又分裂的力量似的，吹向山顶，从墓地里飘过，用它寒冷的气息侵蚀着他们；他们分成各个小组，然后以最快的速度登上了候在墓地旁的马车。

斯威森说他想回蒂莫西家吃午饭，谁要去，他的有篷马车可以载他一程。他的马车并不大，大家并不认为跟他一块乘坐马车是一种荣幸，因此没人愿意去，于是他自己一个人离开了。紧接着詹姆斯和罗杰也走了，他们也想去吃午饭。其他人也渐渐地离开了。老乔里恩带着他的三个侄子上了他的马车；他想好好看看那些年轻人的模样。

索米斯还要去墓地事务所处理一些琐碎的事情，于是他跟波辛尼一块离开了。他跟波辛尼还有好多话要谈。事情办完后，他们俩一起闲逛到了汉普斯蒂德，然后在西班牙人小旅馆里吃了午餐。他们俩花了好长时间讨论着建房子的有关细节问题。接着他们去了电车站，然后乘电车到了马伯拱门。波辛尼从这里离开后便去斯坦霍普门看琼去了。

索米斯到家的时候感到非常高兴。吃晚饭的时候，他跟艾琳说，这次他跟波辛尼谈得非常好，波辛尼看上去真的是一个通晓事理的家伙。他们走了好多路，这对他的肝脏也非常好——他已经好长时间没有锻炼了——总的来说，这一天他过得非常满意。要不是今天为可怜的安姑母发丧，他一定会带她去歌剧院看戏去。然而现在只好待在家里消磨这个夜晚了。

"'海盗'不止一次问起你。"他突然说。一种莫名其妙的欲望在驱使着他，他要维护自己的业主身份，于是他从椅子上站了起来在妻子的肩膀上亲吻了一下。

第二部分

 **建造房子**

　　这个冬天不算冷。市面经济萧条，正如索米斯做出这个决定之前所想的那样，这一直是建造房子的好时候。因此在四月底，罗宾山那边的房子的外壳已经建成了。

　　现在他之前花的钱总算能看到些东西了，所以他一个星期总得过来视察一两次，有时候一个星期来三次；他总是花几个小时仔细巡视着那些建筑材料，同时小心翼翼地不让灰尘弄脏自己的衣服；又或者在未完工的门廊那里默默地走来走去，有时又绕着院子中心的那些柱子转来转去。

　　他总是会在这些地方站上好几分钟，好像决心要看出这些材料的实质似的。

　　四月三十号，他与波辛尼约好一起翻看账本，离约定的时间还差五分钟，索米斯便走进了波辛尼的帐篷——这位建筑师在老橡树旁为自己扎了一座帐篷。

波辛尼已经将账本放在一张折叠桌上,索米斯点了点头,在桌旁坐下,开始翻阅账本。过了好长一段时间,他才抬起头。

"我没弄懂,"他终于开口了,"这账比原来预计的差不多超出了七百英镑。"

他瞥了一眼波辛尼,继续加快语气说道:

"只要你跟这些工匠坚决不松口,他们就会降低价格。你要是不够精明,他们就会和你玩各种把戏……你把各个方面的价格都降低百分之十,最后多出个一百来镑我也就不介意了。"

波辛尼摇了摇头:

"我能省一个法新①的地方都省了。"

索米斯愤怒地一推桌子,账单被震得掉到了地上。

"那么我只能说,"他激动地吼道,"你简直把这件事搞得一团糟!"

"我已经告诉过你很多次了,"波辛尼也毫不示弱,"建房子肯定会有额外的支出,这个问题我重复过很多次!"

"我知道,"索米斯咆哮着说,"偶尔的一些开销用上个十镑我是不会反对的,但是,我怎么知道这额外开销能多达七百英镑?"

这次的矛盾和他们两人的性格是有很大关系的。一方面,这位建筑师忠实于自己的想法,不愿改变自己创作出的房子的原型,所以他很担心计划受到阻碍,或是被迫在建造过程中将就;另一方面,索米斯也忠实于自己的想法——用这笔钱买到最好的东西,这种想法使得他坚信用十二先令照样可以买到价值十三先令的东西。

"我真后悔接手你这房子,"波辛尼突然说,"你这样一来直接打乱了我的计划。你想让你的钱的价值翻番,但是你的房子就大小来说应该是郡里最大的,你却不愿意花钱。如果你想解约的话,我会出上超出来的钱,只是我绝不会继续为你工作!"

索米斯重新冷静下来。他知道波辛尼没有钱,他只当这是这位建筑师说的气话。他也明白要是波辛尼不干了,他一时半会儿还没法儿住进这所

---

① 一法新等于四分之一便士。

他心心念念的房子。而且，现在是建房子的关键时期，建筑师是否上心对房子的好坏至关重要。与此同时，还要考虑艾琳呢！她最近的表现可不太正常。索米斯相信这是因为她开始喜欢上波辛尼了，这才讲得通为什么艾琳能忍受得了建房子的主意。因为这事和艾琳闹翻可不是什么好事。

"你不需要生这么大的气，"他说，"如果我能接受这件事的话，我猜你没必要再朝我大吼大叫了。事实上我只是想和你说清楚，我喜欢花钱花得明明白白，我应该知道我的钱花在哪里了。"

"看看这里！"波辛尼说，索米斯看到波辛尼狡黠的眼神又气恼又吃了一惊。"我为你工作收的费用已经相当便宜了，就我建造这个房子和我在这份工作上花费的时间，要是换成立陶·马斯特或是其他的浑蛋，会跟你讨要四倍的价钱。实际上，你想要的无非是用四分之一的价钱请一流的建筑师为你工作，你已经得到了！"

索米斯心里清楚地知道他说的都是实话。所以，虽然他很生气，但是他知道这件事闹翻之后对自己十分不利：房子完不了工，妻子那里没法交代，他自己会成为他人的笑柄。

"让我们再看看，"他闷闷不乐地说，"看看钱都花到哪里去了。"

"很好，"波辛尼同意道，"如果你不介意的话，我们得快点了。我得及时赶回去，我已经和琼约好了去戏院。"

索米斯偷偷瞥了他一眼，说道："我想你是去我们家见她吧？"他总是去他们家和琼碰面。

昨夜下雨了，一场春雨，地面散发出一阵阵青草香。暖暖的微风吹拂着老橡树的树叶和金色的骨朵，画眉鸟在阳光下尽情地叫唤。

正是在这样一个春天的日子，为人注入一种不能言喻的向往、一种痛苦的甜蜜、一种渴望，使他就静静地站在那里，看着树上的叶子和地下的草，然后用力伸出胳膊去拥抱，到底拥抱什么他自己也不知道。大地发出一种令人迷醉的温暖，这种温暖穿越了冬天为她披上的寒冷外衣。大地悠长的爱抚仿佛是向人们发出了邀请，拉人们躺入她的怀抱，在她身体上翻滚，用唇亲吻她的乳房。

就是在这样的一个春日里，索米斯向艾琳求婚成功。坐在一棵被砍倒的树干上，他第二十次发誓如果他们的婚姻不幸福，艾琳可以恢复自由，就像她从来没和他结婚那样！

"你能发誓吗？"艾琳说道。几天前她又提到他之前发过的誓言。他回答道："荒谬！我怎么可能发那样的誓！"而眼下，他却不知道怎么就想起了这个誓言。男人为了一个女人发誓是一件多么荒唐的事！但在过去为了得到她，他在任何时候都能发誓！如果从此他能打动她，他现在也肯发誓。只是根本没人能打动她，她就是个冷血的女人。

在清新、甜蜜的春日微风的吹拂下，他向艾琳求爱的记忆涌上心头。

一八八一年的春天，他正在拜访他的老校友同时也是他的客户，乔治·利佛赛治。乔治原本出生在布兰克森，由于要开发他在伯恩茅斯附近的松材，所以才决定由索米斯全权接手建立松材公司的事宜。利佛赛治太太很识大体，特意举行了一个音乐茶会来接待索米斯。索米斯本不是音乐家，他对这样的接待感到索然无味，非常厌烦。就在茶会快要结束的时候，他被一个女孩的脸吸引住了，这个女孩身穿孝服，一个人站在那里。从她那件又薄又紧的黑色裙子里可以看出她高挑的、有些瘦削的身段，戴着黑色手套的手交叉在身前，嘴唇微张，她那大大的深褐色眼睛望着来往的人。她的秀发径直地从颈下垂下，在黑色领口那里显得闪闪发亮，就像一圈圈发亮的金属闪着光。就在索米斯站在那里盯着她看的时候，一种大多数男人时常能产生的感觉向他袭来——一种特殊的感官的满足，一种奇怪的坚定——在小说家和年老的妇人那里称之为一见钟情。他一边继续偷偷地看她，一边迅速地朝女主人那边走去，定定地站在她身边等音乐停止。

"那个黄头发深褐色眼睛的女孩是谁？"他问道。

"哪个啊——哦，那是艾琳·海伦。她的父亲就是海伦教授，今年去世了。她和继母一起生活。她人不错，是个美人，可惜没钱啊！"

"请给我引荐一下吧。"索米斯说道。

他发现对她没有太多话说，也发现对于他那寥寥无几的话她的回应更是少得可怜。但他决心一定要再见到她。机缘巧合，他竟然偶然中实现了他的目的。他在码头上遇见了艾琳和她的继母——原来她的继母在午后十二点到一点有在码头散步的习惯。索米斯非常有手段，没过多久就和这位妇人结识了，并且发现她就是自己一直在物色的帮手。对于一个家庭的财产情况的敏锐，使得他很快嗅出艾琳一年的花销远超过她交给继母的津贴——一年五十英镑；同时他也嗅出海伦夫人正值中年时期，还渴望再嫁人。而她的这个继女，长得异常美丽，又没嫁人，大大妨碍了她自己的好事。所以呢，索米斯心里暗暗地想好了自己的计划。

　　他什么也没有表示就离开了伯恩茅斯，一个月后他回来了，但是这次他只是与艾琳的继母说了自己的想法，并没有和艾琳说什么。他说他已经下定决心了，让他等多久都可以。他确实等了一段时间，他看着艾琳越发变得美丽了：她瘦削的身材变得丰腴起来，充足的血液使她的眼睛更加闪烁着光芒，她的脸色也变得红润起来；每次去艾琳家拜访，他都会向她求婚，而当他道别的时候，总是带着艾琳的拒绝失落地离开，返回伦敦，他心里很痛，但是仍然坚定不移，他的决心无声无息，就像坟墓般寂静。他想尽办法探寻她拒绝他的根源；只有一次，他发现了一点蛛丝马迹，那是在一次公开的舞会上——对于住在海滨的男男女女，舞会就是释放自己激情的时候了。他和艾琳坐在斜面窗户前，他被华尔兹的舞曲感染了，心神荡漾。她轻轻地摇动着手里的扇子，半遮着脸，望着他；看到这样的艾琳，索米斯脑袋里一片空白，他猛地抓起她摇动的手腕，在她的胳膊上印上重重的一吻。而她却颤抖了——他至今对那个颤抖都记忆犹新——同时他也忘不了她投给他的那个极其厌恶的表情。

　　又过了一年，艾琳终于妥协了。而到底是因为什么原因艾琳做出了这样的决定，他也没搞明白。他从海伦夫人，那个老练的、精明的女人那里，也没打听到更多的消息。他们结婚之后，有一次他问她："你之前为什么百般地拒绝我？"她用一种古怪的沉默来回答了他这个问题。自从索米斯第一眼看到她，她就是个捉摸不透的谜一样的人，直到今天她仍然是那个他捉摸不透的人。

　　波辛尼在门口等待着索米斯，在他粗犷的、俊俏的脸上带有一种奇怪的、充满渴望的并且有些兴奋的表情，好像在春天的天空看到了幸福的征兆，在春天的空气里嗅到了幸福的味道。索米斯看到他在那里等着。这个家伙怎么回事？为什么他看起来那么高兴？他嘴角边和眼睛里充满着笑意，他在期待着什么？波辛尼边等边大口呼吸春风中的花香，对于这一举动，索米斯实在搞不明白。在这个他一直以来看不起的穷建筑师面前，他感到又一次受挫了。他加快了脚步朝房子走去。

"这些瓷砖的颜色最好的选择，"他听见波辛尼说道，"就是宝石红色带着一些灰色的点点，这样能产生一种通透的效果。我应该听听艾琳的意见。通往这个院子的门，我已经定做了紫色的皮制门帘；如果你们把客厅的墙涂成乳白色，就会产生一种幻境的感觉。这房子装饰的目的最终在于烘托出我所说的那种迷人的魅力。"

"你所指的是我妻子那迷人的魅力吧！"索米斯说道。

波辛尼没有做声。

"你应该在院子中央种一丛莺尾花。"

索米斯傲慢地笑着说："我抽空会去毕奇的花店转转，看看有什么合适的花！"

他俩几乎找不到话题可以说上几句，在去车站的路上，索米斯突然问道：

"我想你觉得我妻子艾琳是个很风雅的人吧。"

"是。"波辛尼回答得如此迅速，明显是在向索米斯泼了冷水，就好像在说："如果你想讨论你老婆，和别人讨论去！"

这么一来，索米斯一下午憋在肚子里的怨气和不满一股脑儿全都冒出来了。

他俩没再说话，快到车站的时候，索米斯又问道：

"你认为什么时候能完工？"

"如果你希望我连内部的装修一起包下来的话，那得到六月底。"

索米斯点点头。"但是你很明白，"他说，"这房子的花费可比我预期的要高得多。我最好还是告诉你我的想法，我本应该撒手不管这事，只是因为我这人一旦下定决心要干什么，就一定不会放弃。"

波辛尼没回应他。索米斯用他那一贯厌恶他的眼神斜视了他一眼——原来尽管索米斯态度苛刻、目空一切、打扮时髦、沉默寡言，但是他那紧闭的双唇和方正的下巴，使得他像极了一只英国斗牛犬……

那天晚上七点钟，琼到了蒙彼利埃广场六十二号，女仆贝尔森告诉她波辛尼先生正在客厅里，女主人艾琳正在梳妆打扮，很快就下来。贝尔森正要告诉艾琳琼到了，琼立刻阻止了她。

"没关系，贝尔森，"她说，"我自己进去就行了，你不用去催索米斯夫人了。"

她自己脱下披风，贝尔森会意地径直下了楼，甚至连客厅的门也没有为她打开。

放地毯的橡木箱子上面有一面老式的小银镜子，琼停住了脚步，在银镜子前照了照，只见一个苗条的、盛气凌人的年轻姑娘，一张表情坚定的精致小脸，身穿一条白色连衣裙，领口是圆的，颈部很纤细，好像撑不起她那一头红色卷发。

她轻轻地打开客厅的房门，打算给波辛尼一个惊喜。房间里充满了杜鹃花的香气，热热的甜腻铺面而来。

她深深地呼吸了一口花香，接着听到了波辛尼在说话，不是在客厅里，但是感觉却离得很近。只听见他说：

"唉！我有好多事情想跟你说，现在我们却没有时间了！"

艾琳回应道："为什么不一起吃晚饭呢？晚饭的时候我们可以谈啊！"

"怎么谈啊？"

琼的第一反应就是想马上离开这里，但是她却穿过院子里的长长的窗户，来到杜鹃花香发出的地方。在那里背对着琼站着两个人，他们的脸埋在粉金色的花丛里，是她的情人和艾琳。

她一声不响地站在那儿，并不感到羞愧，她的脸颊红彤彤的，眼睛里充满怒气，就那样从背后看着他俩。

"星期天你自己来好不好，我们一起去新房子那边。"

琼透过花丛看见艾琳正抬头注视着波辛尼。艾琳的表情不像是在卖弄风情，而是——在这个正在看着他们的女人眼里更糟糕的情况——一个女人生怕把自己的真实情感表露出来。

"我已经答应斯威森叔叔星期天和他一起出去了。"

"那个胖胖的人！那就让他带你去吧；只有十英里——他的马正好可

以跑那么远。"

"可怜的斯威森叔叔！"

一股浓烈的杜鹃花的香味扑向琼的脸；她觉得恶心，甚至有点晕头转向。

"去吧！嗯，你去吧！"

"不过，为什么啊？"

"我必须要在那里见到你——我想你也愿意帮我……"

这个回答听上去非常轻柔，花儿似乎都听得颤颤的。

"我会去！"

琼从花丛中走出来，站到窗外的一片空地上。

"这里好闷啊！"她说，"我还真是受不了这个香味！"

她的眼神，充满着怨气，毫不掩饰地扫过他俩的脸。

"你们是在谈论房子的事儿吧？你们知道的，我还没看过房子呢，所以星期天我们一起去好吗？"

艾琳的脸红了起来。

"我星期天要和斯威森叔叔一起外出。"艾琳回答道。

"斯威森叔叔！他能有什么事儿啊？你可以回绝他，不和他一起出去！"

"我不喜欢回绝别人！"

这时大家听到一阵脚步声，琼看到索米斯站在她身后。

"好了，如果大家都没什么事的话，"艾琳边说边带着一种奇怪的微笑对着大家，"晚饭准备好了！"

琼的晚宴

晚饭在一片沉默中开始了；女人和男人分别面对面坐着。

大家都不说话，一会儿便喝完了汤——除了有点稀薄以外，这是一份好汤；很快，鱼上桌了。

波辛尼为打开僵局，试探着说道："今天第一天像个春天的日子。"

艾琳轻声附和道："是啊——第一天像是春天。"

"春天？"琼也说了一句，"闷得连点空气都没有！"没人搭腔了。

鱼盘被端下去了，可惜了这一条从多佛运来的新鲜鳎目鱼。女仆贝尔森拿来香槟，香槟的瓶颈满是白色的酒沫。

索米斯说道："你们尝尝，这酒味道很好。"

童子鸡端上来了，每一条鸡腿都用粉红色的皱纸包裹着。琼不愿意吃，整个饭桌又沉默下来。

索米斯又说道："琼，你最好还是吃点鸡肉吧，今晚的饭菜就这么多了。”

但是琼还是不吃，所以饭菜都被端下去了。突然艾琳问道："菲力，你还没听过我的那只画眉鸟唱歌呢？"

波辛尼回答道："不，我当然听过——它唱的可是一首打猎的歌。我上次来的时候听到它在广场上唱歌。"

"它真的很可爱！"

"色拉要吗，先生？"童子鸡被端下去了。

索米斯这时正在说话呢："芦笋一点也不好吃。波辛尼，和你亲爱的琼一起来杯雪利酒怎么样啊？琼，你还什么都没喝呢！"

琼说道："你知道我从来不喝酒。酒真是让人厌烦的东西！"

仆人端上来用银盘子盛着的法国水果奶油布丁，艾琳笑着说道："今年的杜鹃花开得真美啊！"

波辛尼听到艾琳的话，低声喃喃说道："太美了！杜鹃的花香尤其醉人呢！"

琼立刻说道："你怎么能喜欢那样的味道？贝尔森，给我来点糖。"

糖递给了她。索米斯赞道："这水果奶油布丁味道很好！"

奶油水果布丁撤盘了。之后又是很长一段时间的沉默。艾琳突然招手示意贝尔森："把杜鹃花拿到外面去，琼小姐闻不了这个香味。"

"不用，就放在那里吧。"琼说。

没过多久贝尔森又用小盘子上了法国橄榄和俄国鱼子酱。索米斯说："为什么不是西班牙的橄榄呢？"但是没人回应他。

橄榄被撤下了。琼举起她的酒杯，说道："请给我杯水。"女仆把水给了她。接着又端上来一个银盘，盘里盛着德国梅子。有好半天又是一阵沉默。大家都安静地吃着梅子，气氛倒也和谐。

波辛尼数着梅子核："今年——明年——某个时候。"

他还没说完，艾琳轻声地替他结了尾："永远都不会！日落是如此的光辉灿烂，天空都变成了红宝石的颜色——太美了！"

波辛尼回应她："就在黑夜的下面。"

他们四目相对，琼轻蔑地说："伦敦的日落！"

又上来一盒埃及香烟，是用银制的盒子装着。索米斯拿了一根烟，随口说道："你们的戏几点开始啊？"

没人回答，接着又端上了用搪瓷杯盛着的土耳其清咖啡。

艾琳，静静地微笑道："要是……"

"要是什么？"琼问道。

"要是一直是这样的春天就好了！"

白兰地酒端上来，颜色很淡酒很陈。

索米斯说："波辛尼，你最好喝点白兰地。"

波辛尼端起一杯；大家都举起了杯子。

"你们谁需要叫部马车吗？"索米斯问道。

琼回答道："我不需要！贝尔森，请把我的披风拿来。"贝尔森把披风递给了她。

艾琳站在窗口像是喃喃自语："多么美好的一个傍晚！星星都出来了！"

索米斯说道："我希望你们今天都玩得很开心。"

琼站在门口回答道："谢谢。走吧，菲力。"

波辛尼大声说道："我要走了。"

索米斯不屑地笑了一下，说道："祝你好运！"

艾琳在门口看着他们离开。

波辛尼大声说了句："晚安！"

"晚安！"她轻声地回答。

琼让自己的爱人带她到公共马车的顶层去乘坐，她说想呼吸点新鲜空气。她沉默地坐在马车上，一言不发，微风吹拂着她的脸庞。

马车司机有一两次转过头，想冒昧地说几句，但是最终还是什么也没说。这真是一对惹人喜欢的情侣！春天似乎也使马车夫热血沸腾了；他感到有必要一吐闷在胸中的浊气，所以他把自己的舌头弄得咯咯作响，挥动着他的马鞭，赶着他的马，甚至是他那两匹马也感受到了春天的气息，在这短短的半小时路程中，马儿们都迈着轻快的马蹄欢快地奔跑着。

整个镇子都十分活跃，生机勃勃；新长的树叶装点着整条树干，它们弯弯地向上生长着，好像在等微风给它们带来什么恩泽。刚刚开启的路灯成为了街上的主角，人群中的脸庞在灯光的照射下显得苍白，在天上，白云悄悄地、迅速地，在紫色的夜空中飘散。

那些穿着大衣的男人，开始敞开大衣扬扬得意地踏上俱乐部的阶梯；干活的人在闲荡着；女人们——在夜晚尤其孤独寂寞的女人们——一个个孤单单地朝东走去，轻摇慢摆地走着，步态中流露着渴望，梦想着一杯好酒和一顿丰盛的晚餐，又或是——一次不寻常的经历、一次爱的亲吻。

大街上无数来来往往的人，在路灯和移动着的天空下走着。每个人似乎都在这样一个令人春心荡漾的季节感受到某种不安分的幸福感。所有人都像那些敞着外套去俱乐部的男人一样，无一例外地摆脱掉自己的社会地位、信仰、风俗习惯等约束，或戴着耸立的帽子、或是他们轻快的脚步、或是他们的爽朗的笑声，又或是他们的沉默，在充满激情、热情洋溢的天空下，他们似乎全都变成同类，没有差别。

波辛尼和琼默默地走进戏院，在高处的包厢里找着他们自己的座位。戏剧刚要开演。在几近昏暗的包厢里，各排的观众脸都朝向同一方向，看上去好像是一个花园的花儿朝向了太阳。

琼从来没坐过楼上的座位。从十五岁开始她就和祖父一起坐在正厅的座位看戏，并且那不是普通的正厅座位，而且是戏院里最好的座位，正中间第三排。老乔里恩总是早在从商业区回家的路上，就在格罗根和伯恩的戏院订好票；他总爱把票放到外套口袋里，拿着他的雪茄烟盒和他的羔皮手套，交给外甥女琼保管，直到看戏那天晚上才拿出来。在那些看戏的日子里——一个有着笔直的腰板的白发苍苍的老头和一个瘦小的精力充沛的、充满活力的红发女孩——他们俩总是坐在那里看完一场又一场，在看完回家的路上，老乔里恩总是会说那个演主角的演员："不，他演得可不行！你得看看小鲍勃森演的！"

她一直满心欢喜地期待着今晚；这是她偷偷跑出来的，无人监护的，斯坦霍努普门那边怎么也意想不到，还以为她在索米斯家呢。她已经想好了为她这次的小计谋得逞而奖励自己，其实也是为了她的情人波辛尼；她想打破他们之间那层厚厚的、冰冷的隔膜，使他们之间那种令人不解、使人痛苦的关系重新恢复到冬天之前——那种欢乐单纯的情人关系。她来到这里就是为了要把话说清楚；她眉头紧皱地看着戏台，她眼神空洞，什么也没看到，她双手紧握着放在腿前。嫉妒和猜疑一遍一遍地刺痛着她的心。

谁知道到底波辛尼有没有注意到她的痛苦，反正他一点也没反应。

幕下。第一场戏结束了。

"这里快要热死了！"她说，"我需要出去走走。"

她的脸色十分苍白，并且她知道——她精神一紧张竟然也看出了所有的事情——他的心里既不安又内疚。

在戏院的后面有一个临街的露天阳台；她倚靠着墙站在阳台上，什么也没说，她在等他先开口。

过了很久她终于忍不住了。

"我想跟你说点事，菲力。"她说。

"嗯？"

他的声音带有一种防范的语气，这使得她脸颊变得通红起来，她不由自主地飞快地说出："你都好长时间没跟我亲近了，你根本就不给我机会和你亲热！"

波辛尼死死地盯着楼下的街道。他没做任何回答。

琼情绪很激动："你知道我愿意为你做任何事——我想成为你的一切……"

街上一阵嘈噪声，接着是"叮铃铃"的一声，随着舞台的帘幕升起，启幕的铃声响起，琼还是站在那里。她心里正在进行绝望的挣扎。她应该把一切都挑明吗？她应该直面那个挑战，直面那份把他吸引着离开她的情感吗？她生性好挑战，于是她说："菲力，星期天带我一起去看索米斯的房子！"

说完，她的脸上露出一丝微笑，嘴角微微颤动着。她努力不让自己被他看出她在观察他，她搜寻着他脸上的每个表情，她看出他的犹豫和不情愿，他眉头紧锁，脸涨得通红。只听见他回答道："亲爱的，星期天不行，改天吧！"

"为什么星期天不行？星期天我又不会碍事！"

他说话的时候明显很吃力，他说："我有约会了。"

"你要去……"

他眼睛里略带怒气；他耸了耸肩，回答道："我有约会了，所以不能和你一起去看房子！"

琼咬着自己的嘴唇，血都出来了，她一个字也没说，走回到她的座位，但是控制不住地流下了愤恨的眼泪。幸亏这个场子的灯光已经全都熄灭了，没人看到她那狼狈的模样。

然而，福尔赛家族的人永远都无法逃脱别人注目的眼光。

在他们身后三排的位置，尤菲米亚，尼古拉斯最小的女儿和她已经出嫁的姐姐忒迪曼太太，都在注意着他俩。

他们在蒂莫西家里报告了这件事，她们绘声绘色地描述了琼和她的未婚夫在戏院发生的事。

"是在正厅吗？""不，没在正厅……""哎呀！当然是在戏院的二楼厅了。当下的年轻人似乎都去二楼厅，那是很时髦的事儿！"

好吧——也不是很准确。是在——不管了，总之，他们的订婚维持不了多长时间。她们从没有见过像小琼那样生气到暴跳如雷的人！她们眼睛里都笑出了泪，她们叙述当琼在一幕戏中间回到座位时是如何踢翻一个人的帽子，并且描述了那个人的表情。尤菲米亚，有名的笑时不出声，但笑到最后总是要发出令人失望的尖叫声；当斯茂夫人抓住她的手重复道："天哪！踢翻了别人的帽子吗？"她竟然发出一连串的尖叫声，以至于让她猛嗅盐的味道才使她清醒过来。当她离开蒂莫西家时，她对忒迪曼太太说："踢了人家的帽子！哈哈哈！我快笑死了。"

今晚对于"那个小琼"，她所受到的对待估计是她经历过的最悲惨的事情。老天爷知道她有多努力地在收敛自己的自尊、怀疑和妒忌！

她和波辛尼在老乔里恩家门口分别，她压制着自己没有哭出来；她一定要征服自己的爱人，就是这样强烈的信念支撑着她，直到波辛尼的脚步越来越远，她才意识到自己有多痛苦。

那个一声不吭的山奇给她开了门。她本想偷偷溜进自己的房间，可是老乔里恩早已听到她进门的声音，正在餐厅门口等她呢。

"进来把你的牛奶喝了，"他说，"一直给你热着呢。怎么回来这么晚，到哪儿去了？”

琼站在壁炉旁边，一只脚踩在炉围上，一直胳膊搭在壁炉架上，跟她祖父看完戏进门后的动作一模一样。她快要崩溃了，所以告诉他也无所谓。

“我们在索米斯家吃了晚饭。”

“唔！那个有产业的人！他的妻子和波辛尼都在吗？”

“都在呢。”

老乔里恩的目光集中在孙女的脸上，什么都逃不过他那敏锐的、有洞察力的注视；但琼没有看他，当琼朝他转过脸时，他迅速移开了他审视的眼光。他已经看得够多了，足够看清到底发生了什么事。他弯下腰从炉边拿起牛奶给她，然后转身走开了，嘴里嘟囔地说：“你不应该在外面待到这么晚，这样会把你的身体搞垮的。”

他把脸藏在报纸后面，故意把报纸翻得哗哗作响；但当琼走到他跟前亲吻道晚安时，他却说：“晚安，我的宝贝。”声音温柔又带点战栗，这一举动让所有女孩都无法不动容，琼离开房间后就情不自禁啜泣起来，哭了一个晚上。

当琼关上房门后，老乔里恩扔下报纸，不安地盯着眼前发呆了好一阵子。

“那个穷小子！”他想，“我一直觉得琼和他在一起早晚会出问题！”

不安、疑惑和猜疑，最让他痛苦的是他感觉自己没有能力了解和控制这件事的发展，这些烦恼一股脑向他涌来。

这个家伙难道是要抛弃她吗？他真想跑去跟他说：“看看这里，先生！你是要抛弃我的孙女吗？”但是他怎么可以这么做呢？他不知道到底发生了什么，虽然他精明缜密，可到现在他还不确定事情到底发展得怎么样了。他怀疑可能因为波辛尼在蒙彼利埃广场待太长时间而发生了什么。

“这个家伙，”他想，“可能不是个浑蛋；他的脸看上去并不是个坏人，但他确实是个古怪的人。我不知道怎么评价他。我根本不知道该怎么评价他！别人告诉我，他工作非常地卖力，可我看不出这有什么好。他不够实际，做事也没什么条理。他来到家里时，坐在那里忧郁阴沉，活脱脱像一只猴子。我问他喝点什么酒，他说：‘谢谢您，什么酒都行。’我给他支雪茄，他吸起来就像在吸一根两便士的德国雪茄。我从没看过他看琼的眼神像看情人那样；然而，他也不是为了她的钱。如果琼有一点点表示，他一定第二天就退出。但是她不会——绝不会！她决心要黏着他！她固执的就像命运安排好了一样——她绝对不放手！"

深深地叹了口气，他又翻开报纸；在报纸某个专栏里，或许他能找到些慰藉。

楼上琼的房间里，她一人独坐在打开的窗户旁，春风在公园里陶醉了一天后，吹进了她的房间，吹凉了她灼热的脸颊，却燃烧了她的心。

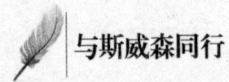

与斯威森同行

在一个古老的名校的唱歌本里有一首歌，其中有这么两句：

"他的蓝褂子上的纽扣多么闪亮，唔啦啦！他的歌声多么动听啊，就像一只鸟儿！"

当斯威森从海德公园大厦走出来的时候，他盯着门口他的那两匹马，心里暗暗想着。他的歌声可真算不上是像鸟儿一样动听，但是他真的想尽力哼首曲子。

这天下午天气很温暖，就像是一个六月的日子。斯威森先生三次派阿道夫下楼试试外面是否春寒料峭，当确认外面暖意洋洋时，他便穿上了他那件蓝色的男士大衣，没有在外面再搭一件外套。他这样的装扮像极了歌里那只鸟；这件蓝色大衣紧紧地裹在他英俊迷人的身体上，尽管扣子不是那么闪闪发亮，但是一点也不影响他的风度翩翩。他戴着一副狗皮手套庄严地走在人行道上；他那钟形的大礼帽，他那大块头的身材和他那粗犷的样子，简直不像是福尔赛家的人；他那一头厚厚的白发，被阿道夫打上一层头油，散发着一股红没药和雪茄的气味——这雪茄可是有名的斯威森牌，因为斯威森先生花了一百四十先令买了一百根这样的雪茄，对于这些廉价的雪茄，老乔里恩毫不客气地说，他绝不会抽这样的雪茄，只有马才会吃这样像草一样的东西！

"阿道夫！"

"是，老爷！"

"拿新的格子呢毯子来！"

他绝不会教这个家伙打扮得好看点；他相信索米斯太太是很有眼光的！

"把两头四轮轻型马车的车篷放下；我今天要载一位女士！"

美丽的女士一定想要秀一秀她漂亮的衣着；所以——他的马车今天将要载一名女士！这就像是以前的好日子又重新开始了。

他已经好久好久没有和女士同行了！如果他没记错的话，上次与他同行的应该是茱莉；同行的路上可怜的茱莉自始至终都紧张得像只猫一样，以至于斯威森先生实在是没有耐性了，他在贝斯沃特路上把她送下车，并说："该死的！我以后绝不会再载你！"他果真没有再带她出来，他绝不会再这样做！

他走到马头那里，仔细检查着衔铁；并不是说他对于衔铁有多内行——他是不会一年付给马夫六十英镑再去替他做点什么的，这绝不是他的原则。事实上，他以爱马著称，主要还是因为他在德比赛马日上被几个马场的赌徒骗了钱。但是在俱乐部，在某个人看到他坐着灰色的马车到门口时——他总是驾着灰色的马，有人认为同样是花钱，他的灰马要神气得多——于是称呼他为"一缰四马的福尔赛"。他从尼古拉斯·特莱弗雷——老乔里恩那个死去的伙伴那里听到他自己的这个称号，特莱弗雷也是个有名的马术骑手，但是在英国他却是出事故最多的人——斯威森得知自己的这个称号后，觉得自己得配得上这个称号才行。这个称号让他觉得很气派，并不是因为他驾着四匹马，或是因为他曾经这样风光过，而是因为这个称号听上去与众不同。一缰四马的福尔赛！不错！只怪出生得太早，斯威森不能完成他的使命。要是他晚个二十年来到伦敦，他有可能成为一名成功的股票经纪人，但是在这个他必须要做出抉择的时候，这还不是一个让中上阶层的人感到荣耀的职业。他只能选择去做一名房产经理人。

斯威森一坐上马车，就有人把缰绳递到他手里，阳光照在他那张又老又苍白的脸颊上，他眯着眼睛，不紧不慢地环视他的周围——阿道夫已经在车后准备好了；戴着帽章的马车夫站在马头的旁边，随时待命出发；一切都准备好了，斯威森一声令下，马车及侍从都向前冲了起来，不一会儿工夫，马车已经停在了索米斯家门前了。

艾琳立马就出来了，接着上了马车——事后他在蒂莫西家里形容艾琳上马车时是这样说的——"很轻，就像——呃——就像塔格里奥妮那样，也不麻烦别人，不要这个，也不要那个。""人家一点也不怕坏了自己的形象！"斯威森在说这些话的时候，一直盯着塞普蒂默斯太太，使得她非常的窘迫。斯威森又向海斯特姑母描述起艾琳的帽子。"人家的帽子上可没有你的那些笨重的饰物，也没有那些展开的装饰——那些装饰只会沾染灰尘——现在女人们都爱这种装饰。她的帽子非常简洁——"他用手比画了一个圆圈，"纯白的面纱——上乘的品位。"

"她那帽子是什么料子的？"海斯特姑母问道，她正表现得无精打采，但当提到任何有关穿戴的话题时，她总是异常兴奋。

"什么材料？"斯威森回答道，"我怎么会知道？"

他陷入深深的沉默中。海斯特姑母开始担心他陷入恍惚的状态。但她并不打算自己去让他回过神来，那可不是她的习惯。

"我希望别人来弄醒他，"她心里想，"我不想看到他现在的样子！"

然而，斯威森忽然清醒过来。"什么材料，"他缓缓地念叨着，"它应该是由什么材料制成的呢？"

他们同行还不到四公里，斯威森就感到艾琳喜欢跟他同行。她的脸在纯白的面纱的遮掩下显得十分柔和，以至于在春天的阳光下她那双黑色的眼眸泛着亮光，并且每次他和她说话，她都会抬起眼睛看着他并冲他微笑。

星期六早晨索米斯发现艾琳在写字台前给斯威森写便条，跟他说她不去了。她为什么要回绝他？他问道。拒绝她自己娘家人的时候她可以随意，但是绝不能拒绝他家里的人！

她凝神地望着他，然后把便条撕掉了，说："好吧！"

随即她又开始写另一张便条。他站在她身边，随意地瞥了一眼，看到便条是写给波辛尼的。

"你给他写什么？"他追问道。

像刚才一样，还是那个凝视的眼神，艾琳静静地说："他有事想让我帮他做！"

"哼！"索米斯说道，"还是个任务呢！"

"如果你搞起这些事情来，你可就什么别的事都不用做了！"他随后没再说什么。

当到达罗宾山的时候，斯威森打起了精神；对它的马儿们来说这可是个漫漫长途，而且他习惯于在傍晚七点半吃晚饭——在客人们都冲向俱乐部之前去吃晚饭；新厨师对于早去吃晚饭的客人总是会多花点心思——这个懒虫！

不过，他还是很愿意去看看这个房子。对于福尔赛家的人来说，这个房子是很有吸引力的，尤其是吸引那些曾经做过拍卖商的人。所以他说距离也不是问题。他年轻的时候在里奇蒙住了几年，那时候他都是驾着他的双驾马车，每天往返于上下班的路上。

人们都称他为一缰四马的福尔赛！他的T式马车和他的两匹马在从海得公园到星嘉饭店一带非常有名。当时还有一位公爵想买下他的马车，愿意出双倍的价钱，但是他不卖；拥有这样的好东西，自己还不得好好保存？他那张剃得干干净净的苍老的方脸上呈现出一副盛气凌人且傲慢的表情，竖起的衣领之上是他那个一直不停转动的脑袋，他就像个妄自尊大的又爱自我夸耀的人。

她真是一个非常有魅力的女人！之后他又向茱莉姑母详细描述了艾琳的衣服，听得茱莉姑母把手都举了起来。

她的衣着非常适合她，就像她自己的皮肤一样裹着她——紧绷着像一面鼓一样；他就喜欢那样的衣服，只是简单的一件连衣裙，全然不是她们这些拖拖拉拉、憔悴不堪的女人！他盯着塞普蒂默斯太太看，原来她和詹姆斯是一样的身形——又长又瘦。

"她确实是很有品位的，"他继续说道，"她完全配得上一个国王！而且她非常安静！"

"不管怎么说吧，她似乎已经迷住你了。"角落里的海斯特姑母拖着长调慢慢吐出这句话。

每当有人用言语攻击他的时候，他总能听得特别清楚。

"你说的那是什么话？"他说，"我知道她是一个美人，当我看到她的时候我就知道了，但是我找不出这里有哪个小伙子能够配得上她；也许——你——能找出，或许——你可以找出！"

"是吗？"海斯特姑母喃喃自语道，"问问茱莉吧！"

还有很长一段路程才到罗宾山，但他已经很困了，一直打瞌睡，因为他实在不习惯这样的开车兜风；他闭着眼睛赶着马车，幸亏他一直都坚持行为举止的训练，才使得他那又高又肥大的身体没有从马车上栽下来。

一直等待着的波辛尼出来迎接他们，他们三人一起进了房子；斯威森走在最前面，这么长的路程他几乎没怎么换姿势以至于他的膝盖感觉非常不舒服，这时男仆阿道夫递上来一根手杖，是一根敦实的镀金马六甲手杖。他把他的皮大衣也穿起来了，以抵御这未完成的房子里的过堂风。

楼梯——他告诉大家说——太棒了！非常气派华丽！如果他们放座雕像就更好了！走到通往内院的那些大柱子中间，他停下了，用手杖指着询问道。

这是什么——是前厅？还是——管他叫什么。但当他抬头看到头顶的天窗时，他突然明白了这是什么。

"哦！这是弹子房！"

当有人告诉他这是一块平铺的场地，中间用来种花时，他转头对着艾琳说：

"把这块场地用来种花？你还是听我的，在这里弄个弹子房！"

艾琳笑了。她这时已经掀起面纱，像修女那样把面纱缠在头上系住了，面纱下的那双带着笑意的褐色眼睛这时候在斯威森看来似乎比之前任何时候都更美了。他点点头，他看得出来她会采纳他的建议。

对于客厅和餐厅，他的评价为宽敞明亮，再没什么别的意见；但当他作为尊贵的客人被准许进入主人的酒窖时，他一阵扬扬得意。波辛尼走在最前面拿着一盏灯，斯威森走在后面，一步步从石阶上走下来。

"你这儿可以放六七百打酒呢，"他说，"一个很不错的小酒窖！"

波辛尼表示希望带大家从矮丛林那边来观赏房子，斯威森停下了脚步。

"这里景色很不错呀，"他评价道，"这里怎么没有把椅子？"

波辛尼从自己的帐篷里搬了把椅子过来。

"你们下去吧，"他温和地说，"你们俩都走吧！我要坐在这里欣赏风景。"

他在橡树旁坐下了，阳光照在他身上；他挺直了身子坐着，一只手伸出搭在手杖的上头，另一只手稳当当地放在膝盖上；皮大衣敞开着，帽子戴在他那平平的头顶上，遮盖着他的苍白而又方正的脸；他的眼神空洞地看着远方的景色。

当波辛尼和艾琳走开的时候他冲他们点了点头。事实上，他并没有被扔在这里而受到零落的感觉，相反，他很喜欢这样一个人静静地待着。空气里充满着香味，阳光也不算炙热；眼前的景色也赏心悦目，真是好……他的头慢慢地偏向一边；他使劲把头正过来，心里想着：奇怪！哎——呀！他们正在下面朝他挥手呢！他也举起手，连续挥了好几下手。他们真有活力——景色真是好……他的头又向左边奔拉下去，他又一次使劲把头正过来；头又奔拉到右边；最后他睡着了。

虽然睡着了，但是却像是高处的一个哨兵，他似乎统领着眼前的那一大片景色——壮观的景色——就像在前基督教时代，那些最初的福尔赛祖先们中的一个独特的艺术家所塑造的偶像一样，来记录精神对物质的统治！

那时候那些数不清的小农祖先，总是在星期日的时候双手叉腰地站在他们的那一块块土地前，仔细地打量着自己的那块耕地，隐藏在他们灰色的呆滞眼神后面的是那种暴力为本的天性，他们占有的本能——占领整个世界——所有这些祖先这个时候似乎和他坐在一起。

尽管睡着了，但是他那个福尔赛式的嫉妒的灵魂却游走到了远处，游走了许多荒唐的幻景；他的灵魂似乎在监视那两个年轻人，看他们在下面的杂树林里做什么——那片杂树林里春意正浓，树叶和竞相开放的花蕊，一大群鸟儿在唧唧喳喳唱着欢乐的歌，风信子开了一大片，像织了一块华美的毯子，散发着阵阵香气，阳光洒在树枝上，仿佛给树枝镀了一层金色；看看他们在做什么，他的灵魂与他们并肩走在小路上，小路好窄啊；他的灵魂与他们走在一起，好像一不小心就会触碰到对方的身体；看看艾琳的眼睛，黑色的眼睛就像小偷一样，悄悄地偷走了春天的心。他的灵魂在那儿，就像是一个隐形的监护人一样，停下了脚步和他俩一起看一只死去的鼹鼠的尸体，这只鼹鼠死了不过一小时，它偷来的蘑菇和它那银灰色的毛皮还都没被雨和露水打湿；望向艾琳微微弯下的头，能看到她充满怜悯的眼神中的柔情；穿过那个小伙子的脑袋望过去，他正目不转睛地盯着艾琳看，表情很奇怪。又和他们一起往前走，穿过一片空旷的场地时，一个伐木工人已经在做工了，风信子都被踩坏了，一棵树被人从根部砍断了。灵魂和他们一起爬过倒下的树，在快出杂树林的边缘的地方，有一片隐秘的山野，远处传来鸟叫的声音，"布谷——布谷！"

灵魂静静地和他们站在一起，如此沉默的气氛竟然使他感到不安！很诡异！很奇怪！

又随他们一起回来了，穿过树林时他们像是做了什么亏心事——又回到了那个被砍伐过的、寂静的地方，那里的鸟儿叫声不断，那里充满浓郁的花香——哼！那是什么——就像食用了药草一样——穿过小道回到了那个砍伐的树墩前……

这个隐形的灵魂感觉气氛很暧昧，他挥舞着手，试图制造点动静破坏这种气氛，他那福尔赛灵魂盯着艾琳，看着她站上树墩子，两手伸展，做平衡状，她的倩影摇摇摆摆，她正冲着站在下面的那个凝望着她的小伙子微笑呢，那个小伙子望着她的眼神很奇怪，眼里闪着光，突然——啊！她从树墩上滑下来了——正好跌入他的怀中；她那柔软、温暖的身体被他紧紧地抱住，她的头用力向后仰，以免撞上他的嘴唇；但他却强吻了她，她在挣扎；他大声说出："你一定知道——我爱你！"一定知道——确实，一对……恋爱了！哈！

斯威森醒了过来，感觉像是见鬼了。他嘴里有种说不出的味道。他这是在哪儿？

见鬼！原来是睡着了！

原来他又梦到了一锅鲜汤，汤是薄荷的味道。

那两个年轻人——他们去哪儿了？他的左腿麻得动不了了。

"阿道夫！"这个浑小子不在这儿；这浑小子一定是躲在什么地方睡大觉去了。

他站了起来，穿着那件皮大衣，他显得又胖又壮，他焦急地看着下面的场地，没过一会儿，他看到那两人朝他走了过来。

艾琳走在前面；那个年轻人跟在后面——别人给他取的外号是什么——"海盗？"现在看起来可是非常贴切啊，他跟在她后面鬼鬼祟祟的，还真像个海盗；碰了一鼻子灰吧，他早该料到。他真是活该，带她去那么老远的地方看房子！要看在草地上看不就行了。

他们看见他了。他伸出胳膊，时不时地朝他们招招手示意他们过来。但是他俩却停下了。他俩站在那里干什么，说话——说什么？他们继续朝他走来。她准是让他受挫了，对这点他还是很有把握，不足为奇，谈这样一个大房子——一个又大又丑的东西，这可不是他之前看惯的那些房子。

他专注地看着他俩的脸，他那张苍白的脸朝向他们，眼珠子一下也没离开过那两人。这个男青年看起来很古怪！

"你的设计不会弄得很像样！"他尖酸地说道，边说边指着这座大房子——"这房子样式太新奇了！"

波辛尼望着他，就好像他没有听到他的话；后来斯威森向海斯特姑母描述他的时候说："一个很放肆无礼的人，总是用那种古怪的眼神看着你——一个坏家伙！"

究竟是什么原因使得斯威森对波辛尼有这样的看法，他自己并没有说出来；可能是波辛尼那高额头、棱角分明的脸颊骨和尖下巴，又或是他脸上那种饿死鬼的样子，这种样子严重违背了斯威森对于绅士的定义——那种酒足饭饱之后的满足感，那样才是名副其实的上流社会的人士。

一提到喝茶，他顿时心情好了起来。他一向瞧不起喝茶——他的哥哥乔里恩过去常常喝茶，花了很多钱买茶——但是他现在很口渴，嘴里还有那样的怪味，现在有什么他就喝什么了。他想把嘴里有味这个事情告诉艾琳——她太善良了，一定会表示关心——但是这似乎不是个体面的事儿；他用舌头在嘴里一转，嘬了一口咽下去了。

在远处的帐篷一旁的角落里，阿道夫正弯着自己像猫一样的胡须在烧开水。他见到大家都来了，立马去开启了一瓶一品脱的香槟。斯威森笑着对波辛尼点点头，说："哎哟，你还真像基督山伯爵呢！"这本著名的小说——他读过的半打小说之———给他留下了深刻的印象。

从桌子上拿起眼镜戴上，他举起酒杯仔细观察酒的颜色；尽管他非常渴，但他绝不会什么东西都喝！接着，他把酒杯举到唇边，轻轻地呷了一口。

"酒不错啊，"他最后说道，然后又用鼻子嗅了嗅；"不过没法和我的白雪香槟比啊！"

就是这个时刻，他突然看明白了一件事，之后他在蒂莫西家是这么对大家总结的："我毫不怀疑这个建筑师对索米斯太太的爱慕之情！"

从这时起，他那苍白的脸上的大眼珠子就一刻不停地观察着他这惊人的发现。

"这个家伙，"他对塞普蒂默斯太太说道，"时时刻刻都跟着艾琳，就像一只狗一样地跟着——这个坏家伙！她是如此迷人——这点我毫无疑问，而且我要说，她十分庄重！"他记得他隐约感觉到艾琳身上有股沁人的香味，那种香味就来自那种花瓣半开、花心浓郁的花，使得他对她有这样的印象。"但是开始也不确定，"他说，"直到我看到他捡起艾琳的手帕。"

斯茂夫人的眼睛饱含激动与兴奋。

"那他还给她了吗？"她问道。

"还给她？"斯威森说，"我看见他都快流口水了，当然他不知道我在观察着他呢！"

斯茂夫人喘着气——因为太感兴趣而激动得说不出话了。

"但是她并没给他暗示或鼓励。"斯威森继续说道。突然他停了下来，停了整整一两分钟，搞得海斯特姑母都有点受惊了——他突然回想起，那天在马车里的时候，艾琳把手给波辛尼握了几秒钟，并把手一直放在那……他用力地抽了两匹马，心里着急，想让艾琳重新把注意力放在自己身上。但是她却一直回着头看，而且她没有回答他的第一个问题；他也一直没能看到艾琳的脸——她一直垂着头。

这时他的脑中浮现出一幅画面，当然斯威森并没有真实地看到。一个男人坐在一块岩石上，在他旁边凝望着湛蓝的湖水的是一个美人鱼，平躺在他身边，用手遮掩着她那裸露的胸部。她的脸上带着微笑——一种无奈的屈服但又有一丝窃喜与羞涩。

坐在斯威森身旁的艾琳，当时也许就是这样的笑。

当他终于独占了艾琳时，借着酒意，他开始向艾琳吐露自己的麻烦。他对俱乐部里那位新厨子深深地不满；他担心他在威格摩尔的房子，住在那里的无赖房客说为了帮助自己的姐夫搞得自己破产，妻离子散；他还担心自己的耳朵不灵敏了，又说到他右半身时常感到疼痛。艾琳听着，眼睛在眼皮底下不停转动。他认为她这是在深切地思考自己的麻烦，并且非常同情他的遭遇。他当时穿着皮大衣，胸前戴有装饰，帽子歪着戴在头上，还有这位美丽无比的女士和自己同行，他从没觉得自己这么神奇。

然而，街上一位水果贩子正带着他的女朋友周日出游，看上去他的表情就好像他和自己有同样的感受。这个水果贩子使劲儿地抽着他的驴子，从斯威森的马车旁飞驰而过，在他那舢板似的驴车上，他坐得笔直，仿佛是座蜡像，一条大红色的手帕围在下巴下面，就好像斯威森脖子上围着的领巾一样；而他的女朋友呢，戴着一条污浊肮脏的围巾，围巾的尾巴飘在脑袋后面，模仿着时髦女子的装扮。那个男子手里拿着一根棍子，上面缠着一条破烂的绳子，也像斯威森那样挥动着马鞭，一圈一圈地还很像呢，时不时地扭头亲昵地斜睨自己的情人，那神态和刚才斯威森的神态还真是很像呢。

刚开始斯威森没有什么感觉，但没过多久他就意识到这个低贱的无赖是在嘲笑他。他在他的那匹马肚子的侧面狠狠地抽了一鞭子，可还是与那对无赖的驴车并排着跑。斯威森那张蜡黄的脸气得涨成了红色；他举起鞭子想抽那个贩子，幸好上帝这时阻止了他，没让他做出那样有失体面的事儿来。一辆马车从大门处驾车外出，逼得斯威森的马车和水果贩子的驴车挤到了一起；两辆车的轮子摩擦起来，又轻又小的驴车甩了出去，翻了车。

斯威森头都没回。他才不会帮那个无赖呢。就算他扭断脖子也是他活该！

可是就算他愿意的话，他也无能为力。他的灰色眼睛里充满惊恐。他的马车左摇右摆得厉害，从他车旁经过的人都害怕地快跑起来。斯威森的两条粗壮的胳膊用尽全力拉着缰绳。他的脸涨得通红，嘴唇紧闭，肿胀的脸呆滞而且愤怒。

艾琳用手紧紧抓住马车的栏杆，每次左右摇摆、倾斜，她总是握得紧紧的。这时斯威森听见艾琳问道：

"我们不会出事吧，斯威森叔叔？"

他气喘吁吁地说："没事，不会有事的；只是马受了点惊吓！"

"我从来没碰见过出事儿呢。"

"你别动啊！"他看了她一眼。她面带微笑，神态自若。"坐在那里不要动，"他重复道，"别怕，我会把你送回家的！"

在发生这一系列可怕的事情的同时，斯威森惊奇地听到艾琳说了这么一句，那句仿佛不像是她那样的性格的人说出来的话：

"就算永远都不回家我也不在乎！"

马车猛了劲地倾斜了一下，斯威森吓得都要喊出来了。那两匹马，由于前面是坡路，且它们也筋疲力尽了，终于缓缓地停了下来。

"那个时候——"斯威森在蒂莫西家里形容那个场面时说，"我用力拉住缰绳，她坐在车上，和我一样镇定。上帝保佑啊！她表现得就像她根本不在乎会不会扭断脖子！她是这么说的：'就算永远不回家我也不在乎！'"他撑在自己的手杖上，身子微微前倾，低声对受惊的斯茂夫人说："嫁给小索米斯这样难缠的丈夫，她这样说也不足为奇！"

他没有再去想在他们把波辛尼丢下之后他又做了什么；是不是像斯威森之前形容的那样，像条狗一样到处闲逛；是不是又逛到了那片春意浓郁的杂树林，杜鹃鸟在远处仍在不停地叫；又去到那里，不断狂吻着艾琳的手帕，手帕上混杂着薄荷和麝香的迷人香味；一边走着，带着那痛苦又甜蜜的感情，一个人在树林里哭了起来；又或者是，到底这家伙干了什么。事实上，斯威森早已把他忘得干干净净，直到他来到蒂莫西家里，才又重新想起他。

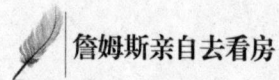

詹姆斯亲自去看房

　　那些并不了解福尔赛交易所的人，一定不会料到艾琳去看房子这个事情在福尔赛家族里引起了多大的骚动。

　　斯威森在蒂莫西家里叙述完他的这次永生难忘的旅程后，或许是带有一丝好奇，或许是故意地使坏，又或者是真心为了她好——如果是这样当然是最好了，很快这件事情又原原本本地传到了琼的耳朵里。

　　"亲爱的，她那样说让人听着多不舒服啊！"茱莉姑母最后说道，"就是那句'永远不想回家'。她这么说到底是什么意思？"

　　这段叙述对琼来说很是突兀。她脸红着痛苦地听完，突然和茱莉姑母握了握手，就离开了。

　　"太没礼貌了！"当琼走后，斯茂太太对海斯特姑母说。

　　从她听到这个事情后的行为，大家都猜测一定发生了什么事。她看上去很沮丧啊。这事儿真是蹊跷，她以前和艾琳可是很要好的朋友！

这事儿和不久前大家在背后纷纷议论的那些事儿也都联系上了。尤菲米亚关于那次的戏院的回忆——波辛尼先生总是出现在索米斯家里？噢，就是应该那样啊！当然得在索米斯家，他是那座房子的设计师嘛！话不能说得太明白确切。只有话模棱两可、暧昧不清，福尔赛交易所里才有说不完的各种话题，只要不是最重要的事情，大家都不会把话讲得太露骨。在福尔赛交易所这个机器中，一切都安排妥当，精密地运行着；一点小小的暗示，最不经意地表达出遗憾或怀疑，都足以使得这个家族中每个人的心灵——那些富于同情的心灵——颤动起来。没有人期望谁因为他们心灵的颤动而受到伤害；他们这种情感的共鸣都是出于好意，因为家族中每个人的灵魂都与家族中其他人的灵魂息息相关。

在这些背后的议论里，暗藏的可是一片好心；这些议论能促使大家经常进行慰问性的来往，从而使得那些痛苦的人得到真正的慰藉，那些过得很好的人也会感到高兴，因为还有那么多人正为了和他们毫不相关的事情而感到难受。事实上，他们无非是在借此互相通气，就像新闻界的精神一样，例如，詹姆斯和塞普蒂默斯太太通气，塞普蒂默斯太太和尼古拉斯家的两个女儿通气，而那两姐妹又和其他的谁谁通气，就是这么个情况。福尔赛家族到达的这个阶级也就是他们现在所处的阶级，需要一定程度的坦率和更多的缄默，只有这两者结合才能保证他们的阶级地位。

福尔赛家族的许多年轻一代很自然地公开表达了自己的想法：他们不愿意家族里的其他人去窥探自己的隐私；但是那些家族里的流言飞语就像一股无形的、强有力的电流，所以家族里的任何事他们都非常清楚，这对于他们来说也是无可奈何。

年轻一代中有一个小罗杰，曾经就做出一个英雄式的行为企图解放年轻的一代——他称蒂莫西为"老狐狸"。最后他还是自己吃了自己埋下的苦果；这些话拐弯抹角地传到茉莉姑母的耳朵里，又由她以惊骇的口吻告诉了罗杰太太，最后又重新传到小罗杰的耳朵里。

终究，还是只有那些做错事的人受到了惩罚；就像是乔治，他把所有的钱都花在玩弹子球上；小罗杰，差一点儿就和一个女孩结婚了，然而大家都说他其实已经和那个女孩发生了男女关系；还有就是艾琳了，虽然没有人说出来，但是大家都认为她的处境很危险。

所有这些谈资不仅让大家感到兴奋，而且他们觉得自己从中受益了。这些流言使得贝斯沃特路上的蒂莫西家里的时间飞快流逝，他们借此轻松地打发了无数个无聊的日子；对于住在那里的三个人来说，要不是这些流言，他们的日子一定是枯燥乏味的；蒂莫西家只是伦敦好几百家的大户人家之——这些人生活安逸，无忧无虑，他们也不偏不倚，因为他们本身处于生活的战争之外，他们若是想找到存在的价值，就必然要参与到别人的战争中。

要不是这些让人欢喜的家族是非，他们一定非常孤独寂寞。流言、故事、报道、猜测——这些不正是这所房子里的孩子们所做的事吗？这些不正是像小孩子一样咿咿呀呀地说话吗？姐弟三人到现在都没有生儿育女，但是当谈论这些家族是非时，他们就像是拥有自己的孩子、外孙一样，这正是他们那柔软的心所渴望的。尽管蒂莫西心里是不是也有这样的渴望大家都不知道，但是不容置疑的是，每次福尔赛家族有新生儿降生，他总要好一阵子不开心。

小罗杰叫她"老狐狸"并不起什么作用，尤菲米亚举起双手喊道："唉！就是那三个！"然后这叫喊变成了暗笑，随后变成尖声大笑。这些都没用，而且显得不太厚道。

眼下这种情形——尤其是在福尔赛家族的成员看来——是很荒谬的——其实也不能说是荒谬吧——从以前发生过的某些事实来看，这样的事情并不奇怪。许多事情福尔赛家的人都已经忘却了。首先，是家族中大部分不痛不痒的婚姻，在这些婚姻中，他们已经忘了爱情并不是温室里的花朵，而是一株野草，在一个夜晚出土，一小时的光照就可以使之茁壮成长；野草生出种子，种子沿路被野风吹着。一株野草，当它偶然生长于我们花园的边缘时，我们称它为"花"；但当它在外生长时，我们称它为"野草"；但是，无论是花还是野草，它的气味和颜色始终是野的！而且，福尔赛家的人始终都没有看到——福尔赛家的生活也不会使他们看到——当这株野草生出来的时候，处在爱情中的男女只不过是绕着野草的那团白火的飞蛾而已。

自小乔里恩的越轨行为发生后已经有很长时间了，家族的传统——绝不能越过栅栏去踩野花——正在受到破坏的威胁；一个人在某段适当的时期可以拥有爱情，就像染上麻疹一样，之后也要像麻疹病人一样，用黄油和蜂蜜的混合物来治疗——在婚姻的怀抱中治好这个病。

在所有听到关于波辛尼和索米斯太太的流言飞语的人中，反应最强烈的就是詹姆斯了。他早就忘记当年他在追求爱情的时候是一副什么模样了，又瘦又高，栗色的连鬓胡子，总是缠着艾米丽。他早就忘了他在梅菲尔周边的那个小房子了，他在那里度过了婚姻生活最开始的那一段，又或者是，他忘记的不只是那座小房子，还有那些快乐的时光——福尔赛家族的人怎么可能忘得了房子——后来他把那房子卖了还净赚了四百英镑呢。

他早就忘了那些时光了，忘了那时候他们心中怀着希望，但又担惊受怕，而且也怀疑过他们之间的结合，因为艾米丽虽然漂亮，但是没钱，他自己那时候一年也只有一千英镑的收入。当年的那个女孩，一头秀发整齐地盘在后面，紧身上衣映衬着两条白皙的胳膊，美丽的腰身端庄地套在肥大的裙子里。他早已经忘了爱情的那种莫名的、无法抵抗的吸引力，牢牢地吸引着他，以至于到最后他感觉到如果自己不能娶这个女孩，一定会死掉。

詹姆斯曾经从爱情的火焰中走来，而现在岁月的河流早已把火焰熄灭了；他已经经历了人生最悲哀的事儿——忘记了什么是爱情。

忘了！早就忘了，甚至他都已经忘了爱情这回事。

如今他突然听说了这样的流言，关于他儿媳妇的流言；像个模模糊糊的影子，飘在事物的表面，就像个虚幻的、难缠的鬼魂，同时也像鬼魂那样，带来了不可名状的恐惧。

他努力不去想这件事，但是一想到每天他读晚报时报纸上的那些悲剧，他就不能控制地去想这件事。他就是不能不想。或许什么事儿也没有，只是他们胡说八道。她也许跟索米斯过得并不是那么愉快，但是她毕竟是个善良的小女人啊——一个善良的小女人！

跟大多数人一样，詹姆斯也喜欢听这些流言飞语，他经常用一种好像在说事实的口吻，舔舔嘴唇，说道："是吧，就是——她和小戴森；别人跟我说他们现在住在蒙特卡洛！"

但是这样的是非对他来说——不管是过去、现在还是将来——都不会对他有任何影响。这些是非意味着什么？它们在形成过程中经历了怎样的痛苦和喜悦？那些赤裸裸的风流韵事，有时是肮脏污秽的，但通常情况下听上去令人津津有味，这些通通呈现在他眼前，他却从来没想过这些韵事后面有什么迂回的、无法抵抗的命运。他通常不会谴责、赞美、推断或是对这些事添油加醋地发挥一番；他只是贪婪地听着，然后向其他人重复他所听到的，这样做，他自己觉得能从中受益，就好像吃饭前喝上一杯掺了苦味剂的雪利酒一样有益。

然而，眼下的这个事儿——这个传言，这个传言的气息——却和他发生了密切的关系，他感觉自己如坠雾里，他嘴里充满了浓重的臭味，他快喘不过气来了。

一件丑事！很可能是一件丑事！

脑子里不断重复这句话，他才能勉强集中注意力去想想这件事。他早就忘了爱情是什么感觉了，所以他不会理解爱情的过程、归宿及其意义；他只是不能理解为什么人们要为了爱情去冒任何的风险。

他所认识的那些人，每天都会往返于城市之间做各种生意，在休闲的时间，他们会买股票、买房子、吃晚餐、玩游戏。一想到人们愿意冒任何风险去追求爱情这样缥缈、梦幻的事情时，他就会觉得很荒谬。

爱情！他似乎确实听说过，"千万不要把一个年轻的男人和一个年轻的女人放在一起"，这句话深深地刻在他的脑子里，就像地图上的纬度线那样深刻——当福尔赛家族的人遇到"铁打的"事实时，他们总能以现实主义的角度来看这件事；可是除了这样的事，其他的事情他都会用"丑事"一词来形容了。

不！事实绝对不是这样的——不可能是这样。他不担心。她是个善良的女人。但是当你心里有事的时候，你总是无法介怀。詹姆斯可是个精神高度紧张的人——他绝对不会对事情放任不管，他经常被预感和优柔寡断折磨得难受。他担心本来可以保全的东西因为他而蒙受损失，他总是无法做出决定，直到情况表明如果他不做决定，就会蒙受更大的损失。

然而，在生活中却经常发生这样的事——尽管你做出决定，但是事情的发展并非取决于你的决定，现在这件事就是这样。

他能做什么呢？去和儿子索米斯谈谈？那只会把事情搞得更糟。不管怎么说，他有预感什么事也没发生。

都是那座房子惹来的事端。他从一开始就觉得建房子这件事不可靠。索米斯为什么非要去乡下住？如果他非要花一大笔钱给自己建座房子，为什么不雇用一个一流的建筑师，非要用这个年轻的波辛尼做什么，这个无名小卒？他老早就告诉他们会有什么后果。而且他听说这座房子可花了他儿子一大笔钱，远远超过索米斯的预期。

不是别的，正是这个原因，使得詹姆斯意识到情况的严重性。和这些所谓的"艺术家"在一起总会出现这种破事儿；一个明白事理的人绝不会和他们多啰唆。他也曾经警告过艾琳。看看这都是些什么事儿！

詹姆斯忽然想起来自己应该亲自到乡下去看看那座房子。就在那个让人不舒服的大雾天气，他脑子里的这个去看房子的主意却使得他感到莫名其妙的舒坦。或许仅仅是因为自己做出了这个决定——然而更有可能是因为他要去看房子——使他感到欣慰。能亲自去看看那些砖块和灰浆、那些木材和石材，亲自去看看那个他怀疑的家伙，他就能查明关于艾琳的这条流言的真相。

没跟任何人说，他独自一人叫了一辆二轮轻马车到了车站，又从车站坐火车到了罗宾山；从下火车开始——这一带向来没有马车——他发现他不得不走着过去。

他慢慢地爬上那座山，他瘦削的膝盖弯曲着，高高的肩膀向前屈着，眼睛向下盯着脚，然而，他还是非常整洁的，他戴着礼帽、穿着大衣，大衣光泽鲜亮，一尘不染。那都是妻子艾米丽照顾得周到，当然她也不是亲自收拾这些——有身份的人是不会亲自去收拾他人的衣物的，艾米丽可是有身份的人——她只是吩咐仆人收拾这些。

他总共问了三次路；每次问路他都要自己先说一遍，然后让人再说一遍，最后他自己再重复一遍。当然他天生就是个善谈的人，再说在一个陌生的地方，自己再小心也不为过。

他不停地跟别人说明白自己要找的是一座新建的房子；不管怎么样，

直到最后他从树丛中看到房顶才感到满意，确信人家都没有糊弄他，没给他指错路。

阴沉的天空笼罩着大地，灰白的天空就像是一个粉刷过的白色天花板。空气中并不清新，也没有什么香气。这样的天气连英国工人都不愿多干一丁点儿的活，他们都不做声，来来回回干着活，平时用来排解劳苦的拉呱，今天也没有了。

在那所未完成的房子的空地中间，穿着短袖的工人正在懒散地工作着，不时地发出干活的声音——一阵阵的敲打声，金属刮擦的声音，锯木的声音，独轮手推车撵在板子上的隆隆声；在一根橡木横梁上拴着一条包工头的狗，那狗时不时无力地低声吠几声，那声音就像是烧水的壶发出的呜呜声。

刚刚安装的玻璃窗中间涂着一片白色的涂料，就像一条瞎了眼睛的狗正盯着詹姆斯看呢。

这座建筑的合唱声继续着，在灰白的天空下发出刺耳的、沉重的声音。但是画眉鸟却在这片新翻的土地中寻找虫子，异常地安静。

詹姆斯在一片碎石沙砾中小心地走着——这条路正在铺设——一直走到大门口。在这儿他停下了，抬起眼睛。从这个角度视野很小，几乎看不到什么，他抬头就可以一目了然；但是他却一动不动地站了好长一段时间，天知道他到底在想什么。

他灰白的眉毛下面那双瓷青色的眼睛睁得很大，径直不动地盯着什么地方；整齐的络腮胡中间是他那张大嘴，上嘴唇忽然抽搐了几下；从他这个焦虑而又全神贯注的表情，很容易看出索米斯偶尔表现出的那个让人尴尬的表情原来是遗传了他这张脸。詹姆斯很可能在对自己说："我不知道——人生原来不是简单的事儿。"

就在这个地方，波辛尼吓了他一大跳。

詹姆斯把他那向上看的眼——也许是在看树上的鸟窝吧——低下来看着波辛尼的脸，他在他脸上看到了带有幽默的嘲讽。

"你好啊，福尔赛先生？您这是过来亲自看看哪。"

我们都知道，詹姆斯来这里就是为了这个，被人看透心里想什么，他感到很不安。他伸出手，却说道：

"你好吗？"说这话时他并没有看着波辛尼。

后者微笑着给詹姆斯让了路，那笑里饱含嘲讽的味道。

詹姆斯嗅到这礼貌的举动中必有可疑之处。"我认为应该先去外面转转，"他说，"去看看你都做了些什么！"

这座房子从东南角到西南角都用切割好的石头拼成一条平路，并铺了一条两三英尺长的延伸出去的走廊，沿着走廊是一条斜边，一直延伸到下面的泥地里，泥地里正准备种草坪；詹姆斯沿着这条平路往前走着。

"这条路花了多少钱？"他问道，当他看到平路又延伸着绕过了拐角。

"你认为应该花多少呢？"波辛尼反问道。

"我怎么会知道？"詹姆斯略微带着点窘迫回答道，"我敢说怎么也得两三百英镑！"

"就是这个数！"

詹姆斯狠狠地瞪了他一眼，然而这个建筑师似乎并没觉得有什么不妥，詹姆斯觉得自己应该是听错了。

到了花园的入口时，他停下来看着这里的风景。

"应该把这棵树砍了。"他指着那棵橡树说道。

"你觉得要把这棵树砍了？你是不是认为这棵树挡着你看风景了，所以这钱花得不值？"

詹姆斯再一次用怀疑的眼神看着他——这个年轻人说话怎么这么一针见血。"哦！"他感到困惑，甚至有点紧张，他强调说，"我只是不懂你在这里放棵树干什么。"

"明天我就找人砍了它。"波辛尼说道。

詹姆斯突然惊醒了。"不，"他说，"可别说是我想砍这棵树！我什么也不懂！"

"真的不懂？"

詹姆斯有点慌乱，他略带狼狈地继续说："怎么，我该知道什么吗？这些事跟我一点关系也没有！这是你的责任，你自己看着办吧。"

"您允许我提起您的名字吗？"

詹姆斯越发惊醒。"我不知道你提我的名字干什么。"他低声咕哝道,"你最好还是别动这棵树。这又不是你的树!"

詹姆斯拿出一块丝质手帕擦了擦眉毛。他们一起进了房子。和斯威森一样,詹姆斯也被房子里面的装修震住了。

他先瞪着眼睛把柱子和走廊看了好长一段时间,然后说道:"你肯定在这儿花了一大笔钱!现在告诉我吧,光在这里立起这些柱子花了多少钱?"

"我不能现在就告诉你,"波辛尼想了会儿说道,"就我所知道的确实是很大一笔钱!"

"我就知道是这样,"詹姆斯说,"我早该……"这时候他碰上了建筑师的眼睛,就没再说下去。从这时起,他碰到什么东西想问花了多少钱时,就竭力压制住自己的好奇心。

波辛尼似乎打定主意要让詹姆斯看到所有的东西,要不是詹姆斯足够精明,他可能被波辛尼带着把房子再看一遍。波辛尼似乎希望被他问问题,这使得詹姆斯必须时刻保持警惕。他开始有点吃不消了,尽管对于他那样的体形来说,他的身体算是瘦长结实的,但是毕竟是七十五岁的老人了。

他心情有些沮丧;这次来这里,似乎他想察觉的事儿没有任何进展,也没有获得他隐隐约约希望获得的知识。经过这次的事,仅仅是增加了他对波辛尼这个年轻的家伙的反感和不信任。那个家伙表面上对他恭恭敬敬,暗地里把他捉弄得筋疲力尽,并且他现在敢肯定他在态度上也带着一丝嘲讽。

这家伙比他想的要狡猾,也比他原本希望的样子好看很多。他带着一副"无所谓"的表情,这是詹姆斯最受不了的——对他来说人生中最不可容忍的事儿就是冒险;他的那些古怪的笑,都是在最意想不到的时候来这么一下;他的眼神也非常古怪。后来詹姆斯说道,他让他想起一只饥饿的猫。在和艾米丽的谈话中,他把他得到的所有消息都说了出来,他形容波辛尼为古怪的、令人恼怒的、圆滑的、爱讥讽别人的,这些就是他对波辛尼的所有描述了。

最后,看完了所有要看的,詹姆斯再一次从他进来的那个门走出去;现在,他感觉自己既浪费了时间和精力又浪费了金钱,什么也没得到，终于，他鼓起他那福尔赛式的勇气，紧攥着双手，恶狠狠地对着波辛尼说：

"我敢说你跟我的儿媳妇肯定经常见面。她对这个房子是怎么看的？我猜她不会还没看过吧？"

他会这么说，肯定是知道艾琳那次来看房子的事，其实看房子也没什么事，只是她说了那句让人摸不着头脑的"不想回家"——而且他也听说了琼听了这个事儿之后的反应。

他在心里对自己说，他已经决定了，之所以提出这样的问题是想给波辛尼这小子一个机会。

波辛尼似乎期待着回答这个问题，但是他却一直盯着詹姆斯，搞得詹姆斯非常不舒服。

"她已经看过这房子了，但是我无法告诉你她是怎么想的。"

他感到既不安又困惑，可是他还是紧追着不放手，他本性就是这样，不会让事情就那么自然地发展。

"噢！"他说，"她已经看过这房子了？我想是索米斯带她来看的吧？"

波辛尼笑着回道："噢，不是！"

"什么，难道她是自己下山来看房子？"

"不，也不是！"

"那——谁带她一起来的？"

"我真的不知道该不该告诉你谁带她来这儿的。"

詹姆斯早就知道是斯威森带她来的，所以这个回答让他感到无法理解。

"怎么！"他结结巴巴地说，"你知道……"他突然停下了，他感到自己要上对方的当了。

"好吧，"詹姆斯说，"如果你实在不想告诉我，我也没办法了！这些事儿也没人告诉我。"

出乎他的意料，波辛尼竟然问了他一个问题。

"顺便问一句，"他说道，"您府上还会有什么其他的人要下山来看吗？我愿意随时恭候！"

"还会有谁来？"詹姆斯感到困惑，"还有谁会来？我不知道还有谁会来。再见！"他眼睛望着地，向波辛尼伸出手和他碰了一下，就拿起伞，抓着伞绸上面的一截，沿着小路走了。

在他快要拐弯的时候他回头看了一眼波辛尼，那小子正慢慢地跟在他后面呢——"就像一只大猫，"他暗暗地在心里想着，"沿着墙根鬼鬼祟祟地走。"

那小子向他抬了一下帽子的时候，他理都没理一下。

到了车道上，人看不见了，他又放缓了脚步，走得更慢了。缓缓地蹒跚而行，腰比他来的时候弯得厉害了，瘦长的身体，又饿又沮丧，他慢慢地朝车站走去。

那个"海盗"，眼看着他这么灰心丧气地往家走，也许会因为这样对一个老人家而感到愧疚吧。

索米斯和波辛尼之间的通信

　　对于去看房子这件事，詹姆斯压根儿没和儿子提起；但是有一天早晨在蒂莫西家，大家讨论关于检疫部门强制大哥老乔里恩限制污水排放这件事时，詹姆斯还是不小心提到了这件事。

　　他说那座房子确实不赖。他可以看出这座房子建成后还是有很大用处的。那个建筑师家伙在建房子方面还是有一套的，尽管在这房子完工之前还不知道要花索米斯多少钱。

　　尤菲米亚·福尔赛正好也在谈话的这间屋子里——她去借当下很畅销的一本牧师斯考尔最新的小说《爱情与止痛药》时，正好碰到了他俩——她赶紧插了进来。

　　"我昨天在商店碰到艾琳了。她和波辛尼先生在食品店谈得很开心啊！"

　　她就这么轻描淡写地说了一句，但是昨天她碰到的那个场景却给她留下了深刻而又复杂的印象。她那天是匆匆忙忙地去教会商店买丝绸——这种商店由于经营得法，只允许一部分值得信赖的有身份的人先付钱后送货，对于福尔赛家族的人来说，这种商店是再适合不过了——她是来为她母亲裁一段丝绸，她母亲正坐在店外马车上等着她。

经过食品店的时候，她的眼睛被一个美丽的背影不由自主地吸引了，那是一种女人之间带有嫉妒的吸引。那个背影身体比例完美，体形匀称，衣着讲究，尤菲米亚的直觉立即惊觉起来；她的直觉而不是经验告诉她，这样的身段很少和贞操这样的词联系在一起——当然贞操在她的脑子里也极少出现，因为无论如何她的背影绝不会做得这么合体。

很快她的猜测就得到了证实。一个从药店走来的男子一把摘下帽子，背对着她朝艾琳打起了招呼。

直到这时她才看清她在和谁约会；女子毫无疑问是索米斯太太，而那个年轻的男子竟然是波辛尼先生。她迅速地躲到她要买的突尼斯大枣的盒子后面，因为她无法忍受自己碰到熟人时手里拿着一大堆东西，她认为那样显得自己很笨拙。在这样一个忙碌的早晨，她无意间撞到这么一对约会的小情侣，她还是很有兴趣驻足观看的。

索米斯太太那张终日苍白的脸，这时却红扑扑的，让人看了都欢喜；而波辛尼先生的举止却有些怪异，尽管他还是那样迷人（在她看来波辛尼长得非常英俊，乔治给她取得那个外号"海盗"——似乎带有一丝浪漫的气息——也是很迷人的）。他好像在恳求她。他们的确聊得很投机——或者是他聊得很认真，因为索米斯太太并没有说太多的话——他们的聊天因没替他人考虑，在食品店里的人群中引起了一个旋涡，因为其他人都要绕着他俩走过，以免妨碍到他俩。一个去雪茄柜台的老军官，绕着他们走了一大圈，当他偶然抬头看到索米斯太太的脸时，竟然脱下了帽子，这个老浑蛋！男人都是这样！

但正是索米斯太太的眼神真正让尤菲米亚大吃了一惊。在波辛尼站在她对面时她一眼也没看他，而当他转身离开的时候，她却一直深情地望着他。唉，那个眼神！

那个眼神看得尤菲米亚心里都焦虑起来。确切地说，艾琳那幽深、挥之不去的柔情，那想把他马上拽回来的渴望，好像想立刻收回她说过的话，艾琳的眼神深深地触动了尤菲米亚。

唉！手里拿着给母亲买的那块绸缎，她也无暇关心那么多了；但是她可是非常有心计的——绝对的精明！她只是走到索米斯太太的身边，对她点了点头，暗示她已经看到了所有的事；事后她悄悄跟她的闺蜜弗朗西娅[①]透露，"她就像是被当场捉住了……"

詹姆斯最不愿意在他毫无准备的情况下听到这些证实他的怀疑的消息，于是尤菲米亚说完这句，他立刻反驳她。

"噢，"他说，"他们肯定是一起去买墙纸。"

尤菲米亚笑着说："在食品店买墙纸？"她声音很轻；她顺手从桌子上拿起那本《爱情与止痛药》，说了句："亲爱的姑姑，把这本书借给我读读好吧？再见！"说完拿着书就走了。

詹姆斯随后也离开了。他工作已经迟到了。

当他到达福尔赛·博思达·福尔赛律师事务所时，他看到索米斯正坐在他那把转椅上写一封辩护书。索米斯简略地说了一声"早上好"算是问候了父亲，然后从口袋里拿出一封信，说：

"看看这个，您可能很感兴趣。"

詹姆斯拿起信读了起来：

斯洛安纳大街，三零九D室，五月十五号
福尔赛先生：

    您的房子的建设到现在为止算是完工了，作为建筑师，我的工作已近结束了。如果我继续搞室内的装修，除非您请我继续做下去，我将明确表示我不会再插手了。

    您每次来必会提出很多和我的意见相悖的主意。我这儿还有您的三封来信呢，每封信都提出很多我做梦都想不出的意见。昨天您的父亲也下山来看房子了，他同样也提出了许多宝贵的意见。

---

① 弗朗西娅是罗杰的女儿。

所以，请您拿定主意，到底需不需要我来给您做室内装修，或者是辞了我，我很乐意您这样做。

但是我想说明的是，如果让我装修，我要一个人做决定，不能有任何人干扰我。

如果我接手这件事，我要自己全权负责，不能受到任何约束。

菲利普·波辛尼

为什么会写这封信，导致它出现的直接原因是什么，没人知道。但是波辛尼也许是突然对他和索米斯之间的关系感到反感，这也不是不可能——艺术与财产之间的永恒的对抗——在一些最常用的生活日用品的背后概括得非常简明而深刻，完全比得上塔西佗里最漂亮的句子：

发明者：托马斯·T.索罗

所有者：伯特·M.潘德兰

"你打算怎么回复他？"詹姆斯问道。

索米斯头抬都没抬就说道："我还没想好。"说完就继续写他的辩护书。

他的一个委托人，在一块不属于他的土地上建了几栋房子，突然间被警告必须把房子都拆了，搞得他非常恼火。在仔细研究实际情况之后，索米斯找到解决办法：他提出虽然他的委托人并没有真的占有这块土地，但是他却有资格保留这块土地，并且最好这样做；他现在正在根据这条建议制订具体的对策——正如水手说的那样——"就这样办。"

他素来有"智囊"的美誉；人们都这么说他："去找小福尔赛吧——他总是那么有智谋！"他自己也很看重他的这个美誉。

他天生沉默寡言，这也有助于他的事业；对于那些有产业的人（只有有产业的人才能成为索米斯的客户）来说，没有什么比沉默寡言更能让他们觉得你是一个可信的人了。而他也确实值得信任。传统、习惯、教育、遗传的才能，天生的小心谨慎，所有这些合起来就形成了他职业上的绝对诚信——当然与之相反的就是他内心对任何冒险行为的抵触。他在灵魂深处就深深地厌恶跌倒，他站在地板上怎么会跌倒呢！

那些数不过来的福尔赛们，在涉及他们的财产的无数交易时（从妻子到用水权），需要找一个可以信任的人来为他们办理这一切时，自然会想到让人安心又比较合算的索米斯。他那稍稍的傲慢加上他每个案例都亲力亲为，也使得大家都信任他——他也知道自己有点真本事，不然他也不会那么高傲！

其实事务所里真正管理的是索米斯，尽管詹姆斯每天几乎还是照例去事务所报到，但是看看他就知道了：他只是坐在那把椅子上盘着腿，把已经决定好的事情再稍稍地随便一想，然后很快就又离开了。另一个合作伙伴，博思特，也是个可怜的家伙，他总是做大量的工作，但是他的意见从来不会被采纳。

所以索米斯继续写他的辩护书。然而要是说他现在感到轻松自在，那就大错特错了。他正感到大麻烦行之将至，他已经有阵子不被麻烦折磨了。他试图把这归因于生理问题——肝脏不好——但他知道不是这么回事。

他看了看表。还有一刻钟的工夫，他就要赶去新煤矿公司——老乔里恩的公司之一——参加股东大会了；他在那儿会碰到乔里恩大伯，他要和他谈谈波辛尼——他自己还没有下定决心怎么答复波辛尼，所以他想先见到乔里恩大伯，听听他的意见。他站起身来，有条不紊地收拾好他写的辩护书的草稿。他走进一间黑糊糊的小套房，打开灯，用一块褐色的温莎香皂洗了洗手，又用套在滚筒上转动的擦手毛巾把手擦干。之后他又梳了梳头，特别整理了一下头发的那道分割线，走之前关上灯，拿上帽子，然后告诉事务所的人他下午两点半回来，然后踏上了鸡鸭街。

新煤矿公司就位于打铁巷，离他的事务所不远。其他的公司为了显示公司的实力，股东大会都是选在坎农大街的旅馆里开，而老乔里恩却一直在公司里的会议室开。从一开始老乔里恩就反对公司对媒体开放，他说，公司的事和公众有什么关系！

索米斯准时到达了会议室，在董事席坐下，董事席的董事们坐成一排，每个人面前放着一瓶墨水，他们面朝股东。

坐在这一排中间的是老乔里恩，身穿一件黑色的紧身大衣，蓄着白色的胡子，在一排董事中间特别显眼。他正靠着椅子背，手指上压着一沓董事们的营业报告和账目。

在老乔里恩的右首，坐着秘书——"拖尾巴"海明斯，他看上去总是比平时大一号；在他眼中总是饱含悲伤的神情；他的铁灰色胡子，就像他身体的其他部分一样传递着发丧的悲凉，使人感到胡子下面是一条黑得不能再黑的领带。

现在确实是发生了一件令人悲伤的事。斯克里发来电报不过六个星期，斯克里是由私人派去矿场查看的煤矿专家，他传来电报说皮平，这个煤矿的负责人，已经自杀了。这两年他异常沉默，好歹在死前给上司写了一封信。现在这封信就在会议桌上；这封信将被读给股东们听，他们理应知道这件事的真实的过程。

海明斯经常站在壁炉旁，两手把衣角分开，对着索米斯说：

"凡是我们股东不知道的事情都是不值得知道的。我老实跟您说吧，索米斯先生。"

有一次，老乔里恩听到了这话，还和索米斯闹得很不愉快。他的这位大伯表情严肃，说道："你简直是胡说八道，海明斯！你竟然说他们不知道的事情都不值得知道！"老乔里恩最恨的就是欺骗。

海明斯尽管眼睛都气红了，但是他依然笑着，就像一只训练有素的狮子狗，并且给出了一串虚伪的掌声敷衍道："好啊，先生您说得太对了——就是那样。令伯就是喜欢开玩笑啊！"

在下一次他见到索米斯时，他便找机会跟他说："董事长真是年纪大了！——他根本就没法理解很多事情；而且他还那么固执——还长了一个那样的下巴，你还指望他能怎么样吗？"

索米斯点了点头。

每个见过老乔里恩下巴的人都对他的下巴有点敬畏。他今天摆出一副股东大会的正经的面孔，脸上却带着焦急的神情；索米斯今天得找机会跟他谈谈波辛尼的事儿。

老乔里恩左边坐的是矮小的布克先生，他也摆出一副股东大会的正经面孔，尽管他正在努力找寻一些容易对付的股东。小布克旁边是那位聋董事，眉头紧锁；聋董事身边坐的是布里汉姆，他非常冷漠，但却装作一个道德高尚的人——因为他知道自己每次都带到会议室来的那个棕色纸袋正藏在他的帽子后面（他的帽子是那种旧式的平边礼帽，帽子上有一个大蝴蝶结与之搭配，胡子刮得很干净的嘴角，红润的脸颊和整齐的小白胡子）。

索米斯每次都会参加股东大会；他认为这样做对他是有好处的，以防万一"发生什么事儿"！他带着他那紧锁的、傲慢的表情看着室内的墙，墙上挂着煤矿和港口的地图，旁边挂着一张巨大的图片，图片是一个通往煤矿的竖井，这个煤矿是亏本最严重的那个。这幅图像自打它被挂在墙上开始，就是对整个商业部的极大的讽刺。这幅画可是老乔里恩最爱的宠物，但是却像是一只死了的羔羊。

现在老乔里恩站了起来，陈述营业报告和账目。

他平静地望着坐在对面的股东。事实上，他在心里是站在董事的立场，对股东们是永远充满敌意的，但是却要表现出一副心平气和的自然状态。索米斯也望着那些股东。他光看脸也能认识个大概。这里面有老斯克鲁波索尔，一个柏油商人，每次他都会来，就像海明斯说的，"每次都来找不痛快"。从表情看上去他是非常难相处的那种人，脸颊通红，阔腮，一顶偌大的帽子搭在膝盖上。还有波姆斯牧师，每次都提议大家如何感谢董事长，同时也每次必会表示他希望董事会不要忘记提拔他们那些雇员，他总会强调"雇员"这个词，用非常标准的英文[①]。并且他还会在散会后拉着一位董事，问他接下来的一年生意好还是不好；根据这位董事的回答，他会在往后的两个星期内买进或抛售三只股票。

里面还有军人奥巴利少校，他总是得说几句，哪怕是改选查账人员这样的事他也要参与意见。有时候他会在大会上引起恐慌——有一次一个人收到一张纸条要求他在大会上致辞或是提议，但是还没来得及说就被奥巴利少校抢先了。

这其中还有四五个沉默的股东，索米斯对这些股东很有好感——他们都是生意人，他们喜欢亲自过问和自己相关的事情，其他事一点也不啰唆，不多管闲事——他们都是善良的、可靠的男人，每天来到城市工作，傍晚就会回到他们善良的、同样可靠的妻子那里。

---

① 虽然作为一名牧师，他却有着强烈的帝国主义倾向。

善良的、可靠的妻子！不知道怎么，一想到这个，索米斯就会有一种无以言状的不安。

他到底该跟他大伯说什么呢？他该怎么回复这封信呢？……"如果股东们还有任何问题，都可以提出来，我愿意作答。"轻轻地扑哧一声，老乔里恩把手中的营业报告和账目表放在桌子上，他站在那里，大拇指和食指不停地捻着他那副玳瑁边的眼镜。

索米斯脸上浮现了一丝淡淡的微笑。股东们最好快点提问题！他可是了解他大伯惯用的方法（理想的方法），他马上就会说："我提议，报告和账目都一致通过！"根本不让他们有说话的机会——众所周知，股东们只是在这里浪费时间！

一个高高的白胡子老人站了起来，他瘦削的脸上挂着不满的表情，说道：

"董事长先生，我想提出一个问题，是关于账目上这个五千英镑的用处，我这么做是符合议事规程的。'给寡妇和家庭的开销'——他不怀好意地向周围望了望——'用于我们刚刚去世的煤矿负责人'，他很愚蠢地——呃——我是说很不明智地自杀了，他自杀的这个时候正好是他对公司最有价值的时候。你说过，他和公司签订的聘约是五年，但是他却不幸地切断了这个聘约，只为公司服务了一年——我——"

老乔里恩做出了一个不耐烦的手势。

"我想我这么做是符合议事规程的，董事长先生——我只是想问问付给——呃——死去的人这笔钱是否是因为他为公司做出的贡献——如果他没有自杀的话？"

"这是奖励因为他过去对公司做出的贡献，我们都知道——我相信你也很清楚——他对公司做出了很大的贡献。"

"那么，先生，我想说的是他为公司做出的贡献都已经是过去式了，这笔钱给得太多了。"

这个股东说完之后便坐下了。

老乔里恩等了一小会儿，便说："现在我建议这份报告和——"

那个股东又站了起来："我想请各位董事明白这些并不是他们的钱——我可以毫不犹豫地说即使这些是他们的钱……"

另一个股东站了起来，那人有一张执拗的大圆脸，索米斯认出那是死者的姐夫，他站起身温和地说："各位先生，在我看来这些钱是远远不够的！"

波姆斯牧师现在又站了起来。"我不冒昧地提出我的看法，"他说，"大概事实是这样的——呃——这个死者自杀的问题我们敬爱的董事长肯定仔细考虑过——非常仔细地考虑过。我说这句话不仅代表我个人，而且我相信也代表在座的每一位——对于董事长我们表示高度的信任。我相信我们每个人都愿以慈悲为怀。但是我认为——这时他恶狠狠地瞥了一眼死者的姐夫——他应该以某种方式写封信，最好是减少对死者的补偿。实际上我们对于死者自杀这件事是很有意见的，死者是很有前途也能创造很大的价值，但是他就这样不顾神明的怜悯，自己结束了生命，他这样做损害了我们的利益——请允许我这么说——我们的利益本来需要他的生命延续下去。我们不应该——不，应该说我们不能——对这样玩忽职守的行为大加赞赏并表示同情，这样做不论是群众还是神明都不会允许的。"

那位牧师先生说完话后重新坐回座位上。这时死者的姐夫又一次站起来，"我仍旧坚持我之前说的，"他说，"这笔钱根本就不够！"

第一个股东这时又插了进来："我对这笔补偿金的合法性表示质疑。在我看来这笔钱根本就是不合法的。公司的法律顾问就在这儿呢。我认为依照议事规程我应该问问他。"

这时所有的眼光齐刷刷地朝向了索米斯。索米斯竟感到有点紧张！

他站起身，双唇紧闭，表情严肃。他的神经振奋起来了，从一开始就埋在他脑袋里的疑云终于释放了，现在总算要想点别的事儿了。

"这个论点，"他用一种低沉而又尖细的声音说道，"现在并不清楚。鉴于公司以后再也不能从中得到任何好处，这笔补偿费是不是真的合法还得进一步调查。如果真的想得出个结论，我想还是得找法院来解决。"

死者的姐夫皱着眉头，话中有话地讽刺道："谁都知道遇事可以找法院。我可以请问这个给出如此明智的建议的先生是哪位吗？是不是索米斯·福尔赛先生？哟，还真是！"他那锐利的眼神看了索米斯一眼，又看了看老乔里恩。

索米斯原本苍白的脸颊"唰"地一下红了，但是他的傲慢却丝毫没有减退。老乔里恩盯着这个说话的人。

"如果，"他说，"死者的姐夫再没有什么要说的，我提议营业报告和账目表……"

然而这个时候，五位一直沉默的股东中的一位站了起来；索米斯对这五位股东很有好感，他们很沉默，却都有实力。只听这位股东说：

"我表明我一点也不赞成这个提议。我们被要求对这个死者的妻子儿女大发慈悲，因为你告诉我们，妻儿都是靠他生活。或许事实确实是这样，但我一点也不关心他们的生活是不是这样。原则上来说我是全盘否定这件事。现在是时候有人站出来反对这种多愁善感的人道主义了。这个国家到处是这种泛滥的人道主义。我就坚决反对把我的钱给那些我不认识的人，这些人什么也没做，凭什么拿我的钱。我坚决反对，现在不是生意场上的事。我现在要求重新通过营业报告和账目表，把补偿金全部删除。"

在这位刚刚一直沉默，此时理直气壮的人发言的期间，老乔里恩始终站在那里。这番讲话似乎触动了在场的所有人的心，大家纷纷产生了共鸣，正如这个人所做的，大家开始崇拜这个强壮的男人，开始一致反对慷慨的人道主义，这段演讲其实也是这种思想的反映。

那句"这不是在生意场上"甚至触动了董事们，每个人心里都觉得确实不应该行这个善举。但是他们也了解董事长那盛气凌人的态度和不屈不挠的性格。他在心里一定也明白这不是在生意场，但他一定会坚持自己的提议。他会违背他自己的意愿吗？这似乎不可能。

所有人都饶有兴趣地等待着他。这时候老乔里恩举起手，拇指和食指捏着的玳瑁眼镜微微颤抖着，有威胁的意味。

他对那位强壮的、沉默的股东说：

"当你了解了这位死者对煤矿的开采所做出的努力和贡献时，你还是强烈要求我提出修正吗？"

"我要求。"

老乔里恩提出了修正案。

"还有人要附议吗？"他问道，神情安详地望了一周。

这时候索米斯望着他的大伯，他感觉到在这位老人身上的那种意志力，没有人敢抗议。径直地望着那个强壮而沉默的股东，老乔里恩说：

"那我接着说，'一八八六年的营业报告和账目表一致通过。'你还有什么意见？赞成的人请依照惯例举手。反对的人——没有。好，那我们继续，下一个议程，先生们……"

索米斯心里暗暗地笑了。乔里恩大伯确实有他的一套！

他的思绪又回到波辛尼的信件上。

奇怪，那个家伙怎么总是浮现在他的脑海中，即使在工作的时候也不消停。

艾琳已经去看过房子了——就算什么事也没有，她至少应该跟他说一声；不过，她却什么也没跟他说。她每一天都比原来更沉默、更难以取悦了。他向上帝祈祷房子快点完工，这样他们就可以住在那里，远离伦敦城。城市不适合她。她的意志力不够坚定。她最近又提出分房睡觉这样荒唐的事！

就在这时，散会了。在那张亏本的煤矿照片下，海明斯被波姆斯牧师揪住了。矮小的布克先生怒笑着，眉毛都竖了起来，他正在和老斯克鲁波索尔吵架。他们俩像冤家一样厌恶彼此。他俩是因为一个柏油合同的事情闹得不愉快，本来这个生意是老斯克鲁波索尔的，但是矮小的布克先生却把生意抢了过去给了他侄子。索米斯还是从海明斯那里听到的这个事儿，海明斯就喜欢在背后嚼舌根子，他最喜欢说这些董事们的闲话，但是除了老乔里恩，他怕他。

索米斯等待着时机。最后一位股东从门口走了出去，直到他走远了，索米斯才走到他大伯身边，老乔里恩正在戴帽子。

"我能耽误您一分钟吗，乔里恩大伯？"

索米斯自己也不知道他想从这段对话中得到什么。

福尔赛一家都对老乔里恩有种莫名的敬畏感，也许是因为他那些哲学的见解，也许是——就像海明斯说的那样——因为他的那个下巴，所以在这个年轻人和这位老人之间有一种暗暗的敌意。他们见到对方时只是淡淡地打个招呼，提到对方时也大都没什么好意见，也许就像老乔里恩自己说

· 161 ·

的那样，这个年轻的侄子索米斯有一种沉默的坚毅①，这使得他经常在心里怀疑他会不会买他的账。

这两个福尔赛家族的人，尽管在许多方面的意见分歧像南极和北极那样远，但他们却拥有共同的特性——比起其他的福尔赛家族的人，他俩要更高明——他们本性坚忍不拔，对待事情谨慎小心，这在他们这个伟大的阶级应该算是最高的造诣了。他们中间的任何一个人，只要稍稍有点运气和机会，就绝对能胜任崇高的事业；他们中任何一个都能成为一个优秀的金融家，一个伟大的承包商，一个精明的政治家，尽管有时候，老乔里恩在吸了雪茄后或是受到自然的影响后——会对自己的地位质疑、甚至是轻视，而索米斯就不会这样，因为他从来不抽雪茄。

还有就是，在老乔里恩内心深处经常隐隐作痛，因为詹姆斯的儿子——噢，詹姆斯，这个他一直看不起的家伙，他的儿子竟然能如此成功，而他自己的儿子!……

最后，却也是相当重要的原因就是——身为福尔赛家族的人，他不比任何福尔赛人听到的闲言闲语少——他已经大概听说了关于波辛尼的那个荒谬的传言，这件事也弄得他心烦意乱，他感到深深的羞愧。

按照老乔里恩的思维，这件事他不会怪艾琳，而是气索米斯。他一想到他侄子的老婆——这个家伙为什么不看紧她！唉！这事儿可真冤！索米斯还能怎么看紧！竟然勾上了琼的未婚夫，他就觉得丢尽了脸。看到这样危险的事情发生，他不会像詹姆斯那样，只会紧张得把事实掩藏起来，而是不慌不忙地静观其变，这事儿也不是不可能；毕竟艾琳确实是个有魅力的美人儿！

他和索米斯一同离开会议室，走到了喧闹拥挤的齐普赛街。他心里预感到了索米斯想和他谈什么。他们谁都没有开口，就这样一起沉默地走了几分钟，索米斯一路东张西望，迈着小碎步，老乔里恩笔直地挺着身子，懒洋洋地用伞当拐杖走着。

很快他俩就转进了一条相对清静的街道，因为老乔里恩还要去第二个

---

① 但是在老乔里恩心里更愿意称之为"固执"。

董事会，所以他朝莫瑞兹大街走去。

这时，索米斯眼睛也没抬，他先开口了："我收到这封波辛尼的来信。你看看他都说了些什么。我想我应该让您知道。我在这座房子上花的钱比我预计的要多很多，所以我想把事情都说清楚。"

老乔里恩不情愿地抬起眼扫了一遍那封信说道："他在信里说得够清楚了。"

"但他说要由他'全权做主'。"索米斯回复道。

老乔里恩看着眼前的这个侄子。他的私事竟然找上他了，而且打扰到了他。他对索米斯长期压抑的不满和敌意一下子爆发出来。

"既然你不信他，为什么还要雇用他？"

索米斯偷偷地瞥了他一眼。"现在说这个已经太迟了，"他说，"我只是想跟他说清楚要是让他全权负责，他可别坑我。我是想如果您能来跟他说，这话会更有力量！"

"不，"老乔里恩直接打断了他，"这件事和我一点关系也没有！"

两人的话给对方的印象就是都是话里有话，而且话里的话才是他们真正的意思。他们俩对视了一下，就表示两人都明白了对方的意思。

"好吧，"索米斯说，"我想，就算是为了琼好，我也得告诉您，就这样；我想你最好知道我无法忍受任何的荒唐话！"

"那对我来说有什么意义呢？"老乔里恩反驳他。

"噢！那我可不知道。"索米斯说，但是当他看到老乔里恩尖锐的目光时，他却说不出话了。"别说我没告诉你。"他闷闷地说了一句，又重新恢复了平静。

"那就说明白！"老乔里恩说，"我不知道你到底是什么意思。你找我跟我说这些让我担心。我根本不想听你的私事；这些事你应该自己处理！"

"很好，"索米斯冷冷地说，"我会的！"

"那就再见吧。"老乔里恩说完，就离开了。

索米斯沿着来的路一步步走回去，在路上他进了一家有名的饭馆，要了一盘熏制鲑鱼和一杯夏布利酒；他在中午很少吃太多的东西，而且通常都是站着吃，因为他感觉那样对他的肝脏是有益的，其实他的肝脏很健康，只是他总要把他所有的烦恼都归咎于是他的肝脏出了问题。

他吃完饭后就慢慢地走回他的办公室，他一路都低着头，不去理会街上拥挤的人群，而街上也没人注意到他。

傍晚邮差给波辛尼送去了一封回信：

福尔赛·博思达·福尔赛律师事务所
中东区，鸡鸭街，布兰奇巷，九二零零一号
一八八七年五月十七号
波辛尼先生：

我已经收到了你的来信，你的信对我来说是预料之中的事。在我印象中，在建房子期间，你一直都是"全权负责"的；我不记得我曾经给你任何与你相悖的意见。在授予你——根据你的要求——"全权负责"的权力时，我同时必须明确地跟你说明，在最后房子交付的时候，包括所有的装修，还有你的佣金，我们之间早就说好了，绝对不能超过———一万两千英镑。这是我的最大限额，你也知道，这已经远远超过我所预期的。

索米斯·福尔赛

第二天他接着收到了波辛尼的回信：

菲利普·拜恩斯·波辛尼
建筑师
斯洛安纳大街，三零九 D 室，五月十八号
福尔赛先生：

如果你认为像室内装修这么精细的活儿我能把预算控制到精确的几英镑的话，恐怕你就错了。我看得出你已经不耐烦地安排这一切，你也厌烦了我，所以，我最好还是辞职。

菲利普·拜恩斯·波辛尼

索米斯对于如何回复这封信，冥思苦想了好久，那天晚上在艾琳去睡了之后，他在客厅里写了封回信：

蒙彼利埃广场，S.W. 六十二号
一八八七年五月十九号
波辛尼先生：
　　我想房子都建到现在这个程度了，现在半途而废对于我们双方都没有好处。我的意思并不是说，如果你超出我上封信中提到的那个钱数十镑、二十镑甚至五十镑，我们之间会有什么麻烦。装修这个活儿想要把花费算得精确确实不太可能。我认为你应该重新考虑你的答复。你可以根据这封信"全权负责"，我希望你能够用你的方式来完成室内装修，我也知道这个事情要绝对精确是很难的。

索米斯·福尔赛

波辛尼的回信第二天就来了：

五月二十号
福尔赛先生：
　　可以。

菲利普·波辛尼

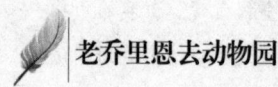

老乔里恩去动物园

老乔里恩大略地处理了一下他的第二个会议内容——只是一个日常的会议。其他的董事都认为老乔里恩越来越专横了,他根本没让其他董事开口。等他走后,董事们纷纷议论,他们无法忍受下去了。

他坐地铁到了波特兰路车站,从那里他坐出租车去了动物园。

他在那儿有个约会,近来,这种约会的次数越来越频繁,这是因为他发现琼越来越焦虑不安,而且她也变了很多,这些都使得老乔里恩不得不这么做。

她把自己藏了起来,她日渐消瘦;他问她她又什么也不说,又或者她会抢着乱说一通,有时她看上去眼泪都快掉下来了。她变得都不像原来的她了,这些都是因为那个波辛尼。至于波辛尼的事,琼却一个字也不说!

他坐在车里沉思了好长时间,眼前的报纸一点也没读,嘴上叼着的雪茄也已经熄灭了。琼从三岁开始就是他相依为命的伙伴,他是那么爱她!

一股冲破家庭、阶级和世俗的力量正在突破他的防线；眼看着事情迫在眉睫他却什么也做不了，这种滋味就像一块阴影笼罩在他的头上，挥之不去。他平时一贯随心所欲，现在遇到这种事情，他却不知道怎么发作。

他正因为车子太慢而要发怒呢，这不就来到了动物园门口；由于他天生的乐观主义，他决定好好享受每一刻，于是到了这个约会地点，他便把所有的烦恼都抛到脑后了。

本来站在熊栏上面的石阶上，老乔里恩的儿子和孙子孙女看到他来了，便朝他跑了过去，拉着他走到狮子洞那边去了。孙子孙女一边一个，搀着他的手——小乔利像他父亲小乔里恩小时候一样捣蛋，他倒着拿老乔里恩的伞，想用伞把钩住行人的脚。

小乔里恩跟在后面。

看他父亲和他的孩子们在一起就像是在看一出戏，这出戏虽然看上去充满欢笑，却也暗含心酸。一个老人和两个小孩走在一起，这场景任何时候都能看到；但是老乔里恩和乔利还有霍莉在一起的场景就像是一幅特制的画框内的景象，能看出人内心的许多事情。这个身板笔直的老头儿完全听这两个小家伙的指挥，在小乔里恩看来实在是让他动容，心里酸酸的。就像一种习惯性的条件反射，小乔里恩遇到事儿的时候总是爱在心里喊"天哪"，这时他在心里暗暗地喊着"天哪"。福尔赛家族的人习惯于克制自己情感不外露，如今这种情景实在是令小乔里恩感到很不自在。

他们走到了狮子洞前。

今天早晨在植物园有个游园会，一大批福尔赛——就是一大批衣冠楚楚、有马车的人，在逛完植物园顺便也来到了动物园，这样在他们返回拉特兰郡大门或是布莱恩斯特广场时，能够尽可能地把这次来植物园花费的车钱捞回来。

"我们继续游览动物园吧，"他们互相说着，"今天会很好玩！"今天门票为一先令，所以那些讨厌的穷人不会上这儿来的。

那些人在笼子的栅栏前一排排地站着，看着这些黄褐色的、饥饿的怪兽在栅栏里等着它们二十四小时内唯一的乐趣。这个野兽越饥饿，就越迷人。到底是因为这些旁观者羡慕它们的好胃口，还是，说得更人性一点，因为它们很快就得到满足，小乔里恩不能判断。他耳边不断有人们的议论："那只老虎，真是一只长相凶恶的野兽！""噢，多可爱！快看它那张小嘴！""是啊，它真好看！妈妈，别靠得太近！"

经常有那么一两个人，用手掌拍拍他们的后口袋，然后回头看看，好像希望小乔里恩或是其他的没什么兴趣的人帮他们取出口袋里的东西。

一个穿着背心的胖子从牙缝里缓缓地挤出几句话："它们只是太贪婪了。它们不可能饿。为什么呢，因为它们什么运动也不做。"就在他说这些话的时候，一只老虎突然抢了一个血淋淋的肝脏，这个胖子笑了起来。他的老婆，穿着一件巴黎式样的大衣，戴着一副金边眼镜，责骂他道："哈利，你怎么能笑得出来？这是多么血腥的画面！"

小乔里恩皱着眉头。

他这一生的遭遇，尽管他已经能够对很多事情淡然处之，但是还是对有些事情会产生鄙视；就像对待他所属的阶级——车马阶级——就常常使他啼笑皆非。

把狮子或老虎关在笼子里就是一种可怕的野蛮行为。但是所有有教养的人都不会承认这一点。

就像他的父亲，老乔里恩，他绝对不会认为把野生动物关进笼子里是一种野蛮行径；他属于老学派，他认为把狒狒和黑豹关起来是很人性的而且很有教养的行为，它们被关在笼子里，就不会在日后莫名其妙地死掉或者是得什么疾病，社会也不需要再花费大笔的钱来重新置办一批！在他眼里，就像所有福尔赛家族的人一样，这些被上帝放任自由的野兽，尽管把它们关起来确实给它们带来诸多不便，但把它们关起来给他们带来的快乐相比要差得远了。这样做可是为了这些野兽好啊，把它们关起来就使它们免于野外未知的危险，而且能够保证它们在这样隐蔽的隔间里充分发挥它们的作用！没错，这些野生动物无疑就是为这些笼子而生的！

但是因为小乔里恩对待事情比较公平，他认为把这样的缺乏想象力的行径污蔑为野蛮是绝对不对的；因为所有持这种观点的人没有一个曾经被关到笼子里感受过这些野兽的生活，所以他们是不会知道这些野兽是什么感觉。趁他们还没离开园子——乔利和霍莉正玩得尽兴呢——老乔里恩终于找到机会和他儿子谈谈那件他一直挂在心里的事。"我不知道事情到底是怎么了，"他说，"我不知道她是否还会这样继续下去，我也不知道将来还会有什么事。我告诉她让她去看医生，但是她就是不去。她一点也不像我，简直和她妈妈一模一样。倔得像头驴一样！她不想做一件事她就绝不会做，谁也说不动她！"

小乔里恩笑了，他的眼睛盯着他父亲的下巴。"跟你才真是天生一对。"他心里那么想，但是没说出来。

"然后就是，"老乔里恩继续说道，"就是那个波辛尼。我真想冲着那个小子的头来上一拳，但是我不能那么做，不过，我觉得——你未尝不可。"他试探地加了这么一句。

"他做什么了？如果他们俩真的合不来，那现在最好来个了断！"

老乔里恩看着他的儿子。现在他们谈论的可是关于两性的话题，对于这个话题，他向来不太相信儿子的意见。他对于两性的认识可是比较随意的。

"好吧，我不知道你怎么想的，"他说，"我敢说你对他还挺同情的——当然这也没什么好惊讶的，但是我认为他的行为非常下流，如果现在碰上他，我绝对会这么跟他说。"随后他转变了话题。

跟他自己的儿子讨论波辛尼这个恶劣行径的本质和后果是不大现实的。他儿子十五年前不就做出了和这个差不多的①事情吗？好像这种愚蠢行为的后果永远没有结束似的。

小乔里恩同样沉默着；他很快就看清了他父亲脑子里在想什么，本来要是待在他那个高高的位置，他看事情也许是很肤浅、很简单，可自从从那个高位上被赶下来后，他看事情却是细微而且富有洞察力了。

他在十五年前对两性关系所采取的那种处理办法，在他父亲看来是不可想象的。他们之间有无法跨越的鸿沟。

他冷静地说道："我想他应该是爱上别的女人了。"

老乔里恩半信半疑地看着他。"我也不知道，"他说，"他们是这么说的！"

---

① 事实上，他儿子小乔里恩做出的事情比波辛尼做的更恶劣。

"那么，就有可能是真的了，"小乔里恩出乎老乔里恩的意料说，"我想他们已经告诉你她是谁了吧？"

"对，"老乔里恩说，"索米斯太太！"

小乔里恩并没有惊讶：他自己一生的遭遇已经使他不会对这样的事情感到惊讶了，但是他看着他的父亲，一丝淡淡的微笑浮现在他脸上。

就算乔里恩看到，他也不会察觉。

"她和琼可是知心密友！"他愤愤地说。

"可怜的小琼！"小乔里恩轻声地说。他的父亲还是把这个孙女当成三岁的小孩。

老乔里恩突然停住了脚步。

"那些鬼话我一个字也不相信，"他说，"那是些老女人编的故事。给我叫个车，乔，我快累死了！"

他们站在一个角落里看有没有空车开过来，然而车一辆一辆地开过去，载着从动物园离开的各式福尔赛人。马具、侍从还有熠熠发光的马背，在五月的太阳光下格外耀眼，各种活顶车、敞篷对座车、半活顶车、轻便的两人车，还有单人的轿车，都骄傲地前行着。

"我和我的马车还有我的仆人"，所有这一切都需要一笔很大的开销。但是我花的每一分钱都值得。穷鬼！看看你的老爷和太太，他们是多么地快活——啊！这才是时髦！

这种场景，众所周知，与福尔赛家族的人外出时是多么地相得益彰。

在这些马车中，有一辆由两匹枣红马拉着的四轮四座大马车奔驰得最迅疾。车身在下面的弹簧的带动下一摇一晃，车内的四个人就像是坐在摇篮里似的。

这辆马车吸引了小乔里恩的注意力；忽然，在后排的座位上，他认出了那是詹姆斯叔叔，除了他那越发花白的胡子之外，其他的绝不会认错；坐在他对面、用阳伞遮着后背的是瑞秋·福尔赛和她已出嫁的姐姐——威妮弗雷德·达尔第，姐妹俩都打扮得非常得体，她们骄傲地仰着头，就像刚才在动物园看到的那两只鸟一样；在詹姆斯一旁斜靠着的达尔第，穿着一件崭新的外套，扣子紧紧地扣着，衣着很板正，每只袖口都露出闪耀的绸缎衬衣袖子。

这辆马车非常耀眼——也许是因为在车身又上了一层质量很好的高光漆的缘故——使得它与其他的马车相比显得尤其夺目，但又不是十分炫耀。就像一幅真正的艺术品——仅仅比普通的画多上一笔，就显得那么与众不同——这辆马车也是与众不同的，就像是福尔赛家族的宝座。

老乔里恩并没看到这辆车经过；他正在安抚着累坏了的孙女霍莉，但是车里的那些人却注意到了他们；两位女士的头突然探出来，她们的阳伞一遮一挡的；詹姆斯也探出头，表情很天真，由于吃惊嘴巴慢慢地张开，就像一只长鸟的头。那两把阳伞像两个盾牌，变得越来越小，最后消失在远处。

小乔里恩看到了他们认出了自己，就连威妮弗雷德也认出了自己，当年他放弃福尔赛家族的头衔时她不过也就十五岁。

他们没怎么变！他仍记得很多年前他们全家出动的场面：马、侍从、马车——这些现在当然不一样了，但是——派头却和十五年前一模一样；同样的一丝不苟的装扮，同样安然自得的傲慢神态！一摇一摆的车子没变，拿阳伞的姿势没变，整个场合的气派还是没变。

在阳光下，由许多像盾牌似的阳伞遮蔽着，马车一辆一辆地擦身而过。

"詹姆斯叔叔刚刚过去了，带着他的女眷。"小乔里恩说道。

他父亲的脸突然沉了下来。"你叔叔看见我们了吗？看见了？哼！他上这个地方来干什么？"

这时，一辆空车开到他们身边，老乔里恩叫住了那辆车。

"咱们过几天再见，孩子！"他说，"你别太在意我刚才和你说的关于波辛尼的事——我一个字也不信！"

两个孙儿还拉着他，他亲了亲他们，上了车，走了。

小乔里恩抱着霍莉，一动不动地站在原地，看着父亲离开的车。

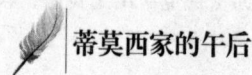

蒂莫西家的午后

如果老乔里恩在上车之前说"我一个字也不愿意相信",那么他就更真实地表达了他的心情。

一想到詹姆斯和他家的女眷看到自己和儿子在一起的场面,不仅唤醒了他心中那种失意时经常感到的愤懑,而且也唤醒了兄弟之间与生俱来的那种暗暗的敌意,这种敌意从儿时起就扎就了根,随着时间的推移,变得越来越牢固,尽管平时不表现出来,但在适当的季节却会结出最苦的果实。

到目前为止,他们兄弟六人之间除了那种暗地里的与生俱来的较量——谁比谁更富有——并没有太大的敌意;但将来每个人都得离世,估计到时候大家的好奇心会达到最高点———死可什么都带不走。但偏偏为他们管理财产的人守口如瓶,一点也不肯透露。他真是非常精明,跟尼古拉斯说不知道詹姆斯有多少财产,跟詹姆斯说不知道老乔里恩有多少财产,跟老乔里恩说不知道罗杰有多少财产,跟罗杰说不知道斯威森有多少财产,而当斯威森问起时，他却只说尼古拉斯一定很富有。这里面不包括蒂莫西，因为他手里都是金边证券，稳靠得很。

但现如今，至少在老乔里恩和詹姆斯之间，已经产生了一种十分不同的恨意。从詹姆斯无礼地打探他的私事开始——老乔里恩是这样说的——他就铁定主意不去相信关于波辛尼的这个传言。他的孙女竟然被他们家看笑话了！他心里已经决定相信波辛尼是被污蔑的。他的不当行为一定有他的原因。

或许是琼和他大吵了一架，又或许是别的原因；她可能气坏了！

不管怎样，他都要给蒂莫西点颜色瞧瞧，看他还敢不敢继续散播谣言！他不会让这些流言在他耳边传播了，说做就做，他立马去了蒂莫西家，他要好好收拾收拾他，省得自己再为这事儿跑一趟。

他看到詹姆斯的马车横在"花鸟亭"门口。看来他们已经提前到场了——他肯定在高声谈笑说他看到自己了，他敢说！往前走了几步，斯威森的灰马正和詹姆斯的枣红马交头接耳，就好像在窃窃私语老乔里恩家的私事，同时，它们的主人也在谈论他家的事。

老乔里恩把帽子摘下来放在狭窄的穿堂的椅子上，以前波辛尼曾把帽子放在那上面，被人误以为是一只猫。他用他那枯瘦的手狠狠地捋了一把他那白胡子，好像要把所有的表情去掉一样，然后上了楼。

他发现前厅里挤满了人。现在这个屋子可谓是达到了它最佳的状态——没有访客——一个也没有——因为蒂莫西和他的姐妹们遵循家族传统，认为只有一个屋子全都是自家人，才算完美。所以，在这间前厅，有十一把椅子、一张沙发、三张桌子、两个柜子，无数的小摆设、小玩意儿，还有一架大的三角钢琴。现在，屋里有斯茂太太、海斯特姑母、斯威森、詹姆斯、瑞秋、威妮弗雷德、尤菲米亚——她是来还她上次在午餐时读的那本《爱情与止痛药》的，还有尤菲米亚的闺蜜弗朗西娅——罗杰的女儿①，现在还有一张椅子是空的，当然，有两张椅子从来就没有人坐——唯一的一处立足之地还被一只猫占了，所以老乔里恩一脚就踩了上去。

---

① 这位可是福尔赛家族的音乐家，能作曲子。

近来蒂莫西家里来这么多人也不是什么奇怪的事儿。过去家里所有的人都对安姑母很敬畏，但现在她已经过世了，所以他们来花鸟亭比以前频繁多了，而且在这儿消磨的时间也多了。

斯威森是第一个到的，他来了之后就一直懒散地坐在那把用镀金靠背、红色绸缎制作的椅子上，他那样子好像比谁都要活得长久似的。他真是不辜负波辛尼给他取的那个称号"大胖子"，他的身材高大魁梧，一头厚厚的白发，那张肿大的脸上胡子剃得精光，在这个精心布置过的屋子里，他看上去还真像他那些原始的祖辈。

他的谈话，就像他近来的谈话一样，一下子就转到艾琳身上，他迫不及待地问茉莉姑母和海斯特姑母对于她们听到的那个谣言有什么看法。不——他总是这么说——她也许只是想调调情——毕竟美丽的女人经常需要放纵一下；但是其他的传言他就不相信了。她的行为很保守；她有很好的判断力，她明确地知道自己处在什么位置上，她也清楚自己成家了！根本就不是丑——他本想说"丑闻"但是这个想法似乎很不堪，所以他挥了挥手说——"就让这个事儿过去吧！"

假定斯威森是以一位老单身汉的角度来看这个问题的——肯定不是因为他们这个家族的缘故，家族里有那么多人做得那么好，还不是因为他们家族的缘故？尽管他也曾听过别人用悲观的字眼儿"小农"和"微不足道的小人物"和他们祖上联系在一起，但是他相信吗？

不！他才不信！他可是有自己的一套理论。他暗暗地把这个理论藏在心里，他认为他的祖先一定是有什么与众不同的过人之处。

"一定有。"他曾经对小乔里恩说过，那时小乔里恩还没有变坏。"看看我们，看看我们所拥有的！我们一定是有高贵的血统。"

他在过去可是很喜欢小乔里恩的：这孩子在大学里人际关系处得很好，他和那个恶棍查理·菲斯特爵士的儿子们关系也不错——其中一个儿子也成了大坏蛋；他的这个儿子也自有气派——他竟然跟一个外国家庭教师私奔了！如果他非要跟人私奔，为什么不能找个好点的！他现在在干什么呢？——劳埃德保险社的员工；有人说他甚至画画赚钱——画画！他本可以像乔里恩·福尔赛混到男爵的位置，在议会里有个职位，在乡下有栋房子!

许多大户人家的人早晚总会受冲动的驱使去纹章局打探消息，斯威森也不例外，他在那里确认了他毫无疑问和有声望的福尔赛家族是一家，他们的纹章是"黑底红线，右侧三颗扣子"，纹章局的人这么说无疑是希望他能采用它。

然而，斯威森却没有这么做，在得知他们家族的徽饰是"一只雄鸡"，箴言"致福尔赛"后，他就把雄鸡的图案印到自己的马车上和马夫的纽扣上，并把徽饰和箴言都印到他的信纸上。那个家族纹章他就暗暗地藏在心里了，部分原因是他没有付钱给纹章局，他认为把家族纹章印在马车上很招摇，他讨厌招摇，部分原因是他跟国内任何重实际的人一样，对于自己不懂的或很难懂的东西都有一种莫名的厌恶和看不起，"黑底红线，右边三颗扣子"，这让人难以理解，换了谁都会像他这样做。

然而，他永远也不会忘记纹章局的人告诉他如果他能付钱，就有资格使用这个纹章，这使他更加确信自己是个绅士。慢慢地家族里的其他人也开始用"雄鸡"，许多人，非常郑重地采用了那条箴言；可是老乔里恩拒绝用那条箴言，说那都是骗人的，就他看来一点意义也没有。

家族里的那些长辈们也许知道到底发生了什么重大的历史事件才得到这么一个家族纹章；如果有人非要问，他们总要慌忙地承认说不知道斯威森从哪里弄来这么个东西，而不愿意说谎——他们不愿意说谎，在他们的印象中好像只有法国人和俄国人才愿意说谎。

年轻人中间对这个问题大都讳莫如深。他们不想伤害长辈们的感情，也不想让自己被人笑话；他们只是用那个雄鸡的图案……

"不，"斯威森说，"他有一次亲眼见到了他，他想说的是，艾琳对待他——那个小海盗还是波辛尼，管他叫什么——并没有和对待别人有什么不一样；事实上，他应该说……"但是这时候弗朗西娅和尤菲米亚正好进来，他们立即停止了谈话，因为这个话题不能在年轻人面前讨论。

尽管在说得起劲儿的时候被迫中断令斯威森感到很扫兴，他却很快就恢复了和蔼可亲的态度。他还是挺喜欢弗朗西斯这个孩子的——也就是弗朗西娅——大家在家里都这么叫她。她很聪明，他听说她靠编曲子还赚了不少零花钱呢；他认为这就是她的聪明之处。

他对女子的看法是相当自由开放的，他认为她们未尝不可画点画、写点曲子甚至是写本书，差不多就是干点这样的事情，如果她们顺便能赚点钱的话，那就更好了；她们做这些就不会惹出什么事端。她们跟男子又不一样！

他们有时经常带着一种没有恶意的嘲笑的口吻叫她"小弗朗西娅"，说她真是一个了不起的人物，而且她的形象就代表了福尔赛家族的人对艺术的造诣。事实上她可不"小"，而是非常高，棕黑色的头发，加上棕色的眼睛，大家都说她长得像个"凯尔特人"。她写的歌大都是这样的标题，像是"无谓的叹息"，和"亲吻我，母亲，在我死之前"，歌曲里面的叠唱就像是赞美诗那样：

> 吻我，母亲，在我死之前吻我吧；
> 吻我——吻我，母亲，啊！
> 吻，啊！吻我，啊——在我死之前——
> 吻我，母亲，啊，在我死之前——

歌词都是自己写的，她还写些诗。心情好的时候她还会写首华尔兹舞曲，像《肯辛通旋舞曲》，在肯辛通一带可谓是家喻户晓，大家都很喜欢。

她写的歌很别致。她那首《给小朋友的歌》，既有教育性又有趣味性，尤其是那首《祖母的鲷鱼》，还有那首《一拳把他的小眼睛打青》，歌曲几乎预言似的带有即将到来的帝国主义精神。

任何一家出版社都想要她写的歌，像杂志《奢侈生活》和《大家闺秀》就像看到了一朵奇葩，对她的评价非常高："又一首带有弗朗西娅·福尔赛精神的小调，委婉动听，我们有时被感动得哭，有时却又愉快得笑。福尔赛小姐前途无量啊。"

带着福尔赛家族与生俱来的特性，弗朗西娅认识的可都是该认识的人——那些给她写报道的人，那些谈论她的人，当然，还有那些有权势的人——她清楚地知道在什么地方可以展示她的风情万种，她密切关注着她的歌曲价格稳步上升，这在她眼里代表的就是前途。也是因为这个，她使自己获得了大家的尊重。

只有一次，弗朗西娅因为喜欢上一个人而心情很激动——在她父亲罗杰的一生中，收集房产可谓是他的心头之爱，这也促成他唯一的女儿把爱情当做自己的追求——她写了一首伟大而又诚挚的歌曲，选择了奏鸣曲的形式，用小提琴演奏。这是她唯一的一首福尔赛一家都不喜欢的歌曲。他们觉得这首歌一定卖不出去。

罗杰一直为他有这样一个聪明的女儿而感到自豪，也经常向别人提起她自己写歌赚的大笔零花钱，但这次，他却对这首小提琴奏鸣曲感到非常失望。

"那首歌真是糟糕！"他这样评价那首歌。弗朗西娅还从尤菲米亚那里借来了小弗拉格莱特，在王子园的大厅里演奏了一次。

事实上，罗杰说得对。这首歌确实很糟糕，而且——令人感到厌烦！因为像这样糟糕的东西是卖不出去的。福尔赛家的人都知道，糟糕的东西如果卖出去了，也就不算是糟糕的东西了。

然而，除了福尔赛家族对艺术的价值所持的共识——艺术能带来什么好处，有些福尔赛家的人——如那个非常喜欢音乐的海斯特姑母——不禁为弗朗西娅的音乐不是古典音乐而感到遗憾；她的诗歌也是。不过，海斯特姑母也说了，如今已经看不到真正的诗歌了，所有的诗歌都是"轻松的小调"。

没有人再能写出像《失乐园》①和《恰尔德·哈罗尔德游记》②那样的诗了；这两部诗任何一部都能让你感觉读到些什么。尽管如此，弗朗西娅能写些东西让自己忙碌起来也是很好的；其他的姑娘都在花钱买东西，她却在赚钱！

而且海斯特姑母和茱莉姑母总是很乐意听弗朗西娅讲她的歌曲的价钱是怎么一直不断提高的。

---

① 约翰·弥尔顿（1608~1674）17世纪英国著名诗人的作品。

② 乔治·戈登·拜伦（1788~1824）英国19世纪初浪漫主义诗人的作品。

现在她们就在听她讲呢，斯威森也在那儿听着，只是他坐在那里假装没在听，因为这些年轻人说话又快又含糊，他总是赶不上他们说的。

"我简直没法想象，"塞普蒂默斯太太说，"你是怎么做到的。我可没有那么大的勇气！"

弗朗西娅微微一笑。"比起女人，我更愿意和男人做生意。女人们都太精明了！"

"亲爱的，"斯茂太太都要喊出来了，"我确定我们可不是那样。"

尤菲米亚忍不住暗暗地笑了起来，笑到最后声音变得很尖，就像被掐住了脖子："唉，你总有一天会笑死我的，二姑母。"

斯威森没觉得有任何可笑的地方。他很讨厌自己觉得不好笑而别人却在笑。确实，他很讨厌尤菲米亚，他提到她时总是说："尼克的女儿，她叫什么来着——白脸？"其实在尤菲米亚出生时，他坚决反对她取这个稀奇古怪的名字，不然很可能自己现在就是她的教父了。他自己是讨厌做人家的教父的。斯威森庄重地对尤菲米亚说："今天天气不错——呃——算是这一年中的好天气了。"但是尤菲米亚知道他曾经拒绝做自己的教父，继而转向海斯特姑母，开始和她讲她在教会百货商店看到艾琳——索米斯太太——的经过。

"索米斯和她一起吗？"海斯特姑母问道，原来斯茂太太还没逮着机会把这件事告诉她。

"索米斯和她一起？当然不是！"

"难道她是一个人在伦敦？"

"噢，不。有波辛尼先生陪着她呢。她穿得可真是迷人。"

这时，斯威森听到了艾琳的名字，他恶狠狠地盯着尤菲米亚，的确，尤菲米亚不管她在别的时候是什么样，反正她只要穿上衣服就绝不好看，这时听到她说：

"穿得真高贵，见到她确实赏心悦目。"

就在这时，听到外面说詹姆斯和他女儿们来了。达尔第的酒瘾犯了，就说他已经和牙医约好了，在马博拱门那里被放下之后，他就上了一辆双座马车，现在他已经坐在皮卡迪利大街的俱乐部窗前了。

他告诉他的那帮哥们儿，说他妻子想带他去拜访亲友。那可不是他的风格——绝对不是。

他把服务员叫过来，让他去大厅看看谁赢了四点三十分的那场赛马。他说他现在是筋疲力尽，一点力气也没有，这倒是真的；他整个下午都陪着妻子到处逛悠。他说什么也不干了。一个人总得过他自己喜欢的生活。

正在这时，他透过窗户玻璃瞥了外面一眼——他实在是喜欢这个位置，因为从这里能看到所有的人经过——然而他却不幸地，也许是幸运地，看到了索米斯那个家伙，他正从格林公园那边穿过街道来到这边，很明显他是要来这个叫"伊斯姆"的俱乐部，他们俩都是这个俱乐部的会员。

达尔第匆忙地站起身；抓起他的酒杯，嘴里还嘟囔着"四点三十分的那场赛马"，迅速地躲进了棋牌室，因为索米斯从来不进那里。在棋牌室，他独自一人在昏暗的灯光下，度过了属于他一个人的生活，一直待到七点半，他估摸着这时候索米斯肯定已经离开了俱乐部。

"不行"，当他快忍不住想去窗户那边找人闲聊的时候，他就这么一遍遍对自己说——绝对不行，像他现在财政那么窘迫，而且自从那笔石油股份的生意泡汤了之后，"老头子"①对他可是冷淡了许多，其实那根本不是他的错，所以现在绝不能冒险跟威妮弗雷德吵架。

如果索米斯在这个俱乐部看到他，他妻子就一定会知道他没去牙医那里。他以前从不知道一个家庭内部的事情可以传播得这么快。他心里不安地坐在那些绿呢子棋牌桌之间，橄榄黄的脸上眉头紧锁，穿着格子裤，腿跷着，漆皮的鞋子在灯光照耀下闪着光。他坐在那里啃着食指，盘算着如果色马赢不了兰卡郡杯的比赛，他该从哪里弄回那些钱。

他的心里正郁闷着呢，忽地又想到了福尔赛一家。他们家的人真是少见！从他们身上什么也捞不到——就算能捞到一点，那也是极端的困难。他们把钱看得比什么都重；他们中没有一个敢担一点风险，也就是乔治还稍微好点。像那个索米斯，如果有人向他借十英镑，他就会大发脾气，就算不大发脾气，也会用他那傲慢的眼神恶毒地看着你，就好像你因为缺钱

---

① 达尔第私下总是称詹姆斯为"老头子"。

就成了个地狱亡灵。

一想到索米斯的老婆，达尔第的嘴里就涎满了口水，他曾经好多次向她示好，就像每个男人都很自然地向漂亮的嫂子示好那样，但是倒霉的是这个——他在心里用了一个很下流的词——根本就不搭理他。她看他就像看脏东西。但是她在那方面绝对是有一手的，他敢打赌。他懂女人；那么柔情的眼睛，那么曼妙的腰身可不是白生的，就像那个索米斯很快就发现了她的美妙，还有那个被叫做海盗的家伙，这些传闻绝对不是空穴来风。

达尔第从椅子上起身，在屋里转了一圈，最后停在了大理石炉子上方的一面镜子前；他久久地站在那里，打量着镜子中自己的脸。他的那张脸跟其他人的脸很不一样，就像在蓖麻油里浸泡过一样，他那黑胡子就像打了蜡似的，周围还有短短的两撮与众不同的胡须；最后他的目光停留在他那稍微有点长歪而且肥大的鼻子上，上面好像要长一个丘疹，看到他自己的这张脸，他心里感到焦急不安。

就在这时候，老乔里恩来到蒂莫西家客厅里，看到了那张空着的椅子。他的到来很明显地使他们终止了很多谈话，场面很是尴尬。茱莉姑母，众所周知她有个好心肠，立马帮助大家缓解气氛。

"是啊，乔里恩，"她说，"我们刚刚正在说你有很长一阵子没来这边了；你来了我们大家都感到挺吃惊呢。你平时很忙啊，对不对？詹姆斯刚刚还说现在正是一年当中很忙的时候……"

"他这么说的？"乔里恩说道，冷冷地看着詹姆斯，"如果每个人都只关心自己的事情而不去闲言碎语，那么大家都会比现在轻松一倍。"

詹姆斯正坐在一张矮椅子上思考，两个膝盖抬得非常高，听到老乔里恩这么说他，便不安地换了换脚，结果不小心踩着地上的一只猫了，这只猫真是不够聪明啊，竟然从老乔里恩的脚边跑到了詹姆斯的脚边。

他感觉自己踩了什么柔软的、毛茸茸的东西，赶紧把脚往后缩，他带着恼怒的声音说道："这儿有只猫！"

"有好几只呢，"老乔里恩说着，朝他们一个一个地望过去，"我刚才就踩了一只。"

接着又是一阵沉默。

然后斯茂太太转动着她的手指，带着她那一脸可怜相的平静，问道："亲爱的琼还好吗？"

老乔里恩的眼神中突然出现了一丝好笑的神态。这个老女人，茱莉！再也没人像她这么不会说话了！

"很糟糕！"他说，"伦敦不适合她——这里人太多了，闲言闲语也太多了。"他说这句的时候加强了语气，他又一次看着詹姆斯的脸。

没有人再说话。

每个人都感到说任何话都有危险。大家都感到像是在看一场希腊悲剧，那种大难即将来临的感觉，就是在这间精心装修的房间里，房间里挤满了白发苍苍、穿着大衣的老人，打扮时髦的妇人，他们身体里都淌着同样的血液，在他们之间有一种说不出来的相似感。

他们并没有感觉到这一点——只是感到一种苦难的宿命的来临。

此时斯威森站了起来。他才不要坐在那里受那个罪呢——他不会听任何人对他言语！然后，他在屋子里神气地走了一圈，跟每个人都握了握手。

"你告诉蒂莫西这话是我说的，"他说，"他保养得太过了！"继而转向了弗朗西娅，他认为很聪明的这个女孩，他说了句："改天你来找我，我带你出城转转。"说完这句，他忽然想起来那次带艾琳出去玩之后，大家都议论纷纷，闲言闲语，所以有那么几秒钟，他目光呆滞地站在那里一动不动，好像在等着看看她这话会带来什么后果；然后，他忽然想起，这跟他有什么关系，他转向老乔里恩说："好吧，那再见了，乔里恩！你不应该穿着那么一件外套就跑来跑去的。你这样会得风湿痛的！"最后，他用那双穿着漆皮皮靴的脚轻轻踢了一下那只猫，然后拽着他那肥大的身体离开了。

他走了之后，在场的每个人都互相暗暗地看了一眼，看看刚才他说的"出城"那个词会带来什么后果——这个词现在已经变得很出名了，而且带有很重大的意义，因为在家族中那些模糊而荒唐的传言中，这是唯一一条与传言相关的正式的、确定的消息。

他走后尤菲米亚就按捺不住了，她短笑了一声，说："我可不想斯威森叔叔带我出城。"

斯茂太太为了让她消除疑虑并且不想他这句话引起任何令人尴尬的谈论，她回应道："亲爱的，他就是喜欢带着穿着漂亮的人出城逛逛，他觉得这样很光彩。我永远都不会忘了他带我出城的那一次，真是一段难忘的回忆！"她那张圆润的胖脸上有那么一瞬显示出一种莫名的满足感；然后她就撅着嘴，眼里充满了泪水。她想起来很久以前塞普蒂默斯·斯茂带她外出的情景了。

詹姆斯又坐到那张小椅子上早已经开始了焦虑不安的沉思，这时他突然醒过神来。"斯威森真是个有趣的家伙。"他心不在焉地说道。

老乔里恩的沉默和他那严厉的眼神，吓得大家都默不做声。他为自己所说的那些话的效果感到很困惑——自己说的话似乎是加重了大家对流言的猜测，他本来是想来消灭这些流言飞语的，但是现在他仍然很生气。

他不会就这么结束的——不行，绝对不行——他还得给他们点颜色瞧瞧。

他不想责难他的那几个侄女，他和她们没什么矛盾——老乔里恩对待年轻的像样的女士总是很宽容的——但是那个家伙，詹姆斯，还有其他的几个，也许比詹姆斯稍微好点，但是也必须得责难。这不他就问起蒂莫西来了。

茱莉姑母好像感觉到她的这个弟弟处境不妙，她突然端给乔里恩一杯茶。"给你，"她说，"早就在后厅给你泡好茶了，茶凉了都不好喝了，斯密斯马上再去给你泡壶新的。"

老乔里恩站起身。"谢谢，"他说，眼睛却直勾勾地盯着詹姆斯，"但是我没时间喝茶了，而且也没时间听那些——丑闻，还有其他的流言飞语！我该回家了。再见，茱莉；再见，海斯特；再见，威妮弗雷德。"

没再跟谁做这种仪式性的道别，他就离开了。

再一次，在马车里，他的怒气消失了，他即使是很愤怒，只要发泄出来，就烟消云散了。但这时一阵悲伤的情绪涌上心头。也许他是堵住了他们的嘴，但是代价是什么！代价就是他本来决定不相信的传言，现在他却信了。琼被抛弃了，全怪那个家伙的儿媳妇！他感觉这个传言是真的，他越假装它不是真的，他的内心就越坚信它是真的；在这种决心下掩藏的痛苦，渐渐地而且坚决地转化为一种对詹姆斯父子的盲目的怨恨。

客厅里剩下的六个女子和一个男子开始谈论起来，但是在经历了老乔里恩这件事之后，大家都尽可能让气氛轻松一些，因为尽管每个人都确定自己不是传播谣言的那一个，但是却都知道其他六个都参与了；他们都觉得有点生气但是又不知所措。詹姆斯只是沉默着，在他心底却感到非常不安。

不久弗朗西娅说道："你们知道吗？我觉得乔里恩大伯最近几年变化好大。海斯特姑母，你怎么认为？"

海斯特姑母身子微微往后一缩。"噢，去问你茱莉姑母吧！"她说，"我什么都不知道。"

其他人并不害怕赞同她的意见，所以詹姆斯幽幽地对着地板抱怨地说："他比起以前可是差得远了。"

"我早就注意到了，"弗朗西娅继续说，"他这几年老得厉害了。"

茱莉姑母摇了摇头。她的脸忽然整个地撅了起来。

"可怜的乔里恩，"她说，"应该有人来照顾他！"

又一次，大家都默不做声；没过一会儿，好像怕被其他人孤零零地留在那里，其他五个客人一起站起来，告别后离开。

斯茂太太、海斯特姑母还有她们的猫再一次被孤独地留在客厅，远处的关门声说明蒂莫西出来了。

那天晚上，当海斯特姑母在她那间后卧房里刚要睡着——那间卧房过去是茱莉姑母住着，后来茱莉姑母搬去了安姑母的那间——她的卧房门开着，这时斯茂太太，戴着一顶粉红色的睡帽，手里拿着一根蜡烛，进来了。"海斯特！"她叫道，"海斯特！"

海斯特姑母在被子里微微一颤。

"海斯特，"茱莉姑母又叫了一声，她想确认自己是否弄醒了她，"我真的很担心可怜的乔里恩，你觉得我应该做点什么？"她说最后几个字时特意加重了语气。

海斯特姑母又在被子里颤了一下，她的声音听起来像是有点讨饶的语气："做什么？我怎么会知道该做什么？"

茱莉姑母转过身，满意地离开了，她关门的时候特别小心、温柔，生怕打扰到她亲爱的海斯特，让那扇门从手指间滑出来，"咔哒"一声关上了。

　　回到了自己的卧房，她站在窗前，从窗帘的一条缝隙里透过公园的树看着天上的月亮，窗帘拉了起来，以免被别人看到。她站在那儿，戴着那顶粉色睡帽，圆脸撅着，眼里噙满泪水，她想着"亲爱的乔里恩"，他是那么苍老那么孤独，她能为他做点什么呢；这样他才能喜欢上她，自从她那可怜的塞普蒂默斯去世后，她就从来没被别人喜欢过了。

罗杰家的舞会

　　罗杰的房子在王子园里弄得灯火辉煌。厅内的玻璃切割制作的枝状大吊灯里放置的是无数精心挑选的蜡烛，星星点点的灯光在那间长套间的镶花地板上映射得绚丽多姿。客厅里显得宽敞大气，因为所有的家具都被放置在楼上，四周摆满了轻便的板凳——那些奇怪的人类文明的附属品。距离挺远的一个角落里，由许多棕榈植物包围的，是一架竖式小钢琴，在乐谱架上放置着一本《肯斯通旋舞曲》的乐谱。

　　罗杰向来反对请乐队。他实在是不明白请乐队有什么意义；他也不会花那个冤枉钱，所以这事就这样，没得商量。弗朗西娅却找来一个吹小号的年轻人与钢琴合奏，这样她自己就勉强当做有了乐队[1]；她把棕榈树安置得也很巧妙，人们看上去就像是有许多乐师藏在棕榈树后面。她已经下

---

　　① 她的母亲老早就被罗杰气出了胃病，要是她母亲碰到这种事，肯定早就睡觉去了。

定决心告诉他们一定要演奏得声音响亮——如果这个人用心好好吹，小号吹起来声音还是很大的。

用一句比较文雅的美国话来说，她终于算是"过关了"——她的安排既时髦，又没有违反福尔赛家族极其节俭的习惯，为了过关，她可是绞尽脑汁地东拼拼西凑凑。虽然瘦削，但是她很聪明，在她的那件黄色礼服的肩部装饰了很多薄纱，她戴着手套，来来回回地查看，眼睛不停地扫视着四周。

她跟那个雇来的男仆（平日里罗杰只雇用女仆）说着酒的事情。那个男仆是否明白福尔赛先生只是想把他从怀特利酒庄买的那一打香槟拿出来招呼客人？而且如果那些香槟喝完了（她认为应该不会喝完，因为大多数的女士只是喝点水），如果真的喝完了，他一定会尽全力用些掺香槟的果子酒来应付。

她很反感跟男仆说这样的事儿，因为这太失身份了；但是她能拿她父亲怎么样呢？事实上，罗杰虽然对办舞会这件事百般刁难，但是当舞会开始时，他就会从楼上走下来，红着脸，额头上冒着几条皱纹，好像他就是这场舞会的发起者；他会一直微笑着，并很可能带着舞会上最美的女士共进晚餐；到了两点，正当大家跳得尽兴的时候，他总会悄悄地走到乐师身边，让他们演奏国歌，然后就走开了。

弗朗西娅虔诚地盼望他很快感到疲惫，然后偷偷地溜去睡觉。

三四个有献身精神的女朋友一直待在这里帮忙布置舞会，忙了好一阵，她们便和弗朗西娅一起吃了点东西，她们是在楼上一间闲置的小屋里，吃的是茶水和冷鸡腿，上饭的速度倒是很快；那几个男士被带去尤斯塔斯俱乐部里就餐，他们总得好好吃一顿。

九点钟的时候斯茂太太一个人准时到达。她因为蒂莫西没到场而替他道歉并详细说明了原因，但却丝毫没提海斯特姑母没到的事，海斯特姑母是最后一分钟才说她不想被打扰，所以不来了。弗朗西娅热情地接待了她，把她安置在一条长凳上，就离开了；斯茂太太孤独一人坐在那里，撅着嘴，穿了一件淡紫色的绸缎衣服——这是自从安姑母去世后，她第一次穿这么鲜艳的衣服。

这时那几个有献身精神的女朋友从房间里出来了，她们每个人都像是提前商量好了一样，穿着不同颜色的长裙，但是在肩部和胸部都装饰了大片的薄纱——因为她们那两个部位骨瘦如柴啊。她们被带到斯茂太太跟前，但没有一个跟她说话超过几秒钟，仅仅是打了个招呼，她们便凑在一起，商量着、策划着她们的节目，偷偷地盯着门口，等待着到场的第一位男士。

这时来了一大伙尼古拉斯家的人，他们总是很准时——兰朴林那个地方好像就是时兴这个；紧跟在他们后面的是尤斯塔斯和他的男性朋友们，他们个个精神不振，而且闻上去有一股烟味。

弗朗西娅的三四个情人这时候都到场了，一个接着一个；她让他们每一个都保证要早点儿来。他们每一个都把胡子刮得干干净净，而且每一个看上去都很活泼、很有精神，最近肯斯通地区净是这样的精力旺盛的小伙子；他们好像一点也不在乎他们中的其他人也出席了这场舞会，他们都把领带打得上面鼓起来，穿着白色的汗衫、白色的袜子、戴着手表。他们的袖口都内藏一条手帕。他们心情愉快地走动着，每个人都表现得兴高采烈，好像他们要做什么大事业。跳舞的时候，他们的表情也不像那些英国绅士带着传统的庄严神气，而是满不在乎，迷人又温柔；他们蹦着跳着，抱着自己的舞伴快速旋转，并不完全合拍，反而没有那种迂腐的神态。

他们看其他跳舞的人时，带着一种轻快的嘲讽——他们，这伙年轻人，他们可是在肯斯通舞场上身经百战——只有在他们身上，才能看到什么是真正的举止、姿态均完美的舞步。

接下来拥进了大批的客人；年轻人的监护人都被挤到面对着入口的那面墙，挨着坐成一排，年轻活泼的都加入了大厅里跳舞的那股大旋流。

男士很少，那些舞会中没有舞伴而坐着看的人，脸上带着特有的可怜相，一个个表现得很耐心，同时又酸酸地微笑着，好像在说："喔，不是！别误会我，我知道你不是来请我跳舞的。我从来不会那么想！"弗朗西娅总会找到她的一个情人或是随便哪个年轻人，带着恳求的语气说："现在，请允许我介绍品坷小姐；她真是个不错的女孩！"之后她总会拉起那位男士，说道："品坷小姐——这是盖泽库尔先生。你愿意和他跳支舞吗？"然后品坷小姐会挤出一丝微笑，脸色微微一变，回答道："噢！我想是可以的！"然后就遮挡着自己的空白卡片，在上面写上盖泽库尔的名字，就在他额外要求再跳一支的时候，她就会热情地拼出他的名字。

但是当这个年轻男士喃喃地说这里很热，他要到别处去的时候，她又恢复了那种无望的期待状态，耐心地等着，却又酸酸地微笑着。

母亲们这时就慢慢地扫过女孩们的脸，然后看着自己的女儿，从她们的眼神中她们能读出关于女孩们命运的故事。至于她们自己嘛，只能是一小时又一小时地坐在那里，累得要死，无聊又寂寞，或是偶尔聊上两句——不过这又有什么关系，只要女孩们玩得开心就行了！但是一看到自己的女儿被忽视、被冷落——啊！她们依然微笑着，只是她们的眼神就像极了一只愤怒的天鹅的眼神，就像要刺穿别人；她们真想一把扯住盖泽库尔的阿飞式的裤管，一下子把他拽到自己的女儿面前——这个傲慢的家伙！

所有生活的残酷和冷血，痛苦和不公平的遭遇，它的自负、忘我、忍耐，都在肯斯通舞会这个战场上上演着。

在各处也有一些情人——当然，并不像弗朗西娅的情人那样特殊的情人，而是普通的情人——他们颤抖着、脸红着，默不做声，只是彼此对视着，两人都想趁着舞会的混乱互相亲热，不时地凑在一起跳舞，他们眼中只有对方，这吸引着许多人的眼光。

十点整的时候，詹姆斯一家来了——艾米丽、瑞秋、威妮弗雷德[①]，还有最小的西西里，这是她第一次出来交际；跟在他们后面的是索米斯和艾琳，他们先是在家吃了晚饭，然后又坐着马车过来了。

詹姆斯家的所有女士都有肩带，而没有用薄纱——她们都是这么大胆地裸露着肩膀，立刻就显示出她们来自更时髦的公园的另一边。

索米斯侧着身子走着，尽量不跟跳舞的那些人碰着，他占了一个靠墙的位置抵着墙站着。他脸上装出淡淡的笑，站在墙边驻足观看。华尔兹一首接着一首，一对对的情侣从眼前掠过，他们咧着嘴笑着，不时地在耳边说着什么；或者板着一张脸，眼睛在人群中搜索着什么；又或者沉默不

---

① 由于达尔第上次在罗杰家里喝了太多的香槟，这次威妮弗雷德干脆没叫上他。

语，嘴唇微张，眼睛看着对方。欢乐的气氛，花的气味，还有女士头发上抹的那种精油的气味，在这个夏日的晚上混合着热气，让人闻上去感到快要窒息。

他沉默着，微笑中带着一丝嘲讽的味道，索米斯的眼睛好像什么也看不到；但是偶尔地，当他发现自己想要寻找的那个人时，他的眼睛就会注视着那个人，随着他的身影在人群中流动，这时他嘴边全无笑意。

他不和任何人跳舞。很多人和他们的妻子跳；但按他的规矩是，自从和艾琳结婚后，他就不允许自己再和她跳舞，也许只有福尔赛家的神明能判断这对于他是个好事还是坏事。

她跳着舞从他身边经过，和别的男人，她的彩虹长裙从脚边轻轻飘起。她跳得真好；他已经听烦了那些女人酸溜溜地笑着跟他说："你的妻子跳得真美啊，福尔赛先生——看她跳舞真是一种享受啊！"这时他总是斜着眼睛，懒得说太多，只说一句："你真这么认为？"

一对年轻的情侣在他附近，两人轮流着快速挥动着扇子，使得周围充斥着让人不舒服的气味。弗朗西娅和她的一个情人站在附近，他们正在说着情话。

他听到背后传来罗杰的声音，他正在跟一个仆人吩咐晚餐的事情。这里的一切都非常劣等！他真希望自己没来！来之前他问艾琳想不想和他一起去；她带着她那气死人的微笑回答道："噢，不想！"

他为什么偏要来到这儿？在刚才的一刻钟里，他连她的人影都没看到。乔治朝他走过来了，带着他那张永远的奎尔斯式的脸；想躲开他已经来不及了。

"你看到'海盗'了吗？"他向来爱说笑打趣，"他正在准备出场呢——整齐的发型，一切都准备妥善！"

索米斯说没看到，他的目光迅速穿过大厅，现在是间歇时间，大厅的一半都空荡荡的，他走去了阳台，向下看着外面的大街。

一辆马车姗姗来迟，带着一些晚到的客人，门口围着好多人，他们在耐心地等着看。伦敦大街上经常有这样的人，一有灯光或者音乐他们就会过来围观；他们苍白的脸向上仰着，身体黑糊糊的一片，感觉很笨拙，他们麻木的表情使索米斯感到厌烦。为什么允许这些人在大街上闲逛？警察为什么不把他们赶走？

但是警察并不管这些。他的两只脚分开站在通往大厅的红色长地毯上；他那张藏在帽子下面的脸，也和那些人一样，带着麻木冷漠的表情。

在街道对面，穿过那些栏杆，索米斯可以看到微弱的灯光下，树枝映射的光芒，树枝在微风中轻轻地摇曳着；再远些，那些高楼的灯火就像是无数的眼睛，正向下看着花园中那寂静的黑暗；伦敦上空广阔的天空，在无数的路灯的照耀下，像是笼罩了一层尘土；这是一个在星际间用人类的欲望和幻想映射出的一个巨大的穹顶——就好像一面无边无际的镜子，映射出人类的壮丽和不幸，一夜一夜，它嘲弄地看着无数的房子、花园和高楼大厦，嘲弄着肮脏和卑劣，嘲笑着福尔赛一家、警察，还有大街上那些有耐心的看热闹的人。

索米斯转过身，隐藏在窗边的阴影处，注视着灯火辉煌的大厅。在这里站着凉快多了。他看到了新来的客人，原来是琼和她的爷爷。他们怎么会来得这么晚？他们站在门口，看上去很疲惫。奇怪，乔里恩大伯怎么会这个时间出现在这里？琼为什么没去找艾琳一起来，她以前都是那样做的，他突然想起来他已经很长时间没见到琼了。

他无聊地带有恶意地看着她的脸，这时她的脸突然变了色，脸色煞白，看上去就像要倒下一样，继而她的脸色由白变红。他顺着她的目光想看看她看到了什么，结果看到他的妻子挽着波辛尼的胳膊，正从屋里另一头的花房那边走来，她抬着眼睛看着他，似乎正在回答某个他问的问题，而且他也深情地望着她。

索米斯再次转向琼。她的手扶在老乔里恩的胳膊上，似乎她在请求着什么。他在他大伯的脸上看到一个惊讶的表情；他们转过身，穿过门走了出去。

音乐又一次响起——又是一首华尔兹——索米斯依旧站在窗口的黑暗处，就像一座雕像，他的脸并没有什么变化，但是笑容消失了，索米斯等待着。没过一会儿，他就离那个黑黑的阳台一码的距离，他的妻子和波辛尼跳过去了。他嗅到了她身上的那股栀子花的香水味，他看到她的胸口起伏着，他看到她眼里的柔情，她微张的双唇，还有那个他从未见过的浮现在她脸上的表情。他们跟着缓慢的、轻轻摇摆的节奏跳着，在波辛尼看来他们好像紧紧地贴在一起；他看到了她抬起眼，抬起了那双又柔情又黑亮的眼睛，望着波辛尼，然后又慢慢地低下了头。

他脸色苍白，背过身转向阳台，他倚着阳台，向下望着广场；那些闲得看热闹的人仍然在那里仰着头，呆滞地看着灯光，警察的脸也是那样，抬着头盯着看，但是他什么人也看不到。一辆马车停靠下来，两个人上了车，然后马车走远了……

那天晚上，琼和老乔里恩像往常一样，坐在一起吃晚餐。琼穿了一件她常穿的高领的衣服，老乔里恩穿得很随意。

早餐的时候琼就说起了在罗杰爷爷家的舞会，她说她想去；只是她太笨了，她说，没想到要找个人带她一起去。现在找人就太晚了。

老乔里恩抬起他那双锐利的眼睛。琼以前可都是和艾琳一起去舞会，她不是总爱那样嘛！他故意注视着她，问道："为什么不去找艾琳一起去？"

不！琼不想去找艾琳；她要去的话只有她的爷爷陪着一起去，哪怕只是一小会儿也好！

他看着她的表情，如此渴望去舞会但又那么疲惫，老乔里恩嘟嘟囔囔地算是答应了。他不知道她想去那里干什么，他说，去那样的一个舞会，他敢打赌，肯定没什么好事；而且她现在身体太不好了，连只猫都不如！她需要的是海边的空气，等他这次的全球金矿大会结束以后，他准备带她去海边。不知道她想不想去呢。唉！她这是要把自己糟蹋死！老乔里恩眼神悲伤地偷偷看了她一眼，低下头继续吃早饭。

琼很早就外出了，在大热天忙着买这个买那个。她那瘦弱的身体最近可是一直打不起精神，今天却像是兴致勃勃。她给自己买了些鲜花。她想——她一定要展现出自己最好的样子。他一定会在那儿！她知道他也收到邀请函。她要向他表明她一点也不在乎。但是在内心深处，她暗暗地下定决心一定要在那晚把他赢回来。她心情变得激动而且愉快，午饭的时候她说了很多话；老乔里恩看着她，就连他都被她骗了。

下午的时候，突然一阵绝望涌上她的心头，她忍不住大哭起来。为了不让别人听到，她趴在床上，脸埋在枕头里，但是当她哭完一照镜子，发现自己的脸有点水肿，眼睛红红的，眼睛下面一大圈黑眼圈。她就那样待在屋子里，没有开灯，一直待到了晚饭时间。

她一声不吭地吃着晚饭，心里不停地挣扎着。

他看着她如此低落又疲惫不堪，于是老乔里恩告诉"山奇"把马车召回来，他们不去了，他不想让她再出去……她得休息了！她什么也没说，起身回到了她的房间，坐在黑糊糊的屋子里。十点钟的时候她把女仆叫来。

"给我端点热水来，顺便下楼告诉福尔赛先生我休息够了，现在感觉很好。跟他说如果他感觉太累而不想去，我就一个人去舞会。"

女仆有点怀疑地看着她，琼大声命令她。"去，"她说，"马上把热水给我端来！"

她静静地放在沙发上，她费劲地穿上礼服，把鲜花拿在手里，下了楼，她那张小脸上面顶着又高又厚的头发。经过老乔里恩的房间时她听到他在屋里走来走去的声音。

老乔里恩感到不解，甚至有点恼怒，他开始换衣服。已经晚上十点多了，他们到了那里也得十一点了；琼真是疯了。但是他也不敢跟她对着来——晚饭时她脸上那个表情一直萦绕在他脑海里。

他用一把大的黑檀木梳子把头发梳理整齐，他得把头发梳得发亮，在灯光下像银子那样；之后，他也从昏暗的楼梯上走了下来。

琼在下面迎着他，什么也没说，他们一起上了马车。

那段路就好像永远走不完似的，最后终于还是到了，她走进了罗杰家的大厅，她假装很坚决，以此来掩饰内心的紧张不安和痛苦的感情。他可能不在这里，她可能在这里也见不到他，但她已经下定决心要把他赢回来——怎么赢回来她还没想好，一想到这里，即使被人说是"追他"，她也不在乎了。

她一看到舞会，那闪闪发光的地板，就使她感到很欣喜，因为她热爱跳舞，每次她跳舞，都感觉她轻得快要飘起来了，就像一个坚强热情的精灵。他总是会邀请她一起跳舞，所以如果他来邀请她跳舞，他们又会像从前那样。她急切地找寻着他的身影。

她看到波辛尼和艾琳从花房走来，她看到波辛尼脸上那种专注的、全神贯注的表情，那种表情在她看来是那么陌生。这一切突然狠狠地打击了她。他们没看到——没人看到——她的痛苦，甚至她爷爷也没注意到。

她用手扶着乔里恩的胳膊，非常低声地说：

"爷爷，我必须得回家了；我感觉很难受。"

他匆忙带着她离开了，嘴里还咕哝着他早知道事情会变成这样。

他什么也没对她说；直到他们幸运地发现那辆马车还停在门口，而他们再一次坐在车里的时候，他问她："亲爱的，你还好吧？"

他感到她那瘦弱的身子因为抽泣得厉害而颤抖起来，这使得老乔里恩着实地慌张起来。明天非得请布兰科医生来看看。她不看也得看。他不能让她再这样下去了……好了，好了！

琼控制着慢慢变成啜泣，她躲到车后面的角落里，紧紧抓着他的手，用披肩蒙住了脸。

他只能看到她的眼睛，坚决地凝视着黑暗处，他一直用他那瘦削的手指抚摸着她的手。

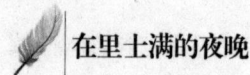
在里士满的夜晚

　　除了琼和索米斯，其他人也看到了"那两个人"[①]从花房那边一起走出来；其他人也注意到了波辛尼脸上的表情。

　　平时，自然的外表看上去是那么平静，但是有时它也会释放那些久积在心中的热情——暴烈的春日阳光冲破紫色的云彩，炽热地照耀在盛开的杏花上；月光照耀下一个雪山山峰，顶着一颗孤独的星星，高高地耸入热情的苍穹；又或是在一个落日的余晖下，一棵老紫杉矗立着，像是守护着什么炽热的秘密。

　　也有些时候，在画廊，一幅作品，在那些随意观看的旁观者眼中只是"……提香[②]——很不错啊"，这种情况被一位午餐吃得比他的同类好的

---

　　① 　尤米菲亚对波辛尼和艾琳的称呼。

　　② 　意大利文艺复兴后期威尼斯画派的代表人物。

福尔赛人看来，可是要发表重要的见地。他好像被下了咒一样地迷上了那幅画。他觉得这幅画有种东西——嗯，确实有种东西，毫无理由地找上了他；当他想用他那实用主义的做派来给这种东西一个准确的说法时，这种东西却突然消失了、溜走了，就像他喝酒后带来的灼热感消失了一样，剩下他一个人在那里生闷气，并感觉到自己的肝脏很不好受。他觉得自己太奢侈、太挥霍了；好像撞见鬼。他那本目录上的三个星号隐含着什么意思，他根本就不想看到。上帝不允许他对那些东西懂得太多！上帝不允许他有那么一瞬承认真的存在这些东西！一旦承认，他会怎么样呢？进门时先付一先令，看目录时又是一先令。

琼和其他福尔赛家族的人看到波辛尼那个表情，就像是在许多虚构的油画中那样，从一个山洞里突然闪现出蜡烛的火焰，这突然闪现的火焰有着模糊、古怪的光晕，朦朦胧胧却非常迷人。随后这些旁观者忽然意识到这幅画中隐藏的危险因素。因为这会儿他们看得高兴、兴致勃勃，而后他们意识到自己本不该看。

然而，这却为琼为什么来得这么晚，一支舞也没跳，甚至都没跟她的情人握个手就离开说明了原因。据说是因为她生病了，这也不足为怪。

可是此时他们却各怀鬼胎地互相望着。他们本无意散播谣言，也不是居心不良。谁会那样？对外他们一个字也不外露，福尔赛家族不成文的规矩使得他们都保持沉默。

然后就传来的消息说，琼和老乔里恩已经到海边去了。

他已经带着她离开，去了布罗德斯泰，最近这个地方很时兴，雅茅斯已经不再时兴了——尽管这样尼古拉斯还是经常光顾那里；而且如果去布罗德斯泰待一个星期还不能让坏心情一扫而光的话，那么任何一个福尔赛家族的人都会认为这钱花得不值。就像福尔赛始祖喝马德拉酒的时候也带有这样的动机，所以他的后代也有这个祖传的习气，这也毋庸置疑。

所以琼就这样去了海边。福尔赛家族的人都在等着事情有进一步的发展，除此以外没别的办法。

但是"那两个"已经发展到什么地步——到底什么地步了呢？他们又要怎么发展下去？他们真的要继续发展吗？他们不会有什么结果的，因为他们两个都没有钱。他们最多也就是调调情，最后还是会在合适的时候就分道扬镳，这样的事不都是这么结局的吗？

索米斯的妹妹，威妮弗雷德·达尔第，因为住在格林大街，受伦敦上流社区梅菲尔区的风气的影响，对待关乎婚姻的行为时，比当下流行的观点——例如在兰仆林地区流行的主张——更时髦，她甚至嘲笑那些流行的观点。那个"小东西"——虽然艾琳比她高，但是她一直称呼她为"小东西"，这足以看出福尔赛人的高贵的地位——那个小东西过得可真无聊。她为什么不找点乐子呢？索米斯可是相当无趣的一个人；至于波辛尼先生嘛——只有那个丑角儿乔治才会叫他海盗——她可是觉得他非常帅。

她说的这句——波辛尼很帅——却引起了一阵小小的轰动。大家并没有认同她的看法。大家都承认他"长得还可以"，但是没有人会称呼他为帅哥：突出的颧骨、古怪的眼神，还有他那顶软毡帽，福尔赛人眼中的帅哥可不是这样，这只是再一次证明威妮弗雷德又赶时髦了，她总是那样放荡不羁。

就在那个夏天，放荡不羁变成了时髦的东西，整个大地都变得放荡不羁起来，栗子树长得异常茂盛，花香也格外浓郁，以前从来没有这样；每个花园里都盛开着玫瑰花；天上的星星密布，好像天空再也挤不下一颗星星了；每天太阳都普照大地，从早到晚拿着它的盾牌，把公园照射成了黄铜色，人们的行为也变得奇怪起来，在露天的地方吃午饭和晚饭。更前所未有的是，无数的出租马车和私人马车穿梭在闪闪发亮的泰晤士河上的大桥，载着成千上万的上中层阶级去享受伦敦布歇的绿色时光，去里士满，去裘园，去汉普顿行宫。几乎每一家凡是够得上是车马阶级的，这一年都要外出看看，去看看布歇的马栗花，乘车去里士满公园看那西班牙的栗子花。马车行驶很平稳，但是免不了尘土，马车在一层尘土的云雾中前进着，他们时髦地盯着路边瞪着眼睛的鹿，看着它们从欧洲蕨丛中探出头，那大片的欧洲蕨可是给秋天的情人提供了一个从未有过的谈情说爱的好地方。时不时地，飘来一阵混有栗子花和凤尾草缠绵在一起的香味，这香味飘得太近时，情人中的一个就会对另一个说："亲爱的！这香味真是独特！"

那一年的菩提花开得也是特别的繁茂，几乎开成了蜜黄色。花香飘到伦敦的各个角落，当太阳下山之后，这种香味比蜂蜜的香味还甜，那些在饭后乘凉的福尔赛人和他们的同类——他们握有花园的钥匙，只有他们才能进入——闻到这股香味时，总能激发他们内心深处无以言状的渴望。

这种渴望使得他们在黄昏的花坛投射的阴影下徘徊着、徘徊着，好像在等他们的情人——等待着树枝的阴影下最后一丝光亮消失不见。

不知是菩提花的香味唤起了她某些模糊的同情感，还是手足之情驱使她要亲自看看，又或许是想证实她的那句"他们之间什么也没有"；又或许仅仅是想乘车去里士满，就像那个极为诱人的夏天，这一切促使这个达尔第孩子们① 的妈妈给她的嫂子写了这封信：

亲爱的艾琳：

我听说索米斯明天要去恒利待一个晚上。我想如果我们开个小型的聚会然后乘马车去里士满，一定玩得很开心。你约上波辛尼先生，我约上小弗雷帕，你觉得怎么样？

艾米丽（他们称呼他们的母亲为艾米丽——这样很酷）会把马车借给我们。我在晚上七点钟就会去接你和你的伴儿。

爱你的姐妹，

威妮弗雷德·达尔第

六月三十日

"蒙塔古认为皇家饭店的饭很好吃。"

蒙塔古是达尔第的第二个名字，大家对他这个名字比较熟悉——他的第一个名字叫摩西；他可真的算是个名流。

她如此周到而且有意思的计划却遭到了阻挠。首先是小弗雷帕回了信：

---

① 达尔第的孩子们有小帕普柳斯、伊莫金、穆德和本尼迪克特。

亲爱的达尔第太太：

　　非常抱歉，太忙无法赴约。

奥古斯塔斯·弗雷帕

　　已经来不及做任何补救措施了，真是倒霉啊。动用一个母亲的机智和聪慧，威妮弗雷德决定派丈夫上场。她很果断，也很大度，有姣好的轮廓、光泽的头发，还有碧绿的眼睛，这个样貌的人往往具有这样的气质。她几乎从来没有失算过；就算失算了，她也总能想出办法补救。

　　达尔第的心情也很不错。色马在兰卡郡的赛马比赛中失败了。其实，那匹有名的赛马根本就没有起脚，这匹色马是马场的一位大亨养的，但是这位大亨早就暗地里下了好几千英镑的注赌自己的这匹马输。就在比赛结束的四十八小时内，达尔第还真的是很不好受。

　　他害怕詹姆斯找上他。一想到詹姆斯他就感觉到愤恨，但是同时他又怀有一丝希望。星期五晚上他喝得酩酊大醉，不省人事。但是星期六一早，他那做交易所的天性又驱使他想赌一把。他借了几百英镑——这些钱他不可能还得起——之后去了城里，把所有的钱全都赌在盐城市障碍马赛的那匹叫做"八音琴"的马上。

　　他和斯科顿少校在伊斯姆俱乐部吃午饭时是这么说的："就是那个犹太小子，内森，他给我这个提示。"他现在一点也不在乎。他本来也快过不下去了。如果这次又栽进去了——好吧，去他的，反正老头子会付账！

　　一瓶保罗杰香槟下肚，他又对詹姆斯产生了新的鄙视。

　　比赛结果出来了。八音琴以一颈的距离险胜——真是太险了！但是，正如达尔第所说的：这事全靠有胆子！

　　他才不会反对这次里士满之行呢。他可是大力支持！他对艾琳一直存爱慕之心，一直希望有机会能跟她亲密接触呢。

　　在下午五点半的时候，柏宁酒店的一个侍从前来告知：福尔赛夫人非常抱歉，她的马车的一匹马咳嗽得厉害，她来不了了！

　　面对这个突然的变故，威妮弗雷德太太不屈不挠，她立刻派小普布利

· 198 ·

乌斯（现在才七岁）由保姆陪着去蒙彼利埃广场。

他们将乘坐双座马车于七点四十五在皇家饭店和他们会合。

达尔第听到这个消息倒也非常高兴。总比背对着马屁股坐要好得多啊！他可不拒绝和艾琳坐在一起。他猜想应该会在蒙彼利埃广场接上那两个人，再从那里雇一辆大马车。

当他得知得在皇家饭店跟艾琳会面，而且他只能和他妻子乘坐一辆马车同行时，他立马变得闷闷不乐，嘴里还嘟囔着怎么这么慢！

他们两人七点钟动身，达尔第跟马车夫赌了半个克朗，说三刻钟之内绝对到不了皇家饭店。

一路上，这位丈夫只跟妻子说了两次话。

第一次，达尔第说："要是索米斯兄长听说他的老婆和波辛尼先生同坐一辆马车，他不得气得鼻子都青了？"

威妮弗雷德回道："别胡说八道，蒙蒂！"

"胡说八道！"达尔第又说，"你真是不懂女人，我的好夫人！"

第二次说话时，他只是问了句："我看起来怎么样？是不是腮帮子有点肿？那个乔治老兄就是喜欢喝这种烈酒！"

他中午是跟乔治·福尔赛在哈弗斯内克俱乐部吃的饭。

波辛尼和艾琳比他们早到了。他们站在一个落地窗前眺望着前面的河流。

那个夏天，窗子白天开着，晚上也开着，白天黑夜，花的香味、树的气息、晒得像是焦了的青草的味道，还有浓露的清凉都会飘进窗来。

达尔第的眼很尖，一眼就看出他们俩什么也没发生，他们虽然站得很近，可是一句话也不说。波辛尼一副饿死鬼的样子——他估计什么便宜也没占到。

他让威妮弗雷德去跟他们会合，自己跑去点菜了。

一个福尔赛家的人即使菜品不是那么精致，但吃的一定是好东西，不过达尔第却要求皇家饭店拿出他们最好的水平做最美味的菜。他活着，挣了钱就花，没有什么他是不配吃的；他吃的喝的都要提供最好的；在这个国家有很多酒是不配达尔第喝的；他只喝最好的酒。反正都是由别人付钱，他完全没理由对自己苛刻了。对自己吝啬就是傻瓜，而达尔第从来都不傻。

什么都要最好的！一个人活在这个世上没有比这条原则更有力了，他的岳父可是有非常大笔的收入，而且他对他的外甥们又是非常疼爱。

达尔第那双精明的眼睛早就看出詹姆斯的这个弱点，从最初的第一个孩子小普布利乌斯降生^①他就发现了这个秘密；达尔第因为自己的这点睿智可是捞到了不少好处。四个小达尔第现在可是他的终身保险。

这场晚宴最有特点的毫无疑问是那条红鲤鱼。这条美味无比的鱼，可是从一个很远的地方运来的，在路上精心保存；运来之后，先是用油炸，然后去骨，放上冰，浇上混有马德拉酒的酱汁，这个菜谱只有极少数上流社会的人知道。

大家除了谈谈达尔第这次晚宴的账单外，其他的什么也没谈。

在整个晚饭期间，他都表现得极其和蔼可亲；他对艾琳那露骨的爱慕使得他时不时地大胆扫视着艾琳的脸和身体。虽然他这么明显地表露自己的爱慕，但艾琳却没有任何反应——她表现得很冷漠，就像在那乳白色的蕾丝纱披肩下的冰凉的玉肩那样冷漠。他期盼着能在她和波辛尼的一些小动作中发现点什么蛛丝马迹；但是什么也没发现，她表现得非常矜持。至于那个穷酸建筑师，他阴郁得就像是一只头疼的熊——威妮弗雷德从他那里也套不出一个有用的字；他什么也没吃，只是喝着酒，他的脸变得越来越白，表情变得愈加古怪。

这一切很有意思。

达尔第兴致很好，兴趣勃勃地滔滔不绝，话语里不乏讽刺，他可不是傻子。他讲了一两个不太得体的故事，在这伙同伴面前他已经很注意了，因为他所有的故事都不得体。他举杯祝艾琳身体健康，又来了一篇滑稽的演讲。没人跟他喝，威妮弗雷德说："别像个小丑一样，蒙蒂！"

她提议大家在饭后去河对面的公共走廊走走。

"我喜欢看那些普通人谈恋爱，"她说，"很有趣！"

---

① 在达尔第心里一直认为这是个错误。

在阴凉处有很多这样的情侣，在一天的燥热退去之后，空气中活跃着各种各样的声音，有粗鲁嘈杂的，也有柔声细语的，就像在喃喃地说着什么秘密。

没过多久威妮弗雷德就凭借她的敏锐——她可是唯一一位在场的福尔赛家族的人——占了一张空闲的长凳。他们坐成一排。一棵大树在他们头顶自成一片华盖，河对面渐渐变得模糊起来。

达尔第坐在边上，挨着他坐的是艾琳，然后是波辛尼，长凳的另一头是威妮弗雷德。那条长凳四个人坐在一起很挤，那位上流社会的先生能够感觉到艾琳的胳膊紧紧贴着他的胳膊；他知道只要不是太过粗鲁无礼，她是不会抽调胳膊的，这使他一阵兴奋；他时不时地想出个动作，使他靠她更近。他心里暗想："那个海盗家伙可不能把便宜全都自己占尽了！我也得挨得够紧！"

从黑糊糊的河对面的深处传来一阵曼陀林的声音，唱着那首老曲子：

"小船，小船，乘你渡河岸，我们要开怀，我们要欢笑，我们要畅饮，棕色雪利酒！"

突然月亮出来了，躺着从树后缓缓升起，既年轻又温柔；就好像月亮也在呼吸一样，空气变得凉爽了许多，但是在凉爽的空气下依然飘着一阵热扑扑的菩提花香。

达尔第一边抽着雪茄一边窥探着波辛尼，他双臂交叉坐在那里，眼睛直直地盯着前方，他脸上的表情就好像他的内心十分痛苦。

达尔第又快速地扫了一眼坐在中间的那个人，她头上的那抹阴影好像一层厚厚的面纱，在黑暗中蒙上了一层更黑的阴影，做成形状，加上生命后，便使人觉得温柔、神秘和诱惑。

公共走廊突然安静了下来，就好像所有的散步者都觉得秘密太珍贵而不能说出来。

达尔第想着："女人哪！"

河流上的光晕渐渐逝去了，歌声也停止了；年轻的月亮躲在树后，一切都黑了下来。他使劲挤着艾琳，紧紧靠着她。

他没有感觉到他闻到的菩提花香中的战栗，也没有看到在艾琳那严重不安的、轻蔑的眼神。他感觉她企图把身体移走，他笑了。

不得不承认，这位社会名流酒喝得确实过了。

他那微卷的胡子下，两片厚厚的嘴唇微微张着，他那贪婪的眼神露骨地斜视她，他的表情显然是好色之徒那种不怀好意的神情。

沿着两旁树篱的天空顶上，形成了一条长廊，长廊布满繁星；就像下面的凡人一样，他们也变幻着、打闹着、私语着。然而就在这条小道上，那种嗡嗡声再次跑到达尔第的耳边："啊！他真是一副穷酸的饿鬼相，那个波辛尼！"再一次，他紧紧地挤在了艾琳身上。

这次这个动作终于有效果了。艾琳站了起来，他们都跟着她站了起来。

这位社会名流这时更暗下决心，看看艾琳到底是个什么样的人。走在小道上，他紧紧地挨着她的胳膊肘。他肚子里可全是好酒啊。离到家还有很长的一段距离，在那个隐秘的马车里，在黑暗中要走很长时间——世界上哪个伟大的好人发明了这么密闭的马车，真是个天才。那个饿死鬼建筑师恐怕得和他的老婆坐同一辆马车了——他希望他和她过得愉快！还有，他想到自己的舌头现在不太灵了，他最好还是不说话；但是他的厚嘴唇却一直浮现着微笑。

他们朝着马车的方向走去，那马车正在路的尽头等他们。他的计划有着所有伟大的计划那样的优点——简单得几近于粗暴——他只需要紧紧地跟在她后面，等她上车后就立马跟进去。

但是当艾琳来到马车旁时，她却没有上车，而是悄悄溜到马头那边。达尔第的腿这时候不太听使唤，没来得及跟上她。艾琳站在那里抚摸着马鼻子，令达尔第恼怒的是，波辛尼第一个站在了她的身边。她转过身快速地对波辛尼说了什么，声音非常低；他只听到她说"那个家伙"。他固执地站在踏板那里不上车，等着艾琳过来。他知道这是以逸待劳！

在路灯的灯光下，他穿着晚上穿的白背心，他那件轻便的大衣随意搭在胳膊上，纽扣上插了一朵粉红色的小花，他的身材（不过是中等身材）看上去确是非常结实。他那黝黑的脸上带着恰然自得的自信的神情，他的样子非常神奇——一个十足的社会名流。

威妮弗雷德已经上了车。达尔第心里想着如果波辛尼不快点上车，他在车里可不好过！突然，背后有人推了他一把，他差点儿栽倒在路边。随后波辛尼在他耳边低声说："我送艾琳回家，你明白了吗？"达尔第看到波辛尼的脸色发白，看他的眼神活脱脱像一只野猫。

"呃？"他结结巴巴地说，"什么？绝对不行，你送我老婆回去！"

"滚开！"波辛尼怒声说道，"你是要我把你扔到大马路上？"

达尔第畏缩了；他明明白白地看出了这个家伙真的会说到做到。他给艾琳让了路，她从他身边快速地走过，她的裙子蹭过他的腿。波辛尼跟上了她。

"出发！"他听到那个海盗喊着。那个出租马车的车夫迅速地挥起马鞭，马向前冲去。

达尔第站在那里有那么一会儿惊呆地说不出话；然后，他冲向妻子坐的那辆马车，快速地上了车。

"快开！"他冲着马车夫大喊道，"别跟丢了前面那辆马车！"

坐在妻子身边，他突然情绪爆发，开始大声地咒骂。最后费了好大劲才冷静下来，他补充道："你把事情搞得太糟了，竟然让那个海盗把艾琳送回家；究竟是为什么你不阻止他呢？他爱艾琳爱得都快疯狂了，傻瓜都能看出来！"

威妮弗雷德还没来得及回话，他又开始向上帝控诉；马车一直到了巴恩斯，他还没说完他的悲愤，在他向上帝控诉的过程中，他辱骂了妻子、老丈人、索米斯、艾琳、波辛尼，还有所有姓福尔赛的人，他的孩子们，甚至连他结婚的那天他也诅咒了。

威妮弗雷德本来性格就很坚强，现在随便他怎么说吧，最后他自己停下来，阴着脸不说话。他那怒火冲天的眼睛从来没离开过前面那辆车的车尾，那辆车就像是一个错失的机会，在黑暗中一直萦绕在他的心头。

幸运的是他并没有听到波辛尼热情的恳求——经这位社会名流这么一闹，波辛尼那种热情一下子释放出来；他没看到艾琳颤抖着，就好像衣服被人撕开那样，也没看到她的眼睛，又黑又悲凉，就像一个被打的小孩的眼睛。他也没听到波辛尼一再恳求、恳求，一直恳求；他也没能听到她那突然发出的轻声的啜泣，他也没看到那个穷酸的饿鬼相，既害怕又颤抖，轻轻地碰了她的手指。

到了蒙彼利埃广场时，他们的马车夫听从他们的指示，跟着前面的马车停了下来。他们俩看到波辛尼从车上跳下来，艾琳跟在后面，低着头加快了脚步。很明显她手里拿着钥匙，因为她很快就不见了。没法判断她有没有转身和波辛尼说什么。

他们夫妻二人走过艾琳和波辛尼乘坐的马车旁；在路灯的灯光下，他们俩都清清楚楚地看到了他脸上的表情。他脸上的欲望还没有消失。

"晚安了，波辛尼先生！"威妮弗雷德对他说。

波辛尼一惊，抓下帽子就匆匆离开了。很显然他已经忘了他们的存在。

"你看！"达尔第说，"你看到那个禽兽的脸了吗？我说什么来着？他做了好事！"他又找到机会大放厥词了。

很明显在马车里发生了事情，这点威妮弗雷德也不得不承认。

她说："对这件事我不会透露出去。我看不出这件事闹开了之后能带来什么好处！"

达尔第立刻就同意了这个看法；他可是把詹姆斯看做他的私人保护区，除了他自己的事情以外，他不想任何其他人的事情麻烦他。

"很对啊，"他说，"让索米斯自己处理吧。他一定能够处理得很好！"

说着这话的工夫，夫妻二人已经进入了他们在格林大街的住所，寻求他们应得的安息，这座房子的租金还是詹姆斯付的呢。现在是深夜，没有福尔赛家的人留在外面窥探波辛尼还在外面游荡；没有人看到他又走了回去，靠在广场公园的那些栏杆上，身子倚靠在路灯找不到的暗处；没有人看到他站在树荫下望着那座房子，黑糊糊的房子里藏着他愿意不惜一切只为看一眼的女子——现在她对于他就是菩提花的香味，是黑夜与光明的意义，是他自己的心跳。

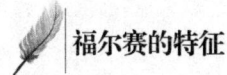 **福尔赛的特征**

　　一个福尔赛人天生并没有感觉到自己是个福尔赛人，但是小乔里恩却非常清醒地认识到自己是个福尔赛人。他从前也不知道，但是在他做出那个决定而被家族驱逐之后，他就清楚地知道了；自那以后他一直都有这样的感觉。他是从与他第二任妻子的相处中感觉到的，因为他的妻子并不是个福尔赛人。

　　他知道如果不是因为他具有福尔赛人的品格，他是不会清楚地知道自己想要什么，而且也不会坚韧不拔地抓住它，如果他不是因为付出了这么大代价得到的东西，如果不珍惜就是浪费——换句话说，因为那种"财产意识"他才会跟她一起度过了十五年，经历了那么多的经济困难，始终遭人蔑视和误解，他就不会在第一任妻子去世后说服她和自己结婚，也不会一切都熬过来了，而且熬过来之后，虽然瘦了很多，但是仍然面带笑容。

　　他就像那些中国的小偶像一样，盘着腿坐在用自己的心做成的神龛上，总是微笑着怀疑自己。但是这种微笑，虽然很亲切也很永恒，却不会影响他的行动，他的行动就像他的下巴和他的性情，是一种温柔和坚决的特殊混合体。

他对自己的画作也像一个福尔赛人那样有清醒的认识，尽管他非常热爱水彩画而且投入大量的精力，但是他却总是提醒自己，仿佛他不可以对这样一种不切实际的追求如此上心，而且做这样一件浪费精力的事情赚不到钱，他心里也有一种古怪的不安。

正是因为他很明白一个福尔赛人是什么样，所以当他收到老乔里恩的来信时，他心里既同情又反感。

沙德阁，布罗德斯泰，7月1号
亲爱的小乔①：

我们在这里已经待了两个星期了，这些天天气都很好。空气都令人振奋，但是我的肝很不舒服，如果赶紧回去，我是非常乐意的。我不能跟琼说太多，她的身体和精神都没有太大的转变，我真的不知道该怎么办。她这些天几乎没说什么话，但是我看得出她心里对这桩婚事念念不忘，他们的订婚根本不像订婚，天知道像什么。我现在完全拿不准该不该让她回到伦敦去面对这件事，但她太任性了，可能随时想到这里就跑回来。我们必须找个人去和波辛尼谈谈，确定他到底想干什么。我担心如果我亲自去找他，我会打断他的腿，但是我想如果你去——因为你跟他是一个俱乐部的——也许能说得上话，跟他谈谈看看他到底想怎么样。当然你绝对不能提到琼。在接下来的几天中如果你得到了任何消息，都要告诉我，我会很愿意知道。这件事一直烦恼着我，我整夜整夜地担心。

我爱乔利和霍莉。

爱你的父亲

---

① 小乔里恩一看信就认出了父亲的笔迹，跟他记忆中父亲的笔迹没什么变化。

小乔里恩看完这封信后，沉思了很长一段时间，他脸上那凝重的表情使得他的妻子也注意到了他的不正常，所以就问他发生了什么事。他只是回答道："没事。"

他在妻子面前从来不会提起琼，这是他一贯的做法。她也许会胡思乱想，但他不知道她会想什么；他赶紧收起他所有的紧张不安，表现得若无其事，但是在这一点上他做的和他父亲一样不成功，他好像继承了老乔里恩的坦率，在家人面前耍点什么小手段都能被家人看穿；于是小乔里恩夫人忙她的家务活去了，离开的时候嘴唇紧闭着，一脸茫然，时不时地偷偷看他。

下午，他揣着那封信去了俱乐部，但是他还是没有拿定主意。

对他来说，要打探出一个人的"真正用意"是他非常不愿这样做的事。这倒不是因为他在福尔赛家的特殊地位使他不愿意做，而是这样做太像福尔赛家族的做派，就像所有他认识并且打交道的人一样，他们总是把他们认为对的事强加在别人身上，使别人达到他们的标准；他们都喜欢把生意场上的那些原则用来处理家庭的私事。

就像信上的那句——"当然，你千万不要提到琼"——这不就体现得很明显嘛。

然而，那封信上表现的私人恩怨，对琼的关怀，那句"打断他的狗腿"，都是人之常情。他父亲想知道波辛尼怎么想的，这不足为奇，他生气也是情理之中的事。

拒绝这件事太难了！但是为什么让他出面去做这件事？他去做其实还是很不合理的；但是作为一个福尔赛人，只要得到他想要的，用什么方法得到倒是不在乎了，只要不是太失面子。

他该怎么去做这件事，或者他该怎么拒绝？两个办法看起来都不太可能。唉，小乔里恩呀！

他下午三点的时候到了俱乐部，进了俱乐部，他看到的第一个人就是波辛尼，一个人坐在角落里，看着窗外。

小乔里恩在不远处坐下，心慌意乱地又开始考虑起他的处境来。他偷偷地看着波辛尼坐在那边。他并不是很了解他，他还是第一次这么仔细地观察他：他长得与众不同，他的衣着、他的样子、还有他的举止，都和俱乐部的其他人不一样——而小乔里恩，不管他在心态和性情方面发生了多大的变化，总是保持着福尔赛家族的那种沉默寡言。整个福尔赛家族，也就只有他不知道波辛尼的那个外号。这个人不同寻常，但并不古怪，只是不同寻常；他看上去很疲惫，高高的颧骨下面是他那憔悴的、凹陷的面颊，不过并不是不健康的感觉，他身体很结实，卷曲的头发使他看上去非常有活力。

有时他的表情和姿势触动了小乔里恩。他知道痛苦是什么样的，这个年轻人看起来非常痛苦。

他站起身来，走过去碰了一下他的胳膊。

波辛尼吃了一惊，但是在看清楚是谁之后，他并没表现出任何的尴尬。

小乔里恩在他旁边坐下了。

"我好久没有看到你了，"他说，"我堂弟的房子建造得怎么样了？"

"大约一个星期就能完工了。"

"恭喜你了！"

"谢谢——但是我没觉得这有什么好值得恭喜的。"

"不值得恭喜吗？"小乔里恩疑惑地问道，"我原以为这么长时间的工作终于完事了，你会很高兴呢；但是我想我明白你的感受，就像我画完一幅画时，我感觉那幅画就像是一个孩子。"

他温和地望着波辛尼。

"是的，"波辛尼诚恳地说，"这孩子要离开你了，一切都结束了。我还不知道你会画画儿。"

"只画些水彩画，还谈不上对自己的作品有信心。"

"你对自己的作品没信心？那么——你怎么还能画画儿？除非你对自己的画有信心，否则这画根本就没用！"

"对啊，"小乔里恩说道，"这正是我想说的。还有，你可曾注意，每次一个人说'对啊'的时候，他总是要加一句'这正是我想说的'！但是如果你问我我是怎么继续画下去的，我只能说，因为我是个福尔赛人。"

"福尔赛人！我从来没把你当成一个福尔赛人！"

"一个福尔赛人，"小乔里恩回复道，"是很常见的人。就在这个俱乐部里就有好几百福尔赛人。在外面的大街上也有成百上千；无论你走到哪里，都能遇到他们！"

"我能问问你是怎么看出他们的吗？"波辛尼说。

"通过他们的财产意识。福尔赛人都是用实用主义的观点——人们可能说这是非常普遍的观点——看待事物，实用主义从根本上说就是建立在财产意识上的。你会发现一个福尔赛人是从来不会暴露自己的。"

"你在开玩笑吧？"

小乔里恩的眼里闪烁着光芒。

"我并不是开玩笑。身为一个福尔赛人，也许没资格说这个。但是我是一个纯杂种犬，而你，绝对错不了；你跟我之间的差别就像我跟詹姆斯二叔的差别一样，他可绝对是典型的福尔赛人。他的财产意识极其强烈，而你可以说是没有。如果没有我夹在中间，你也许看上去就是异类了。我就是过渡的一环，当然，我们都是财产的奴隶，我承认我们不过是程度上的差别，但是我所称的'福尔赛'确是十足的财产的奴隶。他知道什么是好东西，什么靠得住，他的特点就是紧紧抓住东西不放手——不管是妻子、房子、钱，还是名誉。"

"啊！"波辛尼讷讷地说，"你应该给这个词申请专利。"

"财产和福尔赛人的特性：这种渺小的物种，如果他们被同类嘲讽，他们就感觉不安，但是要是异类（像你和我）嘲笑他们，他们会毫不在乎。他们天生目光短浅，只认可和他们同类的人，也只有在他们中间才能既你争我夺又相安无事地过日子。"

"你说起他们的时候，"波辛尼说，"就好像他们占据了一半的英国人口。"

"他们确实是，"小乔里恩重复道，"一半的英国人口，而且是过得好的半数，可靠的半数，拿三厘利息①的半数。半壁江山，就是这半数人最重要。他们的财富和证券使得一切成为可能；使你的艺术成为可能，使得文学、科学，甚至宗教都成为可能。那些福尔赛人并不相信这些东西，他们只是利用它们；但是没有这些福尔赛人，我们靠什么活下去呢？我亲爱的先生，福尔赛人就是那些中间商，是那些商人，是社会的中流砥柱，是社会习俗的基石，是一切可钦佩的东西！”

"我不知道我有没有懂你的意思，"波辛尼说，"但是我想在我所从事的这个行业，也有很多你所谓的那些福尔赛人。"

"确实，"小乔里恩回答道，"大部分的建筑师、画家，还有作家，他们没有什么原则，就像任何福尔赛人一样。艺术、文学、宗教之所以可以真正发展下去，全凭少数真正相信这些东西的傻瓜和利用这些东西做生意的福尔赛人。往少数里说吧，咱们皇家院士中有四分之三是福尔赛人，小说界有八分之七，而出版界大部分都是。科学界我不清楚，但是宗教界绝对比比皆是，议会下议院的福尔赛人也许比任何其他地方的都多；贵族里更是不必说。但是我并不嘲笑他们。跟这样的大多数作对绝对是很危险的，这是怎样的一个大多数啊！"他的眼睛盯着波辛尼，"不管你迷上他的什么东西——房子、一幅画或是一个女人，都是很危险的！"

他们互相看了一眼对方——小乔里恩好像做了一件福尔赛家族的人永远不会做的事——他说了真心话，于是他把头向后缩了一下。波辛尼打破了沉寂。

"你为什么拿自己家的人当做典型呢？"他说。

"我家的那些人，"小乔里恩回复他说，"并不是非常典型，他们有自己家族的特性，就像所有其他的家庭一样，但是他们有两个非常显著的特征，凭着这两个特征就可以断定他是一个福尔赛家族的人——一个是绝不为任何人、任何事顾一切，第二个就是'财产意识'。"

波辛尼笑着说："比方说，那个大胖子怎么样？"

"你是指斯威森吗？"小乔里恩问道，"啊！在斯威森身上还是有一

---

① 指当时政府发行的三厘利息的公债。

些原始的东西存在。城镇和中产阶级的生活还没有完全把他身上那种原始的气息打磨掉。过去农场的工作和强力劳动在他身上已经根深蒂固了，而且会永远在他身上，尽管他表现得那么神奇。"

波辛尼好像在沉思。"对啊，你把你堂弟索米斯描绘得可真是贴切极了，"他突然说道，"他绝对不会自杀。"

小乔里恩尖锐地看了他一眼。

"不，"他说，"他是不会自杀。但是你对他可不要大意，要当心他的毒手！笑笑他们很容易，但是请别误会我。轻视一个福尔赛人是没用的，忽视他们也没用！"

"但是你自己就是那么做的啊！"

小乔里恩听到这句话，脸上的笑意顿时消失了。

"你可别忘了，"他带着一种古怪的傲慢说道，"我可以坚持——我也是个福尔赛人。我们这都是孤军奋战啊！一个人一旦离开大家庭的庇护——呃——你知道我的意思吧。我并不，"他最后缓缓地说道，就好像是恐吓他似的，"并不建议每个人都走我这条路。这得看情况。"

波辛尼的脸忽然红了，但是很快就退下去了，脸色还是那样蜡黄憔悴。他短笑一声，笑完后嘴边留下一个狰狞古怪的笑；他的眼睛嘲笑似的看着小乔里恩。

"谢谢了，"他说，"你真是太好了。但是并不是只有你一个人可以坚持住。"说这话时他抬高了声音。

他走的时候，小乔里恩看着他的背影，手托着头，叹了一口气。

在这个空荡荡的、令人昏昏欲睡的房间里，除了报纸的沙沙声和擦火柴的声音外，没有任何动静。他待在那里久久没有动弹，一遍又一遍地回忆着那些日子，那时他长久地坐着看着表，等待着时间一分分过去——长时间心里动荡不安，又有一种强烈的甜蜜的痛苦；那些日子里迟缓的、愉快的、挣扎的、心情和心酸的往事一起涌上心头。他看到的波辛尼，憔悴的脸庞，和那一直盯在钟表上的焦躁不安的眼神，都使他对他产生怜悯，在怜悯中还夹杂着一种奇怪的、无法抵抗的妒忌。

他非常了解这种迹象说明了什么。将来他会走到哪一步呢？——会有什么样的命运呢？到底是什么样的女人有那么大的魅力如此地吸引他，使他不顾名誉、放下原则、没有任何利益可以抵挡得了；只有一条路可走，那就是溜掉。

溜！可是波辛尼为什么要溜掉呢？当一个人感觉到他要破坏了一个家庭的和睦时，当有了孩子时，当他感觉到自己毁了自己的理想，或破坏了什么的时候，他才会溜。可是在这儿，就他所听到的，他还什么都没做就已经全都破坏了。

他自己却并没有溜，即使重新来一次他还会这样做。然而他比波辛尼做得更进一步，他已经破坏了他原本幸福的家庭，而不是别人的；他想起了那句老话："一个人终究是要自食其果。"

命由心造！一个人还是得尝尝果子是什么滋味——波辛尼还没尝到呢。

他的思维转向了那个女人，那个他并不认识的女人，但是关于她的大体的故事他已经听说过了。

不幸的婚姻！倒没有任何虐待行为——只是一种说不出的不安心，那种可怕的死寂会把天底下所有美好的东西都毁灭掉；一天又一天，一夜又一夜，一周又一周，一年又一年，直至生命枯竭。

但是小乔里恩自己那痛苦的感觉已经随着时间慢慢平息了，如今他看到索米斯也出现了这种问题。像他堂弟这样，满脑子都是自己阶级的偏见和观念，该从哪里获得认知和灵感来打破他的悲剧生活？他需要不理会流言、嘲讽和窃窃私语，需要想象力，想象自己未来的生活；需要想象自己和妻子分开的生活；需要克服生活中再没有她的暂时的痛苦，克服所谓的正人君子的指责。但是几乎没有几个，尤其是索米斯所在的阶级的男人，有足够的想象力。这个世界上凡人太多，真正有超脱精神的却少之又少！而且亲爱的上帝啊，又有多少人说的和做的不一致呢？许多男人，也许索米斯也在内，在这样的问题上还是有些侠义精神的，但是当自己的鞋子夹脚而感到难受时，他们就会找出一个原因来，把自己排除在外。

然而，他自己都不太相信他自己的这些见解。他自己确实是经历过这些，并且也尝过了不幸福的婚姻所带来的痛苦，但是他并没有真正亲身经历过这些，怎么可能要求他对待这件事宽容而心平气和呢？他自己的经验是现场得来的——就像一个实际上有过多次战场的战士在战场上得到的经验一样，而平民却没有遭遇那些不幸，没有亲眼看过战场上那些痛苦。大多数人都认为像索米斯和艾琳这样的婚姻是相当成功的；男的有钱，女的有貌；两方力量均衡。就算他们彼此讨厌对方，也不能成为婚姻不能继续的理由。双方就算在外放纵一下也没什么大不了，只要面子上过得去——要保住婚姻的神圣不可侵犯和他们共有的家庭。上层阶级一半的婚姻都是在这些条条框框的约束中存在的，不要惹上社会，不要惹上教会。为避免冒犯他们，个人可以牺牲任何的私人感情。一个稳定的家庭所得到的好处是看得见、摸得着的，就像许多财产一样；保持现状是没什么风险的。破坏一个家庭至少是危险的试验，而且是自私自利的。

这就是辩护书，小乔里恩叹了口气。

"婚姻的核心就是，"他心里想，"就是财产，但是有许多人不愿意那样说。对于他们，婚姻是'神圣的纽带'；但是这神圣的婚姻是依赖于神圣的家庭，神圣的家庭又依赖于神圣的财产。而我想这些人可能都是基督徒，基督徒是不拥有任何财产的。真是怪啊！"

小乔里恩又叹了口气。

"如果我在路上碰见一个穷人就把他带回家一起吃饭，那么我能吃到的饭会不会就减少了呢？或者，不管怎样，我妻子是不是不够吃了呢？她可是照顾我的健康和幸福的至关重要的人。所以，索米斯为保护他的权利和财产所做的那些也许是对的，他的实践理论是财产神圣不可侵犯，这对于我们来说都是好的，除了那些在这个过程中受苦的人。"

所以小乔里恩从座位上起身，穿过那些横七竖八的凳子，拿起他的帽子，疲倦地穿过车马拥挤的燥热的大街，身上沾满了尘土，朝他的家走去。

还没到紫藤大街，他从口袋里拿出老乔里恩寄给他的信，仔细地把它撕得粉碎，撒落在大街上的尘土里。

他用钥匙打开门进去，叫了一声妻子的名字。但是她带着乔利和霍莉出去了，房子空荡荡的；只有花园里他的狗巴尔塔萨在树荫处抓着苍蝇。

小乔里恩拿了把椅子也坐在那里，坐在那棵不结果的梨树下。

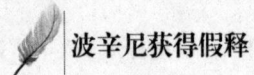

波辛尼获得假释

　　在里士满只待了一晚，索米斯第二天一早就乘坐早班火车从亨里赶了回来。他本来就不喜欢水上运动，他的这次游玩与其说是找乐子不如说是为谈生意，这次是几个大客户邀请他过去的。

　　他直接就去公司了，但是发觉没什么事可做，所以他下午三点就离开公司了，他很高兴自己能有这个机会悄悄地回家。艾琳可不知道他这时候回家。也不是说他想窥探她的行为，但是这样无伤大雅地欣赏一下这样美的风景也是无妨。

　　换上了去公园的衣服，他走进了客厅。她正慵懒地坐在沙发的一个角落里，她最喜欢坐在那里；她的眼睛下面有黑眼圈，就好像一夜没睡似的。

　　他问道："你怎么还在家？你是在等什么人吗？"

　　"是在等人，也不是特意在等。"

　　"等谁？"

“波辛尼先生说他可能会来。”

“波辛尼？他应该去工作了。”

她没有回答。

“那个，”索米斯说，“我想让你和我一起去商店，然后我们再去公园坐坐。”

“我不想出去。我头很疼。”

索米斯回复说：“每次我想让你做点什么，你总是头疼。出去在外面的树底下坐坐对你的身体有好处。”

她没有回答。

索米斯沉默了几分钟，最后他说：“我不知道对于妻子的责任你是怎么看的。我从来都不知道妻子的责任是什么！”

他并没期待她会回应，但是这时她说话了。

“我已经努力去做你希望我做的事；但是我没法用心去做，这并不能怪我。”

“那怪谁呢？”他斜视着她。

“我们结婚之前你曾承诺过我，如果我们的婚姻不幸福，你会放我走。我们现在幸福吗？”

索米斯皱了皱眉。

“幸福，”他结结巴巴地说，“只要你规规矩矩，它就会很幸福！”

“我已经尽力了，”艾琳说，“你愿意放我走吗？”

索米斯转过身去。他心里慌了，他只能用蛮吵来应付过去。

“放你走？你知不知道你自己在说什么。放你走？我怎么能放你走？我们已经结婚了，不是吗？那么，你这是在说什么鬼话？看在上帝的份儿上，你别再说这些鬼话了！拿上你的帽子，跟我去公园坐坐。”

“那么，你这是要放我走吗？”

他感觉她用一种奇怪的、令他动容的眼神看着他。

“放你走！”他说，“如果我放你走你要怎么生活？你又没有钱！”

“我自己会想办法。”

他在屋子里快速地走来走去，最后他站到她面前。

"我最后一次明确告诉你，我不会做你说的那种荒唐事。去拿上你的帽子！"

她站在原地没动。

"我想，"索米斯说，"你是怕波辛尼来了而你不在家吧？"

艾琳缓缓地起身离开了房间。随后她戴着帽子下了楼。

他们一起出去了。

下午三点左右是公园里人最杂的时候，外国人和那些穷酸的小市民都坐着马车游逛，他们认为自己非常时髦，但这个时候已经过去了；当索米斯和艾琳坐到阿喀琉斯雕像下面的时候，公园里最好的时光早已到来，而且已经快要结束了。

他已经好久好久没有享受和她一起逛公园的乐趣了。那是他们结婚的前半年期间他最大的乐趣之一，在和她携手外出时，他感到在整个伦敦人面前拥有这样一位高贵美丽的尤物就是他最大的、秘而不宣的骄傲。有多少个下午，他就坐在她身边，紧紧地挨着她。他戴着浅灰色手套，脸上带着微微的、傲慢的笑，向路过的熟人点点头，时不时地抬一下他的帽子。

他那副浅灰色手套依然戴在手上，嘴边依然挂着那种嘲讽的微笑，可是他往日的心情去哪儿了呢？

周围的座位很快都空了出来，但是他仍然不起身，她也一声不吭地坐在那里，脸色苍白，好像索米斯在对她施行什么惩罚。有一两次他说了几句，她只是点点头，或是偶尔面带疲倦地附和一句"是的"。

在公园的小道上有个人走得飞快，以至于当他经过时路上的人都盯着他看。

"看看那个笨蛋！"索米斯说，"这么热的天他走得那么快，一定是疯了！"

那个人侧着身子时，艾琳迅速不安地动了一下身。

"哟！"他说，"是我们的海盗朋友！"

他坐在那里，脸上带着嘲讽的笑，他觉得艾琳静静地坐在那里，脸上挂着微笑。

"她会向他打个招呼吗？"他心里想着。

但是她并没有任何表示。

波辛尼走到小路的尽头，又折了回来，在那些座位之中搜寻着，像只猎狗一样在地上东张西望。当他看到艾琳和索米斯时，他一下子呆住了，接着把帽子抬了一下。

索米斯脸上一直挂着笑容，他也把帽子抬了一下。

波辛尼走过来，看上去筋疲力尽，就像一个人刚刚做完剧烈运动；他的眉头上布满汗珠，索米斯冲他微笑着，好像在说："我的朋友啊，你吃苦头了吧……"他问他："你来公园干什么？我们以为你不屑于来这种鬼地方呢！"

波辛尼好像没听见他说话似的，他对着艾琳说："我已经去过你家了，我本来希望能在那里见到你。"

这时有个人拍了拍索米斯的背，跟他说话；就在他转过身与那个人客套的时候，他漏过了她的回答，但这时他心里暗暗做了个决定。

"我们正打算回去呢，"他对着波辛尼说，"你要不和我们一起吃晚饭吧。"在说后一句话时他故意抬高了声音，但脸上却有种奇怪的、痛苦的表情，他的表情和声音好像在说："你骗不过我，但是看看——我信得过你——我一点也不怕你！"

他们一起动身返回蒙彼利埃广场，艾琳走在他们中间。在拥挤的街道上，索米斯便走在前面。他不去听他们的谈话；他暗自下定的那个信任他们的决心，似乎使他这个小小的举动都充满生气。就像一个赌徒，他对自己说："这张牌我可不敢随便打——我必须要充分利用它，我自己的机会可不多啊。"

他换衣服时故意动作很慢，他听到她离开房间下了楼，整整五分钟后，他才晃晃悠悠地离开他的更衣室。然后他下了楼，他故意把更衣室的门关得很响，意思是告诉他们他要下来了。他发现他们在壁炉旁站着，也许是在说话，也许不是；他也无法判断。

他一个人在演着这场闹剧，整个晚上——他对这位客人比从前任何时候都要友好；最后波辛尼离开的时候，他说："你下次一定要来啊！艾琳很喜欢和你一起讨论房子呢！"他的声音中仍然带着那种虚张声势和奇怪的痛苦。他的手冷得像冰。

为了严格遵循自己的决定，在他们俩互相道别时，他走开了，留下他的妻子站在吊灯下跟波辛尼说着晚安——她站在吊灯下，身上像是镀了一层金色，闪闪发光，他不再看他妻子微笑着却又带着悲伤的双唇；他不再看波辛尼看着她的那种眼神，就像一只狗望着自己的主人。

然后他去睡觉了，他确定波辛尼已经爱上了自己的妻子。

夏天的夜晚热极了，又热又静，尽管每个窗户都开着，但是吹进来的风更热更燥。他躺在床上，很长时间都在听她的呼吸声。

她竟然能睡着，但是他却只能清醒地躺着。清醒地躺着，他强迫自己扮演一个心平气和又信任妻子的丈夫。

深夜里，他从床上偷偷溜下去，走进更衣室，靠着打开着的窗户。

他感觉自己快呼吸不过来了。

他忽然想起四年前的一个晚上——就在他结婚的前一晚，就像今晚这样又热又闷。

他仍然记得那天晚上的情景。他正坐在一张长长的藤椅上，就在靠着维多利亚大街的那间卧房里。下面一条旁街，一个男人"砰"地关上了门，这时听到一个女人叫喊起来；他仍然记得——就好像发生在现在一样——他们扭打的声音、关门的声音，以及最后悄然无声。随后是冲洗街道的水车，从那看上去奇怪的、没什么用的路灯中开了过来；他好像听到车的隆隆声，越来越近，然后开过去了，最后渐渐消失。

他靠着更衣室的窗户努力地探出身去，看着下面那个小小的院子，黎明的第一缕光已经照进来了。黑糊糊的墙和房顶的轮廓一会儿变得非常模糊，随后便清晰起来。

他记得四年前的一个夜晚，他看到整个维多利亚大街的路灯都变得淡白；他匆忙地穿上衣服，走到大街上，穿过房子和广场，到了她所在的那条街道，就在那儿，他站在她家的小房子前用力地抬头望着，那座小房子就像死人一样沉寂、一样灰暗。

这时一个念头突然在他脑中出现，就像一个病人的幻想：他在做什么？——那个总是出现在我脑海中的家伙，那个今晚就在我家的家伙，那个爱上我妻子的家伙——他也许就在楼外徘徊，盯着窗子寻找着她，就像今天下午他寻找她的时候那样；我可以断定，他现在一定在望着我的房子！

他悄悄地穿过楼梯平台来到房子临街的那一边，偷偷地拉开一扇百叶窗，打开了一扇窗户。

广场的树上笼罩着一层灰蒙蒙的光，就像是在夜晚，一只巨大的绒毛蛾挥动着它的大翅膀，撒下了一层蛾绒。路灯仍然亮着，光线很昏暗，路上一个行人也没有——连个猫狗也没有。

然而，在死一般的寂静中，突然传来一阵微弱的惨叫声，就像是某个游荡的灵魂从天堂被赶了出来，在幸福地哭喊着。那声音又来了——又来了！索米斯赶紧关上窗户，身子一阵战栗。

然后他自己安慰自己："啊！那不过是湖对面的孔雀的叫声罢了。"

 琼拜访客人

老乔里恩站在布罗德斯泰酒店一个狭窄的走廊里，呼吸着油布和鲱鱼的味道，任何一家高档的海边酒店都有这种味道。在一把椅子上——那是一把磨得光亮的皮制椅子，从左上角一个磨破的小洞里露出一撮马鬃——放着一个黑色的公文包。公文包里塞满了文件、《泰晤士报》，还有一瓶古龙香水。他那天有两个会议要参加，"全球金矿会议"和"新煤矿公司会议"，他从来不缺席任何一场董事会；缺席一场董事会就像是多了一个证据证明他正变得衰老，这是他那多疑的福尔赛性格所万万不能忍受的。

当他塞满那个公文包时，他的眼神像是随时要爆发出他的愤怒似的。他的眼神中闪烁着的光，就像是一个学生被一群同学围困的时候那样的愤怒的眼神一样；但是由于他知道自己寡不敌众，于是他控制着自己不发作。他一向有涵养，能控制住自己的情绪，虽然现在渐渐地大不如前，但是他依旧能克制住自己的怒气。

他已经收到他儿子寄给他的那封没有实际用处的信，小乔里恩在那封信中闲聊着，就像是试图逃避回答一个简单的问题。"我已经见过波辛尼了，"他说，"他并不是个坏人。我见过的人越多，我就越深信这个世界上没有好人和坏人之分——只有可笑的人和可怜的人。你可能并不赞同我的说法！"

老乔里恩确实不赞同，他认为他这样说近乎于玩世不恭，他还没有老到那个年纪；等他老到那个年纪，之前他虽然不信，但是却小心谨慎地遵守的那些原则和道理都会消失，一切物质的诱惑也都消失掉；心灰意懒到什么都不抱希望——到那时候，他才会冲破一切障碍，说出那些他从来没想过自己能说出口的话。

也许他也像他的儿子那样，不相信什么"好人"和"坏人"；可是如果让他说，他只会说：他不知道——说不出来；也许有一定的道理在里面；为什么一定要否定这个说法呢？这么说或许对自己有好处呢？

他过去热爱爬山，他的假日都花在爬山上了，尽管（跟一个真正的福尔赛人一样）他从没尝试过什么冒险的或是不顾一切的傻干，他只是非常喜欢爬山。当那些奇景（在旅游指南中已经提到的——"劳累但是非常值得一看"）——在他努力攀登后呈现在他眼前的时候，毫无疑问他也会感觉到天地间有一种伟大庄严的真理，这种真理超越那些浑浑噩噩的追求，超越那些无聊和可怜可笑的琐事。这也许是他那个实用主义灵魂最贴近宗教的时候。

但是他已经很多年不爬山了。在他的妻子去世后，他连续两个季节都带琼去爬山，他痛苦地领悟到那些爬山的日子已经一去不复返了。

所以那些年他在山中获得的那些关于万事万物都有一个真理统治的信念，对他已经非常陌生了。

他知道自己渐渐地衰老了，但是他感觉自己仍然年轻，为此他感到困惑。还有一件事一直困扰着他使他想不明白，那就是他自己是个如此谨慎的人，但为什么作为父亲和爷爷，他感觉自己注定就那么不幸？对于小乔里恩，他并没有什么责备——谁会去责备这样一个亲切的孩子呢？——但是现在他的立场却非常可悲，琼的这件婚事好像带来的全是坏处。这件事就像是上天注定的，像老乔里恩这样的人，宿命这种东西是他无法理解也无法忍受的。

在给他儿子写信的时候，他并没有真的希望能想出什么解决办法。自从那次罗杰家的舞会，他就已经非常清楚地看清了这是怎么一回事了——他根据事实推理的速度比大多数的人都快——并且，有他自己亲儿子的先例摆在眼前，他比任何福尔赛人都清楚地明白，爱情的淡白火焰总要把人的翅膀烧伤，不管他们愿不愿意。

在琼订婚的前些日子，那时她和索米斯太太总是待在一起，所以他也有机会充分地看清楚艾琳，他能感觉到她对男人那种不可抗拒的魅力。她绝不是勾引男人，更不是风骚的女人——这些词在他们那一代是常常说的，当时的那些人就喜欢用一些简单而又肤浅的词来形容一件事情——但是她却很危险。他自己也说不出原因来。以前有人曾告诉他，有些女人天生就有一种品质——一种对人很强烈的诱惑力，但她自己却控制不了！他那时候只是说："骗人的鬼话！"她是危险的，就是这样而已。他不想再去管这件事。如果真是那样，那就随便吧；他不想再听到任何关于这件事的消息——他只是不想让琼出丑，而且精神上能得到平静。他仍然希望有一天她能再一次成为他的安慰。

所以他就写了那封信。从小乔里恩的答案中他几乎什么也没得到。至于小乔里恩和波辛尼的那次谈话，小乔里恩实际上只写了一句奇怪的话："我猜他是卷入溪流之中了。"溪流之中！什么溪流？这次谈话是用了什么稀奇古怪的方式？

他叹了口气，他最后一沓文件放在皮包隔层里；他很清楚那是什么意思。

琼从餐厅走了出来，帮她爷爷穿上他那件夏衣。从她穿的衣服和她那张小脸上坚决的神情，他立刻明白她要干什么。

"我要和你一起去。"她说。

"亲爱的，别胡说，我是要直接去公司。让你到处乱闯可不行！"

"我得去看看司米奇太太。"

"噢，是你那些宝贵的'无用之人'！"老乔里恩嘟嘟囔囔地说。他并没有相信她找的借口，但是他却没说破。她那固执的性格，别人做什么也没用。

在维多利亚大街他让她坐上了自己早已准备好的马车——这就是他的一贯做派，一点也不小家子气。

"亲爱的，别让自己累着。"他说，然后他叫了一辆出租马车去了公司。

琼先去了帕丁顿的一个偏僻的小巷，司米奇太太，她那"无用的人"，就住在那里——一个上了年纪的人，平时只是做些帮工为生；通常她都会花半个小时听她习惯性的抱怨朗诵会，然后琼会简短地安慰她几句，平静一下她的情绪，然后她会去斯坦霍普大门。那个大门幽闭且黑暗。

她已经决定无论如何都要获得一些消息。最好是坦然面对最坏的结果，然后让这件事过去。她的计划是：先去菲力的姑母拜恩斯太太那里，如果在她那里得不到确定的消息，她就亲自去找艾琳。对于自己这一次的拜访要收获什么，她自己也不是很明确。

下午三点，她开到了朗兹广场。女人在面对困难时，总是要穿上她最好的衣服，然后带着老乔恩那样勇敢的眼神去战场，这似乎是作为一个女人的本能。她的紧张不安已经转化为一种渴望。

当用人通报琼来了时，拜恩斯太太，波辛尼的姑母①，正在厨房里指挥厨师做饭，因为她是一位出色的家庭主妇，而且正如拜恩斯常说的那样，"一顿好的晚餐最有意思"。在晚餐后她做事情总能又快又好。正是拜恩斯建造出了肯斯通那一排排红色的高高的楼房，那些楼房在与许多其他的房子竞争后，当之无愧地当选为"伦敦最丑陋的楼房"。

在听到琼的名字后，她匆忙地跑到她的卧室，从一个上了锁的抽屉里取出一个红色的摩洛哥皮制盒子，从盒子中拿出两支大手镯戴在她那白皙的手腕上——因为她有非常明确的"财产意识"，他们都知道，那可是检验福尔赛人的试金石，而且也是高尚品德的基础。

她的体形从她那个白木衣柜上的镜子里映出：中等身高，宽大的体格，有肥胖的趋势，她穿着一件自己裁剪的长袍，颜色不深不浅，让人联想起大

---

① 她的本名叫做路易莎。

旅馆那些粉刷过的墙壁。她举起手整理了一下头发，她盘了一个公主头，她这里碰碰、那里碰碰，好使发型更坚挺些。她的眼睛望着自己，眼睛里全都是现实主义那种无意识的神情，好像她正在看着一个生活中肮脏的事实，并在竭力粉饰它。年轻的时候，她的脸像乳脂和玫瑰拼成的，可是现在人到中年，她的脸却变得斑斑点点了，所以当她拿着一支粉扑儿往额头上扑粉时，她眼神里又出现了那种丑陋的、冷酷的神情。当她放下粉扑儿时，她一动不动地站在镜子前，在她那又高又大的鼻子、她的下巴（她的下巴原本就不大，现在随着脖子变粗后，下巴显得更尖了）和她下垂的嘴唇之间挤出一丝微笑。为了不失效果，她迅速地抓起裙角，跑下楼去。

她最近一直希望能有一次这样的拜访。她也听到了一些传言，她隐约地了解到她的外甥和他未婚妻之间出现了问题。他们两个已经有好几周都没来看她了。她已经有很多次叫菲力来吃晚饭，他总是回绝说"太忙"。

在这种事情上，这位女士的直觉还是很灵敏的，所以听到琼来了，她直觉没什么好事。她真应该做一个福尔赛人；按照小乔里恩的那席话，她当之无愧有这个特权，而且是名副其实。

她把三个女儿嫁得很好，用别人的话来说简直是高攀，因为她的三个女儿姿色都很平庸，通常情况下，她们的母亲得是个司法界的强人才有这种机会嫁得好。她的名字常出现在无数的慈善机构的名单上，像一些慈善舞会、义演、义卖等和宗教有关的活动；但是每次都是在她确认了这次活动中的各个事项都已经组织完备，她才允许自己的名字出现在名单上。

就像她经常说的，她认为任何事情都要有个商业基础；无论是教会、慈善机构还是任何其他的组织，它们功能的正常运行都是为了加强"社会"的组织。所以她把个人施舍行为当做不道德的事情。团体是唯一的途径，因为只有通过团体，你的钱才没有白花。团体——说来说去，还是团体最重要！毫无疑问，她就是老乔里恩嘴里常说的"组织强手"——他甚至说她是"骗子"。

那些她同意把名字加在名单上的企业，都组织得非常完善，那些善款一旦交给他们，就会变成脱脂牛奶一样，脱去了所有人们的善意，变得冷酷无情。但是正如她经常公正地谈论的那样：感情用事是最没用的。事实上，她竟带有一点学究气。

这位在教会圈里备受推崇的伟大的好女人，是福尔赛神庙里的最重要的女牧师，从早到晚在财产之神的祭坛前点着一盏神圣的油灯，祭坛上写着几个鼓舞人心的字："以无还无，六便士真的只是一点点的钱。"

当她走进来时，人们真的感觉到一大块肥肉走了进来，这也许就是为什么作为一名女牧师，她如此受欢迎。当人们付钱之后，他们希望看到一些实质性的东西；大家都朝着她看——慈善舞会上的人都围着她看，她穿着一件制服，上面缀满亮片，高高的鼻子、肥硕的身材——她那个样子好像她是一名大将似的。

唯一对她不利的事就是她没有一个好家世。她在中上阶级社会中还是很有力量的，这个社会里有她上百个宗教团体和集团，全都在慈善事业这个战场上纵横交错，而且很愉快地跟那个上流社会结识起来。她算得上是一个社会势力，在那个更大的、更重要的、更有权力的团体中，拜恩斯太太的那些商业化的基督教制度、准则和道义，在这里被赋予了真正的血液，畅通无阻，成为真正的商业通货，而不是在那些较小的社会团体的血脉里流通的那些赝品。那些认识她的人认为她很正常——一个正常的女人，从来不会泄露自己真正的想法，而且只要她能想出法子，也决不会把她的任何东西掏给别人。

她跟波辛尼父亲的关系可以说是没法再坏了，他没少拿她作为讥讽的对象，经常到了一种不可饶恕的程度。如今她的哥哥已经去世了，每次提起他，她总是会说他那位"可怜的、亲爱的、没有礼貌的哥哥"。

她用她那种谨慎的热情向琼问好，这是她一向很擅长的，但是她对琼却有点敬畏，当然以她这种在商界和基督教都声名显著的人来说，这种敬畏还是很有限的——尽管琼很瘦小，但是她的那双无畏的眼睛却给了她莫大的尊严。而且精明的拜恩斯太太也意识到，尽管琼的行为非常坦率，但是她的行为还是像极了一个福尔赛人。如果这个女孩子仅仅只是坦率而有勇气，拜恩斯太太会认为她"神经"，而看不起她；如果她仅仅表现出她是一个福尔赛人，比如说，像弗朗西娅那样——拜恩斯太太就会神气十足地摆出一副大人物的样子；但是对琼，尽管她身材瘦小——拜恩斯太太一贯看得起有重量的人——却让她感到不安。拜恩斯太太让琼坐到一张背着灯光的椅子上。

拜恩斯太太敬重她还有另外一个原因，当然作为一位优秀的女教会会员她绝不会如此地世俗，所以这也是她最不愿承认的原因——她经常听丈夫描述老乔里恩是多么富有，又是多么偏爱他这个孙女——其实这才是最最重要的原因。现在拜恩斯太太的心情就像我们读一本描述一位英雄和一位继承者的小说一样，既紧张又焦虑，生怕那位小说家笔下一不小心，那位年轻的继承者就什么也得不到了。

她的态度很热情；她从前从未仔细打量过这个女孩，如今看上去是那么高贵，非常合她的心意。她问候老乔里恩的健康状况。对于他那个年纪来说，真是了不起；身板笔直，看上去很年轻，他有多大年纪？八十一岁！她还真是没想到！他们还去海边度假！真是不错；她推测琼每天都会收到菲力的来信吧。在她问这个问题时，她那灰色的眼睛变得更加突出了；但是这个女孩的表情却丝毫没有变化。

"没有，"她说，"他从来没写过信！"

拜恩斯太太的眼睛垂了下去；她的眼睛本不打算垂下去，但是却垂了。于是它们很快又抬了起来。

"当然没写了。菲力就是那样——他一直都是那样！"

"是吗？"琼说。

琼这个简短的问题使得拜恩斯太太明媚的笑颜中出现了一丝犹疑；她很快做了一个动作来掩饰她的犹疑，重新整理了一下裙角，说道："怎么了，亲爱的——他总是那个最鲁莽的家伙，对他自己做的事他是从来不上半点心！"

琼忽然确信自己是在浪费时间；她都已经把问题说得这么直截了当了，还是从这个女人嘴里套不出半句有用的话。

"你最近见过他吗？"琼问道，她的脸刷的一下红了。

汗珠从拜恩斯太太扑着粉的额头上渗了出来。

"噢，当然见过！但是我不记得他上次来是什么时候了——的确，我们最近见他的次数也不多。他忙着给你叔叔建房子呢，我知道那房子很快就会完工了。我们一定得举办个小小的晚宴庆祝一下这件事，到时候你可一定要来和我们一起高兴高兴！"

"谢谢您！"琼说。她心里再一次想到："我只是在浪费时间。这个女人什么也不会告诉我。"

琼起身要走。拜恩斯太太的脸色马上就变了。她也站了起来，她的嘴唇抽动着，她的双手像没处放似的。显然肯定出了什么事，但她却不敢问这个女孩，这个女孩站在那里，瘦小笔直的身材、坚决的脸、固执的下巴，还有那双充满愤恨的眼睛。她可是从来不害怕提问问题啊——所有的组织都是在提问问题的基础上建立起来的呀！

但是现在面对这个如此严峻的问题时，她那通常强大的神经却突然变得弱了起来；只因为那天早上她的丈夫跟她说："老乔里恩的家财足足有十万英镑！"

现在那个女孩站在她面前，伸出了手——伸出了手！

这个绝好的机会也许就这样白白溜掉了——她也不知道——把她留在家里就是个好机会，但是她却不敢说。

她的眼睛跟随着琼到了门口。

门关上了。

接着随着一声惊叫，拜恩斯太太追着跑了出去，她那肥胖的身躯左右摇晃着，她打开了门。

太晚了！她听到前门咔嗒一声，她站在原地一动不动，脸上的神情又是恼火又是懊悔。

琼急匆匆地一路到了广场。在以前那些快乐的日子里她一直都认为这个女人是个好人，而现在她却非常厌恶她。她要这么一直拖延着，让自己来承受这种焦虑的折磨吗？

她要自己去找菲力，问问他到底要怎么样。她有权利知道。她沿着斯隆大街一路疾行直到她来到波辛尼的门牌号前。从楼下的弹簧门进去，她跑着上了楼梯，她的心痛苦地怦怦跳个不停。

到了三楼的楼梯处，她停下了脚步，气喘吁吁，她紧紧地抓着栏杆，站在那里听着。但是楼上一点动静也没有。

她的脸色苍白，终于爬到了最后一层。她看见门牌上刻着波辛尼的名字，刚才驱使她一路跑上来的决心突然消失了。

她突然想起来自己在做什么。她感到浑身发热，在薄薄的丝质手套中她的手心都被汗水浸湿了。

她退回到了楼梯上，但并没有下楼。倚着楼梯的栏杆她感觉自己快要窒息了，她竭力克制着这种感觉；眼睛盯着门，带着一种可怕的勇气。不！她决不下去。人们怎么想她都无所谓了。他们根本不了解！如果她不帮自己就没人帮她了！她一定要度过这一关。

她强迫自己不靠墙支撑着，她走上前去按了门铃。门没开，她突然抛下了所有的羞耻心和恐惧感；她一遍遍地按门铃，好像自己能从这个空屋子里拉出什么，以补偿这次拜访给她带来的羞辱和恐惧。门依旧没开；她不再按铃，而是坐在最上面的一层阶梯上，用手捂住了脸。

没过多久，她悄悄地下楼到了外面。她感觉自己好像刚刚经历了一场重病，现在她什么都不想，只想尽快赶回家。她碰到的人似乎知道她去了哪里，知道她做了什么；突然——在对面的街上，一个人正从蒙彼利埃广场方向朝自己家走来——她看到了波辛尼。

她转过身准备向对面的街道走去。他们的目光碰到了一起，他抬了抬他的帽子。这时一辆公共马车行驶过来，挡住了她的视线；然后，从人行道的边缘，穿过马车间的空隙，她看到波辛尼向前走去。

琼一动不动地站在原地，看着他的背影。

房子完工

　　"一份清甲鱼汤、一份牛尾汤、两杯波特酒。"

　　詹姆斯和儿子正坐在芙兰琪饭店楼上的餐厅里吃午饭；在这里，一个福尔赛人可以吃到足量的英国食物。

　　在所有的饭店中，詹姆斯最喜欢在这里吃饭；这里不花哨，饭菜味道又好，而且可以吃得很饱；近几年为了赶时髦，而且也为和自己的收入相配，他的胃口已经变得很刁了，但是，他仍然向往早年时候他在那种安静的饭店里静静地享受美食的日子。在这里，服务员都是穿着围裙的长头发的英国人；地板上撒着木屑，在比眼光平视稍高的地方，挂着三面圆形镀金的铜镜。他们最近关闭了那些小隔间；那些小隔间其实还是很好的，你可以在里面吃你的煎羊肉，吃你的上等排骨肉，配着一份土豆泥，吃的时候不会看到你的邻座，就像一个绅士那样。

　　他把餐巾的一角塞进西服背心的第三个纽扣下面，这些年由于在伦敦西

部居住的缘故，这个动作他不得不放弃。他觉得他应该好好品尝这汤——整个早晨他都在忙着清算一个老朋友的房产。

嘴里塞满了自制的面包，面包不太新鲜了，他随即开始问道："你打算怎么去罗宾山？带艾琳一起去吗？你最好带她一起。我认为应该有很多事需要你们仔细看看吧。"

索米斯头也没抬地回答道："她不会去。"

"不会去？这是什么意思？她不是也要住进这房子吗，是不是？"

索米斯没回答。

"我真是搞不懂如今的女人是怎么回事，"詹姆斯嘀嘀咕咕不满地说道，"过去我跟女人之间从来不会有这样的麻烦。她是太自由了。她被宠坏了……"

索米斯抬起眼。"我不想听你说她的坏话。"他说了这么一句让詹姆斯没想到的话。

现在他们之间沉默不语，只能听到詹姆斯喝汤发出的声音。

服务员端上两杯波特酒，索米斯制止了他的行为。

"波特酒不是这么个喝法，"他说，"把这个拿开，把瓶子拿上来。"

詹姆斯正出神地喝着汤呢，这一下子把他唤醒了，他迅速地打量了一下现场的情况，以了解发生了什么事。

"你妈妈生病了，"他说，"你可以乘家里的马车过去。我想艾琳应该也愿意坐那样的马车去。波辛尼那家伙应该也在那里，我猜他会给你们展示新房子。"

索米斯点了点头。

"我应该愿意亲自去看看他完成的工作怎么样，"詹姆斯继续说，"我坐上马车后来接你们俩吧。"

"我打算坐火车去，"索米斯回复道，"如果你想乘马车去看看，艾琳可以和你一起去，我也说不准。"

他示意服务员把账单拿来，詹姆斯付的账。

他们在圣保罗大教堂那里分开了，索米斯去了火车站，詹姆斯乘坐公共马车向西去了。

他来到一个挨着售票员很近的角落坐下，把他的长腿伸开，搞得别人都没办法靠近，他用充满憎恨的眼神瞪着所有经过他身边的人，好像他们无权使用他的空气。

詹姆斯打算这个下午找个机会跟艾琳谈谈。防微杜渐嘛。既然她将要去乡下住了，她就有机会重新开始！他能看得出，索米斯对她这种行为已经忍受不了多长时间了！

他一时也没想出来怎么定义他说的那句"她的行为"；这个表达范围很广很模糊、适合于一个福尔赛人。并且詹姆斯在饱餐一顿后勇气比平时要大。

到家了，他命令马夫把马车准备好，还特别叮嘱马夫也跟着去。他希望对她好点，给她一切机会让她改过自新。

当到达六十二号门前时，他能清楚地听到她的歌声，他立刻把他的来意说明白了，以防不让他进。

是的，索米斯太太在家呢，但是女仆不知道她是否愿意见客人。

詹姆斯虽然是个大个子，而且经常神情呆滞，但是他的速度之快使得每个看到的人都大吃一惊，他快速走上前去，没等主人允许就闯进了客厅。

他看到艾琳坐在钢琴前，手指搭在琴键上，很显然是听到了屋外的声音。她向他问候了一句，脸上并没有笑。

"你婆婆正卧病在床，"他开始说，希望立即赢得她的同情，"马车就在外面。现在，你做做好事，拿上帽子跟我一起去一趟吧。这对你有好处！"

艾琳看着他，好像要拒绝他的样子，但是，忽然好像改变了主意，立即上了楼，很快就戴着帽子下了楼。

"你要带我去哪儿？"她问道。

"我们就去趟罗宾山，"詹姆斯说，噼里啪啦地说了一通，"这两匹马需要溜溜，我也应该亲自去看看他们在那里做得怎么样。"

艾琳犹豫着，但是又一次改变了主意，她走出去上了马车，詹姆斯紧紧地簇拥着她，生怕被她溜了。

路程还没走到一半，詹姆斯便开始说了："索米斯真的很喜欢你——

他不让任何人说你的坏话；你为什么不对他好一点呢？"

艾琳的脸红了起来，她小声地说："我没有感觉，没办法装出来。"

詹姆斯尖锐地看着她；他觉得现在既然她都已经坐到了他的马车里，马和马夫都是他的，他自然应该掌控这个局势，她没法停车卸客；而且在公共场合她也不会大吵大闹。

"我无法得知你是怎么想的，"他说，"他是个非常好的丈夫！"

艾琳回答的声音非常小，以至于在车马的嘈杂声中几乎要听不到了。他只是听到这句："你又没有嫁给他！"

"你说的那个跟这个有什么关系？你想要什么他就给你什么。他随时准备带你去任何地方，如今他又为你在乡下建造了这座房子。如果你自己有点财产的话，那还好说。"

"我没有。"

詹姆斯又看着她，他无法理解她脸上那种表情。她看上去几乎快要哭了，但是……

"我敢说，"他快速地咕哝道，"我们都在努力对你好。"

艾琳的嘴唇微微颤抖着；詹姆斯看到她的脸颊流下一行泪，这使他非常沮丧。他感觉他的嗓子像是噎住了。

"我们都喜欢你，"他说，"只要你——"他原本想说，"检点一点"，但他还是改口了。"只要你对他更像个妻子就好了。"

艾琳没有回答，詹姆斯也不再说话。她沉默的时候令他感到不安；他只能说她的沉默与其说是一种抗议，不如说是对他所说的话表示默认。然而他自己仍觉得话还没说完。这点连他自己都没法理解了。

然而，他没办法长时间地沉默下去。

"我想那个小波辛尼，"他说，"是不是快要和琼结婚了？

艾琳听到这里，脸色变了。"我不知道，"她说，"你应该去问问她。"

"她没写信告诉你吗？""没有。"

"怎么回事？"詹姆斯说，"我记得你和她以前是很要好的朋友嘛。"

艾琳转向他。"你也应该去问她！"她说。

“好吧，”詹姆斯被她的眼神吓得有点慌张，“真奇怪啊，我问这么简单的问题，连最基本的答案都没得到，但是就这样吧。”

他坐着盘算着自己受到的冷落，最后说了一句：

“不管怎样，我已经警告过你了，是你不肯回头。索米斯虽然不说什么，但是我能看出他对你的所作所为已经快要忍受不了了。你谁也怪不得，要怪只能怪你自己，还有，谁也不会同情你。”

艾琳微笑着低头给他鞠了一躬。“我非常感激您。”

詹姆斯不知道该怎么回答了。

早晨的时候天空明亮、天气燥热，可到了下午，天空却慢慢地变成灰色，阴沉沉的像是要压下来；一片巨大的乌云从南方飘过来，这种灰里带黄的乌云预示着要有雷雨，而且越升越高。

树枝都垂在路两旁，枝上的叶子一动不动。燥热的马长时间与地面摩擦产生了一种轻微的胶味，在浑浊的空气中久久不能散去；车夫和马夫僵直着身子，在车厢里鬼鬼祟祟地说着什么，几乎从没抬起他们的头。

令詹姆斯感到欣慰的是，他们最后终于到达了那座房子；这个过去他一直认为温柔可人的女人，坐在他身边，让他感觉到她的缄默和深不可测，这让他感到有点惊恐。

马车在门口停下了，他们下了车，进了那座房子。

门厅非常凉爽，里面如此寂静以至于让人感觉像是进入了一座坟墓；詹姆斯脊背一阵发凉。他赶紧掀起柱子间厚重的皮帘子，进入内厅。

他抑制不住一声赞同的惊叹。

房子装修得非常大方气派。大厅中间有一个凹陷的白色大理石盆，里面装有水，周围种满了鸢尾花，从这里到墙根全部都是用暗红宝石色的瓷砖铺成的，一看就知道是上等的好砖。他最赞不绝口的是那幅紫色的皮帘子，因为那面墙上装了一个白色瓷砖的壁炉，用这幅垂下的紫皮帘子全部遮盖起来。中间的天窗推开了，一股从外面进来的暖空气从天窗吹入房子的最中央。

他站在那里，背着手，头从他那又高又窄的肩膀上高高昂起，仔细观察着柱子上的花纹和长廊下面乳白色墙面上的图案。很显然，这些做得都非常精细，绝没有偷工减料。这房子配得上一个绅士。他上前走到了窗帘面前，在他发现了这些窗帘是怎么回事之后，他便把它们拉开，露出了画廊，画廊的尽头是一面巨大的窗户，画廊是黑色橡木地板铺成的，墙仍然是乳白色。他继续打开各个门，窥探着里面是怎样的装饰。一切都那么井然有序，立刻就能搬进来住。

最后他转过身来想跟艾琳说句话，结果发现她站在花园入口那里，和她丈夫还有波辛尼站在一起。

尽管詹姆斯并不是非常敏感，他还是马上感觉到有点不对劲。他走到他们跟前，心里稍微有点慌张，但是他又不知道到底是什么麻烦，所以他想过去调节一下问题。

"你好啊，波辛尼先生？"他说着伸出了手。"我敢说，你在这里花钱花得相当随意啊！"

索米斯转过身，走开了。

詹姆斯看了看波辛尼皱着眉头的脸，转而又看向艾琳，随后，他似乎很激动，把他的心里话全都大声说出来："好，我也不知道到底是怎么回事。谁也不告诉我，什么事也不告诉我！"说完，他也随着他儿子匆匆地离开了，他听到波辛尼的一声短笑，还有他那句："好了，感谢上帝！你看上去太……"但是可惜了，他没听到下面的话。

发生了什么事？他回头看了一眼。艾琳跟那个建筑师靠得非常近，她的脸不像是他认识的那张脸。他赶紧去找他的儿子。

索米斯在画廊那边走来走去。

"到底怎么了？"詹姆斯说。"这一切到底怎么回事？"

索米斯还是用他那目空一切的冷静的表情看着他，但是詹姆斯清楚地知道他气极了。

"我们的朋友，"他说，"这次又超出了我们的预算，就是这样。这次对他可不能客气了。"

他转过身朝门口走去。詹姆斯快速地跟了上来，抢着走到了前面。他看到艾琳把放在嘴唇上的指头拿了下来，他听到她用正常的声音说着话，还没到他们跟前呢，他就开始说话。

"暴风雨就要来了。我们最好进屋里去。我想我们不能带你一起进屋，波辛尼先生！对，我们不能带你进去。那么，再见了！"他伸出他的手，波辛尼并没有跟他握手，而是转过身哈哈一笑，说：

"再见，福尔赛先生。我可不能困在暴雨里！"然后他就走了。

"呃，"詹姆斯开始说，"我真不知道……"

但是艾琳脸上的表情使他没再说下去。他抓起儿媳的胳膊肘，护送她向马车走去。他确定，十分确定，他们一定在约会或是……

在这个世界上，最让一个福尔赛人感到恼火的就是，原本计划好了要花多少钱，可是实际却比计划花得多。当然这也合情合理的，因为通过他的精确估算，他的生活都被安排好了。如果他不能了解财产的定值，他的指南针就要失灵了；他将痛苦地漂在水上失去了方向。

自从上次给波辛尼写信把花费的事情说清楚后，索米斯就一直没再想房子花费的问题。他相信他已经把全部的花费问题说得很明白了，他从未想过花费会再次超出他的预算。在听完波辛尼说他制定的限制是一万二千英镑外加超支在四百英镑以内后，他气得脸煞白。他原本对房子的预算是全部完成花费一万英镑，而屡次超出预算已经使他非常自责。然而，最后超出的这笔花费，波辛尼是绝对说不过去的。索米斯简直想不到世界上怎么会有人这么蠢；但是他已经这么做了，他长时间以来对波辛尼所有的恨意和暗藏的妒忌都在这一刻燃烧起来，全部发泄在这超出的花费上。自信而友好的丈夫的态度已经消失了。为了保全财产——他的妻子——他之前不得不假装那样，现在为了保全他另一种形式的财产，他又换了一副嘴脸。

"哼！"他在自己还能说出话的时候对波辛尼说，"我想你对自己的行为很得意吧。但是我最好还是告诉你，你完全全地看错了人！"

那时候他的那些话是什么意思连他自己也没明白，但是晚饭后他找出自己和波辛尼的通信来搞清楚一些事。关于最后的花费不可能有两种说法——那个家伙必须支付超出的那四百英镑，或者，无论如何，其中的三百五十英镑他得付，他必须得赔钱。

当他得出这一结论时，他正盯着妻子的脸看。她坐在那个她常坐的沙发角落，摆弄着她领子上的蕾丝。整个晚上她一句话也没跟他说。

他向前走到壁炉跟前，在镜子前注视着自己的脸，说："你的海盗朋友愚弄他自己呢，他必须得吃点苦头了！"

她鄙夷地看着他，然后回道："我不知道你在说什么！"

"你很快就会知道了。一笔小钱，你都看不到眼里——四百英镑而已。"

"你是说你要他为这座可恨的房子赔四英镑？"

"是。"

"你知道他一分钱也没有吗？"

"知道。"

"那你比我想象的更卑鄙。"

索米斯从镜子那边转过身，他下意识地从壁炉上拿起一个瓷杯子，两手握住杯子像是在祈祷。他看到她胸口起伏着，她的眼神因为愤怒而越发黑起来，不顾她的嘲讽，他静静地问道：

"你是不是跟波辛尼在调情？"

"不，我没有！"

她的眼神碰上了他的，他马上移开了。他既相信她也不相信她，但是他知道问错了这个问题；他以前从不知道，将来也绝不会知道她的心里想什么。他看着她那张无法看透的脸，想着无数个夜晚他看到她柔顺地坐在这里，但是却无法理解、无法看透，一想到这里，他就怒不可遏。

"我相信你是石头做的。"他说，他的手指握得太紧以致手中那个脆弱的瓷杯子碎了。碎片纷纷落在炉排上。艾琳笑了。

"你好像忘了，"她说，"那个杯子可不是石头做的！"

索米斯紧紧地抓住她的胳膊。"狠狠揍你一次，"他说，"才能让你清醒过来。"但他忽然转过身，离开了这个屋子。

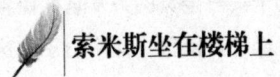 **索米斯坐在楼梯上**

　　索米斯那天晚上上楼时,感觉自己做得太过分了。他准备为他那些话找个理由。他走过去熄灭了房间外面的走廊里一直燃着的煤气灯。他走到门口,把手停在了门上的把手上,思考着怎么跟妻子道歉,因为他并没有打算让妻子看出自己很紧张这件事。

　　但是门没打开,当他往外拉又用力转动旋钮后仍然打不开。她一定是因为某个原因把门锁上了,然后又忘了打开。

　　他走进更衣室,屋内的煤气灯发出昏暗的光,他快速走到另一个门前。那个门也锁上了。接着他发现自己偶尔睡的那张行军床已经准备好了,并且他的睡衣也放在床上了。他把手放到头上想着,当手拿下来时已经湿了。他突然明白自己是被关在外面了。

　　他走回门口,暗暗地转动着旋把,边转边大声喊道:"打开门,你听到了吗?打开门!"

屋内有一阵轻微的窸窣声，但是没人回答。

"你听到没有？马上让我进去——我必须进去！"

他能感觉到她的呼吸声，他知道她就在门后，她的呼吸就像是动物受到威胁时的那种声音。

随后两人就这样沉默着，寂静无声，那种无法捉住她的感觉使他感到恐惧。他又走回到另一个门，用他身体的全部重量去顶门，想要把门撞开。但是这是个新门——他叫人新做的，原本为他们蜜月后回来准备的。他一气之下抬起脚想把门踢开，但他想到这样做会惊动仆人们，他突然感到自己很受挫。

他在更衣室坐下，沮丧极了，他拿起一本书。

但是他从书上看到的不是字，而是他的妻子——金黄的头发垂在裸着的肩膀上，还有她那乌黑的双眸——站在那里像一只困兽。他明白了她这样反抗的真正意义。她是准备永久地和他决裂了。

他实在坐不住，又走到门前。他依然能听到她的呼吸，他叫道："艾琳！艾琳！"

他听到自己的声音听上去是那么可悲。

像是不良的预兆，那轻微的窸窣声停下来了。他站在那里，紧握着拳头，心里盘算着。

没过多久，他踮着脚偷偷走开了，突然跑到另一个门前，用尽全力要把门打开。门被大力弄得吱吱作响，但是没有打开。他坐在楼梯上，两手蒙着脸。

很长一段时间，他坐在黑暗处，月光通过天窗照进来，形成了一束白色的光束，慢慢地向他靠近。他试图用哲学的观点看待这个问题。

既然她把门锁上了，就是表明她不想完成一个妻子的责任，那么他就能去别的女人身上寻找安慰了。

从前他从别的女人身上找乐子也净是些不愉快的回忆罢了——他对这些寻欢作乐根本没多大兴趣。他本来就兴趣不大，现在几乎算是一点兴趣也没有了。他觉得他不可能再恢复了。他的欲望只有他的妻子能够满足，而她现在却正躲在门后，不屈不挠，满怀恐惧。其他的女人都帮不了他。

他在黑暗之中总结出了这样强有力的结论。

他的哲学观消失了，取而代之的是暴怒。她的行为是不道德的、不可原谅的，他怎样惩罚她都不过分。除了她，他谁都不想要，但是她竟然拒绝了他！

那么她一定是恨透他了！他从来不相信，他现在也不相信。这对他来说是难以置信的。他感觉像是丢掉了自己的判断力。他过去一直认为她是既温柔又顺从，但现在竟然这么决绝——那还有什么不会发生呢？

然后他又问自己她和波辛尼是不是私通。他不相信她会那么做；他不敢相信这就是她如今这么决绝的理由——他根本无法接受。

将他们夫妻之间的婚姻关系公布出去，成为公共财产，他无法忍受。现在还没有确凿的证据，他必须拒绝相信，因为他不希望这样惩罚自己。而这么长时间以来，在他的内心深处，他早就信了。

他弓着腰靠在楼梯上，月亮在他的身上洒上一层白茫茫的光。

波辛尼爱上她了！他恨透了那个家伙，现在更无法宽恕他。多出一万两千五十英镑的那些钱，他一个子儿都不会多付——那可是在信中说好的限度；或者他会付钱，他付钱后就把他告上法庭让他赔偿损失。他会去找乔柏林和布特勒，把这个案子交给他们。他要毁了这个穷鬼！突然——不过这两件事之间有什么联系？——他想到了艾琳也没有钱。他们都是穷鬼。这让他感到一种奇怪的满足感。

寂静被墙那边的吱吱声打破了。她最后终于要上床睡觉了。哼！祝你好梦！现在就算她把门敞开，他也不会进去！

但是他的嘴唇，因为一阵苦笑而扭动着、抽搐着；他用手捂住了眼睛……

第二天下午，当索米斯站在餐厅的窗户前阴沉沉地望着外面的广场时，天色已经不早了。

但是阳光依旧洒在路边的法国梧桐上，在微风中，那些树叶正随着角落里的手摇风琴的声音欢快地摇曳着。手摇风琴演奏的是一首华尔兹，一首过了时的华尔兹，沉郁的曲调听上去像是不祥的预兆；它一直演奏着，但是除了那些树叶，其他再没有什么东西随着它跳舞了。

演奏的那个女人看上去也不是很愉快，因为她摇累了；那些高楼上面并没有人往下扔铜子儿给她。她抱着风琴走开了，过了三家，又摇了起来。

这次演奏的是在罗杰家的舞会上艾琳和波辛尼跳舞的那首华尔兹曲子；他又想起艾琳身上那股栀子花香水味，她随着那首可恶的曲子飘着，然后飘到了他身边，当她飘过时，她的秀发闪耀着光泽，她的眼神如此柔情，她和波辛尼相拥在一起，好像永远也跳不完似的。

那个摇琴的女人缓缓地摇动着琴的柄子；她已经像推磨一样摇了一天了，也在附近的斯隆大街弹过，或许也当着波辛尼的面弹过。

索米斯转过身，从他那雕花的烟盒中拿出一根雪茄，又走回窗户那边。这首曲子把他迷住了，突然他看到了艾琳，手里拿着一把折着的阳伞，从广场那边匆匆地往这边走来，她穿了一件他从来没见过的柔软的枚红色小外套，袖子自然垂下来。她在那个摇琴的女人面前停下来，拿出钱包，给了那女人钱。

索米斯缩了回去，站到了一个从屋内可以看到外面的地方。

她用钥匙打开门进来，放下她的阳伞，站在镜子面前打量自己。她的双颊绯红，好像被太阳晒伤了似的；她的双唇微微张开，面带笑容。她把双臂张开好像是要拥抱自己，突然她大笑了一声，听上去却像是呜咽。

索米斯走了出来。

"真美啊！"他说。

她像中了枪似的迅速转过头，想掠过他跑上楼。但是他却拦住了她。

"为什么这么急？"他说，眼睛盯着她飘落在耳边的一缕卷发。

他快要认不出她来了。她像是着了火一般，她的脸颊、眼睛、嘴唇，还有那件不常穿的外套，颜色都是那么浓郁。

她抬起手拢了拢掉下来的那缕卷发。她的呼吸又急又深，好像刚跑过步，她的每一次呼吸都好像伴随着秀发中飘来的香水味，身体上飘来的香水味，就像一朵盛开的花散发的香味。

"我不喜欢那件外套，"他说，"太软了，没有款式！"

他抬起手指指向她的胸口，但是她把他的手打到了一边。

"别碰我！"她大喊道。

他抓住她的手腕，她用力挣脱了他。

"你这是上哪儿去了？"他问。

"去天堂了——就在这房子的外面！"她说着这些话跑上了楼梯。

外面——为了表示感谢——就在这个门外面，那个摇手风琴的女人正在演奏着那首华尔兹。

索米斯面无表情地站在原地。是什么阻止了他追上去呢？

也许是由于自己深信不疑，他好像看到波辛尼正从斯隆大街的高楼那边的窗子望过来，竭力张大眼睛想再看一眼艾琳那快要消失的身影，他一边努力着让自己烧红的脸平静下来，一边想着刚才艾琳投入自己怀抱的那个情景——她身上的香味和她那呜咽似的笑声，久久萦绕在他的心头。

第三部分

玛坎德太太的证据

    许多人，毫无疑问，也包括那时候刚刚兴起的"极端的活体解剖者"，都表示索米斯太不像个男人了，他应该砸开他老婆房门上的锁，然后狠狠地打她一顿，之后再像什么也没发生过一样继续幸福地生活下去。

    残暴的行为虽然不像过去那样可悲的被人们的仁慈冲掉，然而温情主义者们大可不必担心，因为索米斯绝不会残暴地处理这件事。要知道，福尔赛家族可并不欢迎这种打骂的行为；他们做事太慎重了，而且，总的说来，他们还是很心软的。而且，就说索米斯吧，他也是有一般人的那种自尊心的，虽然不足以让他真正地慷慨起来，但是足以制止他做出一些出格或极端的事儿来，除非是他极端愤怒的时候。不管怎么样，一个真正的福尔赛家族的人不会让别人看笑话的，可是他除了把老婆暴打一顿，也实在想不出其他解决的办法，所以他什么也没做，他闷不吭声地忍了下去。

    整个夏天和秋天，他仍然继续去他的办公室，继续收藏他的画，并约朋友来家里一起吃晚餐。

他整个夏天都没有离开伦敦；因为艾琳哪里也不去。尽管罗宾山的房子已经完全建好了，但是依然空着没人住。索米斯已经对"海盗"提出了控诉，要求他赔偿三百五十英镑。

一家名为"弗里克-亚伯"的律师事务所代表波辛尼提出辩护。他们一方面承认超出预算这个事实，同时他们又提出在他们俩的那封信中，除去那些法律字眼儿，就变成这样：那句"根据这封信全权做主"简直是自相矛盾。

一次偶然的机会，这种机会在那些掌握机要内容的法律人士中显得难能可贵，但也不是不可能发生。有不少关于这项诉讼的对策传到了索米斯的耳中，这些对策是索米斯公司里的一个同事告诉他的，那个人叫博斯达，那天在法院诉讼检查官沃尔米斯雷家中的晚餐上，他恰巧坐在普通法院的年轻律师钱克里的身边。

就像女人在一起永远少不了讨论"商店"一样，当女人不在场，剩下一堆男人的时候，他们的话题就只剩下本行了。所以钱克里，这个年轻有为的辩护士，就跟他的邻座提出这个不涉及个人问题的话题来，当然他并不知道邻座是谁、叫什么，因为博斯达一直都是在幕后工作，很少有人知道他的名字。

钱克里告诉他说自己接了一个"非常微妙的案子"。然后他把索米斯那个案子中的所有难题都解释给他听，同时还保持着法律界应有的谨慎。他说那些他与之谈论过这个案子的人都认为这个案子很微妙。这个案子涉及的钱对他来说实在是微不足道，"但是对他的当事人却他妈的关系很大"——沃尔米斯雷家的香槟虽然口感不好，但是提供的数量很多。他怕这个案子或许根本引不起法官的重视。他却想把这个案子弄得有成效——这个案子很微妙。他的邻座说了什么呢？

博斯达这个人可是典型的沉稳缄默，所以他什么也没说。然而他却带着些许恶意，对索米斯透露了这件事，因为这个沉默的男人也有人类的情感，所以他对这个案子的看法就是"非常微妙"。

根据他自己的想法，我们这位福尔赛已经把这个案子委托给了乔柏林和布特勒事务所。这一刻他后悔自己没有亲自办理这个案子。在收到波辛尼那方的辩护书后，他就来到那家事务所。

乔柏林这时候已经去世好多年了，所以这个案子是由布特勒受理，他告诉索米斯这个案子很微妙；他很想听听专家的意见。

索米斯告诉他去找一个专家，于是两人便去了王室法律顾问华特布克那里，问他对这个案子的看法，华特布克把这个案子留在手里六个星期，然后写下了自己的建议：

"在我看来，要想真正解释这封信，很大程度上取决于当事人双方的意图，而且也取决于在审判时提供的证据。我认为应该努力找寻一份证据，来确切地证明建筑师承认他自己清楚地知道他的花费不能超过一万两千零五十英镑。至于那句'根据这封信全权负责'，我可是注意到了这句话，这可真是微妙啊；不过我觉得大体上说来，'波瓦留控诉白拉斯水泥公司'的判例是可以参考一下的。"

他们就从这个意见着手行动，向对方投去了质疑书，但是可恨的是弗里克－亚伯法律事务所回的信却是非常巧妙，在信中他们什么也没承认，而且也不带有任何的偏见。

十月一日那天，索米斯收到了华特布克的意见，晚饭之前，他在餐厅读了他的意见。

读完信后他感到慌张；倒不是因为"波瓦留－白拉斯水泥判例"可以援用，而是最近他自己看这个案子时也感到有点微妙了；这个案子里的论点有一种法律界非常喜欢的论点，正合他们的胃口，能够让律师们大显身手。王室法律顾问华特布克的看法是这样，现在就连他自己也有了这种想法，让他怎么能不着急。

他坐在那里反复思考着，呆望着空壁炉上的炉栏，原来已经是秋天了，今天的天气却始终非常晴朗暖和，就好像仍然是八月。这样被一件事困扰着真不是滋味；他恨不得用脚踩断波辛尼的脖子。

尽管自从罗宾山的那个下午之后，他就再也没见过波辛尼，但是他却无时无刻不感受到他的存在——他感觉他那张瘦削的脸、高高的颧骨和充满热情的眼睛始终浮现在他的眼前。如果说自从那晚在拂晓时听到那只孔雀的叫喊声后，他从来没有摆脱波辛尼，这可真是一点也不夸张——他感觉波辛尼一直在房子周边窥视。在夜晚时，他看到从他家楼下走过的男子的身影，都感觉那是波辛尼。在他看来，乔治给波辛尼取得那个外号"海盗"真是再确切不过了。

艾琳一直没有间断跟他见面，这点他可以确定；在哪里见面或者是怎么个见面法，他就不得而知了，他也从来没问过；因为在他心里隐隐有个想法，认为知道的多了反而不好处理，这些时候，他们的一切都像是地下活动。

有时候他也会质问他的妻子去了哪里，就像所有的福尔赛家族的人都会做的一样，因此他也得问，她的样子看起来非常怪异。她的镇定自若可真是了不起，但也有某个片刻，在她那张冷漠的脸上，也会出现那种在他看来是神秘莫测的表情，也会隐隐看出一种他极少看到的神情来。

她很多时候连午饭也出去吃；当他问贝尔森她的女主人在家吃午饭了没，他总会听到这样的回答："没有，先生。"

他极力反对她一个人在街上闲逛，并且早就跟她这么说过。但是她从来没把他的话当回事儿。她对他说的话全然不理会的那种冷静让他觉得可气又吃惊，同时又觉得很好笑。她在心里似乎真的自鸣得意，好像真的把他压下去了。

他认真读完了王室法律顾问华特布克的意见后，起身上了楼，进了艾琳的房间，他发现她至少还识大体，在晚上睡觉之前她是不锁门的，以防让仆人们说三道四。她正在擦拭头发，发现索米斯进来后，她猛地转过身。

"你想干什么？"她说，"请你离开我的房间！"

他回答道："我想知道我们之间这种状态还要持续多长时间？我已经忍了够长时间了，我没法继续忍受下去了。"

"请你离开我的房间好吗？"

"你能像对待丈夫一样对我吗？"

"不能。"

"那我就要采取措施，非让你把我当成你的丈夫不可。"

"那就来吧！"

他注视着她，惊奇于她回答问题时的波澜不惊。她的双唇紧紧地闭成一条线；她那蓬松的头发凌乱地坠在裸露的肩上，她那金黄的头发和她那深褐色的眼睛形成一种奇怪的对照——那双黑眸中充满着恐惧、憎恶、蔑视，还有一种古怪的、强烈的胜利感。

"现在，请你离开我的房间好吗？"他转过身，悻悻地走出了房间。

他清楚地知道自己不会真的采取什么措施来使妻子就范，他也看得出来她知道他不会做什么——她知道他还是有所忌惮的。

他有个习惯，总是把一天发生了什么事情都跟她说一说：今天有什么样的客户上事务所来找他；他是怎么安排帕克斯家的房屋抵押；那件多年未解决的福莱尔控诉福尔赛的案子进行的怎么样，这件案子全是因为他的那位伟大的叔叔尼古拉斯对待自己的财产太过于小心谨慎，他把财产看得死死的，别人休想从他那里拿到一毛钱，这件案子看上去似乎成为几个律师永远的饭碗，直到世界末日。

他还谈到自己在乔布森行看到的一幅布歇①的画作，但是在倍儿美尔街被塔列朗和他的儿子买走了，他白白错失了这幅好画作。

他非常崇拜布歇、华托这类的流派。他总要把他发生的这些事情告诉她，这似乎成为他的一个习惯，他现在依然还是这么做，在晚餐时对着她滔滔不绝，好像这么一直不停地说下去，他就能掩藏心中的痛苦。

有时候，当他们单独相处时，她向他道晚安，他总是企图亲吻她。他也许是在提示她说在某些晚上她应该让他亲吻她；也许只是觉得作为一个丈夫，他应该有权利亲吻自己的妻子。即使是她厌恶他，无论如何她也不应该这样拒绝他，她这样做简直就是在忽视从古至今代代相传的习俗。

但是她为什么会恨他呢？即使是现在他也无法完全相信这个事实。被人憎恨的感觉太奇怪了！——这种感情太极端；然而他也恨着波辛尼，那个强盗，那个潜行在他们身边的浪荡子，那个夜晚流浪汉。因为在他的意识中，索米斯总是看他在等待什么——神情恍惚。噢，但是他过的可是非常潦倒！小伯基特，一个建筑师，曾看到过他从一个三级小饭馆里走出

---

① 弗朗索瓦·布歇（1703~1770）法国画家、版画家和设计师。

来，一副穷困潦倒的样子！

索米斯白天清醒的时候，总是无法控制地去想象那个场景，似乎那个场面没有尽头——除非艾琳突然想明白了——他脑袋中从来没有真的想过跟他的妻子分开，一次也没有……

那些福尔赛呢？他们在索米斯的这出幕后悲剧中扮演了什么角色呢？

事实上却是，一点也没有，因为他们现在都在海边度假呢。

在旅店里、水疗院或者是出租的别墅里，那些福尔赛们正在大白天洗海水澡呢；他们在储存臭氧以帮助他们度过寒冬。

每一房都在自己的精心挑选的葡萄园里，把自己最喜爱的海边空气当做葡萄园里的葡萄一样来培植、挑选、榨汁、装瓶。

一直到了九月底才见他们陆续地回来。

他们一个个都非常健壮，脸色红扑扑的，白天他们从各个地点返回家中。第二天早上就见他们各自投入到自己的事业中去了。

就在他们度假回来的那个星期天，蒂莫西家从午饭到晚饭一直聚集着不少福尔赛家的人。

大家谈论着各种流言，这些流言太多，而且都很有趣，实在是来不及一一细说，其中小塞普蒂默斯太太提到了索米斯和艾琳这段时间没有出门这件事。

但是另外一件关于他们的有趣的事情，就要由另一位局外人来补充说明了。

九月的一个傍晚，马克安德女士——威妮弗雷德·达尔第最好的一位朋友，在里士满公园和小奥古斯都·弗利帕德一起骑自行车锻炼时，碰巧看到艾琳和波辛尼从凤尾草丛那边一起朝着杏恩大门那边走去。

也许这个可怜的小女人渴了，因为在这条又长又干的马路上骑了这么长时间，并且一边骑车一边和小弗利帕德谈话，全伦敦的人都知道，再强壮的身体也是吃不消的；又或许是那对小情人一起从阴凉的凤尾草丛中出来，那甜蜜的样子使得她心生羡慕。山顶上那片清凉的凤尾草丛上面是一片郁郁葱葱的橡树，像一顶巨大的盖子，使得凤尾草丛非常阴凉，许多鸽子在树上连续不断地唱着欢快的歌曲；每当驯鹿悄悄走过时，秋天就在躲在草丛里的那些情人的耳边低声呢喃着。那片凤尾草丛啊！装载着一去不返的快乐，是无数漫漫长夜里的那些愉悦的时刻，是驯鹿的乐园，是山羊神的神殿——那些在夏天的薄暮里围绕着桦木女神的身体跳跃的山羊神！

福尔赛家族的人都认得这个女人，琼和波辛尼订婚的时候，她也到场了，看到是这两个人，她自己并不感到慌张。她自己的婚姻并不成功，她算盘打得好，做事又精明利索，所以成功地迫使她的丈夫做了一件错事，使得她顺利办理了离婚，同时又不受到社会的谴责。

自那以后，她对所有男女之间的这些事都有了一种准确的判断，她住在一栋大厦里，大厦里有许多小公寓，除了她之外，其他大部分居住着福尔赛人，这些福尔赛人一天生意忙完后，最大的消遣就是谈论其他人的私事。

可怜的小女人，也许是她口渴了，而且她一定感到无聊极了，因为弗利帕德真的称得上是个"演说家"，一刻不停地说话。所以看到这两个人，对她来说真是意外的惊喜。

见到这个马克安德，就像全伦敦的人见到她一样，时间老人也会驻足观看一番。

这个身材矮小但是人品出众的女人实在是没法不引起人们的注意；她有一双窥探人心的眼睛，还有能言善辩的好口才，这些可都是她替天行道的利器，虽然很多人不甚了解。

她带有一种历练丰富的派头，她几乎有一种令人惊讶的力量可以把自己照顾得很好。在摧毁仍然阻碍人类文明进步的骑士精神那方面，或许她做的比任何其他的女性做的都多。她非常聪明能干，所以当人们谈到她时，总会亲切的称呼她为"小马克安德"！

她总是穿着紧身得体的衣服，并参加了许多女性俱乐部，但是她参加的这些俱乐部绝不是那种神经质的、沉闷的，并且总是想着怎么争取女性权利的类型。她的那些权利都是不知不觉享受到的，轻易地就到了她手里；而且她十分懂得一方面尽量利用这些权利，一方面又不引起她所依附的那个伟大的阶级的反感，那个阶级对她不但没有反感，反而还很钦佩她；她之所以这么成功，也不完全因为她对人和蔼可亲的态度，而是由于她的家世、教养、和她对待人和事的那种真实的、秘密的衡量——财产意识。

她是贝德福德郡一个律师的女儿，外祖父是一位牧师，她嫁给了一位非常温和的画家，这位画家对自然有一种狂热的爱，所以最终画家还是因为一个女演员而抛弃了她，虽然有这样痛苦的经历，她却从来没有失掉那个上流社会的戒律、信仰和内心感受；所以她刚刚获得了自由，便开始不遗余力地奉行起福尔赛主义。

她总是精神饱满，而且掌握着人们的各种信息，所以她总是很受欢迎。当有人在莱茵河或者赛马特山上碰到她一个人，或是跟一位女士，又或者跟两位男士一起出游时，他们并不会感到惊讶或是不以为意，因为在人们看来，小马克安德完全可以把自己照顾得很好，不会上任何人的当；福尔赛人因为她这种不上当的本事，都从心里喜欢他，所以她能够一毛不拔却尽情享受别人的一切。大家都认为如果要保存和增加女性的典型的话，马克安德太太应该是女性学习的榜样。她从来没有生育过孩子。

如果说马克安德太太有什么忍受不了的事的话，那就应该是男人嘴里称为"魅力"的东西，那些柔弱的女人所特有的魅力，所以对于索米斯太太，她始终都不喜欢。

她经常在心里暗想，如果"魅力"一旦被公认为是女人的标准的话，那么精明能干就会被忽视了；艾琳就具有那种微妙的诱惑力，连她也没法视若无睹，所以这使得她非常恨她——尤其是她的那种诱惑力她都没办法对付的时候，她就更恨她了。

然而她说，她看不出艾琳有什么魅力——她实在是看不出——她绝对把持不了自己——任何人都能让她上当，占她便宜，这点很容易看出来——她实在不理解为什么她对男人那么有吸引力！

马克安德太太本性并不是个坏人，不过在经历了那段悲惨的婚姻生活后，要维持她当前在社会上的地位，"消息灵通"是非常有必要的，所以对于在公园看到的那两个人的事情应该说出去还是缄口不言，她根本没有想过。

她有时候会去蒂莫西家里吃晚饭，用她的话说，那叫"让那些老骨头高兴高兴"，她总是那么说。请来陪她的客人永远是那几个：威妮弗雷德·达尔第和她的丈夫；弗朗西娅，因为她活跃在艺术圈里，而马克安德太太，众所周知，经常在《妇女乐园》杂志上发表一些关于妇女服装的文章；如果找得到的话，还会把海曼家的两个男孩请来，这两个男孩可以让马克安德太太卖弄一下风情，因为虽然这两个孩子嘴上不说，可是大家都相信他们很放纵，而且对社会上一切时髦新鲜的玩意儿都十分熟悉。

在晚上七点二十五分，马克安德太太关上了小公寓里的电灯，穿上她那件去看戏剧的兔领外套，走出来到了走廊的时候，她稍微停留了一会儿，确认她带着公寓的钥匙了才离开。这些自成格局的小公寓住起来非常方便；虽然没有光线和空气，但是想出去的时候把门一锁，爱去哪儿就去哪儿。这里没有用人的烦琐，他那位穷困潦倒又阴郁的弗莱德也再不会在她面前晃来晃去，搞得她心情郁闷。她心里并不恨那个穷困的弗莱德，他就是个愚蠢的人；但是一想到他和那个女戏子在一起，她的脸上就会浮现出一丝嘲讽的微笑。

她用力地带上门，从走廊一路走出来，走廊两侧的阴沉的暗黄色墙壁，一眼望去是数不清的编了号码的棕色门。电梯正开下来，马克安德太太把大衣的高领子裹到耳朵边上，头上的红褐色的头发一丝不乱，她站在那里，一动不动，等待着电梯开到自己所在的楼层停下。只听铁栏门哐啷一声打开了；她走进电梯，里面已经有三位乘客，一个穿着白色大背心的男人，那张光滑的大脸就像个吃奶的孩子，另外两个是老太太，手上都戴着无指手套。

马克安德太太冲他们微微一笑，这三人她都认得；刚刚还非常安静的三个人，见到马克安德太太，都说起话来了。这就是马克安德太太成功的秘诀。她总能引得大家有话可说。

从五楼一直往下，大家的谈话始终没有中断过，开电梯的男孩站在那里，背对着他们，在电梯的栏杆之间露出他那张带着讽刺表情的脸。

电梯到底，他们就在楼下分手了。穿白背心的男人心情愉悦地上弹子房去了，两位老太太去吃晚饭，她们互相说道："真是个有意思的小女人！""真是个话匣子！"马克安德太太上了她的马车。

当马克安德太太在蒂莫西家里用晚饭的时候，福尔赛人的谈话中无不流露出那种上流社会的口吻，当然虽然是在蒂莫西家里，但是谁也劝不动蒂莫西本人到场。在这种场合中，马克安德太太自然是很受欢迎的。

　　斯茂夫人和海斯特姑母都发现马克安德太太的谈话很有趣。她们说道："要是蒂莫西能够见到她的话就好了！"她们感觉她跟蒂莫西之间应该有话可谈。比方说，她能够告诉你关于查尔斯·费斯特爵士的儿子在蒙特卡洛的最新消息；当前炙手可热的女小说家苔妮茅斯·埃迪的最畅销的小说中，谁才是真正的女英雄；还会告诉你在巴黎妇女穿大脚管裤子的一些事情。她也非常懂事，知道所有人的烦心事，例如，是否应该按照母亲的意愿把小尼古拉斯的大儿子送到海军部队，或者是让他学习会计，像他父亲那样，那样会更保险些。她坚决反对把孩子送到海军部队。如果这孩子不是特别的精明能干或是有特殊的关系，他们是不会提拔你的，那去当海军还有什么指望呢？就算你升至海军大将——也还不是那一点点的薪水！而当个会计机会就多多了，赚的钱也多多了，只需要给他找个好公司，开始不出什么差错就可以了！

　　有时候她也会透露给大家一些股票交易所的消息；但是每当这时候，斯茂夫人和海斯特姑母听是听，但她们不会照做，因为她们没钱做什么投资；但是她们听到这些话却非常激动，因为这使她们接触到了生活的实况。她们说，这是一件大事，要去问问蒂莫西。但是他们并不会去问，因为她们知道蒂莫西听到这些消息肯定会心烦。不过，这件事过后的好几个星期，她们都会偷偷地翻阅马克安德太太提到的那家报纸——她们很重视这家报纸，因为她们认为它代表了当时的潮流趋势——去瞧瞧"布拉得红宝石"或是"羊毛雨衣公司"的股票是跌了还是涨了，很多时候她们根本找不到公司的名称；那样她们就可以等到詹姆斯或是罗杰，甚至是斯威森来家里的时候，带着兴奋且好奇的心情，问他们玻利维亚石灰亚铅公司的股票怎么样——这时候她们连声音都微微发抖，要知道，她们在报纸上连名字都找不到。

　　罗杰总会说："你们买这个东西干什么？都是些废纸！拿着这些废纸你们准会跌得鼻青脸肿——把钱投资在石灰和那些你们不知道的东西上！谁告诉你们要那么做？"但他总会问清楚马克安德太太具体是怎么说的，然后他就离开，自己亲自去证券股票公司咨询，说不准自己也会在某只股票上做点投资。

当时正是晚饭吃到一半的时候，事实上正好是史密赛尔端上羊肉的时候，马克安德太太的表情突然活跃起来，她环顾了一下，就说："噢！你们猜得到我今天在里士满公园里撞见谁了吗？你们绝对猜不到——是索米斯太太和波辛尼先生。他们一定是一起下山看房子去了！"

除了威妮弗雷德·达尔第咳嗽了几声，在座的没人说话。这个见证是他们每一个人的潜意识里在等待着的。

在这里为马克安德太太说句公道话，那段时间她与一伙儿三个朋友一起去了瑞士和意大利湖畔游玩，不知道索米斯已经和他的建筑师闹翻了。所以她根本不知道自己说的这句话给大家带来了多大的冲击。

她的身子坐得笔直，脸上微微发红，用她那双精明的小眼睛扫视着在座的每个人的脸，试图估量她这句话引起的效果。她的两边分别坐着海曼家的两兄弟，同样是一张瘦削、沉默不语、饥饿的脸面朝着盘，继续吃着羊肉。

这两个男孩，吉尔斯和杰西，长得非常相像而且两人形影不离，所以大家都称为德米欧斯家的兄弟。他们从不说话，好像总是忙着做什么。大家都认为他们是在一直忙着准备什么重要的考试。他们经常拿着书，不戴帽子，在他们家附近的公园里散步，牵着一条猎狐的短毛狼犬，他们从不互相交谈，只是抽着烟，就这样待上几个小时。每天早上，他们两人会各自骑着一匹出租的瘦马，马腿就和他们俩的腿一样瘦，两人相隔约五十码的距离，缓缓地朝着坎普登山驰去；每天早上，大约一个小时之后，他们两人又缓缓地骑着马回来了，还是相隔五十码左右的距离；每天晚上，不管他们在哪里吃晚饭，在十点半左右的时候总能看到他们在阿兰布拉音乐厅站在观众池里靠着栏杆听音乐。

这两兄弟好像从来都在一起，不曾分开过；他们就这样度过自己的岁月，显然他们对这样的生活很满足。

在这种尴尬的情境下，这两兄弟好像认为作为一个绅士应该试图缓解一下凝重的气氛，于是他们不约而同地朝向马克安德太太，用几乎完全相同的声音说道："你见到的是……"

马克安德太太没想到他们俩会这样问她,她惊讶地把叉子放下来;史密赛尔正走到她跟前,当时迅速地就把盘子撤去了。然而马克安德太太却用非常平静的口吻,立即说道:"这羊肉太好吃了,我还想再来一点。"

吃完晚饭后,在客厅里,她坐到了斯茂太太身边,决定弄明白这件事到底是怎么回事。于是她说道:

"索米斯太太是多么有魅力的一个女人啊。心地又那么善良!索米斯真是个幸运的人!"

她一心想要打听出点什么消息来,却忘掉了适当照顾福尔赛家人的那种爱面子的感觉;这家人再有什么苦衷也不会让外人分担的;斯茂太太的整个身板一下子挺了起来,一副庄严的面孔,声音微微抖着,说:

"亲爱的,这件事是我们从来不谈的!"

 **公园之夜**

　　斯茂太太的这句话屡试不爽，但却让她的客人感到更迷惑，可想要找出比这句话更能说出实情的话，绝不容易。

　　即使是在福尔赛家族自己人中，也不能轻易谈论这个话题——用索米斯自己发明的那个词来描述他的处境，那叫"地下活动"。

　　然而，自从马克安德太太在里士满公园撞见那两人之后，似乎所有人都知道了他们两人做得太过火了。每天从鸡鸭街回到公园巷，从不超出家庭圈子的詹姆斯知道了；终日闲逛的乔治——他每天从海弗斯耐克俱乐部的大拱窗口逛到红蓝子酒店的弹子房里——他也知道了；现在恐怕只有蒂莫西一个人不知道了，大家都隐瞒着，努力不让他知道。

　　乔治在社交圈里发明了许多时髦的说法来表达他的感受，大家在听到那两个人的行为时，用乔治曾对他弟弟欧斯戴斯说过的一句话来形容是再贴切不过了，他说"海盗"终于"干了"，想来索米斯肯定要"吃不消"了。

大家都觉得索米斯肯定吃不消，但是，他又能做什么呢？他或许应该采取点措施，跟她闹一闹；可是闹一闹又有失体面。

　　除非把这个丑事公开出去，否则他们也想不出什么好办法来，在家里闹闹也闹不出什么名堂来。在这种僵局面前，大家都认为最好的办法就是不跟索米斯谈这件事，并且他们之间互相也不谈论此事；事实上，就是对这件事不闻不问。

　　如果大家都对艾琳摆出一副冷漠的面孔，或许还会有点什么作用；但是现在大家很少见到她的人，所以故意给她冷脸这件事也不好办。詹姆斯经常为自己儿子的不幸而感到痛苦不堪，有时候他会悄悄地在卧房里对着妻子艾米丽诉说着心里的苦闷。

　　"我也不知道该怎么说，"他总是说，"儿子的事一直困扰着我。丑闻闹大了，对他没有一点好处。我也没法跟他说什么，或许这丑闻根本不是真的呢。你怎么看这件事？""人家都跟我说，艾琳很有艺术眼光。""什么？哎，你真是个'十足的茱莉'！""好吧，我什么也不知道；我一开始就觉得奇怪，我觉得这都是因为没有孩子的缘故。他们可从没告诉过我他们不打算要孩子——他们什么话也不告诉我！"

　　他双腿跪在床前，眼睛瞪得很大，带着忧虑呆呆地盯着前方，朝着被子呼气。他穿了一身睡衣，脖子向前伸出来，弓着背，样子活像一只长身的白鸟。

　　"我们的父亲——"他一遍遍地重复着，同时脑子里不停地闪现那个可能性非常大的丑闻。

　　同老乔里恩一样，在他的内心深处也是把这个悲剧的缘由归于家族里的人干涉别人的私事。那帮人——他开始想到斯坦霍普门的那帮亲戚，他竟然把小乔里恩和他的女儿也归于那帮人中了——为什么非要和波辛尼那样的人成为一家人呢？他听说过乔治给波辛尼取的那个外号"海盗"，只是他不明白为什么要取那样一个外号——那个年轻人不是一个建筑师嘛。

　　从这件事上，他开始觉得他的兄长老乔里恩，那个他一直敬重并且乐意听从他意见的人，也不过如此。

　　只是詹姆斯不像哥哥性格那么固执，这件事对于他，与其说是愤怒，不如说是难过。他最大的乐趣便是去威妮弗雷德家，用马车带上那两个小达尔第去肯斯通公园，在那里，他总是坐在公园的那座圆池塘旁边，经常见他踱着脚步，眼睛焦虑地盯着小帕普柳斯·达尔第的那艘小帆船，他可是在那艘船上押了一便士，好像是要确保这艘船不能轻易就靠岸；然而当他盯着小帕普柳斯看的时候，詹姆斯总觉得非常可喜，因为这孩子一点也不像他的父亲——在他脚前脚后蹦蹦跳跳的，总是试图让詹姆斯再赌上一便士，而且詹姆斯也总会那么做。他总会付上一便士——有时候一个下午就付上三到四便士，小帕普柳斯好像对这个游戏玩不够似的——在付钱的时候詹姆斯总是会说："这是让你存起来的钱。嗯，你也正在变成一个有钱人了！"一想到自己的外孙正在变得越来越富有，他就感到很高兴。但是小帕普柳斯的心里想的却是那个糖果店，他可是早就想好了。

他们总是穿过公园步行回家，詹姆斯高耸的肩膀，凝重的神情，时刻望着伊莫金和小帕普柳斯那两个肥硕的小身体，执行着他那又瘦又长的保护人的职务，可怜的是他的这副模样并没有引起旁人的注意。

但是那些花园和公园并不属于詹姆斯。福尔赛人和其他游荡的人们，有小孩，有情侣，全都日日夜夜地在这些地方游荡着，想摆脱掉白天工作的烦恼和街上的尘嚣。

树叶慢慢地变黄了，依恋着落日和那些像夏日一样温暖的傍晚。

十月五日，星期六傍晚，整个白天都湛蓝的天空到了傍晚，变成了葡萄紫色。月牙儿还没出来，夜晚的天空一片漆黑，像一件黑丝绒的衣服一样包裹着公园里的树木；那些树木的枝干都已经枯了，看上去像羽毛一样，在暖暖的傍晚静止不动。全伦敦的人都拥挤着来到公园里来，享受着夏天最后的美好时光。

情侣们一对接着一对，从公园的各个门走进来，他们或沿着公园的小路散步，或走在灼热的草坪上，他们一对对地悄悄躲进稀疏的树荫处的空地上，在那里，他们或倚着一棵树，或躲在灌木丛里；他们被黑暗温柔地包裹着，除了自己，似乎遗忘了整个世界。

公园的小路上又来了一些人，在他们眼中，这些先驱者看上去只是这片温柔的黑暗中的一部分，然而从那片黑暗中不时传来一阵喃喃私语，听上去就像是心房的颤动。当这些喃喃私语传到灯光下的那些情侣的耳中时，他们的声音颤抖了，停止了；他们的胳膊勾搭在一起，他们的眼睛开始在黑暗处找寻、窥探、搜索。突然，他们就像被黑暗中一只无形的手抓去一样，翻过栏杆，就像影子一样，从灯光下消失了。

远处传来隆隆的城镇嘈杂声包围着这片寂静；在这里面，洋溢着众多小人物恋人的各种情感，热情、希望和爱；尽管庞大的福尔赛集团——市政府——瞧不上这种情感，他们一直认为爱神是这个社会的严重威胁，仅次于阴沟的排泄问题；虽然是这样，但是这天晚上这个公园和其他上百个公园里，爱情仍然在进行着；如果不是这样的话，那些成千上万的工厂、教堂、商店、纳税局和排水管工厂——因为他们是这些设施的监护者——就会变得像是没有血液的血管，没有心脏的人一样。

当这些忘掉一切、谈情说爱的恋人们躲藏在树下的阴凉处，远离他们无情的敌人——"财产意识"的监督，偷偷举行着欢乐的盛会时，索米斯正一个人沿着河流从贝斯沃特路往蒂莫西家里走去，他今晚要去他家吃晚餐；他心里正盘算着自己的那件诉讼案，但当他听到黑暗处传来的暗笑声和亲吻声时，他突然感到热血沸腾起来。他想明天一早就给《泰晤士报》写信，让编辑同志关注一下公园里男女之间的风化问题。然而他并没这样做，因为他怕别人在报上看到他的署名。

但是他对于这样的爱情却有一种强烈的饥渴，黑暗处的那些喃喃细语，若隐若现的情侣们，对他来说就像是某种病态的折磨。他沿着河流离开了小路，偷偷来到暗处的树下，来到阴影处的那些小空地上；在这里，栗子树枝上的那些大叶子低垂下来，形成更加黑暗的隐秘地带；索米斯故意绕着圈子走，想偷偷窥探一下那些在倚着树身的、并排椅子上坐着的那些搂抱在一起的情侣，那些情侣看到他时都投来一种奇怪的眼光。

现在他站在突起的小山丘上，望着下面的蛇盘湖，灯光照耀着湖水，黑夜与银白的湖水相映成趣；湖边坐着一对情侣，他们一动不动，女人的脸深深埋在男人的颈下——就这样一个姿势一动没动，望上去就像一块雕塑一样，象征着美好的爱情，一点也不令人感到羞耻。

索米斯被这一景象深深地刺痛了，他快速地溜进了树荫深处。

他这样搜索着，到底是在找什么？他心里是什么想法？是找治疗饥饿的粮食，还是找黑暗中的光明呢？谁知道他在期盼着发现什么——是跟自己无关的对于爱情愉悦的认识呢，还是他个人那场地下悲剧的结果？不过，话又说回来，在黑暗之中的那些无名的情侣们，谁又能说比不上他和她呢？

虽然他在搜索着，但是像索米斯·福尔赛的太太那样的女人会像这里的下流女人一样躲在公园的暗处吗！他心里觉得不太可能。这种想法虽说不可信，但他还是一棵树一棵树地搜索着，丝毫没有停住脚步。

有一次他被一对情侣咒骂；有一次他听到一句低声细语："要是能永远这样就好了！"这句话使他的血液涌上心头，他在那对情侣身边等着，耐心地窥探着，直到那两人起身。但是从他身边走过的只是一个又穷又瘦的售货员，穿着一件破烂的上衣，紧紧地挽着情人的胳膊。

在树下的静谧处，成百上千的情侣们也在低语着那样的期望，另外成百上千的情侣紧紧地搂抱在一起。

索米斯突然感到一阵厌恶；他抖擞了一下自己的身子，重新回到小路上，停止了他这种莫名其妙的搜索。

植物园的幽会

　　小乔里恩的处境就不像其他福尔赛那样了，他很难有多余的钱花费在那些乡村短途旅行或是游览自然风光上，但是作为一个水彩画画家，他不去这些地方经常走动一下，又很难有好的作品。

　　于是，他经常带着他的颜料盒子到植物园去，事实上，这也是没办法的办法；在植物园里，把一张小板凳放在智立松的树荫下面，或是放在橡胶树背风的那面，他时常能画上大半天。

　　一位前阵子看过他的作品的画家发表过如下的评论：

　　"你的画作在某种程度上来说还是不错的；风格和色调还是很能给人一种清新自然的感觉。但是，你看，你的这些画作主题太分散了；主题这样分散根本没法引起买家的关注。如果从现在开始，你能专注于某个特定的主题，比如说'伦敦的夜景'或是'春日的水晶宫'，并且画作呈现出系列的风格，这样观众在看到的时候就能立刻知道他们看到的画是什么内容。这一点非常重要，但是一句话两句话的也说不清楚。那些在艺术界名声大噪的画家们，像是克拉姆·斯通或是卜丽德，就是画系列画，避免画作难以理解；他们的画都是限制在一个狭窄的范围里，观众一看就知道画是的什么。让买家看出你画的是什么，这点非常重要，因为一个收藏家想买一张画，总不愿意人家把鼻子凑到画布上看上半天才看出是哪个画家的作品；他想让人家一眼就看出，'这是一张福尔赛的精品之作啊'！比方说你，精心选择一个观众当时就能看上的题材就更加重要了，因为你并没有什么特殊的风格。"

小乔里恩站在家里那架小钢琴旁听着，脸上带着微笑；钢琴上面放着一个花瓶，里面插着一些干枯了的玫瑰叶子，这叶子是花园里唯一的产物，放在退了色的花缎子上。

小乔里恩把脸转向妻子，他的妻子正生气地看着那个说话的人，她脸上掩饰不住气愤的神情，他对她说：

"亲爱的，你懂了吗？"

"我不懂，"她用她那断断续续的声音，其中还夹杂着一些外国口音，说道，"你有你自己的独创风格。"

那个评论家看着她，谦逊地一笑，就没再说什么。他和其他人一样，知道他们的恋爱史。

这些话给小乔里恩带来了实实在在的好处；这些理论和他之前的想法完全不同，与他在艺术领域所拥护的理论也大相径庭，但是某种莫名的、深刻的灵感促使他违背了自己的意愿，去证实这种相反的说法能否带来利益。

所以某天早上，他突然产生了一个念头，他要画主题为伦敦的一系列水彩画。他自己也不知道这个想法是如何产生的；直到下一年，当他的系列画卖了一个好价钱的时候，他突然想起了那个画界评论家，并且在他的这点小小的成就中，他发现自己骨子里仍然是个福尔赛。

于是他决定从植物园开始画起，因为之前他在这里已经画过很多画了；他选中了那个小人造池作为自己的主题，池上这时正飘着像秋雨一样纷纷落下的红叶和黄叶；那里的园丁虽然想把落叶都扫干净，可是他们的扫帚却够不到。园内其他的地方都扫得非常干净，每天早上都扫；大自然落下的那些叶子全都被他们扫了起来，堆成一堆堆，点上火缓缓地烧着，升起一缕缕刺鼻却有着特殊香味的烟气；春天的象征是布谷鸟的叫唤，夏天是菩提花的香味，而秋天便是这些烟气了。园丁们的清洁观不容许草地上有金黄色、绿色或是红褐色构成的各种图案。那些石子路必须是干净整洁的，既不反映生命的真实情况，也不彰显自然界那种缓慢而华丽的衰败；但是，把皇冠踩在脚下，在大地上星星点点铺上没落的繁华，经过季节的更替，再从这底下涌现出新的春光，大自然也不过是这样的衰败！

因此，每一片叶子，从它展翅和树枝告别，到缓缓落下时，就已经被园丁们盯上了。

但是在这个人造小池塘时，却宁静地飘着那些落叶，它们赞美着自然的美丽，日落的余晖照射在它们身上。

小乔里恩发现它们的时候就是这样。

十月中旬的那天早上，当他来到植物园的小池塘边准备作画时，发现离他的画架约二十步光景的长椅上有人坐在那里，他心里很不舒服，因为他作画时最怕被人看到。

一个穿着丝绒外套的年轻女子坐在那里，眼睛正盯着地面。然而，在他们之间正好有一棵月桂树，所以小乔里恩就用月桂树做掩饰来安置他的画架。

他不紧不慢地安置着画架；就像一切真正的艺术家一样，任何事物只要可以耽搁一下自己的工作，就都要注意一下；他发现自己正在偷偷瞧坐在那边的不知名的女子。

就像他的父亲一样，他能欣赏一张美丽的脸。这张脸似乎很有魅力呢！

他看到一个圆润的下巴裹在乳白色的褶子领中，一张娇嫩的脸，乌黑的大眼睛，柔软的双唇，头上戴着一顶黑色宽边的女帽；身子轻轻靠在长椅的后背上，双腿交叉着坐着；裙子下面的脚上穿着一双漆皮鞋子。这个女子的身上确实有种说不出来的娇媚。可是最吸引小乔里恩注目的还是她脸上的表情，使他不由得联想起自己的妻子。这张脸看上去好像受到了什么巨大的压力，她自己似乎抵御不了。这使他看了很不好受，心里隐隐地产生一阵钦慕和骑士的那种激情。她是谁？她一个人在这里做什么呢？

两个青年从她身边经过，一看就是那种腼腆但是又鲁莽的类型，在摄政公园经常可以看到这样的青年，他们正要去打草地网球，他们俩爱慕地望着那位女子。一个园丁停在潘八草旁做一些不必要的活儿，以此来偷偷窥探着她。一位老先生，从他的帽子看去，应该是一位园艺学教授，三次从她身边经过，悄悄地上下打量着她，打量了好长时间，嘴角带着一种怪异的表情。

　　看着这些男人，小乔里恩心里暗暗地生气。她倒是一个也不看，但是小乔里恩敢保证从这里经过的每一个男人都会像他们那样盯着她看。

　　她的脸有种特殊的魔力，她的一颦一笑都能给男人带来愉悦。但这种魔力并不是福尔赛祖先们极力推崇的那种"妖冶"；她也不是巧克力盒子上的那种美女，当然那样的也很不错；她更不是在家中壁画上或是现代诗作中描述的那种圣洁中带有激情，或是激情中带有圣洁的女子；她也不是那种戏剧家常常创造出的有趣的然而神经衰弱的，在最后一幕自杀的女性类型。

　　就脸形和肤色来看，就她那种迷人的柔和、艳丽却脱俗的气质来说，这个女子的脸总能让他想起提香的那幅《圣母之爱》，他有一张复制品就挂在餐厅的碗柜上头。而且她吸引人的地方好像就在于她的这种柔和，给人的感觉好像只要一施加压力，她就会屈服似的。

　　她静静地坐在那里，她在等谁呢，树上不时地落下一片树叶，画眉鸟一只接着一只在草地上昂首走着，身上闪烁着秋霜。随后她那张娇媚的脸开始变得焦急起来，她不停地环视着四周；带着几乎是一个情人的妒忌，小乔里恩看到波辛尼阔步穿过草坪朝她走了过来。

　　他怀着好奇心关注着两人的会面，他们注视着对方，就像握手的时间那样长。尽管他们努力维持着端庄的神态，但是两个身子却紧紧地靠在一起。他听到他们快速的低声细语，但是说了什么他听不清楚。

　　他可是亲身经历过这样的场景！他知道这种等待好几个小时却只能在一起几分钟的半公开会面，那种提心吊胆的折磨萦绕在两个地下恋人的心头。

　　然而，只需看一眼这两人的脸，就能看出他们之间绝不是城里男女之间那种受情欲的驱使而一时兴起的情人关系；他们之间没有那种突然难以抑制的欲望，意兴来时狼吞虎咽，维持六个星期就不再继续了。这是真正的爱情！因为他自己就遇到过这样的事儿！这种关系的恋人什么事都做得出来！

波辛尼在那里央求着什么，然而她依然是表情平静、柔和，但是却很坚定，无法被说动。

这个男人能不能把她带走呢？这样一个温柔可人的女子，或许从不会为自己做什么，却会为这个男人付出一切，甚至愿意为他死去，但是也许绝对不会和他私奔！

小乔里恩似乎听到她说："但是，亲爱的，这样会毁了你的！"因为他也经历过这样的真爱，所以他能体会女方心中那种恐惧，她绝对不想成为这个男人的累赘。

他不再看他们，但是他们之间轻柔却又快速的谈话不时地传入他的耳中，同时传入他耳中的还有一只鸟儿的歌声，像是在竭力回忆着它在春天唱的调子：欢乐——还是悲伤？是哪一个——哪一个？

他们之间的谈话慢慢停下来，接着是很长时间的沉默。

"她这样是把索米斯置于何地呢？"小乔里恩心里想着。"人们或许认为她在担心欺骗丈夫的罪恶！人们太不了解女人了！她是饿坏了，她在饱食呢——她在报复！但愿上天保佑她吧——因为索米斯也在报复！"

他听到一阵衣料的摩擦声，透过月桂树的树枝，他看到他们两人一起走了，他们的手暗暗地紧握在一起……

七月末的时候，老乔里恩已经带着他的孙女去瑞士爬山去了；这次旅行（这是他们最后一次旅行），琼的身体和精神状况都好了很多，几乎恢复到了之前的状态。在旅馆里，住的都是来自英国的福尔赛——因为老乔里恩无法忍受"那帮德国人"，他对所有的外国人都是这么称呼——琼在这里很受尊重——她可是她唯一一个长得如此精致的孙女，而且非常富有。她并不和那些英国人随意交谈——随意和人交谈可不是琼的习惯——但是她却交了几个不错的朋友，尤其是在龙河谷结识了一位得了肺病快要死的法国女孩。

琼在那个时候就下定决心一定不让这个朋友死，在帮助她与病魔抗争的过程中，她自己的痛苦似乎忘却了大半。

老乔里恩看着这段新的亲密友谊，既感到欣慰，又感到不以为然；因为这再次证明他的孙女总要将时间浪费在这些"可怜虫"身上，这使他忧心忡忡。难道她就不能结交一些对她有利的朋友吗？难道她不能做些对自己有益的事儿吗？

"总是和那帮外国人来往"，他就是这么看。可是每次从外面回来时，他总是带着些葡萄和玫瑰花，眯着眼睛笑着，殷勤地送给这位"马姆赛尔"。

九月快结束的时候，尽管琼不愿意，马姆赛尔·维尔格在圣卢克①的一家小旅馆断了气——是别人把她送过去的；琼为此事尽心尽力，但最后还是失败了，她为此感到非常失落，于是老乔里恩带着她去了巴黎。在巴黎看了"米洛维尼斯"雕刻和"马代兰"教堂，琼总算是排解了忧愁，到了十月中旬，他们回到了家里，老乔里恩认为这次旅行总算是有点成效。

可是令老乔里恩沮丧的是，他们才刚在斯坦霍普大门安定下来，他发现琼又恢复了之前那种呆呆的出神的样子。她时常坐在那里，眼睛直直地瞪着，手托着下巴，就像北方神话里的那些小精灵，表情狰狞而又专注，在她周围是新装的电灯，电灯把那座大客厅照得很亮；客厅里的墙壁用锦缎糊着，塞满了从白波－布尔布莱德店铺里买来的家具。客厅里有面大金边镜子，镜子里照出来那些德莱斯登的瓷人，那是些胸部发达的女人，膝前各自抚摸着一只心爱的小绵羊，许多穿着绑腿裤的年轻男子坐在她们脚下；这些都是老乔里恩单身时买的，在那些艺术低迷的日子里，他对这些瓷人非常珍惜。老乔里恩本就是个思想开通的人，在所有福尔赛家人中，他比谁都能跟得上时代，然而他永远也忘记不了这些瓷人是他从乔布森行里买来的，而且花了一大笔钱。他常常跟琼叹气，带着一种失望又轻蔑的口吻：

"你可不喜欢这些东西！这不是你和你那些朋友喜欢的那些烂东西，这些瓷人可花了我七十英镑呢！"他总是有充分的理由认为自己的爱好是

---

① 比利时的一个城市。

高雅的，而且绝对不随风俗转移。

琼回到家后做的第一件事就是去蒂莫西家里逛逛。她给自己找的借口是长辈们都在那里，她必须去打个招呼，并跟他们聊聊自己这次的旅行；但是，事实上是因为她知道只有在这里可以从大家的闲谈中或是拐弯抹角的一些问题中，得知波辛尼的一点儿消息。

大家非常热情地招呼她：问她亲爱的祖父最近可好？自从五月份见过他一次后，就没再见了。蒂莫西正烦着呢，打扫烟囱的那个仆人把他的卧室搞得一团糟；那个愚蠢的家伙把烟囱里的灰扫了下来！这可惹恼了她蒂莫西。

琼在那里坐了很长时间，她既害怕又热切地希望听到有人谈起波辛尼。

但是这次塞普蒂默斯·斯茂太太却莫名地谨慎起来，谨慎得让人感到快瘫痪了，她却一个字也没提到他，也没向琼问起关于波辛尼的任何事。最后琼实在是没办法了，只能问索米斯和艾琳是否还在城里——她还没去看他们呢。

海斯特姑母回答了琼的问题：噢，对，他们在城里，他们根本就没出城。新建的那座房子出了点问题。琼当然已经听说了这件事！她还是去问茱莉姑母吧！

琼转过身望着斯茂太太，她正在椅子上坐得笔直，两手紧紧地握着，脸上满是小肉球。她一直保持着一种古怪的沉默，不回答琼的问题，而当她开口时，问的却是琼住在山上的旅馆时夜里穿不穿睡袜，那里的晚上一定很冷。

琼回答说她不穿，她讨厌那种让人窒息的东西；说完就站起身来走了。

对于琼来说，斯茂太太这种谨慎选择的沉默比她说任何话都要让人产生不祥的预感。

没过半小时，琼就在娄恩德广场上从拜恩斯太太的口中套出事实的真相，原来索米斯因为房子的装修问题正在起诉波辛尼。

听到这个消息，琼并没有感到很困扰，反倒是让她有种莫名的轻松感；她好像看到自己在未来的这场斗争中还有希望。她得知这个诉讼案大概还有一个月就要审理了，波辛尼似乎没有任何胜算的可能。

"总之我想不出他能些做什么，"拜恩斯太太说，"这件事对他来说太可怕了，你也知道——他没钱——他一个子儿也没有。而且我确定我们也帮不了他。我打听了一下，他们说如果你没有抵押品，谁也不会借钱给你，他什么也没有——没有任何可以抵押的东西。"

拜恩斯太太的身体最近又发福了；她的那些秋季团体活动正忙得热火朝天，书桌上散了一桌子各种慈善机构的节目单。她瞪着两只鹦鹉灰色的圆眼睛，会意地看着琼。

眼前这位女孩的那张专注的脸上突然出现了一丝红晕——她一定是感觉到大有希望才会这样——她的笑容突然甜蜜起来。很多年后，拜恩斯太太的眼前还会经常浮现她的这个表情。拜恩斯后来因为建造了那所公共艺术博物馆而被封为男爵；这座博物馆给了那些当官的很多饭碗，但是给劳动阶级带来的欢乐却极少，而这所博物馆本来就是为他们办的。

关于那个突然变化的、生动的、触动人心灵的表情，就像一朵鲜花突然盛开，又像是漫长的寒冬过后的第一道曙光；在过了好多年之后，当拜恩斯太太被一些重要的事情忙得焦头烂额的时候，那个表情会突然毫无征兆地浮现在眼前。

就是在小乔里恩在植物园看到了那次幽会的那个下午，老乔里恩去了鸡鸭街上的福尔赛·博斯达·福尔赛律师事务所走了一趟。索米斯不在，他去了苏摩赛大楼；博思达正待在一间别人进不去的屋子里，埋头整理许多文件，把他放到这样一间屋子里是非常合理的，因为这样他就可以尽可能高效的工作；而詹姆斯正坐在事务所的外间，一边啃着指头，一边忧伤地翻阅着福尔赛控诉波辛尼的状告书。

这位精神正常的律师对于这个案子里的那个"微妙的论点"仅仅感到的是一种额外的恐惧，他觉得这一点至多只会引起人们的一些虚惊和笑话；因为他那相当实际的头脑告诉他如果他本人是法官的话，他就不会在意这一点。但是他担心波辛尼会宣告破产，这样索米斯就不得不拿出钱来，而且还要付诉讼费。而且在这种有形的烦恼之后，总是隐藏着那无形的麻烦，潜藏在那里，复杂而又若隐若现，非常丑陋，就像一个噩梦一般，而这件诉讼案只不过是这个噩梦的一个看得见的信号罢了。

当老乔里恩进来时，他抬起头，说道："乔里恩，最近好吗？好长时间没见你了。他们告诉我你刚从瑞士回来。这个小波辛尼，真是能惹麻烦。我知道这件事会这样！"他把诉讼文件拿出来，紧张而忧郁地看着自己的哥哥。

老乔里恩默默地读着，詹姆斯一直望着地面，啃着指头。

老乔里恩最后看完把文件一扔，"啪"的一声，文件落在一大堆"关于彭康姆，已故"的供状之间；这堆供状就是那件"福莱尔控诉福尔赛"诉讼案的许多附件之一，就像一枝茂盛的母枝分出的许多小树枝一样。

"我真不知道索米斯在搞什么，"他说，"为了这几百英镑闹成这样。我还以为他是个有产业的人呢。"

詹姆斯那片长长的上嘴唇显示出他的愤怒，他无法容忍别人当着他的面攻击他的儿子。

"不是钱的事。"他说，但是他撞上了兄长的眼睛时，那个直率的、精明而严正的眼神使他不由自主地停下了。

接着是一阵沉默。

"我是来拿我的遗嘱的。"老乔里恩摸着自己的胡子，最后终于开口说出自己此次来的目的。

詹姆斯立即好奇起来。也许在他这一生中，没有什么比遗嘱更能吸引他了；遗嘱是对财产的最高处理，一个人手里有多少财产，这是最后的一张清单；他究竟有多少身价，再没有比遗嘱更能说明的了。他按了一下电铃。

"把乔里恩先生的遗嘱拿过来。"他对一个看上去非常焦虑的黑头发的小员工说。

"你是要对遗嘱做什么变更吧？"这时候他脑子里闪过一个念头，"我的是不是与他一样多呢？"

老乔里恩把遗嘱放进胸前的口袋里，詹姆斯懊丧地扭动了一下他的两条长腿。

"他们告诉我你最近置办了几处不错的产业。"詹姆斯说。

"我不知道你听谁说的，"老乔里恩毫不留情地说道，"这个案子什么时候开庭？下个月？我真不知道你们脑子里在想什么。你必须自己处理好你们的事；但是如果你想听听我的意见的话，那最好是在庭外解决。再见！"老乔里恩和他冷冷地握了一下手便离开了。

詹姆斯那双青灰色的眼睛瞪着，环绕着周围某个神秘的焦虑的影子，而后又开始啃起他的指头来。

老乔里恩带着他的遗嘱来到了新煤业公司，在空荡荡的会议室坐下来开始读自己的遗嘱。"拖尾巴"海明斯看见董事长坐在那里，就把新矿长的第一个报告送了进来；老乔里恩严声厉色地把他训了一顿，使得这位秘书很没面子；但是他仍然庄严地退了出去；随后海明斯便把那个管股票过户的小职员叫过来臭骂了一顿，骂得那个小职员都不知道如何是好了。

他①可看不惯这样的事，因为像他这样一个乳臭未干的小伙子到了事务所便自以为王。他作为这个办公室的头儿也已经有很多年了，像他这样的小伙子他见的多了，数都数不过来，如果他认为自己把事情全都做完了，就可以坐在那里什么都不做的话，那他就不叫海明斯。

在那扇绿呢子门后面，老乔里恩一直坐在那张桃花木和皮面的长桌子前，戴着他那副眼镜脚已经松了的粗边玳瑁眼镜，手里拿着的金铅笔沿着遗嘱上的每一句话移动着。

这份遗嘱的内容很简单，因为它不像很多其他的遗嘱，有多笔捐给慈善机构的小遗产或是捐款，把一个富翁的遗产弄得七零八落，使得在晨报上刊登的那一小段关于十万英镑富翁逝世的消息都显得不够神气了；但这张遗嘱不是那样。

遗嘱内容很简单。除了给他儿子的两万英镑外，"其他的一切财产，无论是动产或不动产，或兼有动产与不动产性质的财产——设定信托，把属于或出于这些财产的利息，如房租、年产、分红或是利息都付给我上述的孙女琼·福尔赛或她的让受人，使她一生受用，她独自使用，并且没有……在她死亡或去世之后，应该如琼·福尔赛的最后遗嘱和遗言证书或是属于遗嘱、遗言证书或遗言的处分书之类的任何书据，尽管她是处在有在世的丈夫保障之下的地位，均以这种书据所载的主旨、目的、用处，一般都应尽量按照这

---

① 指海明斯，大家称呼他为"拖尾巴"。

种书据所指定的样子、方法和方式来设定信托，将上面提到的土地和传承的所有产业、宅地、款项、股票、投资和担保品等，或在但是即作为财产，或即代表这些财产的东西，调度、委任或转让、给予以及处分，这些书据必须是她依法具立、签字和公告的。如果是书据等……但是经常……"诸如此类的内容，一共是七张对开本大小的简明扼要的叙述。

这份遗嘱是詹姆斯在他工作顶峰的时候拟定的。他几乎预见到了各种可能的情况。

老乔里恩在那里做了很长时间，一直在读这份遗嘱；最后他从格架上取了半张纸，用铅笔做了一些标记；然后把遗嘱封好，叫人给他叫部马车，之后他坐上马车去了位于林肯法学院广场的巴拉莫和海润律师事务所。杰克·海润已经去世了，但是他的侄子仍然在事务所里工作，老乔里恩关起门和他的侄子谈了半个钟头。

他叫马车停在外面等他，一出来就上了马车，告诉车夫去维斯塔利亚大街三号路。

他感到一种莫名的、缓缓升起的满足感，就好像在与詹姆斯和那个有产业的人的斗争中，他胜利了。他们没法再对他的私事评头论足了；他刚刚取消了他们对他的遗嘱的管理；他将不再让他们涉足自己的任何事情，他把一切都交给了小海润，之后他还会把公司的律师事务都交给他。如果那个小索米斯是那样一个有产业的人的话，他将不会在乎那一年一千英镑的收入；想到这里，老乔里恩大白胡子下面的嘴狰狞地笑了。他觉得自己的行为属于公平的报复，他应该这么做。

就像逐渐摧毁一棵老树的那种潜在的内部腐蚀作用一样，老乔里恩在自己的幸福观、意志力和个人尊严上所受到的创伤也在缓慢地、稳步地剥削着那代表他人生观的大厦。生命把他的一面逐渐磨掉了，使他就像他作为家长所在的那个家族一样，失掉了平衡。

在坐着马车朝北驶向他儿子的家时，刚刚看似是意气用事而变更的新遗嘱，现在想想似乎正是对以詹姆斯和他儿子为代表的那个家族和社会的一记惩罚。他已经把财产归还给小乔里恩，而归还给小乔里恩却给他私心渴望报复以一种满足——他要报复时间老人，报复痛苦，报复干涉，报复这个世界在十五年间加在他这唯一的儿子身上的一切无法估量的全部打击。在他看来，这种决定正是重新贯彻自己坚强意志的一种方式；他要强迫詹姆斯和索米斯以及整个家族，还有那众多的福尔赛人——这些人就像是一股巨大的洪流，冲击着由他一人构成的顽固大坝——他要让这些人永远地认识到他才是这个社会的主宰。一想到到头来自己的儿子将会变得比詹姆斯的儿子——那个有产业的人——更富有，他就感到很满足。把钱给小乔里恩他心甘情愿，他爱自己的儿子呀。

小乔里恩和他太太都不在家，这时候小乔里恩还在植物园里画画呢，但是女佣告诉他说她觉得主人很快都会回来。

"先生，他总是回来喝茶，主要是为了和孩子们一起玩。"

老乔里恩说他等会儿；于是在那间退了色的、破破烂烂的客厅里耐心地坐了下来，客厅里那些夏天用的花布椅套已经卸掉了，椅子和长沙发的破烂样子就全都暴露出来了。他多么希望孩子们能来到他跟前，让孩子们靠在自己身上，他们柔软的身子靠在他的膝盖上，听着乔利喊着："爷爷，你好！"并且看到他朝自己奔过来；他能感觉到霍莉柔软的小手偷偷地摸着自己的脸颊。但是他却一直没有这种福气。他这次来有一件庄严的事情要做，非要等做完，不然决不玩。他想着自己只要动动笔头就能重新改变这个房子的每一件物品；他可以重新布置这些房间，或者直接让他们住进更大的公寓，在公寓里摆上从白波－布尔布莱德店里买来的艺术品；他可以把小乔送到哈罗公学和牛津大学去[1]；他可以让霍莉接受最好的音乐教育，她在音乐方面可是很有天分的。

这些场景纷纷呈现在他眼前，使得他心里很通畅，他站起身，站在窗前，低头看着那片狭长的小园子，园子里的梨树还没到深秋，叶子已经落尽，在秋天下午逐渐凝聚的暮霭中耸着干枯的树枝。小狗巴尔塔萨在园子的一头走着，尾巴翻上来，紧紧地贴着自己黑白相间的毛茸茸的背，一面用鼻子闻着花草，每隔一会儿就用腿抵着墙壁撑一下身体。

老乔里恩想着。

---

[1] 他不再信任伊顿公学和剑桥大学，因为他的儿子小乔里恩就是在那里念的书。

现在他除了给人东西外，还有什么乐趣呢？当你找到那个因为你的给予而感恩的人时——当然必须是你自己的孩子，给予是非常有乐趣的！而把东西给那些和你没有关系的人或是给那些你不负任何抚养责任的人，就得不到这种满足！而且这种给予违背了他的一生中所遵循的个人主义，违背了他的勤奋，他的劳动和他平时的省吃俭用；违背了那个伟大而骄傲的事实：像在他之前的千千万万的福尔赛人，和他同一时期的千千万万的福尔赛人，还有未来的千千万万的福尔赛人一样，他在世界上创立并保持了自己的家业。

当他站在那里，低头看着月桂树上蒙着煤灰的叶子、那片满是黑斑的草地和小狗巴尔塔萨的动作时，这十五年来因为被剥夺了合法权利而受到的痛苦全部涌上心头；在他的心里，创痛和下面即将到来的甜蜜完全交融在一起。

最后小乔里恩终于回来了，他对自己这次的作品很满意，而且一天的户外空气使他感到精神很好。当听到仆人说他的父亲正在客厅里时，他立马问福尔赛太太在不在家，知道她不在家后，他舒了一口气。他把画具小心地放进一个不起眼的小衣橱之后，就进了客厅。

以他一贯的那种果断的派头，老乔里恩直奔主题。"小乔，我已经把我的遗嘱改了，"他说，"你可以过得宽裕些了——以后每年你都有一千英镑入账。我死后琼会得到五万英镑，剩下的就是你的了。我要是你的话，就绝不养狗，那条狗把你的花园都糟蹋了！"

小狗巴尔塔萨现在正蹲坐在草坪的正中央，审视着自己的尾巴。

小乔里恩看着那只小狗，但是却模糊着看不清楚，原来他的眼睛湿了。

"我的孩子，你的那份应该不会少于十万英镑，"老乔里恩说，"我想最好还是让你知道。到了我这个年纪，活不了多长时间了。以后我不会再提遗嘱的事。你的妻子还好吗？呃——替我向她问好。"

小乔里恩把手放在父亲的肩上，什么都没说，这件事就算结束了。

看着父亲上了出租马车，小乔里恩回到了自己家的客厅，站在老乔里恩站得那个地方，朝下看着那个小花园。他极力设想着这一切对他的影响，作为一个福尔赛人，他脑子里出现了对那笔财产的憧憬；这么多年的半节俭生活没有磨灭他的天性。他想的全都是十分现实的东西，他想到了旅行，想到给妻子买些好衣服，想到了孩子们的教育，他想给乔利买匹好马，他想到了很多很多；但在他所有的这些想法中，竟然出现了波辛尼和他的情妇，还有那首画眉鸟凄凉的歌声。欢乐——悲伤！哪一个？哪一个？

　　过去的种种——那些生动的、痛苦的、热情的、精彩的日子，那是金钱买不到的，那种炽热的甜蜜，全都回到他的脑海里。

　　当他妻子回家时，他径直走过去，把她搂在了怀里；过了好久，他一句话也没说，就那样站在那里紧紧地抱着妻子，他妻子望着他，眼睛里全是惊奇、欢喜而疑惑的神情。

地狱之旅

　　这天夜里，索米斯总算是行使了丈夫的权利，表现得像个男人了。第二天一大早，他一个人独自吃早饭。

　　他点上煤气灯吃着早饭，十一月末的大雾就像是一层厚重的被子把整个城市裹了起来，从餐厅的窗户望去，广场的树几乎看不清了。

　　他一个人悄悄地吃着，但是时不时地会有一种感觉缠绕着他，好像自己无法吞咽了。昨天夜里他做得对不对呢？这个女人是他法律上的神圣伴侣，她让他痛苦得太久了，他的饥渴终于打破了她的抵抗，这样做到底对不对呢？

　　很奇怪，她的那张脸总是浮现在他的脑子里；当时他看到她的那张脸时，曾经想要拉过她的手安慰她——她那可怕的啜泣，他以前从未听过，现在似乎总出现在他的耳中；当时他借着一支烛光站在那里望着她，然后不声不响地溜掉，之后他的心头却始终萦绕着一种古怪的、无法忍受的悲

伤和羞愧。

不知怎么的，他竟然对自己做过的事感到有些诧异。

就在这件事发生的两个晚上之前，在威妮弗雷德·达尔第家里，他陪着马克安德太太去吃晚饭。她那双尖锐的绿色眼睛盯着他的脸，对他说："你太太是波辛尼先生的好朋友吗？"

他不屑问她这句话是什么意思，只是在心里盘算着她的话。

这些话在他心里变成了强烈的嫉妒，这种嫉妒本能地有一种反常的心理，随后变成了强烈的欲望。

如果没有马克安德太太这番话的刺激，他或许做不出那件事。全怪她那番话的刺激，再就是他偶然发现他太太的门刚好没锁，这才使得他有机会趁她睡着时出其不意地做了这件事。

一夜的酣睡似乎让他忘掉了所有的疑虑，然而早晨醒来后，他又开始烦恼。但是有一点他是可以放心的：没有人知道这件事——她是不会把这种事张扬出去的。

的确，当他日常工作事务的车轮——这种车轮最需要的机油就是清醒务实的头脑——随着阅读工作信件又开始转动时，这些噩梦似的疑虑开始变得不那么重要，被他抛在了脑后。这些都是日常的小事，在小说里女人总是对这种事大惊小怪；但是按照那些思想正确的人，按照那些见过世面的人，或是在他记忆里那些在离婚法庭上常受到法官赞许的人的冷静判断，他这么做只是在竭力保持婚姻的神圣，防止她不履行自己的责任，或许她仍然在与波辛尼私会，从那时起一直……

不，他绝不后悔这样做。

既然已经实行了和她和好的第一步，那么接下来就会比较——比较……

他站起身走到窗前。他的脑袋里嗡嗡地震动着。她的啜泣声又回响在他的耳边了，赶也赶不走。

他穿上他的毛皮外套，出门走进雾里；他要去市里，所以从斯隆广场车站坐地铁过去。

头等车厢里满是市里的商人，索米斯坐在一个角落里，艾琳的啜泣声始终萦绕在他脑中，他哗啦一声打开《泰晤士报》，企图用报纸的声音把那低声的啜泣淹没掉，所以他把头埋在报纸里，悄悄读起报纸上的报道。

他读到一位法庭记录员在前一天交给大陪审官一张犯罪名单，这张名单比前些天的犯罪名单要长得多。他看到单子上有三起谋杀案、五起凶杀案、七起纵火案和十一起强奸案——这个数字大得令人感到吃惊，另外还有一些不太重要的犯罪，这些都要在下次开庭时审理；他把新闻挨着一条条读下去，始终用报纸挡着自己的脸。

他在读报纸期间，眼前却是艾琳那张满是泪痕的脸，还有她那心碎的声音。

这一天又是忙碌的一天，除了他工作的日常事务外，他还去拜访了他的经纪人们，去了一趟格林－格林尼事务所，建议他们把新煤业有限公司的股票卖掉，这家公司的生意——他并不知道，只是猜测——近来非常萧条，之后这家公司就慢慢地衰落，最后低价卖给了一个美国企业，被合并了；然后他又在华特布克事务所——王室律师内阁商议了很久，出席会议的还有布特勒、年轻的法律顾问菲斯克，还有王室法律顾问华特布克本人。

福尔赛控诉波辛尼一案有望在明日开庭，由本萨姆法官审判。

本萨姆法官的常识非常丰富，但是法律方面的专业知识他却不是很了解，可是大家却公认他是处理这类案件的最好人选。他是个"强有力"的法官。

那位王室法律顾问华特布克对索米斯的案子可是非常上心呢，因为不知是凭直觉还是听到人们的议论，他感觉索米斯是个有产业的人；而他对布特勒和菲斯克却视而不见，态度非常粗鲁。

他仍然坚持之前给索米斯信中写的那样，说这个案子在很大程度上取决于法庭上给出的证据，他很直接地建议索米斯给出的证据越详细对他越有利。"直率一点，福尔赛先生，"他说，"直率一点。"说完他大笑起来，接着闭紧了嘴唇，挠了挠假发推到后面之后露出的头皮，那样子简直就是个乡下绅士，然而他就爱人家把他看做那样的一个人。在处理违约案方面，他可是公认的头号招牌。

索米斯回家时又乘坐了地铁。

斯隆广场车站的雾气更重了。在这片静止不动的厚厚雾气中，男人们摸索着前进；女人很少，她们都把手提包按在胸前，用手帕捂住嘴巴；马车淡淡的影子时隐时现，上面高高地坐着车夫，就像长着一个怪瘤，在怪瘤的周围是一圈若隐若现的灯光，似乎还没找到地上就被水汽淹没了，从这些马车里走下来的人们就像兔子一样各自钻进了自己的窝。

那些穿着厚重的人，各自裹着一小片雾气，顾不上别人。在这个大兔园子里，每只兔子都只管钻进自己的地铁，尤其是那些穿着贵重的毛皮外套的人，在这样的雾天，他们对马车有种畏惧，更愿意乘坐地铁。

离索米斯不远处站了一个人，正站在车站门口等人。

这是某个"海盗"或是情人吧，每个福尔赛人见到这样的人都会这么想："可怜的穷鬼！他看上去心情很糟糕啊！"他们的心因为这个正在雾中焦急等待情人的可怜人而快速跳动了一下；但是他们很快就走过去了，他们清楚地知道除了自己的痛苦，他们再没有多余的时间和金钱去关心别人的痛苦了。

只有一位警察，慢慢地巡视着，偶尔会饶有兴趣地看看那个等待的身影；那个人歪戴着帽子，帽檐遮着半边冻红的瘦削的脸，有时悄悄拿手来抹一抹脸，以此来消除心头的焦急，或者重申继续等下去的决心。不过，这个正在等待的情人（如果他是情人的话）似乎已经习惯了警察的打量，或是因为他焦急而无暇顾及别人的注意。这个人是经过磨炼的，长时间的等待、焦急、大雾、寒冷，只要他的情人最后来了就行。真是个愚蠢的情人！雾天能一直持续到春天；还有雨雪天气，哪儿都不好过；你把她带出来，心里不安，你让她待在家里，心里也不安！

"他活该；谁让他不安排好自己的事情！"

任何有身份的福尔赛人都会这么说。然而，那位正常的市民如果走过去倾听一下这位站在寒冷的雾中等待情人的男人的心里话，他也许又会说："哎，这个可怜的人心情很糟糕呢！"

索米斯上了马车，把玻璃窗放下，马车沿着斯隆大街缓缓前行，又沿着布隆顿大街缓缓前行，最后在下午五点的时候，他终于到家了。

他妻子不在家。她是在他回家前的一刻钟出门的。在这样一个大雾天这么晚出门！她这么做是什么意思？

他坐在客厅的壁炉旁，开着门，心烦意乱，随手拿起报纸读了起来。他这样的心情读一本书是无法使他平静下来的——只有当天的报纸能使他麻醉一会儿。他从报纸上刊登的那些经常性事件中得到一些安慰。"一名女演员自杀"——"某政界要人病势严重"（就是那位一直疾病缠身的）——"军官离婚"——"煤矿起火"——这些他全都读了。读完后他感觉舒服多了——给他开药方的是全世界最好的医生——他们自己的好恶。

大约七点钟的时候，他听到她进门了。

本来看到她在这样的大雾天出去让他感到非常焦虑，昨天晚上发生的事似乎不再重要了。但是现在艾琳回家了，她伤心啜泣的画面又浮现在他眼前，他一想到要面对她就感到紧张。

她已经走上楼梯；她那件灰色毛皮大衣一直包住膝盖，大衣的高领几乎挡住了她的整张脸，脸上戴着一张厚厚的面纱。

她既没有转向他也没有说话。即使是一个鬼魂或是陌生人经过也不会如此悄无声息。

贝尔森进来准备上晚饭，并告诉他福尔赛太太不下来吃饭了，她在自己的房间里喝汤。

索米斯这次竟然没有换衣服；这在他生命中或许是破天荒的第一次，穿着脏袖子的衣服坐在桌前吃晚饭，而且他自己全然没有觉察，有好长时间他一边喝酒，一边呆呆地出神。他让贝尔森在他放画的房间生上火，不一会儿他就自己上楼了。

他点上灯，深深地叹了一口气，似乎置身于周围全是宝物的房间中，他才获得了心灵的宁静。他径直走向宝物中最名贵的那幅"开门见山"的透纳跟前，把它放在画架上，迎着灯光。市面上这时候透纳还是很热门的，但是他还没下定决心要不要卖掉它。他站在那里长时间地望着那幅画，一张苍白的、剃得很光的脸在翻起的立领上面伸出来，那副神情就像是正在算计着什么似的；他的眼睛里显出不满的神情；他大概是觉得不合算吧。他从架子上取下画，准备继续把画朝墙面挂上；穿过艾琳的房间时，他停住了，耳朵里似乎又听到了她的啜泣声。

没什么事——还是今天早上疑神疑鬼的作用。过了一会儿，他在烧得很旺的火炉前放上高隔火屏，就悄悄地下了楼。

明天一切都会过去的！他这样想着。过了很久他才入睡……

要想知道那个大雾天的下午还发生了些什么事情，我们就得把注意力转移到乔治·福尔赛身上。

他在福尔赛家口才算是最幽默的一个，人也是最讲义气的；这一天他待在王子园老家里读了一整天小说。自从他个人最近发生了经济危机之后，他就一直在罗杰的保释下生活，被迫待在家里。

大约下午五点钟，他出门了，坐火车去了南肯斯通车站，由于这场大雾，今天几乎所有人都坐地铁。他原本打算先吃晚饭，之后去红篮子打弹子来消磨这一晚；红篮子是一家很别致的小旅店，既不是什么俱乐部、旅馆，也不是什么上等的豪华饭店。

他在查林路口下了车，平时他都会选择在詹姆斯公园下车，这次为了洁明路上的灯光，就在这里下了车。

乔治不仅仪态安详，穿着时髦，还有一双尖锐的眼睛，总是瞅着周围的人，伺机嘲笑一下别人。在月台上，他注意到一个男人从一等车厢跳了下来，与其说是跳了下来，不如说是跌跌撞撞地走向出口。

"哟，我的老兄！"乔治自言自语道，"噢，那不是'海盗'老兄嘛！"他挪动着自己肥胖的身体尾随其后。对他来说，没有什么比偷看一个醉酒的人来得有趣了。

波辛尼歪戴着帽子，在他前面停住了，他忽然转身，朝着他刚刚下来的那节车厢冲过去。但是已经太迟了。一个服务员抓住了他的大衣；车厢已经开动了。

乔治急忙瞥了一眼车厢玻璃，他看到一张女士的脸。是索米斯太太——乔治觉得事情有趣极了！

他紧紧地跟着波辛尼，比刚才紧多了——他跟着他上了楼梯，经过售票员面前，然后到了街上。然而在这个过程中，他的感觉发生了变化；他不再仅仅觉得好奇和有趣了，他感到他跟踪的这个家伙很可怜。"海盗"没有喝醉，他只是在一种极端强烈的压力之下才变成这个样子；他在自言自语，但是乔治听到的只有："噢，上帝！"他似乎不知道自己在做什么，也不知道自己将要到哪里去；他像个疯子一样，一会儿眼睛瞪得老大，一会儿犹疑不决；本来乔治这是想跟着他寻开心来着，但现在他只是觉得他必须看着这个可怜的家伙。

他是"受了什么刺激"——"受了刺激"！现在他怀疑索米斯太太究竟跟他说了什么，她在车厢里究竟告诉他什么。她看上去也糟糕透了！一想到她一个人孤零零地面对那些麻烦和痛苦，乔治心里就很不好受。

他紧紧地跟在波辛尼后面——一个高大魁梧的身材，一声不吭，悄悄地跟在他后面——一直跟他进入了大雾中。

这绝不是开玩笑，绝对发生了什么事！令人敬佩的是，乔治虽然很兴奋，但是他的头脑却保持清醒，因为除了怜悯之外，他的猎奇心已经被激发出来了。

波辛尼一直走在路中央——一片完全的黑暗，一个人的六步之外什么都看不见；走在漆黑的路上，四周到处是人声和口哨声；突然出现的影子缓缓经过他们身边；不时出现的灯光就像是无边无际的大海中一个昏暗的小岛。

波辛尼匆忙地走在这片无边的黑夜中，乔治也紧紧地跟在他后面。如果这个家伙想要用头撞马车，他一定会奋力阻止他！这个被追踪的人穿过大街时，并不像其他人一样摸索着前进，而是埋头向前冲，就像后面那位一心追踪他的乔治拿着鞭子驱赶他似的；乔治开始觉得在这样一个鬼迷心窍的人后面就像驱赶他一样，这种感觉太有意思了。

但是现在事情又有了进一步的发展，至今在乔治的脑子里都非常清晰。在他跟踪的途中，有一次波辛尼突然停下了，嘴里说的话让乔治一下子明白发生了什么事。索米斯太太在车上对波辛尼说的话也不再神秘。从波辛尼的喃喃自语中，他明白原来是索米斯对一个变了心的不愿同房的妻子行使了作为丈夫权利——占有财产的最高权利。

他的脑子里充斥着这件事；波辛尼一定非常震惊；乔治猜他的心里充满着愤怒，还有对性欲的混乱和恐慌。乔治心里想着："对，确实有点吃不消！难怪这个可怜的家伙像是疯了似的！"

他追着波辛尼来到了特拉法尔加广场，他正坐在一个石狮子下面的凳子上，这个石狮子是个斯芬尼克怪兽，和他们一样，迷失在了黑暗中。就在这里，波辛尼一声不吭地呆坐在那里，乔治就坐在他身后，耐心中夹杂着一丝莫名的友爱之心。他并不缺乏爱心——这是一种品格——使得他不允许自己插手别人的悲剧，他静静地等待着，就像石狮子一样沉默，他那件毛皮大衣的领子竖起来紧包着耳朵，挡着他那通红的脸颊，只露出那双带有嘲讽和怜悯神情的眼睛。路上下班的人络绎不绝，他们从一天的生意场匆匆地赶到各自的俱乐部——他们的身形就像蚕蛹一样裹上了一层白雾，像鬼魂一样出现在他眼前，又像鬼魂一样消失不见。后来乔治那圭尔普式的幽默打破了他的同情心，使他忍不住想拉住从他身边经过的人的袖子，对他们说：

"嘿，老兄！像这样的场面可不是经常能看到的！这里有个可怜的家伙，他的情妇刚刚告诉他关于她丈夫的一个小故事；过来，过来，你们看，他受了刺激了！"

他幻想着路人走过来，围着这个痛苦的男人；想着可能这其中有一个体面的新婚丈夫知道了波辛尼的遭遇后，也许从自己的甜蜜中能够体会到一点波辛尼的痛苦，正咧着嘴笑呢；他想象着那个人的嘴咧越大，雾气越来越重。对于那些已婚的中产阶级，乔治向来是瞧不起的——这是他这个阶级中那些放荡不羁、讲究义气的人最特别的地方。

很快他就没耐心了。他原来可没打算这样一直坐下去。

"不管怎样，"他想，"这个可怜的家伙会渡过这一关；在这个小城市里像这样的事情又不是第一次发生了！"担心现在，他的追逐对象又开始爆出一些狠毒、愤怒的话。乔治一时冲动，用手拍了拍他的肩膀。

波辛尼突然转过身。

"你是谁？你想干什么？"

如果是在光亮的煤气灯光下，是在他所在的那个正常的世界里，乔治绝对非常沉着冷静；但是现在是在雾中，周围的一切都阴森森的，让人感觉如临幻境，并且没有一样东西具有福尔赛人平时拿来和人世联系在一起的那种实用价值，他看到的是这些陌生的场景，当他努力缓过神对上这个疯子的眼睛时，他在心里说：

"如果我看到一个警察，一定让警察把他抓起来；他不适合这样到处乱跑。"

也许是没等到答案，波辛尼又跑进了大雾里，乔治跟了上去，可能这次离得稍远一点，但是他决心一定要跟上他。

"他不能这样跑，"他心里想，"要不是上帝有灵行，他早就被车撞死了。"他不再想着依靠警察了，一个讲义气的人的神圣火焰在他心里重新燃烧起来。

波辛尼走进了一片更浓密的黑暗之中，急速前行；尽管他看上去很疯癫，但是他的追逐者还是看出这个疯子的意图——很显然他是向西走去了。

"他还真去找索米斯了！"乔治心里想着。这个想法让他兴奋不已。这场追逐的结果使他觉得不枉自己的这番辛苦——他一直不喜欢他的那个堂兄。

一辆疾驰而过的出租马车擦过他的肩膀飞奔过去，使他一下子跳到一边。他可没打算为了这个"海盗"或是任何人搭上自己的性命。大雾已经把一切都淹没了，一眼望去只能看见波辛尼的身影和附近像朦胧的月光的街灯，然而乔治带着自己那遗传的坚韧性，继续追了上去。

接着，乔治凭借一个城市游荡者的本能，知道自己进入了皮卡迪利大街。在这里即使闭着眼他也能找到路；没有了对道路的陌生感，他的思绪又回到了波辛尼的麻烦事上。

这条长街给了他这位高等游民无数经验；在一片混乱的、似是而非的爱情事件中，一个年轻时候的记忆突然涌上心头。这个记忆至今仍然很新鲜，把干草的香味、朦胧的月光、夏季迷人的情调带进了这片恶臭黑暗的伦敦雾气中来——那是一个夜晚，在一片草地最黑暗的影子中时，他听到一个女人说他不是她唯一的占有者。有那么一会儿，乔治觉得自己又躺在了阴影当中，心里很不是滋味，白杨树遮着月亮照出的长长的影子，他就躺在那里，脸凑着那些沾满露水的芬芳的青草。

他有种强烈的冲动，他真想一把抓住"海盗"的胳膊，对他说："得了，老兄，时间会让一切都过去的。咱们一起去喝一杯吧！"

但是这时传来一声吆喝声，吓得他退了回去。一辆马车从黑暗中驶进来，又消失在黑暗中。乔治忽然发现自己把波辛尼跟丢了。他来回跑着寻找他，心里感到一种绝望的恐惧，这正是一种浓雾笼罩下的阴森的恐惧。汗水开始从他眉毛滴下，他站在那里一动不动，使劲地听着。

"然后，"当天晚上在红蓝子俱乐部打弹子球的时候他对达尔第说，"我就找不着他了。"

达尔第若有所思地摸着自己的胡须。他刚才一杆子打了二十三点，最后一记边球没有打中。"女的是谁呢？"他问道。

乔治不紧不慢地看着这个富有的黄脸胖子，脸颊和厚眼皮周围隐现出一丝恶意的微笑。

"不，不行，我亲爱的伙伴，"他想，"我可不会告诉你。"虽然他和达尔第走得挺近，但是他打心眼里觉得他是个有点下流的人。

"呃，是某个小情人。"他边说边给球杆擦粉。

"情人！"达尔第大声叫了出来——他脸上挂上了一种更加含蓄的神情。"我肯定那是我们的朋友索……"

"是吗？"乔治简洁地说道。"那么，见鬼，你猜错了。"

他这一杆没有打中。接下来他小心翼翼地没有再提到这件事，直到大约十一点钟，他用自己编的一句诗意的话说："看着杯中的酒变黄。"他拉开窗帘，盯着外面的街道看。外面浓厚的黑雾仅仅被红蓝紫的灯光照出去一小片，远处什么也看不到。

"我不由自主地就会想到那个可怜的'海盗'，"他说，"他现在可能还在大雾里的某个地方游荡呢。除非他已经是一具死尸了。"最后他加了这么奇怪的一句。

"死尸！"达尔第说道，那一次在里士满的失败使他不由得火冒三丈。"他一定喝醉了。十对一我和你打赌！"

乔治转过身，神情可怕，一张大脸上带着一种愤怒的忧郁。

"住嘴！"他说，"我告诉你了，他只是'受了点刺激'！"

审 判

　　索米斯的案子开庭的那天早上，他仍旧没有见到艾琳就出门了，因为那天他的案子排在第二号。对他来说不见面也好，他还没有决定应该以什么样的态度来面对她。

　　法院要求他十点半之前到达法庭，以防第一个案子[1]垮掉，然而那起违约案却很激烈，双方都振振有词，王室法律顾问华特布克在这类案子上本来就赫赫有名，现在这起案子使得他的名声更旺了。和他对阵的是拉姆律师——另一位违约案的好手。这真是一场大对决。

　　快到中午吃饭的时间，法庭才宣布审判结果。陪审员全都离开坐席去吃饭了，索米斯也离开去吃点东西。他在吃午餐的餐厅里碰见了詹姆斯，他正站在供应午餐的小酒柜那里，长长的走廊像一片旷野，詹姆斯就像是

　　　　第一起案子是违约案。

旷野上的一只醍醐鸟，弓着身子在吃一份三明治，喝一杯雪利酒。楼下大厅的中央宽阔又空荡荡的，父子俩站在一起，对着大厅出神，他们时不时地看见一些戴着假发的律师急匆匆地穿过去，有时看见一个老妇人或是一个穿着破旧的男子走过去，面带恐惧的神情向上望去；还有两个人，看上去比同辈的人勇敢些，坐在靠窗的空当里争论。他们的声音和一股像废井似的气味从下面升上来，再加上回廊里原有的气息，就形成一种和英国司法界密切结合在一起的气息，简直就像一块精炼的奶酪发出的气味。

就这样过了一小会儿，詹姆斯对自己的儿子说话了。

"你的案子什么时候开始？我想案子应该很简单就完事。波辛尼说出什么难听的话我都不会觉得奇怪；我反而认为他一定得说些难听的话。如果他失败了就倾家荡产了。"他咬了一大口三明治，又喝了一口雪利酒。他说："你妈妈叫你和艾琳今晚一起去吃晚饭。"

索米斯的嘴唇浮现出一丝冷笑；他抬起头看着父亲。一个人看到父子之间互视的眼光这样冷淡而且鬼鬼祟祟，决不会明白两人是那样的心心相印，这也是可以原谅的。詹姆斯一口喝尽了杯里的雪利酒。

"多少钱？"他问。

一回到法庭上，索米斯立即坐回到紧挨着自己的律师的座位。他偷偷地瞄了一眼，看看自己的父亲坐在后面没有，他这个动作谁都没有察觉。

詹姆斯靠着椅子背坐着，手里紧紧地握着他的雨伞，坐在律师后面的那张长椅上出神，坐在这里的好处是在案子结束后他可以立即离开。他认为波辛尼的行为从任何一方面说都是荒唐至极的，但是他并不希望和他正面撞上，他感觉他们俩见到后会很尴尬。

这个法庭恐怕是仅次于离婚案的一个最受人欢迎的一个法律中心了；诽谤案、违约案以及其他的商业诉讼案都是在这里审判的。所以，后排的座位坐了一些和案子无关紧要的人，在走廊还能够看到一两顶女士帽子。

詹姆斯前面的两排座位很快就被戴着假发的律师们坐满了，他们坐在那边用铅笔写着东西，或是聊天，还有剔牙的；但是很快，当王室法律顾问华特布克进来时，他的兴趣就从这些无关紧要的律师转到了他身上。他的袖袍的两只袖子像翅膀一样呼呼作响，一张红红的、干练的脸加上两撇棕色的短上须。詹姆斯毫不掩饰地称赞这个律师确实是盘问的能手。

詹姆斯虽然说是有多年经验的律师，但他和华特布克以前却从没见过面，而且和司法界中下层的许多福尔赛人一样，他对一个盘问能手非常敬佩。当他看到华特布克，尤其是看到他穿着代表索米斯辩护的丝绸长袍时，他两颊带着忧愁的长胡须终于放松下来了。

王室法律顾问华特布克用胳膊肘支着身体，刚转过去和他的帮办律师谈话，波萨律师就出现了。他是一个瘦瘦的、相貌猥琐的人，身体微曲，雪白的假发衬托出一张胡须剃得精光的脸。像庭上其他人一样，华特布克站起身来，直到律师坐下他们才都坐下。詹姆斯只是稍微地站了一下；他本来坐得舒舒服服，而且他一直都没把波萨放在眼里，以前在博雷·汤姆家里和他坐在一起吃过两次晚饭，坐得和他只隔了一个座位。博雷·汤姆尽管非常走运，却是个可笑的家伙。他的第一个案子就是詹姆斯给他办的。而且詹姆斯现在很兴奋，因为他刚发现波辛尼没有到场。

"现在是什么状况？"他心里暗想。

案子开审了；王室法律顾问华特布克推开文件，从肩部抖了抖身上的袍子，在法庭上环视一周，就像一个将要走上板球场击球的人一样，站起来在庭上讲话。

事实是，他说，没有任何好争辩的，他的当事人只需要提供他们之间的通信，庭上只需了解信件内容就行了；被告是一个建筑师，这些信件都是关于房屋内部装修的。不过，他的私见是这封信只能有一个明显的解释。于是他把在罗宾山上建造房子的经过以及实际花掉的建筑费用简略的陈述了一下——在他口中这座房子简直被形容成了一座皇宫——然后他继续说：

"我的当事人——索米斯先生，是个绅士，是个有产业的人，他最不愿意跟诉讼案牵扯一起，但是现在因为房子的事儿，他不得不和他的建筑师打这场官司，但是法官大人已经知道了，这位建筑师花费了一万两千英镑——万两千英镑，这笔数目可远远超过先前他预算的费用，作为一条原则——再强调也不为过——作为一条原则，为了其他人的利益，他认为自己必须要提起这次诉讼。由被告建筑师提出来的辩护词根本不值得考虑。"然后他读了那封他们之间的来信。

他的当事人，"一个有社会地位的人"，准备进入法庭，并宣誓他从未授权，而且他从未想过授权给那位建筑师允许他装修的花费超过一万两千零五十英镑，这一条他已经清楚地说明了；为了不浪费法庭上的时间，他立刻就会传叫福尔赛先生。

索米斯走进法庭。他很冷静。他那张苍白的脸上挂着傲慢的神情，胡子刮得精光，眉眼之间皱成一条缝，嘴唇紧闭；他的衣着很整齐，一只手戴着手套，显得很整洁，另一只手没戴。他回答问题时声音很低沉，却很容易辨听。他提出证据后被盘问时，显出一副不愿多说的样子。

他不是提到了"全权负责"吗？没有。

"信中明明提到了！"

他在信里提到的是"根据信的内容全权负责"。

"你告诉法庭，用的是英语吗？"

"是的！"

"你那么说是什么意思？"

"我说了什么？"

"你是打算否定这个论点吗？"

"是的。"

"你是个爱尔兰人？"

"不是。"

"你是个有教养的人吗？"

"是的。"

"那么你还是坚持这个陈述吗？"

"是的。"

通过这场盘问和接下来的盘问，焦点都是那个"微妙的论点"，詹姆斯坐在席上，手放在耳朵后面，眼睛盯着自己的儿子。

他真为他感到骄傲！他觉得要是他自己也处在相同的情况下的话，也会像他那样沉默不语。当索米斯慢慢地转过身，表情没有任何变化地走下法庭后，他宽慰地叹了一口气。

轮到波辛尼的律师对法官进行陈述了，詹姆斯拿出了双倍的注意力，他一遍又一遍地扫视着法庭，确定波辛尼没有藏在某个角落里。

小钱克里开始陈述时非常紧张；波辛尼没有到场使他感到很尴尬。所以他尽自己最大努力把波辛尼没有到场这件事说的对自己有利。

他说他不由得感到害怕——害怕他的当事人会遇到车祸。他说自己满心期盼波辛尼能够上庭做证；他们一大早已经派人去波辛尼的办公室和家里看过了，尽管他知道事务所就是他家，但是他觉得还是不说为妙，但是还是不知道他去哪儿了，他认为眼下的情况非常不妙，因为他知道波辛尼要上庭做证心情非常焦虑。然而，他的当事人并没有申请延期审判，既然他没有申请延期，那就说明他会履行自己的责任。如果不是因为某些不幸的原因他的当事人没有到场的话，他的当事人也一定会支持他的陈述的，就像是"全权负责"这样的陈述是不能用什么不确定的意思来限制、约束或取消的。并且他进一步指出，福尔赛先生事实上从未对他的建筑师指定或执行的工程加以否认。被告决计没有料到福尔赛先生会否认他的工作，如果他早知道的话，就像他信中所写的那样，他绝对不会接受这份工作——这是一份亟须细致、耐心和效率的工作，被告之所以会这么做，全是为了满足福尔赛先生的苛求——他可是个鉴赏家，一个富有的有产业的人。他觉得这点非常有说服力，所以当他说这些话时情绪很激动，也许当他说这场诉讼是一个极不公平、意想不到，是一个前所未有的案例时，因为激动，他说了些非常激烈的话。如果敬爱的法官能有机会亲自去看看那所漂亮的房子，并看看他的当事人把房子装修得多么精致多么华美的话——他的当事人简直是这个领域的艺术家——他敢保证法官绝对不会容忍这种逃避法律责任的大胆企图。

他拿起索米斯的通信，像是无意地提起了"波瓦留－白拉斯水泥有限公司的判例"。"我说不上，"他说，"这个案子的判决依据是什么；不管怎样，我敢说这个案子对于我和我的对手来说都能引用得上。"接着他开始就那个"微妙的论点"展开了详细的解说。他用非常恭敬的态度，辩驳说福尔赛先生的那句话没有法律效力。他的当事人并不是个有钱人，这件事对他来说至关重要；他是一位非常有才华的建筑师，他在专业领域的名声毫无疑问是非常显赫的。他总结的时候说了一个个人的观点，有点近乎说情，他希望法官能够爱护艺术，保护艺术家，使他们不受——当然只是有时候——不受资本家的剥削。他说："如果有产业的人都像这位福尔赛先生一样拒绝，而且法律也允许他们拒绝履行契约上应该履行的责任，那么专业领域的艺术家们的地位如何保障呢？"他现在要求传唤他的当事人出庭，万一他在最后关头到场的话，他还是可以自己出庭做证。

法院传达员喊了三次"菲利普·拜恩斯·波辛尼"这个名字，传唤的声音回荡在法庭和庭外的走廊里，产生了一种奇怪的悲凉。

名字传唤了三次，但是无人应答，詹姆斯却有一种非常古怪的感觉：就好像是呼唤一只在路上走丢了的小狗。一个活人失踪了，这件事让他觉得毛骨悚然，虽然他坐得很舒服、很安全，但还是感觉很诡异。但是他实在也说不出个所以然，这让他感到非常不安。

他看了看表——三点一刻！再过一刻钟审判就结束了。那个家伙去哪儿了呢？

直到波萨法官宣布判决结果时，他悬着的心才慢慢落下。

坐在那个竖立的木台后面——这个木台把法官大人和一般的律师分开——那个饱读诗书的法官大人身体前倾着。电灯正好挂在他的头顶，照在他雪白的假发上，他的脸上像是镀上了一层橘色的光；宽大的长袍显得特别肥大；他的整个身体面对着相对黑暗的法庭，像是一尊神圣的雕像。他清了清嗓子，啜了一口水，把一支鹅毛笔的笔尖在桌子上按断了，两只骨瘦嶙峋的手抄在胸前，开了口。

在詹姆斯看来，波萨从来没有如此高大过。这就是法律的神圣；然而在灯光下，还可以看出一个在日常生活中头戴华特·波萨爵士帽走动的平常的福尔赛；如果一个人和詹姆斯的性格差得很远，他是看不出来的。

他宣读了此案的判决：

"本案的事实是无可争辩的。在五月十五日晚些时候，被告给原告写了封信，要求原告允许自己不参与原告房屋装修的工作，除非被告可以'全权负责'。五月十七日，原告给被告回信：'根据你的要求，我给你全权负责的权力，我希望你清楚地知道房屋的装修所需的所有费用，包括你的酬劳

（我们已经商量好了）在内，绝不能超过一万两千英镑。'五月十八日，被告回了信：'如果你认为像室内装修这么精细的活我能把预算控制到精确的几英镑的话，恐怕你就错了。'五月十九日，原告回信写道：'我的意思并不是说，如果你超出我上封信中提到的那个钱数十英镑、二十英镑甚至五十英镑，我们之间会有什么麻烦。装修这个活精确的钱数确实不太可能。我认为你应该重新考虑你的答复。你可以根据这封信'全权负责'，我希望你能够用你的方式来完成室内装修，我也知道这个事情要绝对精确是很难的。'五月二十日被告简短地回复了原告：'可以。'

"在完成房子的装修时，被告拖欠和支出的费用总共高达一万两千四百英镑，如此花费已经超出了原告的本意。双方在之前的通信中已经商议好最终的花销不可超过一万两千零五十英镑，而现在被告多花费三百五十英镑，这就是为什么原告把被告告上了法庭，要求被告赔偿超出的三百五十英镑的原因。

"本法官需要判决的是被告是否有责任偿还原告那笔超出的费用。在此本法官宣布，他有责任偿还。

"事实上，原告的意思是'只要你保证总共的花费不超出一万两千英磅，我让你全权负责这所房子的装修。如果你超出总费用五十英磅，至多五十英磅，我也不会追究你的责任；如果超出那个总费用，你就不是在我的委托范围内，我就要追究你的责任'。本法官还不是很清楚原告如果没有按照被告的要求担负了所有的费用，他现在也许不需要负担那么多；但是他却接受了那么大一笔费用。他已经全部付清了款项。现在他是在争取自己的权利，根据双方的约定要求偿还自己的损失。

"依我的判决，原告有权利要求被告偿还超出的部分。

"有人试图维护被告的利益，企图从双方的通信中说明双方并没有就总费用制订限制。如果真的没有限制的话，为什么原告信中提到一万两千英磅，随后又提到五十英磅。被告的律师企图让这些数字没有意义。本法官很明显地看出，在五月二十日的通信中，被告很明确地知道总费用的限制。

"鉴于以上的理由，原告要求被告赔偿的费用是非常合理的。"

詹姆斯舒了一口气，弯下身子捡起了刚才掉在地上的伞，那把伞是当他听到法官说"根据通信的内容"时，"扑"的一声掉在地上的。

他抽出两条腿，迅速地离开了法庭。他没等儿子，抢先上了一辆马车（那天天很晴）径直去了蒂莫西家里，他看见斯威森也在那里；之后他就对塞普蒂默斯·斯茂太太、海斯特姑母还有斯威森叙述了审判的整个过程，这期间他吃了两块松饼，有时候边吃边说。

"索米斯表现得很好，"他最后说，"他一直高高地抬着头。老乔里恩听到这些可能要不高兴了。这个判决对那个小波辛尼可是糟糕透了；我敢保证他肯定会破产。"之后很长一段时间，他都没说话，怔怔地望着火炉发呆，他说道：

"他不在那里——为什么？"

这时候传来一阵脚步声。一个健康的、脸红彤彤的、胖胖的男子走进来，他走向了客厅后面。他抬起一只手，被黑色的燕尾服衬得只剩一只食指。

"喂，詹姆斯，"他说，"我——我藏不住了。"说完这句就转过身，走了出去。

这就是蒂莫西。

詹姆斯从椅子上站起身来。"我就说！"他说，"我就说！我知道肯定有什么事发生了……"他把话咽了回去，没再出声，他呆呆地望着前方，就像是看到了不祥的征兆。

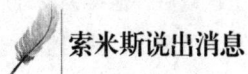

索米斯说出消息

离开法庭之后，索米斯并没有直接回家。他打心里不愿意去城区，而且在胜利的喜悦之余，他还感到他需要别人的同情，于是他向贝斯华特路的蒂莫西家走去，他步行去蒂莫西家，而且走得很慢。

他的父亲刚刚离去；斯茂太太和海斯特姑母，为了掌握整个故事，非常热情地招待了他。她们确定在法庭上待了这么长时间，他一定饿了。斯密赛尔本来给他烤了很多松饼，但是他的父亲詹姆斯已经全都吃光了。他应该把腿放在沙发上；他应该来一杯提神的梅脯白兰地酒。

斯威森还没走，他已经比平常待的时间长了，因为他觉得自己需要运动运动。当听到刚才太太们的那些建议时，他"呸"了一声。年轻人真是太不像话了！斯威森的肝脏不好，一想到除了他之外还有人可以畅饮梅脯白兰地酒，他就觉得无法忍受。

他听到那些话后立刻就走了，走前对索米斯说："你的妻子怎么样

· 293 ·

了？你告诉她如果她觉得无聊，可以悄悄地来找我，我可以和她共进晚餐，我会给她一杯她平时喝不到的香槟。"凭他那高大的身材，他俯视了一眼索米斯，握起他那又厚又黄的拳头，就像是要把这个小家伙勒死似的，然后他挺着胸膛晃晃悠悠地走了出去。

斯茂太太和海斯特姑母都觉得有点害怕。斯威森这个人太滑稽可笑了！

她们很想问索米斯艾琳会怎么看这个结果，但是她们知道不能问；他或许会自己谈到这个问题，或许会透露点消息，现在这个问题是她们生活中最重要的事，对于这个问题的沉默不语几乎使她们被折磨得难受；现在蒂莫西也知道这件事了，这对他的健康肯定是不利的。琼会怎么做呢？这对她们同样是个非常兴奋的问题，虽然这个问题背后议论不得！

她们绝不会忘记上次老乔里恩的拜访，自从上次以后，他再也没有拜访过她们；她们绝不会忘记老乔里恩给在场的所有人的警告，他们整个家族不再像原来一样了——已经分裂了。

但是索米斯只是坐在那里，盘着腿，丝毫没有给她们任何消息，他在谈论着巴比赞派的那些画家，这是他刚刚发现的一个画派。他说这个画派是很有前途的；花上一大笔钱来买他们的画他一点也不会犹豫；他非常看好一位叫做考洛特－加龙省－加龙省的画家的两幅画作，真是有魅力的玩意儿；如果他报的价合理的话，他一定会买下它们——他认为它们将来一定能卖个好价钱。

真是有意思，塞普蒂默斯·斯茂太太和海斯特姑母都附和着索米斯的谈论，谁也没提自己的疑惑。

有趣——真是有趣——索米斯真是聪明，如果这些画都能卖出去的话，他一定又能做出一番事业；但是如今官司打赢了，他又有什么打算？是准备立刻就离开伦敦住进乡下的那所新房子里呢，还是要做什么别的事呢？

索米斯回答说他自己也不知道，他想他们夫妻很快就会搬进新房子。他起身亲吻了他的姑母们。

茱莉姑母一看到这个表示离开的姿势，脸上立刻变了样，好像她突然拥有了可怕的勇气；她脸上的每一块老肉都好像要抢着从面具中逃脱出来一样。

她整个身子站在那里，说道："这件事在我脑子里很长时间了，亲爱的，如果没有人告诉你的话，我决定……"

海斯特姑母打断了她。"茱莉，记住，你做这件事……"她激动地喘着气说，"责任全由你来负！"

斯茂太太继续说着，好像没听见海斯特姑母的话："亲爱的，我想你有权知道，马克安德太太看见艾琳和波辛尼先生一起在里士满公园里散步。"

海斯特姑母刚刚也站起来了，现在又重新坐到椅子上，把脸转了过去。茱莉真是太——她不应该当着自己——海斯特姑母还在这个房间的时候说这件事；她屏住呼吸，期待着索米斯的回答。

听到这件事，他的脸红了，就像他脸红时的特殊的样子一样，总是两眼之间的部分变红；他抬起手，仿佛挑选了一个指头，轻轻咬着指甲；接着，他从嘴唇之间抽出指头，说道："马克安德太太就是一只猫！"

没有等到姑母们说话，他就离开了房间。

当他走进蒂莫西家时他就已经打定主意要走哪条路回家了。他将直接去找艾琳，并对她说：

"我已经打赢了官司，这件事终于完了！我并不想逼迫波辛尼；我将看看我们是否能达成一致；他不会受到压迫。从今天起让我们重新开始吧！我们将离开现在的房子，远离这些雾气。我们立刻就搬到罗宾山的房子里去。我——我从没想过对你动粗！让我们握手言和吧——并且——"或许她会允许他亲吻自己，并且忘掉过去的不愉快！

当他从蒂莫西家里走出来时，他觉得事情没有自己想得那么简单。几个月以来闷在心里的嫉妒和猜忌如今全都冒出火来。他要一次性地对这件事做个了结；他不会让她玷污自己的名声！如果她无法爱他或是不会爱他，不执行自己的责任或不让他行使男人的权利——她绝不能和另外一个男人在背后嘲笑自己！他将让她纳税；用离婚威胁她！那也许能让她规矩点；她绝对不敢接受这个。但是——但是——要是她接受了呢？他犹豫不决；他从没遇到过这么难办的事儿。

要是她接受了怎么办？要是她对自己摊牌怎么办？他将要怎么做？到

时候他就得离婚了！

离婚！这个词现如今离他如此之近，使他感到全身像瘫痪了一样，离婚这个行为和迄今为止所有指导他的生活的原则截然相反。这个行为的决绝让他感到害怕；他感觉自己就像一艘船的船长，正走向船的一端，用自己的手扔下他最宝贵的包袱。用自己的手亲自扔下他的财产对索米斯来说是不可思议的。他的职业会因此受到影响：他将不得不放弃在罗宾山的房子，他花费了那么多钱，那么多精力在那所房子上面——而且牺牲了她！她将不再属于自己，就连姓也要改！她将会彻底离开他的生活，并且他——他将永远也不会再见到她！

但或许根本不会摊牌，即使到现在也很有可能并没有什么值得摊牌的事。把事情闹得这么大，会不会很傻呢？到时候自己还是收回自己说出的话，是不是也很傻？这个审判结果已经足以毁了波辛尼；一个被毁掉的人是绝望的，可是——他会怎么做呢？他有可能到国外去，被毁了的人通常总是跑到国外。他们会做什么呢？——如果他们真的凑到一起——他们可一个子儿也没有。最好还是等等看事情会发展成什么样吧。如果有必要，他真想让她看到这一切。嫉妒的怒火——活像一个人牙疼的时候——又冒出来了；他几乎快要大喊出来。但是他必须打定主意，在他到家之前得想好对策。当马车在家门口停住时，他还是没有任何对策。

他走进自己家里，脸色苍白，手心冒汗，他害怕见到她，但是又渴望见到她，不管他要对她说什么。

女仆贝尔森站在客厅里，他问她：“你的女主人去哪儿了？”贝尔森告诉福尔赛先生艾琳中午的时候就出去了，带着一个大箱子和一个手提包。

索米斯一把抓过贝尔森手中自己的毛皮大衣的袖子，对着她说：

“什么？”他大叫道；“你刚刚说的话是什么意思？”他突然意识到自己很失态，于是他调整了自己的情绪，问道：“她有没有留下什么消息？”他注意到女仆眼中的略微惊恐的目光，心里咯噔一下。

“先生，福尔赛太太没有留下什么话。”

“没留下任何话；很好，谢谢你，这儿没你的事了。我今晚出去吃饭。”

女仆走下楼，剩下他一个人呆站在那里，手里拿着自己那件毛皮大衣，无聊地翻起了瓷盘子里那些名片，瓷盘子放在客厅里放地毯的雕花木箱子上面。

巴勒姆先生和太太，塞普蒂默斯·斯茂太太，拜恩斯太太，所罗门·索恩沃斯先生，百丽丝女士，赫明·百丽丝小姐，威妮弗雷德·百丽丝小姐，埃拉·百丽丝小姐。

这些人都他妈的是谁啊？他似乎忘掉了所有他曾经熟悉的事情。那句"没留下任何话——一个大箱子和一个手提包"，在他的脑子里玩起了捉迷藏。她走了，一句话也没留下，这对他来说简直不可思议，他穿上那件毛皮大衣，两阶楼梯一步跑上了楼，就像一个新婚丈夫一样跑到了自己妻子的房间。

她的房间整洁、清新，散发着香味；每件物品都摆放得整整齐齐。床上铺着她那淡紫色的丝绸被，上面放着她放睡衣的大口袋，是她亲手做的，而且还绣了花；床下整齐地放着她的拖鞋；被单靠近床头的地方掀开了，好像在等着她回来。

桌子上放着她的化妆包，里面插着镶银的梳子和瓶子，那是他送给她的礼物。肯定搞错了。她拿走的是哪个包呢？他打算摇铃把贝尔森叫上来，但是又忽然想起现在自己得装着知道艾琳去了哪里，他必须自己揣摩，找出其中的线索。

他锁上门，努力地想着，但是他感觉自己的脑袋直打转；忽然，他的眼泪流了下来。

他匆忙扯下大衣，看着镜子里的自己。

他太苍老了，他的整个脸上都是灰蒙蒙的神色；他倒了些水，猛地洗起脸来。

她那镶银的梳子散发着她往头发上搽香水时的淡淡香味；一闻到这香味，那种浓浓的妒意又涌上他的心头。

他匆忙地穿上毛皮大衣，跑下楼梯上了街。

然而他并没有失去所有的理智，他下楼来到了斯隆大街，并编造了一个故事，以防他在波辛尼家里找不到艾琳。但是如果他找到了呢？他的决断力突然又消失了；他还没想好要是在他家里找到她该怎么办，便已经到了波辛尼家。

已经过了办公时间，大街上的门大都关着；看门的女人也说不出波辛尼先生到底在不在家；她一天都没见到他了，最近两三天也没见到他；她现在已经不伺候他了，没人伺候他，他……

索米斯打断了她，他要上楼自己去看看。他脸上的表情坚决而苍白，他上了楼。

最高一层的灯没亮，门也锁着，他按了门铃也无人应答，他最受不了没有声音了。他不得不下了楼，身体在毛皮大衣里微微颤抖，心冰凉冰凉的。叫了一辆马车，他告诉车夫去兰恩公园。

一路上他都努力回想着他最后一次给她支票是什么时候；她手里应该也就有三四英镑，但是还有她戴的珠宝呢；他非常痛苦地计算着她能凑多少钱；足够他们一起去国外；足够他们生活几个月！他努力盘算着；马车停下了，他下了车，还没算清楚。

管家问索米斯太太是否也在马车里，主人告诉他他们非常期待他们两人一起来吃晚饭。

索米斯回答说："索米斯太太感冒了没来。"

管家表示很遗憾。

索米斯觉得管家看着自己的表情非常奇怪，他突然记起自己没穿礼服，就问："沃姆森，还有什么人来吗？"

"先生，除了达尔第夫妇，就没有别人了。"

索米斯又觉得管家在用一种奇怪的眼光看着自己。他无法假装自己很镇定了。

"你在看什么？"他说，"我有什么问题吗？"

管家脸红了，他挂起索米斯的毛皮大衣，嘴里好像嘟囔着："没有，先生，确定没有。"说着就悄悄退下了。

索米斯走上楼。他穿过客厅时一眼也没瞧，径直走到父母的卧室里。

詹姆斯正侧身站着，穿着衬衫和晚礼服坎肩，弯弯的瘦长身材看上去特别明显；他低着头，白领结的一端从白色胡须中露出来，他的眼神集中精力，嘴唇嘟着，正在给妻子扣内衣后面的挂钩。索米斯停住脚步；他感到像是被噎住了，不知道是因为他上楼速度太快，还是因为其他的原因。他——他自己从来没有——从来没有被要求这样做……

他听到父亲的声音，嘴里好像含着一根针，说道："哪一个？在哪儿呢？你是想要扣哪一个？"母亲说："这儿，菲丽斯，你来扣上这个；老爷怎么也弄不好这个。"

索米斯把手放在喉咙处，用嘶哑的嗓音说：

"是我——索米斯！"

他注意到艾米丽脸上激动的表情："噢，是我宝贝儿子吗？"詹姆斯急忙放下挂钩："索米斯！你怎么到这儿来了？你还好吧？"

他呆板地回答："我很好。"然后望着父母，现在似乎不是说那件事的时候。

詹姆斯很快就发现了什么，他说："你看上去可不好。我觉得你受凉了——肯定是肝脏的毛病，不用说我也知道。你妈妈快给你……"

但是艾米丽冷静地打断了他："你把艾琳带来了吗？"

索米斯摇了摇头。

"没有，"他结结巴巴地说，"她——她离开我了！"

艾米丽从镜子前走开了。当她快步走到索米斯面前时，她那高挑丰腴的身体似乎失去了她以往的神圣，变得十分仁慈。

"我的宝贝儿子！我的宝贝！"

她在儿子额头吻了一下，摸着儿子的手。

詹姆斯也转向儿子；他的脸看上去突然老了许多。

"离开你？"他问道，"真见鬼！你说离开你是什么意思？你可从来没告诉过我她会离开你。"

索米斯悻悻地回答道："我怎么会知道？现在该怎么办？"

詹姆斯来回走着；他看上去很奇怪，因为没穿外套，他的样子就像一只长颈鸟。"该怎么办！"他嘴里念叨着，"我怎么知道该怎么办？你问我有什么用？没人告诉我发生了什么事，你却跑来问我该怎么办；我为什么就应该知道怎么办！你母亲也在这里，她还没说什么。我想说的就是，听你母亲给你出主意吧！"

索米斯笑了；他那古怪傲慢的笑看上去非常可怜。

"我真的不知道她去哪儿了。"他说。

"不知道她去哪儿了！"詹姆斯说，"你这是——这是什么意思，不知道她去哪儿了？你猜她会去哪儿？她一定是跟着那个小波辛尼跑了，她去那儿了。我就知道会这样。"

索米斯接下来什么也没说，他感到母亲用力地握着自己的手。所有发生的事情就像是做梦一样，索米斯好像失去了所有思考和行为的能力。

父亲的脸涨得通红，脸上的肌肉抽搐着，好像快要哭出来了，他颤抖着说出几句话，那几句话好像是从他的灵魂深处冒出来的。

"早晚会出丑闻；我一直都这么说。"接下去没人再吱声，"你就站在这儿，你母亲也在这儿！"

艾米丽的声音平静中带着傲慢："得了，詹姆斯！索米斯会尽他所能去处理这件事。"

詹姆斯盯着地板，断断续续地说："好吧，我没法帮你；我已经老了。别太着急，我的孩子。"

母亲又开口了："索米斯会尽他所能去把她找回来。我们别再说这个了。我敢说一切都会好起来的。"

詹姆斯说："我看不出这件事怎么能好起来。如果她没有跟那个波辛尼一起跑了，我的建议就是别听她说，直接去把她抓回来。"

索米斯又感觉到他母亲拍了拍他的手，这表示她的赞同，索米斯好像是在重复着什么神圣的誓言，他从牙缝里挤出一句话："我会的！"

他们三人一起下了楼来到客厅。三个达尔第家的女孩和达尔第都已经坐好了；如果艾琳也在场的话，一家人就都到齐了。

詹姆斯在他那把扶手椅上坐下，除了和达尔第冷漠地寒暄了一句之外，直到晚饭开始，他一句话也没有说。他对达尔第一直是又瞧不起又带点畏惧，就好像他永远都缺钱似的，索米斯也一直沉默着；只有艾米丽，一直冷静地和威妮弗雷德谈论着生活中的琐事。她的行为举止很正常，就像今晚什么事也没有发生一样。

好像大家都约定今晚不谈艾琳一样，詹姆斯家没有人提起她；毫无疑问，在接下来发生的一系列事件中，大家的意见和詹姆斯给出的意见是一致的："别听她胡说，直接追上去把她抓回来！"大家对于这件事似乎都是这样的看法，在兰恩公园里是这样，在尼古拉斯家、罗杰家和蒂莫西家里都是这样。就像全伦敦的福尔赛人都是这样的观点一样，他们只是现在还不知道发生了什么事，要是知道，一定会是这样的看法。

尽管艾米丽竭力把气氛搞得像平常一样，但是这顿晚饭在沃姆森和男仆们上菜的过程中一直沉默着进行。达尔第感到沉闷无聊，就一个劲儿地喝酒；女孩们互相也不闲聊。只有詹姆斯问了一句琼现在在哪里，并问这些日子她过的怎么样。没有人回应他。他心情变得更加郁闷了。只有威妮弗雷德说起小帕普柳斯把一个坏了的便士给了一个乞丐时，詹姆斯才开怀大笑。

"哈！"他说，"真是个聪明的孩子。如果他继续这样发展，我都不知道他将来会成为什么了不起的人物呢。一个有脑子的家伙，真是个好孩子！"但这件事过去后，他又恢复了之前的郁闷。

晚饭依次端上了饭桌，一家人都沉默着，电灯垂直挂在饭桌的上方，但是却偏偏把墙上的一幅装饰画照得非常清晰，那是一幅"特纳的海景图"，但是却是由缰绳和一些快要淹死的人组成的诡异的画。

香槟上来了，接着是詹姆斯的一瓶陈年好酒，但是却像是由一只冰冷的鬼手送上来一样。

十点钟的时候，索米斯离开了；期间有两次被问到艾琳去哪儿了，他只是说艾琳身体不舒服；他觉得自己都快不相信自己了。他母亲给了他一个温柔的吻，他拍了拍母亲的手，脸上一阵泛红。他在寒冬的夜里走回了家，风声在街角凄凉地呼啸着，天空很干净，深蓝的天空中布满繁星；他没有注意到寒冬对他打招呼，没有注意到自己踩在那些干枯的落叶上时发出的噼啪声，没有注意到倒垃圾的女人穿着破烂的衣服匆匆走过，也没有注意到街上的乞丐冻僵了的脸。冬天来了！很明显索米斯急着往家赶；他从门后镀金的金丝笼里拿出最近从门缝里塞进来的信件。

艾琳没有来信！

他走进客厅；火炉已经燃着了，他常坐的椅子放在火炉旁，拖鞋已经摆在那里，威士忌酒瓶和雕花的香烟盒摆放在桌子上；他只是盯着这一切看了一两分钟，就熄了灯走上楼去了。在他的更衣室也有火炉，但是她的房间却又黑又冷。索米斯走进了她的房间。

他点着房里的蜡烛，有很长一段时间他在床和门之间走来走去。他到现在还没有接受她已经离开自己的这个现实，他好像还在搜寻着什么信息，寻找着原因，寻找着他们婚姻中的一切秘密，他打开了所有的衣柜和抽屉。

她的衣服都在那里；他以前总是喜欢，事实上是坚持艾琳穿得非常端庄——她只带走了很少的几件衣服；最多两三件，每个抽屉里都放着亚麻和丝绸的内衣，一件也没有动。

也许所有的一切都只是一场虚惊，她只是去海边散散心，过几天就回来了。如果真是那样，如果她真的回来了，他绝不会再做之前那个要命的晚上做的混事，再也不会冒那个险——虽然那是她的责任，作为一位妻子的责任；虽然她属于他——但他绝不会再冒险做那样的事；她神经还不太正常！

他在她放珠宝的抽屉前弯下腰；抽屉没锁，他一拉就打开了；珠宝盒上放着钥匙。这让他非常吃惊，他突然想到里面肯定空了。他打开了盒子。

但是里面却满满的。在珠宝盒的各个小分格中，放着他给她的所有的珠宝首饰，甚至她的手表也在盒子里——放手表的盒子里塞了一张叠成三角形的纸条，上面写着"给索米斯·福尔赛"，是艾琳的笔迹。

"我没有带走你和你家人给我的任何东西。"就只有这一句话。

他看着那些钻石和珍珠的别针和手镯，看着那只用蓝宝石镶了一颗大钻石的金表，看着那些项链和戒指，每一件都安放在一个小格子中；他的眼泪流了下来，滴在那些首饰上。

她能做的一切，她过去所做的一切，都比不上这次做的事更能表明她的态度。也许在这一刻，他才真正明白——明白她一直厌恶他，这么多年她一直鄙视他，他们就像是生活在不同世界的人，他根本就没有任何希望把她追回来，他从来没有得到过她；他甚至有点可怜她所遭受的痛苦。

就在那一刻，他背叛了身体里的福尔赛——他忘记了自己，忘记了自己的利益，忘记了自己的财产——他什么都忘了；他上升到了无私和脱离实际的高度了。

这样的时刻很快就过去了。

尽管流下来眼泪，他却不允许自己软弱，他站起身，锁上盒子，慢慢地用颤抖的手把它拿到了另外一个房间。

 **琼的胜利**

　　琼一直在等待她的机会，每天早晚不辞辛苦地翻看着报纸杂志上那些无聊的专栏，这让老乔里恩感到很迷惑；当她的机会来临时，她就会立即采取行动，毫不犹豫、坚决果断，很像她的做派。

　　她永远记得那天早上，她终于在可靠的《泰晤士报》的开审案件专栏里第十三庭波萨法官下面看到了福尔赛控诉波辛尼的字样。

　　就像一个赌徒手里握着最后的一点钱，她准备把所有的钱都投在一个赌注上；她从来不会去想失败了会怎么样。她知道波辛尼在这个案子上一定是要难堪了，但是她是怎么知道的呢，除了靠坠入爱河的女人的本能得知，没有其他办法。就凭借这个预感，她已经做好打算，就好像她确定一定会发生这样的事。

　　十一点半的时候，她在第十三法庭的走廊里张望着，她一直站在那里，直到福尔赛控诉波辛尼的案子审判完毕。波辛尼没有到场辩护，她一点也不吃惊；她本能地感觉到他不会到场为自己辩护。在审判结束的时候，她快速地下了楼，搭上一辆马车来到了波辛尼的家。

她悄无声息地穿过三层面街而开的房门和办公室，没有引起任何注意；直到到了顶楼，她才感到有些为难。

她按了门铃，但无人做答；她还没有决定到底是到楼下问守门人要钥匙进去等波辛尼回来，还是在门外耐心地等他，并坚信没有人会突然出现。她最后决定选择后一个办法。

她就那样一动不动地在楼梯平台那里等了半个小时，这时她突然想起来波辛尼过去常常把钥匙放在门口的门毯下面。她低头从门毯下面找到了钥匙。找到后的几分钟她不知道怎么利用这把钥匙；最后她还是决定把门打开，自己去里面等，省的有人突然到来，看到她在门口等他。

比起五个月前琼颤抖着来找他那次，这次她从容多了；这几个月的痛苦和克制已经使她变得不那么敏感了；这次到这里来，她已经想了很久，而且计划周密，所有的麻烦她都事先预计好了。这次她不允许自己失败，因为如果她失败了就没人能帮她了。

就像母兽在寻找她的小兽那样，她那灵活的小身子一刻不停地在房间里走来走去，她从一面墙走到另一面墙，从窗户边走到门口，碰碰这里，碰碰那里。屋里到处是灰尘，这屋子可能好几个星期都没打扫过，对琼来说，任何能重新鼓起希望的事情，她都能看得到，就像她从这屋子很久没打扫这件事中，看出波辛尼因为没钱，早已辞去他的仆人。

她仔细观察着他的卧室；床铺草草地整理了一下，一看就是出自男人的手。她听了听外面没有动静，一下子冲进了卧室里，翻看着他的衣橱。里面只有几件衬衫和几条大衣领子，一双布满灰尘的靴子——几乎没有室内的衣服。

她又悄悄回到客厅，现在她注意到他平时摆放在客厅里的小玩意儿都不见了。他妈妈给他的那块钟表，挂在沙发上面的望远镜；两幅真正有价值的哈罗早期的画作，那是他父亲当年上学的地方，还有她送给他的那件日本陶器。这些东西全都不见了；这个世界竟然对他这么残忍，她一想到这里自己的正义之火就燃烧起来，但是又想到这些东西丢了正说明她的计划的成功。

就在她望着原来放日本陶器的那个地方发呆时，她奇怪地感觉到正有人看着自己，当她转过身时，看到艾琳正站在门口。

两人在沉默中看着对方足足有一分钟之久；接着琼走向前伸出手。艾琳却没有跟她握手。

当自己的手被拒绝后，琼把它们背到了后面。她的眼中充满着愤怒，她等着艾琳先开口；她就那样等着，带着嫉妒、猜疑和好奇，把对方的表情、衣着和身材仔细端量着。

艾琳穿着一件长长的灰色皮大衣；头上戴着一顶远足帽，一缕金发从前额掉出来。宽大而柔软的大衣把她的脸衬得像个婴儿。

跟琼的脸不同，艾琳的脸颊不带任何红色，而是象牙白，皮肤由于受了冻而紧绷着。两只眼睛下面有深深的黑眼圈。一只手里捧着一束紫罗兰。

她看着琼，嘴上没有一丝笑意；被这双又大又黑的眼睛盯着看，琼感到又气又惊，她又感觉到了艾琳身上那股不可抗拒的魅力。

最后，还是琼先开了口。

"你到这里来干什么？"她在问她这个问题时好像也在问自己同样的问题，于是紧接着她又添了一句："这个糟糕的案子。我来是想告诉他，他输了。"

艾琳什么也没说，她的眼睛始终盯着琼的脸，琼终于大喊出来：

"别像个石头人一样站在那里！"

艾琳笑了："我真希望我就是个石头人！"

但是琼回应道："住嘴！"她大喊道："别告诉我！我不想听！我根本不想知道你来干什么。我不想听到！"就像其他不安的灵魂一样，她开始快速地来回踱步。突然她又爆发了：

"我先到的这里。我们不能同时都待在这儿！"

艾琳的脸上闪现了一丝笑意，但是这笑就像火光一样一闪而过。她仍然站在那里不动。她那柔软的身体站在那里，琼突然看出了她的不顾一切的决心；这种决心是什么都阻挡不了的，而且是很危险的。艾琳摘下帽子，把手放到额前，把金发全都捋到后面去。

"你没有资格站在这里！"琼对着她大声抗议道。

艾琳回答："我在哪儿也没资格！"

"你什么意思？"

"我已经离开索米斯了。你一直劝我那样做！"

琼用手捂住了耳朵。

"别说了！我一句也不想听——我什么也不想知道。我没法和你抗争！你站在这里做什么？你为什么不走？"

艾琳的嘴唇蠕动了一下；她好像在说："我能走去哪儿？"

琼走到窗前。她看到街上的大钟表已经指向下午四点了。现在他随时都可能回来！她回头看了看艾琳，她的脸气得都快扭曲了。

但是艾琳却一动不动；她用戴着手套的那只手不停地摆弄着手里的紫罗兰。

愤怒和失望的泪水顺着琼的脸颊淌下。

"你怎么会来？"她说，"我真是交错了你这个朋友！"

艾琳又笑了。琼看到自己这一步又走错了，终于控制不住自己了。

"你为什么要来？"她抽泣着说，"你已经毁了我的人生，现在你又想毁掉他的！"

艾琳的嘴颤抖着；她的眼睛碰上了琼的眼睛，艾琳眼里满是凄惨的泪水。"不，不！"

艾琳的头垂下了，一直垂到胸前。忽然，她转过身，用一小束紫罗兰捂着嘴唇迅速地离开了。

琼跑到门口。她听到脚步声越来越远。她大叫着："回来，艾琳！回来！"

脚步声已经听不到了……

琼感到手足无措、筋疲力尽，她呆呆地站在楼梯上。为什么艾琳离开了，让她成为这片领域的女主人？这代表什么意思？她真的把他让给自己了吗？又或者是……她心里就这样不明不白……波辛尼还没有回来……

那天下午大约六点钟，老乔里恩从维斯塔利亚大街回到家里，他现在几乎每天都要在那里花些时间，他总会问问他的外孙女在不在楼上。当被告知她刚刚上楼，他就会去她的房间让她下楼陪自己说话。

他已经下定决心要告诉外孙女他已经打算和她爸爸和好了。在未来的日子里，过去的都已经过去了。他不再一个人孤单地生活，或者近乎孤单地生活在那座大房子里；他准备卖掉那座大房子，给儿子在乡下买座房子，一家人可以住在一起。如果琼不想住在一起的话，她可以选择自己住。反正这对她来说也没有什么区别，因为已经有很长时间她表现得极其冷漠了。

但是当琼走下楼时，她脸上的表情像是受了冻，看上去很痛苦；她的眼中透露着紧张和可怜的神情。她还是照旧挽着他的胳膊依偎在他身边，他之前预备好的那段清楚、权威又伤人的话真到了说出来的时候，却变得委婉而又柔和了。他的心里很难受，就像是一只母鸟看到自己的小鸟折断翅膀时的那种痛苦一样。他的话断断续续地，好像在向她道歉，因为自己终于违背了所有的道德屈从于自己的天性了。

他似乎很紧张，唯恐在表明自己的意图时，给他孙女树立坏榜样；最后终于说到正题上了，他提出的建议是，如果她不喜欢和他们住在一起，她可以自己住，随便她，谈到这点时，他的语气十分委婉。

"如果，万一，我的宝贝，"他说，"你发现自己跟他们合不来，这点我完全可以理解。你可以随自己的心意。我们可以为你在伦敦租一套小点的公寓，你可以搬过去，我会经常过去看你。那些孩子们，"他又说了一句，"真是可爱极了！"

接着，在这个严肃的、相当明显的话题转换中，他的眼睛露出了笑意。"这样做肯定会伤到蒂莫西那脆弱的神经。那个小家伙肯定会说些关于我的话，或者直接说我是个傻瓜！"

琼一直没说话。她靠在他的胳膊上，头在他的头之上，所以看不清她脸上的表情。但是突然他感到她那温暖的脸颊贴上自己的脸，不管怎样，她对这件事的态度还算温和。他开始大胆起来。

"你会喜欢你父亲的，"他说，"他是一个和蔼可亲的家伙。他给人的感觉是特别容易相处。而且你会发现他非常具有艺术家的天分，还有其他的一些事情。"

老乔里恩突然想起自己小心翼翼地锁在卧室的一打水彩画；以前他觉得这些画都是没用的东西，但既然现在自己的儿子也即将变成一个有产业的人，那么他觉得这些画也不是什么不好的东西了。

"至于你的——你的继母，"他说，说这句话时似乎有些艰难，"我觉得她也是个有教养的女人——有点像葛密芝太太，毫无疑问她对小乔非常有感情。至于孩子们，"他重复着这句——事实上，他说这句话时就像是在哼唱一句自我满足的小曲——"都是些非常惹人爱的小东西！"

如果琼明白的话，这些话只不过是他对小孩子的那种喜爱的转化，他喜爱弱小的孩子们，在过去为了当年的小琼他放弃了自己的儿子，而如今历史又重演了，为了那些小孩子，他又抛弃了她。

但是当他感到琼的沉默时，立即变得警醒了，他耐心地问她："好吧，你有什么话想说吗？"

琼从他的膝前滑下来，她也有一大段话等着呢，现在终于轮到她说了。她说她觉得这样安排很好；她没觉得有任何问题，并且她也不在乎别人怎么看。

老乔里恩的身子扭动了一下。唔！人们会怎么想！这些年过去了，他以为人们不会再对这件事起什么议论！好吧，他也没办法！不过，他对于孙女的做法很不赞同——她应该在意别人的看法！

但是他什么也没说。他的心情非常复杂而且不稳定，他自己也说不清楚。

不需要在乎别人的看法——琼继续说着——他不需要管别人怎么看；这关他们什么事呢？只有一件事——她的脸颊贴在他的膝盖上，老乔里恩立刻明白这件事绝对非同小可：既然他准备在乡下买一座房子，为什么不——为了让她高兴——买下索米斯在罗宾山的那座漂亮的房子呢？房子刚刚竣工，非常漂亮，而且至今还没人住过。他们一家人住在那里一定会非常开心的。

老乔里恩立即警惕起来。这么说那个"有产业的人"不打算去住新房子了？他现在提到索米斯时都是用这个称呼。

"不住了，"琼说——"他不住了；她知道他不住了！"

她怎么知道？

她不能告诉他，但是她就是知道。她非常确切地知道！他们绝不会去住新房子；情况已经变了！艾琳的话始终在她脑子里打转："我已经离开索米斯了。我能去哪儿？"

但是她对这件事缄口不言。

如果他的外祖父能够买下那座房子并帮菲力还清欠的钱该多好啊！这对每个人都好，每件事——每件事都会越来越好。

琼用嘴唇亲上他的额头，用力地亲了一下。

可是老乔里恩从她的亲热中挣脱出来，他的脸换上了一副严肃的神情，现在是办正事的时候了。他问道："她是什么意思？这背后发生了什么事吗？——难道她见过波辛尼？"

琼回答道："没有，但是我去过他家。"

"去过他家？谁带你去的？"

琼平静地望着他。"我一个人去的。他已经输了那场官司。我不在乎谁对谁错。我只想帮他；而且我一定会帮他！"

老乔里恩继续问道："那你见到他了吗？"他的眼神就像是刺穿她的眼睛看到了她的灵魂。

琼又回答道："没有，他不在家。我等了，但是他没回来。"

老乔里恩身子动了一下，他放心了。她站了起来眼睛向下望着他；脆弱的眼神泛着光，如此年轻却如此倔强，像是下定了决心；他心里乱了，有点恼了，他眉头紧锁，却也抵消不了那样坚定的眼神。他觉得自己败了，觉得缰绳已经从自己手里滑落了，他觉得自己老了，一种疲惫无力的感觉控制着他。

"哎！"他最后说，"总有一天你会给自己惹上一身麻烦，我能预料到。你做什么都是随心所欲。"

他的那套哲学观点突然蹦了出来，他又说："你一生下来就是这样；直到你老了你还是这样！"

那他呢？在和那些商人、和那些董事，和各型各色的福尔赛还有那些不属于福尔赛的人打交道时，他不也总是随心所欲吗？他悲伤地看着自己倔强的孙女——他看她的时候也是不自觉地认为她高于一切。

"你知道他们在背后怎么说你吗？"他缓缓地说。

琼的脸刷地红了。

"知道还是不知道！我知道——我不知道——反正我不在乎！"她跺着脚说。

"我相信，"老乔里恩说的时候垂下了眼，"就算他死了，你也要他！"

沉默了很久他都没有说话。

"但是至于买房子的事——你真是不知道自己在说什么！"

琼说她清楚自己在干什么。她知道只要他想买就一定可以得到。他只需要付房子的造价就可以了。

"什么造价！你什么也不知道。我不会去找索米斯——我绝不会和这个人做任何交易。"

"可是你不需要找他；你可以去找詹姆斯爷爷。如果你无法买到那座房子，你会赔偿他的诉讼费吗？我知道他现在处境十分困难——我已经看到了。你可以用我的钱来为他支付！"

老乔里恩眼睛里露出一丝笑意。

"用你的钱！真是个好办法。那么，你没了钱要怎么办？"

买下詹姆斯和他儿子的那座房子的这个主意已经悄悄打动了他。在福尔赛交易所的时候，他就听到过关于这座房子的许多评价，大都是称赞这座房子如何如何好。"很有艺术感"，而且位置也好。他已经打定主意要从那个"有产业的人"手里抢过这座房子，这么做也是对抗詹姆斯的一个至高的胜利，这样做表明他将要把小乔变为一个有产业的人，帮他恢复原来的地位，使他一生无忧。他要一次性地为自己的儿子报仇，让那些瞧不起他儿子、认为他儿子是身无分文的被驱逐者的人看看。

他要看看，他要看看！这个问题根本就不必考虑；要是价钱很高，他是不会买的；但如果价钱合适，他一定会买下来！

而且他内心非常清楚，自己是不会拒绝琼的请求的。

但是他并没有表现出来。他只是告诉琼——他会考虑考虑。

波辛尼之死

　　老乔里恩从来不会草率地决定一件事；要不是琼的表情告诉他如果不买下那座房子的话他将不得安宁，他也许会仔细考虑关于买罗宾山上那座房子的事情。

　　就在他们祖孙俩谈完话的第二天早上，琼问老乔里恩应该什么时候定好出租马车。

　　"马车？"他说，脸上一脸疑惑的表情；"定马车做什么？我又不出门！"

　　她回答道："如果你不早点儿过去，就赶不上在詹姆斯爷爷去商业区之前碰上他了。"

　　"詹姆斯！你詹姆斯爷爷怎么了？"

　　"那座房子，"她回答说，她的腔调非常严肃，这使得老乔里恩没法继续装傻了。

"我还没决定呢。"他说。

"你必须做决定！必须！噢！爷爷——你想想我啊！"

老乔里恩抱怨道："想想你——我什么时候都想着你，但是你却不想想你自己；你现在不知道你要让自己陷入一个什么样的境地。好吧，定十点的马车！"

十点一刻，他把自己的雨伞放进兰恩公园的伞架上——但是大衣和帽子他不愿意脱下；他告诉沃姆森他想见他家的老爷，之后没等沃姆森进去通报，便自己走进书房坐了下来。

詹姆斯这时候还坐在餐厅里跟索米斯谈话，索米斯也是早饭之前一大早过来的。当听到管家报来访者是谁时，他嘴里紧张地嘟嚷着："现在这个时候他来干什么？"

接着他站了起来。

"这样，"他对索米斯说，"你千万别鲁莽地做任何事。现在首要的事情就是找到她在哪儿——要是我的话，我会去找斯泰纳去办；他们办这种事是好手，如果连他们也找不到，那就没人找得到了。"突然他变得很温柔，他自言自语道，"可怜的小家伙，我真不知道她在想什么！"他用鼻子叹了一口气，就出去了。

老乔里恩看到自己的弟弟时并没有起身，只是伸出手，两人用福尔赛的派头互相握了握手。

詹姆斯坐在桌旁的另一张椅子上，用手撑着头。

"你怎么样？"他说，"这些天我们都没见到你！"

老乔里恩像是没听到这些话。

"艾米丽还好吧？"他问道；没等詹姆斯回答，他继续说，"我来是想和你谈谈小波辛尼的事。我听说他造的那座房子是个累赘。"

"我不知道你说的累赘是什么，"詹姆斯说，"我只知道他打输了官司，我敢说他这次一定破产了。"

老乔里恩可不会轻易放弃这次机会。

"我一点也不奇怪！"他表示同意，"如果他破产的话，那个'有产业的人'——就是索米斯，他就要破财了。现在我是这么考虑的：如果他不打算进去住的话……"

他看到詹姆斯眼神中的惊讶和疑惑，他快速地继续说道："我并不想知道任何事情；我只是猜测艾琳应该不会进去住——当然这跟我没什么关系。但是我在考虑在乡下买座房子，不能离伦敦太远，如果有合适的房子，我不妨去看看，要是价钱可谈就更好了。"

詹姆斯听他说这段话时心里满是疑惑，之后又有些宽慰，最后全部转化为恐惧，他害怕这后面有什么阴谋。他一直对哥哥的忠实和公正心存敬仰，而现在这种敬仰也还存在。他心里也有焦虑，老乔里恩肯定是听到了什么，他是怎么听到的；看来琼和波辛尼的关系还没断，不然他为什么急于帮助那个年轻的家伙。总而言之他还是感到疑惑不解；但是他既不想表露出来，也不想承认任何事，于是他说：

"有人告诉我说你修改了遗嘱，分给你儿子一大笔遗产。"

根本没人告诉他；只是他知道最近老乔里恩常常和他的儿子孙子们在一起，而且他也知道他已经把遗嘱从福尔赛－博思达－福尔赛那里取走了。这只是他把这些联系到一起做的猜测而已。

"谁告诉你的？"老乔里恩问道。

"我也不知道，"詹姆斯说，"我记不住别人的名字——有人告诉我索米斯在这座房子上花了一大笔钱；如果没有一个好价钱，他是不会卖的。"

"好吧，"老乔里恩说，"如果他以为我会当冤大头，那他可错了。我没他那么多钱可以花在这上面。让他自己卖卖试试吧，等到不得不公开拍卖时，看看到时候他还能卖多少钱。我听说这房子可不是随便什么人都能买得起的！"

詹姆斯其实心里也是这么想的，他回答道："这是真正的绅士住的房子。如果你想见索米斯的话，他就在家里。"

"不了，"老乔里恩说，"我还没想好走到那一步；而且也不想谈，照这情形根本谈不下去！"

詹姆斯有点怕了；当碰到关乎数字的实际商业交易时，他对自己还是很自信的，因为他所要面对的是实实在在的数据，而不是人；但是像这样的初步谈判他就感觉很紧张——他从来不知道他能谈到哪一步。

"好吧，"他说，"关于这个我什么也不懂。索米斯也没跟我多说；我认为他应该很乐意谈这个——只是价钱的问题。"

　　"噢！"老乔里恩说，"不用他给我什么面子！"老乔里恩拿起帽子气冲冲地准备离开。

　　门被打开，索米斯走了进来。

　　"外面有个警察，"他半笑不笑地说，"要找乔里恩大伯。"

　　老乔里恩一肚子气地看着索米斯，詹姆斯说："警察？我可不认识什么警察。但是我想你认识他，"他满脸怀疑地对老乔里恩说："我想你最好出去看看！"

　　在客厅里，一名巡视警察不动声色地站在那里，他那双厚眼皮下的蓝白眼睛盯着客厅里的那套英国古家具，那是詹姆斯在波特曼广场那次著名的马洛戛纳拍卖会中买下来的。"我哥哥在里边。"詹姆斯说。

　　巡视警察抬起手用几个手指抬了一下头上的尖帽，就走进书房。

　　詹姆斯看着他走进去，心里产生了一种奇怪的感觉。

　　"现在，"他对索米斯说，"我想我们必须等等看警察有什么事。你大伯来这里是想谈房子的事儿！"

　　他和索米斯又来到了餐厅，可是他怎么也静不下来。

　　"现在他想怎么样？"他又开始自言自语了。

　　"谁？"索米斯问道，"那个警察吗？他是从斯坦霍普大门那边被派过来的，我就知道这些。我估计是乔里恩大伯家哪个仆人偷东西了吧！"

　　尽管他表面上很镇定，但实际上他心里非常不安。

　　十分钟过去了，老乔里恩走了进来。他走到桌子旁，一句话不说，只是捋着他的白色长胡子。詹姆斯张着嘴望着他，他从来没见过哥哥这样的神情。

　　老乔里恩抬起手，缓缓地说：

　　"小波辛尼在雾中被撞死了。"

　　接着他站起来，低头严厉地盯着他的弟弟和侄子：

　　"有人说——他是——自杀。"他说。

　　詹姆斯惊得下巴都快掉了。"自杀！他自杀做什么？"

老乔里恩严厉地回答："如果你和你儿子没做什么，那就只有上帝知道他为什么会死！"

但是詹姆斯这次什么也没说。

对于所有年纪大了的人来说，即使是所有的福尔赛，也都曾在生活中遭遇过痛苦的经历。过路人看到包裹在世俗、财富和舒适的生活中的福尔赛们，绝对想不到他们在人生道路上也曾被这样黑暗的阴影笼罩过。对于所有上了年纪的人来说——好比华特·波萨爵士——自杀的念头也曾经不止一次地光顾过他的灵魂接待室；这样的念头就停在门槛上，等待着进入，只是最后还是被灵魂深处的某些偶然的现实，某些莫名的恐惧，某些痛苦的希望抗拒着。对于福尔赛来说，对财产的最后否定是艰难的。是的！绝对非常艰难！几乎很少有人——也许从来没有人——能放弃他们的财产；然而某些时候，他们也几乎做到了！

甚至连詹姆斯也会这样！他突然从自己混乱的思绪中挣脱出来，脱口而出："我昨天在报纸上看到那则新闻了；'有人在雾里被撞死了！'他们不知道他的名字！"他神情恍惚地看着大家；但是本能上他始终否认自杀的传言。他不敢接受这样的想法，这不利于他的利益，不利于儿子的利益，也不利于每一位福尔赛的利益。他打心里抗拒这种可能；他的本能总是能够下意识地抗拒每种他不愿接受的想法，所以逐渐地，他克服了这种恐惧。一定是意外！一定是！

老乔里恩打断了他的思绪。

"当场就死了。他昨天一天都在医院里。没人知道他是谁。我现在要过去一趟；你和你儿子最好也跟着一起去。"

没有人反对，于是他带着他们父子俩离开了房间。

这一天天空干净明亮，马车从兰恩公园驶向斯坦霍普大门，老乔里恩一路开着车窗。坐在马车后面的厚坐垫上，抽着雪茄，看着这样清爽的天气，车外行人车辆来往往，他觉得很高兴；伦敦在经历了一段时间的大雾和阴雨天气后放晴的第一天，大街上总会出现这种异常活跃的、近乎巴黎的风光。他心情非常舒畅，他已经好几个月没有这么开怀了。他对琼的那段告白已经被他抛到脑后了；他现在盼望未来有着儿子、孙子们的陪伴——他已经和小乔里恩约好在什锦俱乐部再谈谈这件事；想到再和儿子见面他觉得很兴奋，在这场与詹姆斯和他儿子关于房子的战争中，他马上就要胜利了。

他把马车的窗户关上了，他突然没有心情看大街上的热闹场面了；而且让人看到福尔赛和警察同行也不是什么好事。

在马车里的时候，警察又说起波辛尼死亡的事：

"那天的雾不是很大。车夫说死者一定有时间看到车要撞上自己了，他好像故意走过去的。他的经济情况好像很窘迫，我们在他房间里发现了几张当票，他在银行的账户也已经透支了，今天的报纸上又刊登了这篇报道。"他冷漠的蓝眼睛轮番望着车里的三位福尔赛。

老乔里恩从他坐的角落里瞧见弟弟的脸色变了，他沉思着，脸色越来越焦虑。由于这位警察的话，詹姆斯所有的怀疑和害怕又都回来了。经济窘迫——当票——透支的支票！这些对他来说就像一个遥远的噩梦，那个他怎么也不会相信的自杀的假设现在似乎变得有些真实可信了。他看了一眼儿子的眼睛；索米斯目光炯炯、神情自若，并没有回看自己的父亲。在老乔里恩看来，他们父子俩这是互相保护呢，就像在这场看死人遗体的战争中，老乔里恩一人对阵他们父子俩。并且老乔里恩心里一直想着怎么让琼不牵扯进这件事中。詹姆斯和儿子对阵自己！为什么不写个条子给小乔呢？

拿出自己的名片袋，他用铅笔写了这几个字：

"马上过来。我会派车过去接你。"

一下车他就把这张条子给了他的车夫，吩咐他尽快赶到什锦俱乐部去，如果乔里恩·福尔赛先生在那里的话，立马把这张条子带给他。如果他不在那里，就等到他来为止。

他跟在其他人后面上了楼梯，拄着自己的雨伞，时不时得停下来歇歇气。警察说："先生，这就是停尸间了。但是请抓紧时间。"

在这间全是白墙的光秃秃的房间里，只有一束阳光照在一尘不染的地面上，其他的什么也没有，白色罩单下面躺着一具尸体。警察泰然地抓起罩单的一角掀开了。一双无神的眼睛望着他们，另一边是三张无神的福尔赛人的脸低头望着他；他们每个人各自私密的情感、恐惧和遗憾升起来又落下去，就像生命的潮起潮落，他们都对波辛尼产生了怜悯之情。由于每个人的天性不同，精神境界不同，这使得他们在产生共同的怜悯之心后，又各自产生了不同的情感和不同的想法。开始他们各自站得很远，接着都凑到了一起，每个人都站在那里，独自体味着死亡和静寂，还有他那下垂的眼睛。

警察低声问道：

"先生，你认得死者吗？"

老乔里恩抬起头点了点头。他看着对面自己的弟弟，看着那个瘦长的身体俯身看着尸体，看着他那阴红的脸，那双呆滞的灰色眼睛；他又看了看在他父亲身边脸色苍白的索米斯。在面对死亡时，他突然发现自己对那两个家伙的敌意烟消云散了。死亡什么时候到来呢——又是怎么来的？突然脑子里想起以前发生过的事；死亡会去哪里呢？生命的火焰无声无息！沉重残酷的现实总是要碾压过每一个人，让他们的眼神保持清晰勇敢，直到最后一刻！每个人都是渺小的微不足道的，就像小虫一样！老乔里恩眼光突然一闪，因为索米斯跟那位警察嘟囔了一句什么话，然后那位警察悄无声息地走了。

詹姆斯突然抬起自己的眼睛望着老乔里恩，他的眼神中出现了一种奇怪的困惑的表情，好像在说："我知道我不是你的对手。"接着，他拿出手帕擦了擦额头上的汗珠；他弯着身子悲伤丧气地望了一会儿死者，然后匆忙转身离开了。

老乔里恩像是死人一样站在那里，眼睛盯着那具尸体。谁也不知道他在想什么。他想到了自己，想到了当年自己的头发也像这个死掉的年轻人一样是深棕色。他想到了自己当年刚刚开始人生的战斗时，那个他钟爱的长期的战斗；而对这个年轻人来说，他的战斗还没开始就已经结束了。又或许想到了自己的孙女，还有她那破碎的希望。想到了另外那个女人，想到了所有的离奇，所有的惋惜。而结局是这样的讽刺，令人啼笑皆非。公平啊！根本就无公平可言，因为人们永远都处在黑暗当中！

又或许他在用自己的哲学思想思考着：这样摆脱掉一切也好！像他这样也好……

突然有人碰了一下他的胳膊。

一行眼泪滑下，打湿了他的睫毛。他说："我待在这儿也没什么用了。我还是走了。小乔，你完事之后尽快来找我。"他鞠了个躬然后就走了。

现在轮到小乔里恩站在这具尸体旁边了，他仿佛看到所有福尔赛人没有呼吸地俯在他的周围。这个打击来得太快了。

那是一种潜藏在每一出悲剧后面的力量——这种力量不顾任何阻挠，穿过错综复杂的变化推向那个讽刺性的结局——最终汇集在一起，一声霹雳，让受害者一下子跑出来，而且将受害者周围的所有人都打倒在地。

小乔里恩仿佛看到受害者周围的人现在都躺在波辛尼的尸体旁。

他请求警察把事情的经过再跟他说一遍，那位警察像是好不容易逮着一个好机会，又重新详细地把事件的细节讲了一遍。

"不过先生，我认为这一切都只是表面现象，"他说，"绝不会这么简单。我不相信他是自杀，也不相信这件事只是意外。我更多地认为他当时是由于遭受了重大的心理打击，没注意到那辆马车。或许你可以顺着这条线索看待这个事件。"

警察从口袋里拿出一个小包，把它放在桌子上。他小心地打开它，里面是一条女式的手帕，叠起来，又用一根退了色的镀金别针别上，别针上面原来镶的宝石已经掉了。一股干紫罗兰的香气扑进小乔里恩的鼻孔里。

"这是在死者胸前的口袋里发现的，"警察说，"但是手帕上的名字已经被剪掉了！"

小乔里恩艰难地回答："我恐怕帮不了你！"但是他眼前清晰地浮现出那张脸，兴奋得略微颤抖的脸，在等待着波辛尼的到来！他想着她比想着自己女儿的时间都多，甚至比他的任何一个孩子都多——她那深色的眼睛、温柔的眼神和那张精致柔和的脸，他看到她正在等待着这个已经死去的男人，现在或许还在等待着，在阳光下静静地、耐心地等待着。

他从医院悲伤地离开，朝父亲家走去，心里想着这个死亡事件将会分裂整个福尔赛家族。这一击已经打进了福尔赛人防护树林里的树木。他们或许会像原来那样恢复以往的繁荣景象，在全伦敦人面前保持着伟岸的形象，但是树干已经被击垮了，随着波辛尼的死被彻底击垮。如今新的树苗将会代替他们的位置，每一棵都会长成新的财产守护者。

好一片福尔赛家族的树林啊！小乔里恩想着——我们国土最强壮的树林！

关于他的死因——福尔赛家族的人绝不会承认自杀这个死因，这样太影响家族的名声了！他们都只会把这个看做一场意外事故，或当成命运作祟。在他们内心深处，他们更愿意相信这是天意所为，这是命运的报复——要不是波辛尼威胁到他们最重要的两样宝贝——财产和家庭，他也不会得此下场。他们若是说起这场事故，一定会说"小波辛尼那场不幸的事故"，但他们不会谈这件事——谁对这件事都是缄口不言！

至于他自己，他认为那位马车车夫的话对他来说丝毫没有价值。因为一个人如果正处在疯狂的恋爱中，绝不会因为缺钱而自杀；而且波辛尼也不是那种会把经济问题放在心上的人。所以他否定了自杀这个说法，那张尸体的脸清晰地浮现在他眼前。这个年轻人风华正茂的时候夭折了——波辛尼作为一个年轻人所有的热情都被这场意外熄灭了，这是最让小乔里恩感到痛心的。

然后他想到了索米斯一家当前及以后的情景。那道闪光阴森可怕的光线已经赤裸裸地照出了这家人的骨骼，骨头之间的缝隙在狞笑，而那些掩饰伪装的血肉已经掉落了……

在斯坦霍普大门处老乔里恩家里，老乔里恩正坐在餐厅里，这时他的儿子走进来。他坐在一张巨大的手扶椅上，脸色苍白。他的眼睛正看着墙上挂着的静物画和一幅名作《落日中的荷兰渔船》，他的脑海中好像在放映着过往的生活，有希望，有收获，也有成就。

"啊！乔！"他说，"是你吗？我已经告诉可怜的小琼了。可是事情还没完。你还去索米斯家吗？我想说她是自作自受；但是一想起她来我还是很难受，关在这儿——永远一个人。"他伸出那只枯瘦的青筋暴出的手，紧紧地握了起来。

艾琳回家

从医院的停尸间离开，把詹姆斯和老乔里恩留在那里，索米斯一个人漫无目的地匆匆忙忙走在路上。

波辛尼去世的这场悲剧改变了几乎所有事情的局面。他再也不会觉得一分钟会造成不可挽回的悲剧；在审讯完成之前，他再也不会跟任何人说自己的妻子离开这件事了。

那天早上他很早就起床了，在邮差还没来之前，他已经取走了他邮箱里的第一批信，虽然没有来自艾琳的信，但是他制造了一个机会告诉贝尔森说她的女主人到海边散心去了；他说他也有可能在星期六到下周一到海边跟她一起度假。这给了他缓一缓的时间，让他有足够的时间把她找回来。

但是现在，他的一切计划都被波辛尼的死打乱了——那场奇怪的死亡，一想到他的死索米斯的心就像是烙铁一样疼，就像是在心头压上了千斤重——他不知道今天要怎么度过；他就在街上逛来逛去，看着迎面而来的行人，看着他们被千百种焦虑蚕食的脸。

他一直逛到了下午，在经过一个报摊时，他看到报纸已经刊登出死亡名单，于是买了一份报纸看看上面是怎么说的。如果可以的话，他真想堵住那些人的嘴巴。之后他又去了商业区，和布特勒一起商议了很久。

回家途中，大约四点半在经过乔布森行门口的台阶时，他碰到了乔治·福尔赛，乔治拿着一份报纸对着索米斯说：

"看这儿！你看到这条关于可怜的'海盗'的报道了吗？"

索米斯冷漠地回答道："嗯。"

乔治注视着他。他从来就不喜欢索米斯；现在他认为波辛尼的死都是因为他。索米斯把他逼到绝境了——就是因为他对自己的财产实施了暴行，所以那个"海盗"才会在那天下午跑进大雾中被车撞死。

"可怜的家伙，"他心里想着，"他嫉妒得快要发疯了，想报仇想得发狂了，所以在那个可恶的雾天才没有听到马车的声音。"

是索米斯把他逼死的！现在乔治眼里看到的情况也是这样。

"报纸上说是自杀，"他最后说，"这话不可信。"

索米斯摇了摇头。"车祸。"他嘟囔着说。

乔治用拳头紧紧地攥着报纸，把它塞到了口袋里。和索米斯分开时，他还是忍不住戳一下他的痛处。

"哼！家里一切都好？还没有小索米斯吗？"

索米斯的脸色就像乔布森行的阶梯那样惨白，嘴唇的形状像是在咒骂，他掠过乔治走了……

一回到家，当他用钥匙打开门进入穿堂时，一眼就看到了放在地毯的箱子上那把妻子的镶金雨伞。他扔下毛皮大衣，疾速走进了客厅。

傍晚窗帘都拉下来了，几块松木在壁炉里烧得正旺，在壁炉的火光的照耀下，他看到艾琳正坐在她常坐的沙发角落里。他轻轻地关上门，朝她走了过去。她一动不动，似乎没有注意到他。

"你回来了。"他问道，"为什么在黑地里这样坐着？"

接着他注意到她的脸，苍白而且面无表情，仿佛她的血管里的血液已经停止流动；她的眼睛瞪得很大，就像是受了惊吓的猫头鹰的眼睛，又大又圆。

她靠在沙发背上，身体缩在她那件灰色皮大衣里，那样子像极了一只被捕住的猫头鹰，紧裹着自己柔软的羽毛抵着笼子的铜丝。从前她那婀娜多姿的身材也已经不见了，好像经过了一场残酷的劳动她被彻底打垮了；好像她再也不需要展示她的美丽、风姿和健硕。

"你回来了。"索米斯重复了一句。

她始终没抬头，也没说话，火光照着她那僵硬的身体。

突然她好像想站起来，但是他阻止了她；直到那时他才明白她这是怎么了。

她就像一只伤得很重的动物，不知道去哪里，也不知道自己在干什么，于是不知不觉就来到了这里。看到她蜷缩在大衣里的僵硬的身体，就足以说明问题了。

他确切地知道了波辛尼就是她的情人；知道她一定是看到了关于他死去的报道——或许，跟他一样，也是在今天经过的那个拐角处买了一份报纸，然后读了报道。

她是自动回来的，回到这个她一直想逃脱的笼子里———切都搞明白了，他真想对她大喊："拖着你可恶的身体，我曾经爱过的身体，滚出我的房子！带着你那张悲伤苍白的脸，那张残酷却又温柔的脸，在我打烂它之前，赶紧滚出我的房子！不要再出现在我面前；永远别再让我看到你！"

还没等他说出那些话，他仿佛看到她站了起来，慢慢地走了，就像一个正在噩梦中的女人，努力着想从噩梦中醒过来——站起来径自走到外面的黑暗和寒冷当中去了，根本没有想到他，甚至根本没有意识到他的存在。

他哭了，说出的话却和他刚刚心里想的截然相反："不，别走；留在这儿！"他转身朝向她，在火炉的另一端，他在那张常坐的椅子上坐了下来。

他们两个人沉默着。

索米斯心里想着："为什么会这样？为什么我要这么痛苦？我做了什么？这不是我的错！"

他又抬头望着她，她像一只被射中的垂死的鸟，胸口起伏着，可是只见呼气不见吸气，她的眼睛望着射伤她的那个人，眼神恍惚、柔和，就像没有看见你一样，她在向一切美好的东西告别——太阳、空气还有她的爱人。

他们就这样坐着，一句话不说，两人分别坐在火炉的两头。

松木燃烧产生的烟味，过去索米斯非常喜欢这个味道，可如今他却像被这股烟呛住了，他感到自己快要呼吸不过来了。他走出去来到穿堂，靠着开着的窗户大口呼吸着吹进来的冷空气；接着没戴帽子也没穿外套，他一个人来到了广场上。

一只半饿着肚子的猫沿着花园朝他走过来，索米斯心里想："痛苦！什么时候才会停止呢，我的痛苦？"

对面的路边有一家门口，一个他认识的名叫鲁德的人，正在擦着他的皮鞋，他的神情好像在说"我是这儿的主人"。索米斯继续向前走着。

远方凛冽的空气中传来教堂的钟声，那是他和艾琳结婚时的教堂，现在正在为迎接基督的降临而操练着，操练的钟声盖过了一切马车的声音。他觉得自己急需一杯烈酒，要不就使自己麻木起来，要不就让自己暴怒。只要他能挣脱出来——从有生以来第一次痛苦的折磨中挣脱出来。如果他要是能克服自己的想法该有多好："和她离婚——赶她走！她都忘了你了。你也忘了她吧！"

可是他脑子里又有另一个念头："放她走吧——她已经够痛苦了！"

他也有自己的欲望："让她成为你的奴隶——她以后就由你来控制了！"

他也会突然产生一种想法："这一切又有什么关系呢？"就让在这一分钟忘掉自己吧，忘掉所有的问题，忘掉自己不管做出什么决定都会有牺牲。

如果他能凭自己的一时冲动做出决定也是好的！

他什么也忘不掉；他无法屈服于任何的想法、念头或是欲望；这一切都非常严肃；这一切紧紧地围绕着他，就像一个怎么都挣脱不了的牢笼。

广场的另一头，卖报纸的男孩正在叫卖着手里的晚报，在索米斯听来，那叫喊声和教堂的钟声混合在一起，产生了一种鬼哭狼嚎般恐怖的声音。

索米斯捂住了耳朵。有一瞬间他的脑子里闪过一个念头，要不是波辛尼而是他现在变成一具死尸躺在那里的话，也许艾琳就不会像现在那样蜷缩在沙发里眼神呆滞，像只受伤的小鸟……

突然有个柔软的东西碰到了他的腿，那只猫正靠在他的腿上。索米斯从胸腔里迸发出一阵啜泣，这使得他从头到脚都抖了起来。所有的一切都处在黑暗当中，周围的房子仿佛都在盯着他看，每座房子都有自己的男女主人，每座房子里都上演着自己的悲喜剧。

突然他看到自己家的门敞开着，穿堂里一个男人正背对着他站在那里。他的心"咯噔"沉了一下，随后他便偷偷地溜了过去。

他可以看见自己扔在雕花橡木椅子上的皮大衣；可以看到家里的波斯地毯；可以看到墙上挂着的银碗、成排挂着的瓷盘，还有站在那里的陌生男人。

他尖锐地问道："先生，你想干什么？"

拜访者转过身，是小乔里恩。

"门开着，"他说，"我能见见你的妻子吗？只要一分钟，我有话要对她说。"

索米斯斜着眼奇怪地盯着他。

"我的妻子不能见任何人。"他语气坚硬地说。

小乔里恩温和地回答："我花不了她一分钟的时间。"

索米斯从他身边擦过，挡住了进门的路。

"她谁都不能见。"他又说了一遍。

小乔里恩掠过他往大厅里望着，索米斯转过身。客厅的门口站着艾琳，她的眼神疯癫但是充满渴望，她的嘴巴张开着，两手伸出来。但当她看到是这两个男人时，她脸上的光彩消失了；两只手垂了下去；她站在那里僵成一块石头。

索米斯又转过身，恰好和拜访者的眼睛对上了，看着小乔里恩的眼睛，他发出了一声咆哮。他慢慢抽动着嘴唇，露出了一丝诡异的微笑。

"这是我的房子，"他说，"我自己的事自己处理。我已经告诉过你了——现在再告诉你一遍；我们不见客。"

"砰"的一声，在小乔里恩面前，索米斯把门重重地关上了。